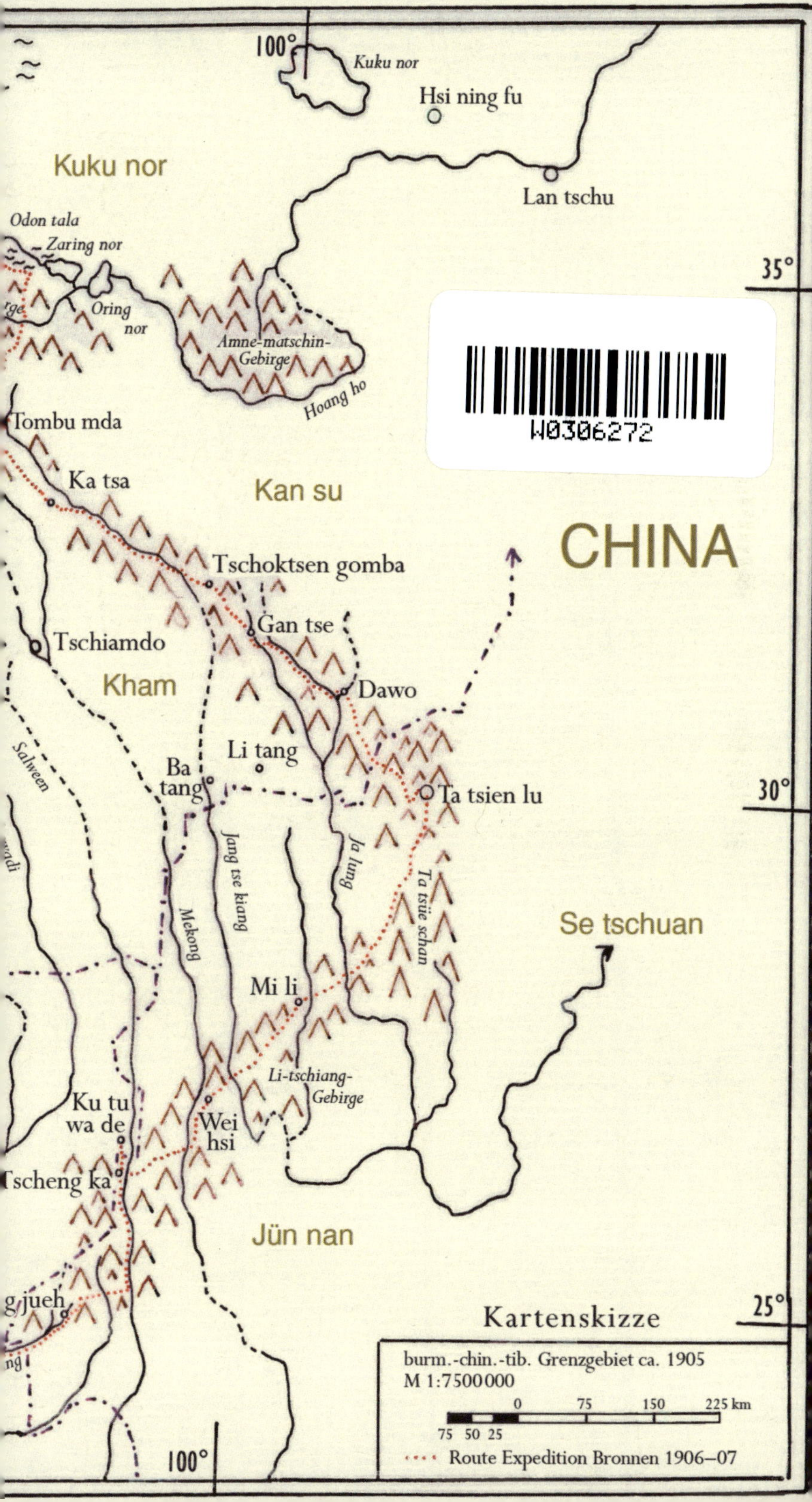
100°
Kuku nor
Hsi ning fu
Kuku nor
Lan tschu
Odon tala
Zaring nor
Oring nor
Amne-matschin-Gebirge
Hoang ho
35°
Tombu mda
Ka tsa
Kan su
CHINA
Tschoktsen gomba
Gan tse
Tschiamdo
Kham
Dawo
Salween
Li tang
Ba tang
Ta tsien lu
30°
Jang tse kiang
Ja lung
Ta tsüe schan
Mekong
Se tschuan
Mi li
Li-tschiang-Gebirge
Ku tu wa de
Wei hsi
Tscheng ka
Jün nan
25°
Kartenskizze
burm.-chin.-tib. Grenzgebiet ca. 1905
M 1:7500000
0
75
150
225 km
75
50
25
Route Expedition Bronnen 1906–07
100°

Susanne Amtsberg

# Das Dach der Seligen

aufbau

Susanne Amtsberg

# Das Dach der Seligen

*Roman*

aufbau

Die Karte auf dem Vorsatz wurde von Susanne Amtsberg skizziert.

FSC
www.fsc.org
MIX
Papier aus verantwortungsvollen Quellen
FSC® C083411

ISBN 978-3-351-03504-4

Aufbau ist eine Marke der Aufbau Verlag GmbH & Co. KG

1. Auflage 2012



Einbandgestaltung hißmann, heilmann, Hamburg

Satz LVD GmbH, Berlin

Druck und Binden CPI – Clausen & Bosse, Leck

Printed in Germany

www.aufbau-verlag.de

Für den Fernreisenden

»Überhaupt aber ergeht es uns im Leben wie dem Wanderer, vor welchem, indem er vorwärts schreitet, die Gegenstände andere Gestalten annehmen, als die sie von ferne zeigten, und sich gleichsam verwandeln, indem er sich nähert.«

*Arthur Schopenhauer*

# 1. Abschiede

Abend für Abend war die Scham zu ihr ins Bett gekrochen, sobald sie die Kerze ausgeblasen hatte. Die Missgunst hatte die Tage umwoben wie eine Spinne ihre Beute und drei Jahre gefordert. Wann würde er endlich Ruhe geben, der Wunsch, von den beiden Männern wäre der andere, der richtige zurückgekommen?

Das Hafenbecken weitete sich hinter dem Heck des *Prinz Eitel Friedrich*, und die kleiner werdende Gestalt des falschen Heimkehrers blieb auf dem Kai *Federico Guglielmo* zurück. Dass der Mann den Hut abgenommen hatte und bewegungslos im Pulk der Winkenden ausharrte, bildete sich die junge Frau nur ein. Ihr Eindruck jedoch, das Wasser werde zu einer alles verschlingenden Masse, entsprach der Wirklichkeit. Die Welt versank zu den Schreien der Möwen, die über dem Kielwasser des Postdienstdampfers kreisten. Zumindest die Welt, die der jungen Frau gleichgültiger geworden war als ein leergegessener Teller. Einzig, dass in dieser Welt ihr Kind zurückblieb, steckte ihr wie ein falscher Bissen im Hals. Als die Entfernung wuchs, die sich zwischen das Schiffsdeck und das Gestern schob, erfasste ein Hoffnungsschimmer die junge Frau, wenigstens würde sie den falschen Heimkehrer nicht wiedersehen.

Seit seiner Rückkehr hatte er sie mit gutem Willen überhäuft. Drei Jahre lang tat er so, als bemerkte er nicht, dass sie ihm die Luft zum Atmen neidete. Wieso diese Nachsicht? Als gehörte selbst ihr Groll zu seinen Obliegenheiten und wäre in seinen Besitz übergegangen wie eine Erbsache. Zuletzt passte er sie ab, als sie den Koffer durch die Haustür wuchtete. Ihre Finger verkrampften sich um den Griff, bevor sie das speckige Leder freigab. Bis zum Bahnhof, warum nicht.

Vor dem Hauptportal wollte sie dem ungebetenen Begleiter die Hand zum Abschied reichen, er jedoch steuerte die Schlange vor dem Schalter an, um eine Fahrkarte zu lösen. Sie bat ihn, es sein zu lassen.

Er winkte ab. Entfernungen zu überwinden sei ihm so selbstverständlich geworden wie das Zubinden der Schuhe. Der kleine Freundschaftsdienst sei das mindeste, was er ihr schuldig wäre.

Sie brauche keinen Aufpasser, und er wäre ihr nichts schuldig, rein gar nichts.

Um sein Bein solle sie sich keine Sorgen machen, erwiderte er, zumindest die *Preußische Staatseisenbahn* gebärde sich nicht wie ein störrischer Gaul.

Sie dachte, dass man wegen ihr sein Bein auch abhacken könnte, schwieg aber. Wozu hätte sie weiter gegen seine Aufdringlichkeit angehen sollen? Seit jener ersten, denkwürdigen Begegnung wusste sie, dass Gegenwehr sinnlos war. Denkwürdig deshalb, weil das Schicksal seinen Lauf nahm. Aber das war wiederum nur ihre Sicht der Dinge. Zwei Brautleute wollten einen Satz Hochzeitsphotos in Auftrag geben, mehr nicht. Der Rest passierte, wie Dinge eben passieren, eines kam zum anderen.

Emmy Radke und Gustav Bronnen waren damals untergehakt die Stufen zu dem Weddinger Photoatelier im Souterrain hinabgeeilt. Das Stakkato, das ihre Absätze den Steinplatten entlockten, hallte Emmy noch heute in den Ohren. Ein drahtiger Mann in Hemdsärmeln empfing seine einzige Kundschaft mit einem Grinsen breit wie ein Keil. Emmy senkte den Blick, bis er am Muster der Samtweste des Mannes hängenblieb. Grüne und goldene Karos spannten sich über der herausgereckten Brust.

Ob sie vielleicht Stammkundschaft seien und den Besitzer des Ateliers vermissten? Nein? Aber bitte sehr, umso besser. Er, gestatten?, Cohn, Curt Cohn, wirke den ersten Tag in diesen prächtigen Räumlichkeiten. Sie müssten nur deshalb mit seiner Wenigkeit vorliebnehmen, weil ein verdorbenes Eisbein den Herrn Chefoperateur seit Mittag an einen Blecheimer neben dem Bett fessele.

Als Emmy ihr Gegenüber erneut musterte, spaltete das Grinsen noch immer sein Gesicht, und sie fragte sich, ob der Mensch nicht fürchtete, alle Eintretenden sofort wieder hinauszutreiben, wenn er mit solchen Unappetitlichkeiten hausieren ging.

Bronnen hingegen kam ohne Umschweife auf jenes Angebot zu sprechen, das vor dem Laden in der Mitte des Trottoirs prangte. Ein Klappschild versprach an geraden Wochentagen verbilligte Dutzendpreise.

Öfter mal was Neues ausprobieren, verkündete Cohn, mit Zaudern grabe man jeder noch so famosen Geschäftsidee das Wasser ab. Er, seines Zeichens ehemaliger Wanderphotograph, zu Hause auf allen Jahrmärkten des Deutschen Reichs, wisse, wie man ein Publikum gewinne, natürlich nur zu dessen eigenem Vorteil, beteuerte Cohn mit einer angedeuteten Verbeugung.

Als hätten sie schon so manches Geschäft miteinander

abgewickelt, machten es sich die beiden Männer auf einem Satz Buschtrommeln bequem, tauschten Zigarillos und pafften los, die Ellbogen auf den Rücken eines ausgestopften Tigers gestützt, der hinter ihnen das Maul aufriss. Emmy blieb nichts anderes übrig, als den geschnitzten Häuptlingsthron zu erklimmen, die einzige nicht mit Utensilien beladene Sitzgelegenheit unter all dem Kulissengerümpel. Die hohe Lehne war mit zerrupften Straußenfedern gespickt, die Emmy im Nacken kitzelten. Beschirmt von grasgrünen ausladenden Palmwedeln aus gefärbten Strohbüscheln, erkundigte sich Bronnen nach dem Entwicklungsstand des Rollfilms, einer Neuerung, die ihm als Naturwissenschaftler im Gelände ungeahnte Möglichkeiten einräume. Bald fachsimpelten die beiden Männer über die Ablösung des ovalen durch das rechteckige Format bei der Brownie No. 2 und dessen Vorteile für die Landschaftsphotographie.

Die mangelnde Aufmerksamkeit der Männer störte Emmy nicht im Geringsten. Sie bettete den Kopf zwischen die Federkiele, schloss die Augen, sog die staubige Luft ein wie eine frische Meeresbrise und genoss die Wonne, die sie durchströmte. Dass die bloße Gegenwart eines einzigen Menschen so viel Glück aus dem Nichts zaubern konnte, war eine betörende Erfahrung. Obwohl ihr Urteilsvermögen nahe der Unzurechnungsfähigkeit angesiedelt war, ahnte sie, dass dieses Glück nicht allzu lange anhalten konnte. Natürlich nicht deshalb, weil sie an der Dauerhaftigkeit ihrer Gefühle gezweifelt hätte, sondern weil ihr Mann Großes plante. Jedenfalls Größeres, als sich in einem unbeheizten Magazin den Hosenboden blankzusitzen, bis der Institutsgehilfe mit Zinkblech ausgeschlagene Frachtkisten hereinrollte. Voll Material, das katalogisiert werden wollte und unter dem zerdrückte Vogelbälger noch zu den Höhepunkten zählten.

Von Anfang an war ihr jede Illusion über ihre gemeinsame Zukunft genommen worden. Sie hatten sich gerade kennengelernt und noch nicht einmal einen ganzen Tag für sich allein gehabt, saßen in einem überfüllten Café vor zwei Absinth, an denen sie sparsam nippten, als Bronnen die Beine übereinanderschlug und Emmy gestand, ihm seien die Gedanken bereits in den Hörsälen des *Seminars für Orientalische Sprachen* vom Hausa zu dem Wunsch davongelaufen, einen Stein in den Bau des menschlichen Wissens zu fügen. Seinen Stein, der die Meißelspuren des Gustav Bronnen trage. Er brenne darauf, einen Zipfel des dunklen Kontinents ins Licht zu tauchen. Dass eine Expedition nur bei Naturen, die sich nicht der Wissenschaft verpflichtet fühlten, der Abenteuerlust geschuldet sei, sollte in ihren Ohren wohl beruhigend klingen. Bronnen berief sich auf Forschereifer und Wissensmehrung, zugegeben auch auf eine gehörige Portion Neugier. Den Ausschlag gebe die pragmatische Vernunft. Jeder Geograph, dem es gelungen wäre, einen der neu gegründeten Lehrstühle zu ergattern, hätte zuvor seine Stiefel bei der Feldarbeit zerschlissen. Trotz Promotion sei er, Bronnen, ein Niemand in seinem Fach und würde es ohne entsprechende Reputation die längsten Jahre auch bleiben, egal, wie unermüdlich er Fakten zu Hypothesen schmiedete. Sobald seine Marschroute allerdings einen jener rarer werdenden weißen Flecken auf der Landkarte Afrikas überschrieb, würden ihm die akademischen Meriten in den Schoß fallen. Bronnen hatte erschrocken innegehalten, und Emmy fragte sich in dem entstandenen Schweigen inmitten des Geschwirrs fremder Stimmen, ob er sich bewusst geworden war, dass er an einem windigen Regentag im Gedränge eines Berliner Kaffeehauses saß, nur ein wackliges rundes Tischchen zwischen seinen Knien und denen einer Frau, die sich vielleicht eher wünschte, dass er seine Hand auf die ihre legte, anstatt Vorträge zu halten.

Mit einem Mal waren Emmy die Rauchschwaden und der Geruch nach feuchter Kleidung in die Nase gestiegen, durchzogen von dem nach Spiegeleiern mit Speck. Das durchdringende Gemisch verscheuchte das Stillleben zweier rosiger Hände auf einer abgegriffenen Holzplatte, die Finger ineinander verschlungen wie die Gliedmaßen hilfloser Tierkinder in einem Nest. Allzu vielen ihrer Sorte war der Afrikafreund bisher wohl noch nicht begegnet, sie war eines dieser Malweiber, die einem eigenen Broterwerb nachgingen. Die nach dem Tageslicht gierten, solange es auf die Staffelei fiel. Zumindest hatte sie sich mit diesen Worten vorgestellt. War sie ohne Begleitung unterwegs, redete sie nicht lange um die Kunst herum. Ließ keinem das Schlupfloch, die farbigen Monde unter ihren Fingernägeln als Spuren eines possierlichen Zeitvertreibs zu bestaunen. Das Wohlwollen verwandelte sich regelmäßig über Ungläubigkeit zu einem peinlich berührten Kräuseln der Lippen, mit dem die Herren zu unverfänglicheren Themen wechselten. Bronnen war ihr erster Wissenschaftler. Aber auch diese Spezies schien sich von den Geschlechtsgenossen nicht sonderlich zu unterscheiden. Zwar hatte Bronnens Gesicht keine Regung verraten, statt sich jedoch nach ihren Bildern zu erkundigen, breitete er seinen eigenen Ehrgeiz vor ihr aus.

Kaum hatte sie diesen Gedanken zu Ende gedacht, räusperte sich Bronnen und entschuldigte sich für seine Geschwätzigkeit. Nach einem weiteren kurzen Schweigen erlag er jedoch erneut der Versuchung, die farblosen Flecken auf den Landkarten zu beschwören. Sie müsse sich diese verheißungsvoller vorstellen als das Zahnweiß, zu dem sich das Wasser mit dem Absinth mische. Das Weiß des unberührten Raumes warte nur darauf, getilgt zu werden. Nachdem er sein Glas in einem Zug geleert hatte, drehte er sich nach dem Ober um, der sich durch die Tischreihen schlängelte, und orderte noch einmal das Gleiche.

Am Tag vor der Hochzeit hatte Emmy ihrerseits das Thema Ferne umkreist, aber als sie das Aufleuchten in den Augen des Bräutigams sah, wusste sie, dass die Trennung auf Zeit beschlossene Sache war. Die Planung schien weit fortgeschritten. Jedenfalls zu weit, um sich noch aufhalten zu lassen, selbst wenn Emmy Bronnen darum gebeten hätte. Eine Ahnung warnte sie, nachzuhaken. Wieso hatte ein so umtriebiger Geist wie Bronnen beschlossen, jeden Morgen mit einer Frau an seiner Seite aufwachen zu wollen, obwohl seine Vorhaben doch eigentlich nur wenig Platz für ein Eheweib boten, und wieso hatte er ausgerechnet sie ausgewählt? Trotzdem war Emmy überzeugt, dass Bronnen irgendetwas Besonderes in ihrer Person sah, auch wenn er bisher nur vage Vorstellungen davon haben konnte, wer sie überhaupt war. Von ihren Bildern wusste er so gut wie nichts, fragte auch kaum danach.

Ihr kam das nicht ungelegen. Zwar hatte sie mit Farben und Linien geeignete und weniger geeignete Unterlagen bedeckt, so lange sie denken konnte, aber als sich das blanke Vergnügen des Kindes zur wilden Entschlossenheit der Heranwachsenden verdichtete, hatte der Ärger begonnen. Alle, die sich irgendwie für sie verantwortlich fühlten, wollten sie von der Elendssudelei abbringen, wie sie die Malerei bald nannten. Man wetterte, verlegte sich aufs Bitten, köderte mit Versprechungen, drohte sogar mit gesundheitlichen und geistigen Schäden, die ihr Treiben heraufbeschwören würde. Emmy verschanzte sich in ihrer hochkoloristischen Phase. Liebesentzug wurde praktiziert, assistiert von Strenge und Verboten, während Emmy Leinwand um Leinwand füllte. Es war, als wäre der Pinsel mit ihrer Rechten verwachsen. Das Wort Berufung drängte in ihr Bewusstsein, und mit seinem Erscheinen gewährte sie nur noch wenigen Menschen Zutritt zu diesem ihrem innersten Kreis. Ob sie einen Gast von außerhalb gebrauchen konnte, hätte sie nicht zu sagen vermocht. Einen, der weder Privatlehrer, Malerkollege noch potentieller Käufer war. Den kein tieferes Interesse leitete, der womöglich erst erklärender Worte bedurfte. Vermutlich richtete sich Bronnens Reserviertheit nicht gegen ihre Arbeit, sondern gegen die Kunst im Allgemeinen, eine Disziplin, der sich mit messbaren Werten nicht beikommen ließ.

Inmitten des heillosen Durcheinanders aus Möbeln und Kisten hatte Bronnen den gemeinsamen Einzug in eine Hinterhofwohnung zur Hochzeitsreise erklärt. Seine Stimme klang brüchig. Er hatte gerade einen Stuhl vom Beistellherd genommen und presste Emmy an sich, damit sie den feuchten Schimmer in seinen Augen nicht sah. Ihr Ohr lag an seinem Hals, und umso deutlicher hörte sie ihn schlucken. Zumindest lasse sich nicht bestreiten, murmelte er, dass Cohn und er die schmalen Stiegen so oft erklommen seien, als wären es die sämtlicher Schweizer Kirchtürme.

Seit wann man seine Hochzeitsreise zu dritt verbringe?

Ohne Cohns Hilfe hätten sie den Krempel nie heraufgeschafft bekommen. Bronnen versprach, die Reise nachzuholen. Sobald Geld und Gelegenheit sich einstellten. Sie wisse doch, sein Zug ginge in ein paar Wochen, und vorher wäre noch so viel zu ordnen und zu besorgen. Falls sie könne, solle sie ihm verzeihen. Emmy wusste, und Emmy verzieh.

Als eines Vormittags plötzlich die Wohnungstür aufflog, rutschte ihr das gerade aufgeschlagene Ei samt den beiden Schalenhälften auf ein paar Esslöffel Pigmente. Sie quittierte die ruinierte Tagesration Lapislazuli mit einem Fluch und wischte sich mit dem Blusenbündchen einen Tropfen von der Nase. Wie ein Schlafwandler füllte Bronnen den Türrahmen, den Kopf gesenkt, die Hand immer noch auf der Klinke. Als sie sein fahles Gesicht sah, schluckte sie die Scheltworte hinunter. Mit Bronnen hatte sie um diese Zeit nicht gerechnet. Da Emmy ihr Atelier für drei Monate profitabel an eine Worpsweder Künstlerin hatte vermieten können, war die eigene Staffelei in die Küche der Wohnung verbannt. Bisher war Bronnen nicht ein einziges Mal vor dem Abendessen aus dem Institut nach Hause gekommen.

Aus, durchfuhr es Emmy, alles war aus und vorbei. So etwas passierte.

So bekomme er wenigstens mal eines ihrer Bilder zu sehen, brummelte Bronnen.

Ob ihn Helleben nicht um diese Zeit zu sich bestellt habe? Müsste er nicht längst in der Wilhelmstraße sein?

Zum Teufel mit der Wilhelmstraße. Zum Teufel mit der ganzen *Gesellschaft*. Und zum Teufel mit Afrika. Den Bestand der Moskitos würden sieben Liter Blut weniger nicht dezimieren.

Emmy ließ die Hände auf den Tisch sinken, ihre Fingerspitzen kreisten in dem Gemenge, das sie in einem Tiegel hatte anrühren wollen. Während das Eiweiß das Blau durchzog und die Schalenstücke den Dotter ritzten, so dass sich das Gelb in die Masse ergoss, hoffte Emmy, dass ihr die Erleichterung nicht anzumerken war. Die paar bedauernden Worte, die sie murmelte, verstand sie selbst kaum.

Wie auch immer, seine Entscheidung sei unumstößlich. Und die einzig mögliche. Und ein verfluchter Bettel. Zumindest unterm Strich. Richtlinien! Er pfeife auf die Richtlinien der Herren vom *Auswärtigen Amt*. Nun gut, er hätte auf das Studium der Auflagen mehr Sorgfalt verwenden sollen. Sonst wäre dieser unsägliche Passus seiner Aufmerksamkeit nicht entgangen. Die fünfte Auflage zur Bewilligung von Mitteln. So nannten die Herren ihren genialen Einfall. Wer, bitte sehr, habe nicht Besseres zu tun, als seine Zeit mit einem solchen Passus zu vertrödeln? Der Reisezuschuss der *Gesellschaft für Erdkunde* sei mit seinem Rückzieher jedenfalls auch über den Jordan. Der alte Helleben habe sich mit nie gesehener Behändigkeit aus dem Schreibtischsessel katapultiert, als hätte er seinen Schüler am liebsten hinterhergeschickt.

Emmy hatte keine Ahnung, was diese fünfte Auflage beinhaltete, aber sie hütete sich, danach zu fragen. Egal, alles egal, nichts war aus, im Gegenteil, es hatte sogar den Anschein, als ob niemand nach Afrika fuhr, zumindest nicht ihr Gustav. Aus welchen Gründen auch immer. Zumindest vorerst nicht. Ein Aufschub, eine Gnadenfrist oder gar die Chance auf eine dauerhafte Häuslichkeit?

Die Tage und Nächte, die Bronnens überraschender Kehrtwendung folgten, gestalteten sich für Emmys Geschmack alles andere als unerfreulich. Obwohl Bronnen sich nach wie vor zu keinen fünf zusammenhängenden Worten entschließen konnte, die Licht ins Dunkel der Angelegenheit gebracht hätten, zog er sie noch öfter als sonst ins Bett und liebte sie mit einer Heftigkeit, die beinahe an Verzweiflung grenzte. Emmy störte lediglich, dass er seit neuestem die Augen dabei schloss. Sie fühlte sich ein wenig betrogen, ohne sagen zu können, worum. Als seine Zärtlichkeiten allzu fahrig wurden, begriff sie, dass es seine Anwesenheit war, die ihr fehlte, obwohl er ihr körperlich nicht hätte näher sein können. Wie sollte sie es anstellen, ihn an ihre Gegenwart zu erinnern, ohne ihn in Verlegenheit zu bringen? Schließlich hatte er eines Abends von selbst mitten in der Bewegung innegehalten, die Augen geöffnet und sie mit einem Blick bedacht, der von seiner Rückkehr in diese Welt kündete.

Schluss mit dem Trübsinn, ließ er sie wissen, heute Abend werde er sich den Kollegen zum Fraß vorwerfen. Er könne sich nicht länger zum Gespött der *Gesellschaft* machen. Sie solle sich was Hübsches anziehen. Sie hätten eine Einladung. Ein ehemaliger Kommilitone feiere seine Promotion. Der frischgebackene Doktor von und zu Gallstein. Das Verhältnis zu diesem Herrn habe zwar immer auf der gewissenhaften Pflege einer gegenseitigen Abneigung beruht und mit der Einladung wolle sich der Herr Baron nur an seiner, Bronnens, misslichen Lage weiden, aber dafür würde vom Feinsten aufgetischt werden. Zumindest brächte der Kaviar Abwechslung zu den ewigen Kartoffeln.

Wenig später spazierte das Ehepaar Bronnen über den Savignyplatz, und Emmy stöhnte, dass sich die Schwüle immer noch auf jedes Stückchen bloße Haut lege wie ein dampfendes Tuch. Nicht, dass sie dem August nicht sein Recht zubillige. Trotzdem war sie froh, als sie und Bronnen hinter einem Jugenstilportal in die Kühle der Eingangshalle eintauchten. Bronnen schwieg beharrlich, worauf Emmy es mit der Plauderei gut sein ließ.

Als Emmy in der Herrenrunde an den Rauchschwaden der Zigarren zu ersticken drohte, gab sie erstmals an diesem Abend Bronnens Seite preis. Am Ende der Zimmerflucht lag ein Balkon. Während Emmy die Nachtluft einsog, die zwar immer noch warm, aber wenigstens unverbraucht war, hörte sie, wie sich nebenan zwei Männer unterhielten. Die fremden Stimmen waren so nah, dass sie gar nicht anders konnte, als jedes Wort zu verstehen.

Von einem bedauernswürdigen Tropf war die Rede, der glaube, es sich leisten zu müssen, sich mit einer unverzeihlich undeutschen Gesinnung die glänzendsten Zukunftsaussichten zu ruinieren. Gelächter polterte durch die geöffneten Fensterflügel und verschwand in der Nacht. Man möge mit nationalen Höflichkeiten nach Belieben verfahren, auch ein Seufzer zur rechten Zeit sei erlaubt, an der Notwendigkeit einer aufrechten Haltung ändere sich dadurch rein gar nichts. Der Fröhlich habe eine Breitseite abgefeuert, die gesessen habe. Was Wunder, Fröhlich gehöre schließlich zu den Freiwilligen an vorderster Front, ein Mann der ersten Stunde, dem man die Kolonialbegeisterung mit der Muttermilch verabreicht habe. Dieser Fröhlich habe also in der Präsidiumssitzung gewettert, dass der Kollege Bronnen das Kunststück fertiggebracht habe, genauso zu verniggern wie der Krause mit seinen Artikeln im *Berliner Tageblatt*. Und das, fuhr die Stimme glucksend fort, ohne im Gegensatz zu diesem je einem Exemplar besagter Spezies in freier Wildbahn begegnet zu sein. Außer vielleicht jenem Häuflein Suaheli auf der Kolonialausstellung in Treptow. Warum packte einer wie Bronnen nicht als ein würdiger Vertreter seiner Disziplin den Tornister für Kaiser und Vaterland? Schmeckte einem die Erbswurst etwa schlechter, weil man sie in dem Wissen löffelte, dem Reich einen Dienst zu erweisen? Dass das ganze Vergnügen von eben diesem Reich bezahlt werde, dagegen habe der Herr Forschungsreisende in spe schließlich auch keine Einwendungen gehabt. Kein anständiger Mensch könne sich einer derartigen Frage der Ehre entziehen.

Wer Krause sei, fragte Emmy auf dem Nachhauseweg. Bronnen blieb stehen und begutachtete seine Schuhspitzen. Beide wussten, dass sie irgendwann darüber reden mussten. Auf Dauer bot das Bett keine Alternative zu ausbleibenden Erklärungen. Gottlob Adolf Krause? Ausgezeichnet. Also gleich zur Sache. Ein Afrikaforscher, der nach Tripolis aufgebrochen sei, um Arabisch und Hausa zu lernen, als ihm die Barthaare zu sprießen begannen, dem die Teilnahme an seiner ersten Expedition dringlicher auf der Seele gebrannt habe als naturwissenschaftliche Gehversuche in den sicheren Hallen der Gelehrsamkeit, der es aber ablehne, sich mit Waffengewalt eine Schneise durch den Dschungel zu brechen, und der es vorziehe, die weniger als nur bescheidenen Lebensverhältnisse der Hausa zu teilen, um so Sprache, Sitten und Gebräuche zu studieren.

Wenn dieser Krause eine solche Zierde seiner Zunft sei, warum gieße man dann Spott über ihn?

Weil das Gerücht die Runde gemacht habe, antwortete Bronnen, Krause begnüge sich monatelang mit einer Handvoll Erdnüsse vor Sonnenaufgang, was ihn in den Augen derjenigen völlig der Lächerlichkeit preisgebe, die ein Forscherleben mit dem Dasein als ein weißer Sahib verwechselten.

Wegen einer zugegebenermaßen leicht befremdlichen Vorliebe für exotische Kost ziehe man wohl kaum die Geringschätzung anderer Gelehrter auf sich, und die gleichen Leute hätten von ihm, Gustav, ebenfalls keine viel höhere Meinung als von diesem Krause.

Tatsächlich? Bronnen hakte sich bei Emmy unter. Alles nur Gerede über Politik und Vaterland. Eine Verurteilung des Sklavenhandels lasse man ja in gewissen Kreisen noch durchgehen, aber Kolonialeroberungen für eine zumindest fragwürdige Angelegenheit zu erachten, sei in diesen Zeiten eben nicht sonderlich opportun. Sie brauche sich keine Sorgen zu machen, im Gegensatz zu diesem Krause fühle er sich nicht berufen, seine Meinung vor aller Öffentlichkeit kundzutun. Er könne sie ausgezeichnet für sich behalten. Was allerdings nichts an dem Umstand ändere, dass er sich wie ein Narr benommen habe, weil er nicht früher bemerkt hätte, welche Stunde auch für die Wissenschaft geschlagen habe. Während er noch der Illusion anhing, einmal mit dem Kompass in der Hand durch Sümpfe zu waten, habe diese unsägliche nationale Aufbruchstimmung längst alles verdorben. Kein Forscher könne sich mehr den Begehrlichkeiten seines Vaterlands entziehen, zumindest nicht, wenn er ein Betreten Afrikas im Sinn habe. Die Unschuld der glänzenden Entdeckerzeiten sei Vergangenheit, wenn man überhaupt zu der Annahme neige, ein solcher Zustand habe jemals existiert.

Zu Emmys Erstaunen begann Bronnen, sich zu rechtfertigen, ohne dass sie ein weiteres Wort sagte. Was an seinen Absichten schon so verwerflich sei? Er habe sich der Bestimmung von Flussverläufen verschrieben und der Peilung von Bergeshöhen. Könne es eine fesselndere Aufgabe geben als die Lotung eines Sees? Und etwas Befriedigenderes als das Streichen und Fallen von Gesteinsschichten? Kurz, eine gewisse Schwäche für die Vermessung von Landschaft im Jungfernkleid lasse sich nicht leugnen, so, wie Jahrmillionen der erdgeschichtlichen Prozesse sie geformt hätten. Wo Flaggen gehisst würden, geriet dieses feste Gefüge in Unordnung. Zu allem Überfluss zerstöre die Landgier der Alten Welt nicht nur mehr und mehr die Ursprünglichkeit ganzer Kontinente, sondern verdamme die eigentliche Vorhut, die Geographen, zur Überflüssigkeit. Jeder findige Händler überhole mit solch unentbehrlichen Errungenschaften wie Handspiegeln und Konservpfirsichen den Tross der Wissenschaftler, noch während die Geprellten mit den Futteralen ihrer Apparaturen kämpften. Jedes Stück Land lasse sich nur einmal zum ersten Mal vermessen. Nach nicht mehr und nicht weniger strebe er. Nicht für eine Nation, nicht für einen Kaiser, sondern um der Erkenntnis willen.

Deshalb sei er nicht bereit gewesen, den kaiserlichen Schutzbrief ins Gepäck zu stecken, mochten die Herren vom *Auswärtigen Amt* es drehen und wenden. Ob sie sich erinnere, an die fünfte Auflage zur Bewilligung von Mitteln? Er habe nicht nach Afrika gewollt, um den Einheimischen Land abzuschwatzen und sich im Namen welcher Behörde auch immer Hoheitsrechte garantieren zu lassen. Wenn er dieses Blatt Papier dem einzig vernünftigen Gebrauch zugeführt hätte, dessen er sich besinnen könne, nämlich um mit ihm ein Feuer zu entzünden, hätte man ihm, Bronnen, nach der Rückkehr unverzüglich den Prozess gemacht. Aber der Gedanke wäre eine Überlegung wert gewesen. Zumindest über diese vereitelte Versuchung brauche er keine Träne zu vergießen. Seit er auf dem Matterhorn war, reise er nie ohne seinen bewährten Primus Kocher, und zu dessen Gebrauch sei ein Schutzbrief gänzlich überflüssig.

Dann führe also im Moment kein Weg nach Afrika? Ob all das bedeute, dass er hierbleibe, in Berlin, gelegentlich einen Kommentar zum Farbenspiel auf ihren Bildern abgebe und mit ihr ansonsten ruhig das Alter erwarten und der Gicht anheimfallen wolle?

Letzteres sei vollkommen seine Absicht, auch wenn er inständigst noch um ein wenig Aufschub bitte. Und Berlin müsse trotzdem eine Weile ohne ihn auskommen. Allerdings sei sein Entschluss noch relativ frisch, immerhin müsse er selbst erst mit dem Scheitern seiner Afrikapläne ins Reine kommen. Er, Bronnen, sei der festen Überzeugung, dass es gegen Niederlagen nur ein wirksames Mittel gebe. Um mit der verfahrenen Causa so gründlich wie möglich zu brechen, müsse das genaue Gegenteil her. Bronnen blieb stehen und sah Emmy in die Augen, als ob sie jetzt besonders tapfer sein müsste. Ihm schwebe das genaue Gegenteil zum dunklen Kontinent vor. Ein weiteres Mal die Farbe Weiß. Aber dieses Mal nicht als Platzhalter auf einem Bogen Papier, sondern so, wie die Natur das Weiß schuf, rein wie ein Schneekristall, wie viel, viel Schnee.

Trotz, war das Erste, was Emmy sagte.

Es spiele keine Rolle, erwiderte Bronnen. Endlich füge sich auch seine Hochachtung für von Richthofens Werk ins Bild. Die neuartige Darstellung der Erdoberfläche im *Atlas von China* könne gar nicht anders als revolutionär genannt werden. Allerdings entbehre das bloße Hohelied auf alle orographische und geologische Pionierarbeit jeder Berechtigung, solange man sich nicht darauf verlege, solchen Darstellungen den Weg zu bahnen. Dass er im *Orientalischen Seminar* zusätzlich Chinesisch belegt habe, um sich das Studium des Kartenmaterials zu erleichtern, entpuppe sich jetzt nicht bloß als der Luxus einer exotischen Schwärmerei. Für einen, der den Schnee suche, sei es von China nur noch ein kleiner Schritt auf das Dach der Welt. Seine Lektion aus der gescheiterten Afrika-Expedition habe er gründlich gelernt. Ein privater Geldgeber müsse her, wegen der Unabhängigkeit der Expedition, selbst wenn nicht einmal das *Auswärtige Amt* von einem seiner Protegés erwarte, einem Nomaden in A mdos Hochsteppen einen Wisch unter die Nase zu halten, damit der den Daumen darunterdrücke.

Ein Jahr später füllte Bronnen erneut Leihscheine bei der *Königlichen Geographischen Gesellschaft* für die benötigten Instrumente aus. Emmy eröffnete er, sich mit dem verfügbaren Material vertraut gemacht zu haben, das seine Vorgänger aus Tibet mitgebracht hätten. Und er sei darüber zu dem Schluss gekommen, dass er Tibet von Norden oder noch besser von Südosten betreten müsse. Tausende von Quadratkilometern Terra incognita harrten der Verortung durch seine Instrumente. Nirgends werde er willkommen sein, wahrscheinlich würden die Passierscheine der chinesischen Ambane nutzlos in der Tasche verknittern. Aber solange er sich von Lhasa fernhalte, bestehe immerhin die Möglichkeit, unbehelligt seine Arbeit zu tun. In den Korridoren zu Tibets guter Stube fegten die Mönche mit eisernem Besen jeden ungebetenen Gast hinaus, und der Fanatismus der Lamas stecke jeden Fremden in diese Kategorie. Die Linie, als die man nach seiner Rückkehr die Route auf die Landkarte drucken werde, werde, wenn überhaupt, nur aus Gründen der Anschaulichkeit rot sein und nicht deshalb, weil sie Blut gekostet habe. Weder sein eigenes noch das der Mannschaft und nach Möglichkeit nicht einmal das der Lasttiere. Wie dieser erfahrene und nicht nur in seiner Heimat mit Ruhm verwöhnte Asienforscher sich in seinem Reisebericht zu einer solchen Mutmaßung über die Verwendung der Farbe Rot habe hinreißen lassen können, sei ihm, Bronnen, ein Rätsel. Dass der Bericht für ein populäres Publikum verfasst worden wäre, entschuldigte nichts. Ein derartiger Kniff entspringe eher der Fabulierlust als der Tatsachentreue, und Erstere vertrage sich in keiner Weise mit der Präzision und Vortrefflichkeit der Panoramen, die dieser Kollege während seiner Expeditionen stets in ungeheuerer Fülle mit Bleistift oder Tusche gezeichnet habe.

Offenbar erwartete Bronnen, dass Emmy wieder den Anfang machte und die Fragen stellte, die gestellt werden mussten. Aber sie tat es nicht. Welches Interesse hätte sie dem Namen jenes Kollegen abgewinnen sollen? Nur ein weiterer Krause. Was ging sie dieses Land an? Und was seine Hauptstadt? Ob Afrika, Tibet oder wie immer das Stückchen unbekannte Welt heißen mochte, für sie bedeuteten diese fernen Regionen lediglich, dass ihr Mann sich auf den Weg machen, sich aus ihrem Leben entfernen würde und dass ihr nichts anderes übrigblieb, als zu warten.

Wie sie wohl reagiert hätte, wenn sie an jenem Tag, als Bronnen zusammen mit Cohn und dem Zoologen Robert Beermann aufbrach, gewusst hätte, dass keine Periode des bloßen Getrenntseins begann? Aber hinter der unmittelbaren Gegenwart schienen die Dinge damals aufzuhören zu existieren. Bronnen befand gerade die Konstellation mit Cohn für günstig, weil die Mitnahme eines Photographen ihm erspare, sich mit dieser populären Disziplin abgeben zu müssen. Er selbst werde sich ganz auf die Routenaufnahmen und Topographie konzentrieren können. Das Wort Fügung war bereits gefallen. Es hatte eine Weile gebraucht, bis Emmy sich ihrerseits fügte.

Sie versuchte sich selbst damit zu trösten, dass dieser Aufbruch genau das war, was Gustav wollte und woran er von Anfang an keinen Zweifel gelassen hatte. Aber als Cohn selbst beim letzten Händedruck nicht aufhörte, mit dem geplanten Folianten zu prahlen, einem großformatigen Prachtstück voller Photographien aus einem geheimnisvollen Winkel Zentralasiens, deren Schöpfung ihm vorbehalten sei, verlor Emmy beinahe die Fassung. Diesmal war sie es, die die Augen schloss, wie damals Bronnen nach seinen geplatzten Afrikaträumen. Aber es half nichts. Sie hörte Cohn noch immer schwatzen von einer fernen Landschaft, der er die eigenen Abbilder schenken und ein Antlitz verleihen werde für alle, die an ihr Heim gefesselt und nicht befähigt, willens oder auserwählt seien, in die Fremde zu ziehen, die kleine rote Gummibirne des Auslösers in die Hand zu nehmen und zusammenzudrücken. Mit dem Gewicht der Glasplatten werde die Expedition sich eben arrangieren müssen. Aber das solle ein Problem der Maultiere oder Pferde oder welcher Vierbeiner auch immer sein. Leider könne man die Rollfilme erst nach der Rückkehr entwickeln, zu einem Zeitpunkt, an dem man auf Gedeih und Verderb dem Resultat ausgeliefert sei, ohne Möglichkeit, das Rad der Zeit zurückzudrehen. Emmy spürte, wie die Tränen hinter den Lidern zu brennen begannen, versuchte, sie hinunterzuschlucken wie eine bittere Medizin. Sie befreite ihre Hand aus Cohns Umklammerung und trat einen Schritt von der Bahnsteigkante zurück, weg von dem Abteilfenster, hinter dem Cohn sich umgehend nach einem neuen Publikum für seine Vorträge umsah.

Detter ma de Schlüssel inne Tür allema versenken werde, uffem eegnen propper estudio, el Churto, der, hauchte eine hochaufgeschossene Frau ein südländisch gewürztes Halbberlinerisch in Emmys Ohr und hakte sich rechts bei dieser unter. Eine Duftwolke aus Mandelöl entströmte dem Helm aus glänzendem Rabenhaar. Sie reckte Nase und Kinn in

Richtung Abteilfenster und warf mit der freien Hand eine Kusshand in Richtung Cohn, die Lippen mit einer Inbrunst drückend, die den Rängen einer Stierkampfarena entliehen schien und besser einem mit Schweiß und Blut besudelten Matador gegolten hätte als Cohn, der sein Sakko zurechtzog. Er hatte seine Verehrerin auf dem Bahnsteig als seine Schwester vorgestellt, bevor er eilig die Trittbrettgitter des Waggons erklomm.

Weil der Curt, der kriejt imma allet, wat der sik eenbilde, keckerte eine weitere angebliche Schwester des Photographen, während sich ihre Finger an Emmys linkem Arm wie Schnecken festsaugten. Dazu wippte sie auf den Fußballen, Emmy wurde vom Beben des Fleisches erfasst, trotz des Mieders ihrer Nachbarin, das beinahe aus den Nähten platzte. Emmy roch Puder wie von drallem Babyspeck, ein Eindruck, den das Gesprenkel der Sommersprossen auf der Stupsnase der Rothaarigen unterstrich.

Als sich Bronnen und Cohn aus dem Fenster beugten, um dem vorbeieilenden Schaffner einen Auftrag zuzurufen, gaben sie den Blick auf die Statur des dritten Expeditionsmitglieds frei. Im Inneren des Abteils stapelte Robert Beermann Kisten in die Gepäcknetze über den Sitzen. Er hielt inne, bückte sich und luchste ebenfalls nach draußen. Für einen Moment schürzte er den bereits grau durchzogenen Walrossschnauzer, bevor sich seine mächtigen Hände wieder ans Werk machten, als handelte es sich bei den Kisten um Kinderspielzeug. In Emmys Vorstellung tauchten Vogelschwingen und Blütenstengel auf, die in der Obhut solcher Pranken knicken oder augenblicklich dahinwelken mussten. Ausgerechnet dieser Hüne hatte sich dem Sammeln und Verwahren von Fauna und Flora verschrieben und würde sich um das Präparieren und das Herbarium kümmern. War niemand gekommen, um ihm Lebwohl zu wünschen? So wie Beermanns Blick eben das Getümmel auf dem Bahnsteig als höchst überflüssige Veranstaltung missbilligt hatte, schien er auch keine Menschenseele zu vermissen.

Anstatt Cohns Liebschaften hätte Emmy eher die Verwandtschaft eines Mannes interessiert, der zu Bronnens Leidwesen Dosen voll entölten und instantisierten Kakaopulvers für ein ganzes Regiment geordert hatte. Von Beermanns letzter Reise nach Russisch- und Chinesisch-Turkestan gebe es das Gerücht, er rühre das Pulver löffelweise in jede Flüssigkeit, die gerade zur Hand sei, egal, ob warm oder kalt, ob Suppe oder Hochprozentiges. Aber derartige Schrullen sehe man einem alten Hasen wie ihm gern nach, einem, der sich auskenne damit, wie sich der Sand der Takla makan in den Hosentaschen anfühle. Warum er allerdings nur in Notfällen die Zähne auseinanderbrachte, hatte Bronnen nicht zu erklären vermocht, aber hinzugefügt, dass sich ein gewisser Hang zur Einsilbigkeit in Cohns Gegenwart noch als nicht zu unterschätzende Wohltat erweisen könnte. Emmy öffnete die geballten Fäuste und entzog sich dem Zangengriff von Cohns angeblichen Schwestern. Würde Gustav wie dieser Beermann von der Reise zurückkehren, als mürrischer Einzelgänger? Oder war Beermann schon immer so gewesen, einer, den die anderen nichts angingen?

Gerade als Emmy einen Schritt nach vorn machen und ein letztes Mal nach Bronnens Hand greifen wollte, ertönte ein Pfiff, die Türen wurden zugeworfen und der Zug setzte sich mit einem Ruck in Bewegung. Bronnen und Cohn hoben gleichzeitig die rechte Hand, eher wie zum Schwur als wie zum Abschied. Als ob die beiden Männer ein und dieselbe Person wären. So waren sie davongerollt, eingeschlossen in dem Rahmen des Abteilfensters, Zwillinge, die nicht zueinanderpassten, die etwas versprachen, von dem Emmy nichts wusste. Das Bild hatte sich in ihre Erinnerung eingebrannt. Es geisterte oft durch ihr Gedächtnis wie eine abgegriffene Photographie, die sich von ihrem Platz gelöst hatte und einem entgegenflatterte, sobald man das Album aufschlug, selbst wenn einem der Sinn nach ganz anderen Erinnerungen stand.

Wie fremd ihr diese ahnungslose Schicksalsergebenheit geworden war. Im gleißenden Mittagslicht des 25. August 1910 ergriff Emmy die Reling des *Prinz Eitel Friedrich* und schloss mit dem Meer einen Pakt. Einen sehr einseitigen Pakt. Sie hieß ihren neuen Verbündeten, die quälende Gegenwart des Mannes zu tilgen, der sie daran erinnerte, wie rasch ihr das Glück abhandengekommen war. Aber das Meer hatte Cohn schon geschluckt, zusammen mit den anderen winzigen Punkten, die einmal Menschen gewesen waren. Die Häusertürme aus hell leuchtendem Kalkstein waren auf Puppenformat geschrumpft. Bald würde auch Genua nicht mehr existieren. Plötzlich überraschte Emmy der Geschmack von Salz auf der Zunge.

»Grässlich, nicht wahr? Dieses Fortmüssen.«

Emmy fuhr herum und sah in ein verheultes Gesicht. Die junge Frau, fast noch ein Mädchen mit den makellosen Wangen einer Porzellanpuppe, tupfte sich mit der Spitze eines Taschentuchs die Augenwinkel, während sie Emmy so nahe rückte, dass sich die Röcke der beiden Frauen aneinander bauschten. »Abschiedsszenen sind mir schlicht ein Gräuel. Bitte verzeihen Sie mir die Zudringlichkeit. Wenn ich könnte, ich würde sofort zurück an Land.«

»Bitte sehr, frisch ans Werk. Ein Sprung genügt. Oder haben Sie es nicht mit der Schwimmerei? Dann ist eine Seereise vielleicht nicht die glücklichste Wahl. Andererseits, so ginge es wenigstens schnell.« Als Emmy einen fassungslosen Blick ihres Gegenübers erntete, bereute sie ihre Worte. Bevor sie sich auf einen geschmacklosen Scherz herausreden konnte, schluchzte die andere in das Taschentuch, das sie sich inzwischen gegen den Mund presste, drehte sich um und lief in Richtung Fensterfront des Damensalons der zweiten Klasse.

Du Närrin, schalt sich Emmy, war dieser Auftritt nötig? Die Fahrt gleich so zu beginnen? Auf einem Schiff, wo es kein Entrinnen gab? Wie sollten da die restlichen einunddreißig Tage überstanden werden? Aber sie hat sich nicht eingeschifft, um das Geschwätz eines törichten Geschöpfs über sich ergehen zu lassen, das seinem Gespons hinterherweinte. Nein, sie hat sich eingeschifft, weil es ihr nach einem mehr als drei Jahre währenden zähen Ringen endlich gelungen war, die rechte Gelegenheit beim Schopf zu fassen. Und alle Pein wegen ihres kleinen Sohnes im Herzen zu begraben. Und Scham und Reue obenauf zu packen wie Steine. Und diesen Verrat zu entschuldigen als den Preis für das Fortkommen. Und sich die nötigen Mittel für die Reise zu beschaffen. Auch dazu hat Cohn sein Scherflein beigetragen. Hurra, er existierte ja doch noch, der Herr Atelierphotograph! So schnell ging das also gar nicht, das Vergessen. Konnte sie sich Erfreulicheres vom Rest ihres Lebens erwarten als den Moder der Erinnerung? Mit gerade Mitte zwanzig würde Emmy jeden auslachen, der behauptete, ihr Leben läge noch nicht hinter ihr. Zumindest der Teil, der der Rede wert war.

# 2. Orte

Die Nummer musste am anderen Ende des Hauptdecks liegen. Emmy eilte den Gang zurück, den sie gekommen war. Ob man ihr nicht den Weg zeigen solle, hatte der Obersteward angeboten und sie über den Rand seiner Nickelbrille gemustert, als er ihr eine Kabine zuwies. Das Schiff könne sich leicht in ein Labyrinth verwandeln. Dankend hatte sie den Kopf geschüttelt. Jetzt hätte sie sich dafür am liebsten geohrfeigt.

Endlich stand sie vor den beiden gesuchten Ziffern. Als Erstes würde sie die Hände waschen, die klebrig geworden waren, weil sie sich die Gangwände entlanggetastet hatte, als käme sie schneller vorwärts, wenn sie die Strecke auch noch mit den Händen abmaß. Ohne anzuklopfen, drückte sie die Tür auf. Mit einem doppelten Schreckenslaut schossen im Inneren der Kabine die Oberkörper zweier Frauen in die Höhe, aus den geöffneten Koffern zu ihren Füßen quollen Kleidungsstücke. In einer der Frauen erkannte Emmy das heulende Elend, das sie von der Reling vertrieben hatte. Kaum hatte sie ihrerseits Emmy erkannt, presste sie die Lippen zu zwei Strichen zusammen.

»Treten Sie ruhig näher. Wir werden schon miteinander auskommen, obwohl diese Dreibettkabinen, nun ja.« Mit diesen Worten winkte eine stramme Frau in den Vierzigern Emmy herein, bevor sie ein paar Strähnen zurechtsteckte, die sich aus dem Haarknoten gelöst hatten. »Nachts braucht man ja weiter keinen Auslauf. Luise Walther. Und das ist meine Tochter Friederike. Ich habe mir den Zahlmeister schon zur Brust genommen. Aber der Mann hat auf stur geschaltet. Die zweite Klasse und ausgebucht! Unsinn! So ein Andrang ist uns in all den Jahren noch nicht untergekommen. Nicht wahr, Fritzi? Wir kennen die Feldherren-Klasse in- und auswendig. Nach diesem Amerika, nun ja, da mögen andere Spielregeln gelten.«

Emmy zögerte allein schon deshalb, über die hohe Schwelle der schmalen Türöffnung zu steigen, weil das Innere der Kabine für eine weitere Person schwerlich Platz bot. Jedenfalls nicht, bevor die Kabinenkoffer unter das in der Wand eingelassene Stockbett geschoben waren. Oder nicht wenigstens die Waschtoilette zusammengeklappt war. Oder eine der Damen Walther sich auf eines der Betten zurückzog.

»Fürs Erste werden Sie also mit unserer Gesellschaft vorliebnehmen müssen. Gewöhnlich herrscht die lobenswerte Sitte, Alleinreisenden eine Mehrbettkabine zur freien Verfügung zu überlassen. Bei mangelnder Belegung, versteht sich. Wahrscheinlich ist dem Zahlmeister ein Fehler unterlaufen. Fritzi, nimm deine Hutschachtel von dem Sofabett. Schmal, das gute Stück, dafür ganz Ihr eigen, samt Bullauge. Wenigstens eine Außenkabine. Und niemanden über sich. Das kann Goldes wert sein. Wir haben das Stockbett in Beschlag genommen, ich hoffe, die Zuteilung ist in Ihrem Sinn, Frau …? Wie war doch gleich Ihr Name?«

»Emmy Bronnen-Radke.«

»Erfreut, sehr erfreut. Und Sie reisen ohne Begleitung? Nun ja, die neue Zeit.«

Emmy nickte und arbeitete sich mit kleinen Schritten die

Längsseite des Schlafsofas entlang. Auf dem lindgrünen Polster prangte ein Stapel mit gestärkter Bettwäsche wie ein Steinquader. Die Zudecken mussten im Kleiderschrank liegen. Als Emmy direkt vor Friederike Walther zum Stehen kam, die die Hutschachtel unbeholfen vor dem Bauch drehte, war an ein Vorbeikommen nicht zu denken.

»Eine unglückliche Szene vorhin, Fräulein Walther. Ich weiß, es war unhöflich. Mein Benehmen tut mir leid. Ich war in Gedanken.«

»Ach, ich bitte Sie, schon vergessen.« Friederike Walther lächelte, zirkelte die Hutschachtel auf das Stockbett und machte einen halben Schritt zurück, bis ihr die Matratze in die Kniekehlen drückte. Emmy wischte sich am Rock die Hände ab, die jetzt auch noch zu schwitzen begannen. In welche Ecke hatte der Kabinenboy ihren Koffer geschoben?

»Sie haben meine Tochter bereits kennengelernt? Umso besser. Sagen Sie ruhig Fritzi zu ihr.«

»Mama, bitte!«

»Bilde dir nur keine Dummheiten ein. Bloß weil du dir diese Narretei von einer Verlobung in den Kopf gesetzt hast, stehst du noch lange nicht auf eigenen Beinen. Darf ich dich an das Telegramm deines Vaters erinnern? Wir wissen beide nur zu gut, dass er mit seinem einzigen Kind Besseres vorhat, als tatenlos zuzusehen, wie es sich in die Arme eines Schwächlings wirft. Wegwirft, um der Wahrheit Genüge zu tun.«

»Ja, natürlich, am liebsten hätte er seine Tochter an Moor, Plaschke & Co. verschachert. Mit der Fusion liegt er mir in den Ohren, seit ich meine Lieblingspuppe in den Brunnen geworfen habe. Aber mit diesem Zwerg Georg Moor lasse ich mich nicht verkuppeln.«

»Moor hat seine Vorteile. Wer kann schon etwas dafür, wie

Gott ihn schuf? Und an Geld gewöhnt man sich erstaunlich rasch, glaub mir. Auch du, mein Kind.«

»Eher erhänge ich mich mit seinen Schweinsdärmen.«

»Und dein Julius? Ein schöner Eisenbahningenieur ist das, dein Herr Verlobter. In China holt man sich Malaria, Typhus oder Dysenterie. Mit ein bisschen Glück fängt man sich nur ein wenig aufregendes Scharlachfieber. Ah, erst die Cholera. Da kommt ein rechtschaffener Mensch nicht gegen an. Und falls doch, dann nur mit Gottes Beistand. Aber Migräne, ich bitte dich! Ein Mannsbild! Das Klima! Warum nicht gleich Hitzewallungen oder Schwächezustände? Da steckt ja der Syphilis mehr Ehre in den Knochen!«

»Mama, das reicht!«

»Und dann auch noch diese Schnapsidee! Wie kann ein Mann von Verstand der zukünftigen Mutter seiner Kinder eine Fahrt nach Genua schenken? Zur Verlobung! Mit der Eisenbahn, Gott, wie originell. Welch ein Einfaltspinsel. Nun ja, ein Blick über den eigenen Tellerrand ist eben nicht jedermanns Sache. Ich an deiner Stelle würde mich versichern, dass er zukünftig nicht Freibilletts nach Hause bringt anstatt seines Gehalts. Jeder Knochen im Leib ist mir durchgeschüttelt worden. Und diese Südländer mit dem ewigen Gebummel. Ich hasse Unpünktlichkeit.«

»Mama, wir haben durch die Fahrt mit der Eisenbahn zehn Tage gewonnen. Dieses Mal mussten wir nicht um Frankreich und Spanien herum, auch nicht an halb Afrika vorbei, bloß um in Italien zu landen.«

»Wären wir wie jedes Mal in Hamburg an Bord gegangen, wäre uns jedenfalls dieses Durcheinander mit den Kabinen erspart geblieben. Wo steckt bloß mein Morgenrock? Er wird doch nicht zwischen die anderen Sachen geraten sein?

Eine Katastrophe, nicht auszudenken! Nächsten Sommer kommt Li lien mit.«

»Du weißt, was Papa dazu sagt.«

»Ich kann mich schließlich nicht um jede Kleinigkeit kümmern. Wieso soll eine Frau in meiner Position nicht mit einer chinesischen Dienerin nach Bremen reisen? Welche absonderlichen Vorstellungen hat mein werter Herr Gatte von meiner Position, ganz zu schweigen von meinen Bedürfnissen? Für die Passage von Li lien war er zu knausrig und Schluss.«

»Ihm graut bestimmt vor Onkel Lothars Sticheleien.«

»Was die Verwandtschaft von ihm und seiner Familie denkt, hat deinem Vater noch keinen Tag halb so viel Interesse entlockt wie das Anleihengeschäft. Ich bin die Letzte, die sich beschwert, wenn er die Markstücke zusammenhält, aber bitte sehr nicht auf Kosten seiner besseren Hälfte. Im Bordgepäck ist der Morgenmantel jedenfalls nicht. Steward!« Mit diesem Ruf rauschte Frau Walther zur Kabine hinaus, ohne die Tür hinter sich zu schließen.

»Am besten«, seufzte Fritzi, nachdem sie die Tür mit einem Knall zugeworfen hatte, »man widerspricht ihr nicht. Sonst findet sie gar kein Ende. An die Peinlichkeiten gewöhnt man sich.«

Emmy trat vor die Waschtoilette und goss Wasser aus dem Krug in die Emailschüssel, die in die Platte eingelassen war. Sie begann die Hände zu rubbeln, als ließe sich so die Gegenwart der beiden Frauenzimmer zumindest für ein paar Sekunden abwaschen.

»Bitte, nehmen Sie unsere«, sagte Fritzi, die an Emmys Seite getreten war und ihr ein Stück Seife entgegenhielt. »Was die einem hier offerieren, ist das reinste Scheuerpulver.«

Emmy bedankte sich und überlegte, ob ihre Kerkermeisterin sie wohl begleiten und an die Aborttür klopfen würde, sobald Emmy verriegelt hätte.

»Sagen Sie ruhig Fritzi zu mir, wo der alte Drachen recht hat, hat er recht. Bald werde ich ja Frau Simmle heißen. Dann ist Schluss mit Fritzi oder Fräulein.«

»Seien Sie mit dem ›Fräulein‹ nicht allzu streng. Der Stand hat seine Vorteile, man hat noch Möglichkeiten.«

»Finden Sie? Nein, Frau Simmle macht viel mehr her. Das ist ja gerade das Aparte an einer Heirat, dass man zu einem anderen Namen kommt und nicht mehr zum Inventar im Elternhaus gerechnet wird. Nach der Heirat ereilt einen das Gemecker nur noch von einer Partei. Meine Belehrungen, was man von der holden Weiblichkeit erwartet, sind gründlich ausgefallen, wie Sie sich vorstellen können.«

Emmy nickte, trocknete sich die Hände an dem Handtuch ab, das Fritzi bereithielt, machte zwei Schritte und ließ sich auf das Sofabett sinken. Das Polster gab nach und schloss sich um ihren Hintern wie ein lebendiges Wesen.

Das Billett hatte nur halb so viel gekostet wie eines der ersten Klasse. Aber auch in der ersten Klasse gebe es kaum Einzelkabinen, hatte es geheißen. Es hätte nichts gebracht, Cohns Großzügigkeit auszureizen. Zwar hatte er beteuert, er kenne nur einen Ort, an dem ihre Anwesenheit noch weniger vonnöten sei als in China. Und genau dorthin beabsichtige sie zu gelangen. Trotzdem hatte er die Scheine aus der Schatulle genommen und abgezählt. Natürlich stand er nicht in ihrer Schuld. Wer konnte schon etwas für das Glück, das einen am Leben ließ? In diesem Moment war sie jedoch froh gewesen, dass er sein Gewissen freizukaufen versuchte.

»Und wo steckt er jetzt, Ihr Verlobter?«, fragte Emmy in

die entstandene Pause hinein, um zu verhindern, dass diese Fritzi auf die Idee kam, ihrerseits Fragen zu stellen.

»In Stuttgart. Er trägt dafür Sorge, dass die Schwaben endlich eine Eisenbahn bekommen. Nein, Spaß beiseite, er hat eine Anstellung im Württembergischen Staatsdienst in Aussicht. Wäre auch schade um einen, der in der Welt so weit herumgekommen ist wie mein Julius. Bis zum Regierungsbaumeister kann er es bringen. Natürlich ist das nichts im Vergleich zu den Lorbeeren, die sich bei der *Kaiserlichen Chinesischen Staatseisenbahn* einheimsen lassen. Die Linie Tien tsin – Pukou, mit Anschluss an die Linie von Schang hai nach Nan king. Eine echte Pionierleistung. Jeder deutsche Handelsagent im Pachtgebiet Kiau tschou gerät ins Schwärmen. Alle internationalen Settlements in Schang hai sind voll des Lobs. Natürlich quälen Julius keine Migräneanfälle. Nicht einmal die Ausdünstungen in den Überschwemmungsgebieten schlagen ihm auf die Konstitution. Raten Sie mal, weshalb er fort ist?«

»Müsste Ihre Frau Mutter nicht schon längst zurück sein?«

»Das unsägliche Opium. Eine Versuchung des Teufels höchstpersönlich. Nicht, dass Julius den Kulis die Qualmerei nicht gönnte. Wie sollten die Kolonnen ohne ein wenig Trost das abverlangte Pensum bewältigen können? Oder wie den nagenden Hunger stillen? Sagt Julius. Es war, weil er sich selbst nach einem Pfeifchen zu sehnen begann. Weil der leitende Ingenieur Julius' Streckenabschnitt aufs Korn genommen hatte und nicht mehr lockerließ. Weil Julius ihm nichts recht machen konnte, weil es sogar an den Steinen für das Schotterbett zu mäkeln gab, die Julius aus Klinkern hauen ließ. Da war Schluss für einen wie Julius. Er ist nicht ins Unbekannte gezogen, um sich dort von einem Sklaventreiber aus der deutschen Provinz das Leben sauer machen zu lassen. Irgendwie hatte er genug von der chinesischen Eisenbahn. Deshalb ist er auch nicht zur britischen Sektion gewechselt. Wozu in dem Land verlottern, wenn nicht einmal die Chinesen selbst die Eisenbahn wollen? Das dampfspuckende Ungeheuer halten sie für einen besonders raffinierten Fluch der fremden Teufel. Warum soll ausgerechnet Julius Simmle aus Esslingen das Chinesische Reich zu seinem Glück zwingen? Sollen sie weiter wie seit Jahrtausenden jedes Pfund auf Rücken und Schultern schleppen, was geht ihn das Elend der Kulis an?« Schwer atmend hielt Fritzi inne und fixierte Emmy, als ob das Elend ihr Gegenüber etwas anging.

»Offenbar ein Mann mit Prinzipien, Ihr Verlobter.«

»Das sagen Sie. Nicht nur meine Eltern nennen derartige Rücksichten gegenüber der eigenen Befindlichkeit Schwäche. In China herrscht ein schneidigerer Ton. Was soll man auch an Mitgefühl erwarten? Den Chinamann kümmert nicht einmal der eigene Tod. Den schönsten Aussichten bei der Eisenbahn hat Julius Lebewohl gesagt. Ich mag vielleicht eine Gans sein, aber meine eigenen Gedanken mache ich mir schon. Wer außer Julius regt sich bei der Streckenführung über überflüssige Kurven auf, die abgesteckt sein wollen, bloß weil irgendwelche Ahnengräber nicht verlegt werden dürfen?«

»Wenn Ihnen das Land so zuwider ist, warum sind Sie dann an Bord?«, hörte sich Emmy fragen, die überrascht feststellte, dass sie sich für Fritzis Auslassungen zu interessieren begann. Vielleicht bot sich eine Gelegenheit, etwas Nützliches über Schang hai zu erfahren. Von dieser Stadt wusste sie nur, dass der Steamer in der Mündung des Wu song vor Anker gehen würde. Ein Tender würde die Passagiere in den eigentlichen Hafen bringen. Was danach kam, lag völlig im Dunklen.

»Oh, fragen Sie Papa. Pläne, nichts als Pläne. Er besteht darauf, dass Julius sich erst wieder eine feste Anstellung verschafft. Sonst wird es nichts mit der Zustimmung zur Hochzeit. Also werde ich fürs Erste zurück nach Schang hai verfrachtet. Wie Stückgut. Kennen Sie Stuttgart? Ich leider nicht. Egal, nur weg aus Schang hai. Wenn Julius in Stuttgart nichts ausrichten kann, dann bleibt immer noch *Krupp* in Essen. Hat man von dem Nest schon einmal gehört? Ach, Julius wird gewiss das Richtige finden.«

»Seit wann leben Sie in Schang hai?«

»Als Papa die Firma gründete, war ich zehn. Was um alles in der Welt sollte ich in Schang hai? Ich vermisste meine Spielkameradinnen. Die Schule der Padres quoll über vor Kindern aus aller Herren Länder. Wie soll da eines das andere verstehen? Chinesisch lernen gehört zu den zehn Plagen. Und wozu? Ein Leben in China? Niemals! Papa hat getobt. Aber jetzt habe ich ja Julius. Wissen Sie, wie Papas erster Kommentar ausfiel?«

»Eine Geschäftsidee?«

»Der Alte raubt mir den Verstand mit seinen ewigen Fusionen. Julius soll sich auf Schweinsdärme verlegen. China produziert genug davon für den Rest der Welt. Und im Deutschen Reich werden Unmengen an Würsten verzehrt. Ein gigantischer Markt. Julius könne eine Zweigniederlassung von Moor, Plaschke & Co. in Hamburg eröffnen. Unter eine Partnerschaft mit seinem Nebenbuhler wird Georg Moor sicher mit Freuden seine Unterschrift setzen. Aber Papa kann nichts dafür, der Handel mit Tierhäuten ist nun mal seine Welt. Import und Export, so lautet das Glaubensbekenntnis von Walther & Co. Weiter als bis zu Schlachtabfällen scheint Papas Vorstellungsvermögen nicht zu reichen. Aber verraten Sie ihm bitte nichts davon, er würde es noch als Kompliment auffassen. Und Sie, was verschafft Ihnen das zweifelhafte Vergnügen einer Reise nach Fernost? Ach du Schreck, ich wollte Ihnen keinesfalls die Vorfreude verderben. Verzeihen Sie, Sie machen nicht den Eindruck wie jemand, der schon oft in China war.«

»Tatsächlich?«

»Nur so ein Gefühl, aber man erkennt einander, als alte Chinafahrer. Nicht nur an der ungesunden Gesichtsfarbe, die man sich früher oder später einhandelt. Man frönt einer Art Sport. Das Erste, wozu man ansetzt, ist das Durchhecheln der ganzen Gemeinde. Sie haben sich nach keiner Menschenseele erkundigt. Lässt Ihr Mann Sie nachkommen? Egal, was für Wunder er Ihnen versprochen hat, glauben Sie ihm kein Wort. Sagen Sie bloß nicht, er ist Kaufmann oder Ingenieur? Bei der Eisenbahn? Dann ist er bestimmt ein Bekannter von Julius.«

»Nein, keine Sorge.«

»Militär, Diplomat, Bankier, Arzt, Gelehrter, Photograph, Berichterstatter, Reiseschriftsteller? Er macht eine Tour? Mit Cook, der Beneidenswerte! Auch nicht? Kein Wort mehr. Eine zweifelhafte Existenz? Verarmter Adel? Wie aufregend! Sie halten mich hin, das ist nicht recht. Ich habe Ihnen mehr anvertraut, als schicklich ist. Aber wenn einem das Herz übervoll ist, dann ...«

»Er ist tot.«

»Oh!«

»Schon gut.«

»Das tut mir aufrichtig leid. Was bin ich nur für eine Gans!

Vielleicht sind Schweinsdärme doch mein Metier. Moor, Plaschke & Co. lassen mit Sicherheit keine Gelegenheit aus, wenn es ans Expandieren geht. Ich könnte Kontrakte in Gänse- und Entenfedern machen.«

»Machen Sie sich keine Gedanken.«

»Aber Sie sind doch noch so jung! Wenigstens sind Ihnen Banalitäten und Langeweile erspart geblieben. Keine Gemeinheiten, kein gegenseitiger Überdruss. Kein toxisches Gebräu, zu dem sich die Zuneigung zersetzt hat.«

»Ich kann mir denken, von wem der Trost stammt.«

»Irrtum. Das behauptet Tante Gertrud, Mamas Schwester. Das schwarze Schaf in der Familie. Die unaufhörliche Abfolge immer gleicher Tage und Nächte zermürbe das gegenseitige Glück gründlicher als jeder Mühlstein. Bestimmt Shakespeare. Tante Gertrud hat immer nur Perlen zum Besten gegeben. Wer der Herrlichkeit der Liebe Ewigkeit verleihen wolle, der solle beizeiten seinen Handel mit dem Tod machen. Tante Gertrud war Schauspielerin. Und früh Witwe. Trotz einiger Anträge hat sie sogar die ganz Passablen in die Wüste geschickt. Irgendwie bewundernswert, diese Halsstarrigkeit, nicht wahr? Auch wenn sie nicht gerade das war, was man unter einer Dame von Welt versteht. Und erst dieser Tick. Beständig hat sie sich die Haarsträhnen aus dem Gesicht genestelt. Offenes Haar. Können Sie sich vorstellen, dass unsereins sich weigert, einen ordentlichen Dutt aufzustecken? Den unglücklichen Onkel habe ich nie kennengelernt. Einen Ingenieur, den ein Wassereinbruch in einem Stollen ertränkt hat. Kann es etwas Ungerechteres geben als einen Tod vor der Zeit? Auch wenn Tante Gertrud Stein und Bein geschworen hat, dass der Tod ihr die Liebe nicht zu rauben vermochte?«

»Könnten wir bitte endlich das Thema wechseln?«

»Natürlich, verzeihen Sie. Ich wollte nur etwas Nettes sagen. Trost gibt es in dem Fall ja keinen.«

»Erzählen Sie von Schang hai. Kennen Sie Han kau?«

»Das Landesinnere? Weiter als bis Nan king hat es uns nie verschlagen. Trotzdem die reinste Strapaze. Das tut man sich kein zweites Mal an. Nicht, dass ein längerer Aufenthalt in Schang hai zu empfehlen wäre. Jeder vernünftige Mensch sollte dieser Stadt so schnell wie möglich den Rücken kehren. Eben wie ein Brett, kein Strauch, kein Baum, kein Grün, nichts. Nur die Sonne, die vom Himmel brennt. Alle Farben sind versengt. Und Staub, der alles bedeckt. Staub, der sich in Brei verwandelt, sobald der Monsun beginnt. In diesem Dampfkessel gibt es wahrlich nichts, was man versäumen könnte. Und erst die alte Chinesenstadt, grässlich. Sogar Mama würde mir in diesem Punkt nicht widersprechen, obwohl sie Menschenaufläufe aller Art liebt. Die Gassen, eng wie Schlünde. Schon eineinhalb Leute haben Schwierigkeiten, sich aneinander vorbeizuzwängen. Das Gewimmel spottet jeder Beschreibung. Wie können diese armen Chinesenmenschen mitten in den Gassen vegetieren? Übereinander hinwegsteigen, sich in den Nischen zusammenrollen wie Tiere, unempfindlich gegen Dreck und Gerüche aller Art? Und erst das Geschrei! Tausende von Kehlen preisen ihre Waren an, ihre Dienste oder fordern ihren Teil Cashs, bloß damit sie verschwinden. Die Bettler sind eine ernste Macht, ihre Gilden sind sogar unter den eigenen Landsleuten gefürchtet. Wer sich ihren Forderungen nicht unterwirft, der wird von Dutzenden Schauergestalten belagert. Den Aussatz und die Verstümmelungen vermag sich nicht einmal ein Arzt vorzustellen. Ein Hindurchkommen ist gänzlich unmöglich.

Hüten Sie sich, dem Pack auch nur eine Kupfermünze zuzuwerfen, sonst sind Sie verloren. Kurzum, wenn Sie meinen Rat wollen, dann meiden Sie die Chinesenstadt.«

»Das klingt ja so, als ob ich diejenige wäre, die lieber von Bord springen sollte.«

»Ach, man gewöhnt sich an die Unerfreulichkeiten. Für eine gewisse Zeit. Wenn man nur nicht ein so leeres Leben führen würde. Aber was weiß ich schon von dem, was man Leben nennt? Sie können sich kein Bild von der Langeweile machen. Nicht einmal spazieren gehen kann man in diesem Land. Sobald man aus dem Tor tritt, trabt ein aus dem Erdboden gezauberter Rikschaboy hinter einem her, wenn es sein muss, Stunde um Stunde, nicht willens, sich die Aussicht auf ein Geschäft verderben zu lassen. Und er trägt seinen Sieg davon, glauben Sie mir. Sie könnten ein bisschen ausreiten, wenn Sie ein Damenpferd aufzutreiben verstehen. Spielen Sie Tennis?«

Emmy schüttelte den Kopf.

»Dieses Gehopse ist zu peinlich, nicht wahr? Aber wenn Sie einen Mann fragen, welche Meinung er von Schang hai hat, bekommen Sie natürlich eine ganz andere Antwort. Von wegen Langeweile. Es gibt Geschäfte, jede Sorte von Geschäften. Männer finden in Schang hai tausend Anlässe für ihre Profitjagd. Zins und Dividende, Sie wissen schon. Der Handel, der Silberkurs, Spekulation auf alles, was sich verkaufen lässt. Wem das nicht reicht, dem bleiben die Pferderennen. Und die Wetten, das Glücksspiel. Brauchen unsere Männer mehr zu einem erfüllten Dasein? Aber was bleibt uns Frauen? Gewiss, das Dasein ist unbeschwert. Für Ausländer ist die Dienerschar so billig und zahlreich, dass einem nicht einmal die Sorge um häusliche Angelegenheiten bleibt. Nein, unsereins kann sich nur einen passablen Anstrich verpassen für die Abendgesellschaften. Und erst die Tyrannei der Wohltätigkeitsveranstaltungen. Und dann noch die Theateraufführungen. Die Krönung der Woche ist am Sonntag der englische Gottesdienst. Zum Glück hat Julius auf dem Weg nach Tsing tau in Schang hai Station gemacht. Auf den Abendgesellschaften wird jedes frische Blut herumgereicht wie eine kleine Sensation. Alle wohnen sie im internationalen Settlement, die Europäer, die Amerikaner, die Russen, Nordländer, sogar die Japaner, alle, die es nach Schang hai verschlägt. Außer den Franzosen, die haben ihre eigene Konzession. Im Settlement gibt es annehmbare Hotels, falls Sie noch nicht reserviert haben.«

»Also das ist doch wirklich unerhört!«, platzte Frau Walther in Fritzis Monolog, einen Morgenmantel über dem Arm. »Ich musste leider wieder recht behalten. Nicht ein einziger Passagier im Unterdeck! Von wegen bei Fahrten nach Fernost sei die Nachfrage nicht groß genug. Welch schamlose Lüge! Ich habe mich mit meinen eigenen Augen überzeugt. Im gesamten Unterdeck stapeln sich neben Säcken mit Anilinfarbe ganze Radsätze! Sogar ein paar Kammern des Hauptdecks seien ausgeräumt worden, hat der Steward mir im Vertrauen gestanden. Radsätze für die Eisenbahn! Muss mich diese Branche auf Schritt und Tritt verfolgen? Fein verpackt als Postsendung! Welch ein Unfug. Die wenigen Kabinen der dritten Klasse auf dem Hauptdeck waren gleich belegt. Also hat man uns zusammengepfercht wie das liebe Vieh. Damit die Herren zusätzlich irgendwelche Maschinenteile laden können, anstatt das Unterdeck für die Passagiere freizugeben. Pah! Diese Geschäftemacher. Alfred wird bei Melchers & Co. unverzüglich Beschwerde einreichen. Ist einem so etwas schon untergekommen? Wenigstens ist Alfred in der Niederlassung des *Norddeutschen Lloyd* bestens bekannt.«

»Da ist er ja«, sagte Fritzi.

»Was meinst du, mein Kind?«

»Dein Morgenmantel.«

»Worauf du dich verlassen kannst. Bist du mal so gut?«, bat Frau Walther, als sie Anstalten machte, die Leiter zum oberen Bett hinaufzuklettern. Fritzi trat hinzu, drückte ihre Schulter gegen das ausladende Hinterteil ihrer Mutter und schob. Als sie Emmys verständnislosen Blick auffing, kicherte sie. »Mama kommt in die obere Etage. Nicht, weil die Quacksalber ihr Gymnastik verordnet haben, sondern weil sie nicht seekrank wird. Nie. Unter keinen Umständen. Egal, wie schlimm das Schiff in der Quere gefasst wird und rollt. Beneidenswert. Auf meinen Magen hingegen würde ich keine Wette abschließen. Ohne mein Validol wäre ich verloren. Aber ich will nicht klagen. Als Kind hat Mama mich mit diesen grässlichen Ingwerstückchen gefüttert.«

»Du könntest es in Zukunft auch mit Moor halten. Dem Ärmsten ist das Meer unheimlich. Bremerhaven ist ihm Welt genug. Das müsste dir doch gerade recht sein.«

»Ein abergläubischer Mensch, ich bitte dich!«

»Kind, wir haben alle unsere Krücken. Man will doch nur dein Bestes.«

»Ich werde den Damen ein wenig die Kabine überlassen.« Emmy arbeitete sich aus dem Sofa. »Noch etwas Luft schnappen.«

»Eine ausgezeichnete Idee. Vergessen Sie das Dinner nicht. Kennen Sie den Weg zu unserem Speisesaal? Soll ich nach dem Steward klingeln?«

»Nein, nein, nicht nötig!«

Emmy stieß die Tür zum Deck auf, als ob es hinter ihr brannte. Im Freien holte sie tief Luft. Von allen Seiten drängte das Meer gegen den Rumpf des Schiffes, keine Küstenlinie schlierte in der Ferne. Wann lief der *Prinz Eitel Friedrich* Neapel an? Eine Gelegenheit, von Bord zu gehen. Wovon sie natürlich keinen Gebrauch machen würde. Wozu sich über die Damen Walther aufregen? Geschwätz war weder ansteckend noch tödlich, die Gesellschaft möbelte ihre Laune vielleicht sogar auf.

Die letzten Jahre hatte sie wie eine Einsiedlerin verbracht, sie hatte es nicht einmal ertragen, dass ihr jemand zum Porträtieren saß. Die Arbeit stockte. Selbst die Künstlerlokale, in denen sie früher jede freie Minute verbracht hatte, waren ihr fremd geworden. Nichts als leeres Wortgeklingel und aufdringliches Gelächter. Nur zum Wannsee war sie immer wieder gefahren, ihr Bedürfnis nach einsamen Spaziergängen war unstillbar gewesen. Obwohl es umständlich bis zur Unerträglichkeit war, den Kinderwagen in die Züge zu wuchten. Sollte es ihr tatsächlich gelingen, nach Tibet zu gelangen, würde sich reichlich Gelegenheit finden, keiner Menschenseele zu begegnen.

Als Emmy wenig später zu ihrer Platzkarte an der mittleren Reihe der drei parallel aufgestellten Tafeln geführt wurde, war sie eine der Letzten. Der Salon funkelte. Die Gläser und das Silberbesteck auf den Damasttischdecken reflektierten das Licht der Kristalllüster. Erleichtert registrierte Emmy, wie Frau Walthers Stimme von einem anderen Tisch herüberschallte. Fritzi winkte, Emmy wandte sich ab und spürte, wie ihr der Stuhl in die Kniekehlen geschoben wurde, eine Aufmerksamkeit des Tischnachbars, der aufgesprungen war, kaum dass sie sich dem Tisch genähert hatte.

»Gestatten? Emil Posselt. Berichterstatter der *Berliner Morgenpost*, Feuilleton.« Der Mann hielt sich trotz Kugelbauch gerade wie ein aufgesetztes Bajonett und nickte knapp. Bevor Emmy ihren Namen vollständig aussprechen konnte, wurde sie von der Nachbarin zur Linken beansprucht, der Gattin eines weltbekannten Chirurgen aus Frankfurt, wie sie umgehend erfuhr. Wegen des schwindenden Augenlichts sehe man sich leider gezwungen, an der *Deutschen Medizinschule* in Schang hai Unterricht zu geben. Endlich sei ein Haus mit der benötigten Zimmerzahl gefunden, um sie, Frau Doktor Mathilde Zobel, nachkommen zu lassen. Es folgte ein Vortrag über Operationen am offenen Auge und Stare unterschiedlicher Couleur. Als Frau Doktor Zobel plötzlich innehielt und Emmys Gedeck musterte, entdeckte Emmy das Telegramm, das neben ihrem Teller lag. Weil sie es nicht lesen konnte, ohne den Inhalt mit Frau Doktor Zobel teilen zu müssen, schob sie es unter den Teller und hoffte, damit die eigene Neugier besänftigen zu können. Emmys Tischnachbarin seufzte enttäuscht.

Das Dinner wollte kein Ende finden. Emmy hätte nicht zu sagen vermocht, was sie gegessen hatte. Nicht einmal, ob es ihr geschmeckt hatte. Sie erfasste wenig von dem Sinn der Worte, die von beiden Seiten auf sie eindrangen, beantwortete die an sie gerichteten Fragen so einsilbig, dass die Gespräche bald über sie hinweggingen und sie für den Abend verlorengaben. Obwohl sie hungrig war, legte sie Messer und Gabel beiseite. Sie musste gegen den Drang ankämpfen, den Tellerrand mit beiden Händen niederzudrücken, damit das Telegramm endlich Ruhe gab. Noch nicht einmal ein Abend war vergangen, und die erste Nachricht hatte sie bereits eingeholt. Warum ließ man sie nicht einfach ziehen? Es konnte doch unmöglich etwas passiert sein, dessen Mitteilung keinen Aufschub duldete. Emmy starrte auf den Teller, als würde das Stück Papier ihn im nächsten Moment hochheben, bis sie es keine Sekunde länger aushielt, ihre Serviette auf den Tisch warf, das Telegramm hervorzog und grußlos den Speisesaal verließ.

HERZALLERLIEBSTES TOENCHEN PUDELWOHLAUF. LUSTIGSTES DUR. UND DIE GRAUSAME PERSON, MEIN EXPUEPPCHEN? TRAURIGSTES MOLL? KEINE BANGE, FUER DEIN KIND IST GESORGT. ABER WER WIRD FUER DICH SORGEN, MEIN KIND?

Natürlich war nichts passiert, ihr Vater hielt immer noch Jüngstes Gericht, verurteilte ihr Verhalten als wider die Natur. Sie schloss die Lider und erschrak über das Auftauchen von Antons Kulleraugen. Mit dem lustigsten Dur war es aus und vorbei für die nächsten Monate, gar Jahre. Weil sie ihren Kopf durchgesetzt hatte und auf die Herzlosigkeit verfallen war, ihr eigenes Kind im Stich zu lassen. Wenigstens wusste sie es bei seinem Großvater gut versorgt. Mochte der Alte seine Telegramme schicken. Es war sein gutes Recht, und es war sein Geld. Solange er nur darüber wachte, dass es Anton an nichts mangelte, hatte er ihren Segen. Schon in diesem Punkt war auf ihn mehr Verlass als auf sie. Mit seinem Geld ließen sich ausgezeichnete Erzieher finden. Akkumulatoren gehöre die Zukunft, warf der Fabrikant gerne in die Runde, selbst wenn ihn niemand danach fragte. »Radke & Söhne. Wir liefern prompt und zuverlässig in jeden Winkel der bekannten Welt.«

Welche Erinnerung an diese Frau, die sich seine Mutter

nannte, würde Anton noch besitzen? Später, bei ihrer Rückkehr? Wie viel Platz bot das Erinnerungsvermögen eines gerade mal dreijährigen Kindes? Erschöpfte sich der Begriff Mutter während der ersten Lebensjahre nicht in dem Verlangen nach Nahrung und Geborgenheit? Gab es das überhaupt, die Verbundenheit mit einer Person, wenn diese die Abwesenheit vorzog? Wozu sich quälen? Mit dem Tag der Abreise hatte sie das Recht auf die Liebe ihres Kindes verwirkt.

Emmy durchmaß mit Riesenschritten das Promenadendeck. Sobald sie die Bordwand erreichte, knallte sie ihre Schuhspitze gegen den Eisenrand, bevor sie kehrtmachte. Das Deck gehörte ihr allein, es war komplett entvölkert, als könnte frische Luft Reisenden, die sich gerade ein üppiges Abendessen einverleibt hatten, gefährlich werden. Schließlich schmerzten Emmy die Zehen, und sie lehnte sich gegen eines der beiden mächtigen Dampfspille. In einem Käfig konnte man genauso gut stillstehen.

Kein Zweifel, sie hatte sich richtig entschieden. Anfangs hatte sie Anton mit auf die Reise nehmen wollen, hatte sich um nichts in der Welt vorstellen können, sich von dem Kind auch nur für eine Sekunde zu trennen, war es doch das einzig Lebendige, das ihr von Gustav geblieben war. Nicht einmal gewusst hatte er von seinem Kind. Ihre Briefe mussten irgendwo in Asiens Weiten verlorengegangen sein.

Professor Hellebens raues Auflachen hallte ihr noch heute durch den Kopf. In seinen Augen hatte ein Feuer gebrannt, das die vom Rheumatismus gekrümmte Gestalt Lügen strafte. Ob die liebe gnädige Frau, hatte der Präsident der *Gesellschaft für Erdkunde zu Berlin* gespottet, des Kindes etwa schon überdrüssig sei? Dann gebe es gottesfürchtigere Wege als den, den sie zu beschreiten gedenke. Er könne ihr das kürzlich eröffnete *Säuglingsheim Westend* in Charlottenburg wärmstens ans Herz legen. Nicht genug, dass die Durchführung eines solchen Unterfangens, wie sie es plane, für eine Frau ohne Begleitung völlig unmöglich sei, allein die Mitnahme eines Kindes auch nur in Erwägung zu ziehen sei, mit Verlaub, von beispielloser Verantwortungslosigkeit. Worauf sich ihre Kenntnis von dem Land denn erstrecke? Ob sie überhaupt wisse, wo genau auf der Landkarte sie den Finger zu platzieren habe? Nein? Schade. Aber vielleicht sei sie mit den dort herrschenden Bestattungsgepflogenheiten bekannt? Leichenzerstückelung, ein Festschmaus für die Geier, das Aufbrechen und Verstreuen der blanken Knochen in alle Winde.

Möglich, dass ihr ja so viel Glück zuteil wurde wie jüngst jenem Missionar Rijnhart, diesem Unglücksvogel, und seiner kanadischen Frau, einer Doktorin, dem ersten weiblichen Doktor Kanadas überhaupt, nebenbei bemerkt. Zugegeben unverschämtes Glück, falls sie ihr Kind wie just jene Eheleute erst in einer Blechkiste der Reiseapotheke würde unterbringen können, bevor es ans Verscharren ginge. Falls das bedauernswerte Wurm mit dem Sterben auf die paar Wochen des Jahres wartete, in denen der Boden nicht hart gefroren wäre. Bisher berge seines Dafürhaltens Tibets Erde nur einen christlichen Säugling, eben jenen der Rijnharts. Vielleicht spende ihr der Gedanke Trost, dass der Vater seinem Spross wenig später nachgefolgt sei. Erst unlängst habe ein Kollege ihn, Helleben, wissen lassen, dass die Frau ein weiteres Mal in dieses Land marschiert sei, an der Seite eines neuen Gatten. Möge das Schicksal alle drei in einer hoffentlich besseren Welt wieder vereinen. Ein versöhnlicher Gedanke, welcher allerdings nicht dem in Mode gekommenen Reinkarnationsgefasel entspringe.

»Was also, meine liebe Frau Bronnen-Radke«, war Professor Helleben endlich zum Schluss gekommen, »glaubt eine Witwe wie Sie in einer derart unwirtlichen Gegend zu gewinnen? Bei allem Respekt, Gnädigste, verwechseln Sie eine Fahrt dorthin nicht mit einer Soiree. Es gilt nicht, in Tibet das verlorene Paradies zu entdecken.«

Emmy hatte nur nicken können, mit einer leichten Bewegung des Kopfes, immer wieder, fast zwanghaft, so, als hätte sie es schon immer gewusst. Ohne Gruß war sie aus dem Zimmer gestürmt. Sie hatte den alten Mann hinter seinem mächtigen Schreibtisch zurückgelassen, allein mit der Phalanx von Büchern und Lexika, die sich in den Regalen an den vier Zimmerwänden bis unter die Decke drängten. Mochte ihn das manifestierte Wissen erschlagen, recht würde es ihm geschehen. Weitere Verwünschungen ausstoßend, raffte sie die Röcke und nahm die Marmorstufen im Treppenhaus des Fürstenberg-Palais mit fliegender Hast. Der Alte würde schon sehen, wie weit es ihn brachte, jemandem der ihn um Beistand anginge, mit einer Predigt den Mut zu nehmen. Mochte es sich bei diesem Jemand auch nur um die Witwe eines Expeditionärs handeln, die keine überzeugenderen Argumente zu bieten hatte als die Unumstößlichkeit ihres Entschlusses.

Als die Dunkelheit der Kabine Emmy umschloss wie ein Tunnel, dessen Wände näher und näher rückten, versteifte sie sich auf dem Schlafsofa wie ein Brett, die Decke unters Kinn gezogen. Plötzlich schnellte ihr Oberkörper in die Höhe. Emmy schnappte nach Luft wie jemand, der gerade vorm Ersticken gerettet worden war. Als sie sich nach vorne beugte und durch das Bullauge spähte, glomm ein Lichtpunkt in der Dunkelheit. Ob das Korsika war? Sie ließ sich aufs

Laken zurücksinken. Was erwartete sie? Dass ihr das Tyrrhenische Meer Trost bot?

Der Gang zu Helleben war ihr damals als der einzige Ausweg erschienen, nachdem Cohn vorzeitig und allein mit Beermann aus Tibet zurückgekehrt war. Wenn sie sich von einer Person aus den Kreisen ihres Mannes ein offenes Ohr und Unterstützung für ihr Vorhaben hatte erhoffen können, dann von dem Professor. Kein anderer hätte auch nur einen Finger für Bronnens Witwe gerührt. Aber es kam, wie es hatte kommen müssen. Helleben war über ihre Ahnungslosigkeit hergefallen, mit einer Heftigkeit, die sie zuerst für Schadenfreude gehalten hatte. Dennoch hatten seine Gruselgeschichten sie nicht abschrecken können. Schließlich hatte sie den Gang in die Wilhelmstraße nicht aus Schwärmerei für einen fernen Kontinent angetreten. Sie wollte nur aus dem einzigen Grund in dieses verfluchte Land, weil Gustav dort sein Leben gelassen hatte. Sie musste diesen Boden mit eigenen Füßen betreten. In Erfahrung bringen, ob es dort irgendetwas gab, das es wert war, zur Witwe zu werden. Und einem Kind den Vater zu rauben.

Der Gedanke an Antons Händchen, die sich nach ihr ausstreckten, bremste das Karussell in ihrem Kopf. Nun fand sie erst recht keinen Schlaf. Nachdem Emmy Hellebens Abfuhr verwunden hatte, beschloss sie, seine Warnungen zu beherzigen. Von da an hatte sie die Bücher über Tibet, die ihr Beermann aus den Universitätsbibliotheken besorgen musste, erst dann wieder zugeklappt, wenn sie auf der letzten Seite angekommen war. Über ein Jahr brachte sie auf einem Stuhl kauernd zu, in der einen Hand ein Buch, die andere an Antons Wiege. O ja, in seinem ersten Lebensjahr bekam das Kind eine Menge über Tibet zu hören, vor allem auf Englisch, weil seine Mutter die Texte in dieser Sprache leichter verstand, wenn sie laut las und sich vom Klang der Worte führen ließ.

Nach dem ersten Dutzend Bücher war Emmy irritiert. Sie hatte lauter Einzelheiten erfahren, die nicht zueinanderpassten. Selbst die offensichtlichsten Fakten widersprachen einander. Bald wusste sie nicht mehr, was sie glauben sollte und was nicht. Hatten die Jahrhunderte währenden Versuche der zivilisierten Welt, einen Fuß in dieses Land zu setzen, tatsächlich nicht mehr Spuren hinterlassen als Hunderte von leeren Schachteln billiger, in Amerika für den indischen Markt hergestellter Zigaretten am Wegrand von Phari nach Rung po? Oder waren die Schilderungen nur maßlose Übertreibungen und Diffamierungen bis hin zur unverfrorenen Lüge, ausgedacht von denen, die unverrichteter Dinge umkehren mussten und die sich für ihr Scheitern wenigstens durch üble Nachrede rächen wollten?

Allmählich gelangte Emmy zu der Einsicht, dass sie am besten fuhr, wenn sie alles glaubte, was die Schar der Forschungsreisenden, Missionare, Militärs und Journalisten zusammengetragen hatte. Genauso gut hätte sie nichts von all dem glauben können. Alles schien in diesem Land ohne eindeutige Grenzen möglich zu sein und nichts sich je zu ändern. Irgendwo da draußen lag ein Ort, der nicht von dieser Welt war, ein Ort jenseits von Raum und Zeit. Was konnte man auch an Gewissheiten in einem Land erwarten, in dem man die Hand in kochendes Wasser halten konnte, ohne sich zu verbrühen? Wobei das Wasser mindestens eine halbe Stunde brauchte, bis es überhaupt kochte. Was half einem das Wissen über die Auswirkungen der großen Höhe, die physikalische Gesetze anders funktionieren ließ als in den Ländern, in denen man die Entdeckung eben jener Gesetze für sich reklamierte? War es möglich, dass dem Reiter in dem dicken Filzstiefel an der schattigen Flanke seines Pferdes die Zehen zu Stumpen gefroren, während die Sonne den Rücken der Hand, die den Zügel hielt, mit Brandblasen bedeckte?

Als Emmy auf alles und nichts gefasst war, am allerwenigsten jedoch auf paradiesische Zustände, weder für die überwältigende Mehrheit der Tibeter noch für die Fremden, die was auch immer in diesem Land suchten, war sie im Spätsommer des Jahres 1908 ein zweites Mal bei Helleben vorstellig geworden. Längst war ihr klargeworden, dass er sie nicht aus Boshaftigkeit hatte abhalten wollen oder weil sie eben nur eine Frau war, sondern weil er wollte, dass sie begriff, worauf sie sich einlassen würde. Falls sie es dann tatsächlich noch wollte. Nach allem, was sie inzwischen wusste, hatte er recht, als er ihr einen Kreis der Hölle auf Erden ausmalte, mochte in den Berliner Salons das Hochland Asiens auch als ein Hort der Glückseligkeit gehandelt werden, zu dem die alte Welt pilgerte. Auf der Suche nach etwas, das dieser alten, verbrauchten Welt selbst zu fehlen schien. Etwas, das verlorengegangen war. Auch wenn jeder eine etwas andere Vorstellung davon besaß, worum es sich handeln mochte. So kam es, dass dieses Mal Helleben Emmy nur ansehen musste, bevor er nickte.

»Reisende soll man nicht aufhalten. Ich werde sehen, was ich für Sie tun kann.«

Helleben hielt Wort. Trotzdem war es anfangs wieder nur ihre Geduld gewesen, die an der Sache wuchs. Beinahe zwei weitere Jahre durchforstete Helleben die Forscherszene auf der Suche nach einer Gelegenheit. Zwei Jahre Ungewissheit waren ein stolzer Preis. Aber Emmy bezahlte anstandslos und verbuchte die Zeit als zwei geschenkte Jahre mit Anton. Inzwischen hielt sie ihre Fähigkeit zu warten für beachtlich, eine Fertigkeit, die etwas Tröstliches hatte. Sie zerteilte alles, was kommen mochte, in bewältigbare Einheiten. Man tat, was man konnte, und dann legte man sich schlafen. Jeden Tag aufs Neue. Morgen, dachte Emmy noch, morgen wird ausgepackt. Und wenn sie den Krempel der Damen Walther durchs Bullauge befördern musste.

# 3. Botschaften

*Darjeeling, 12. Januar 1910*

*Liebe verehrte gnädige Frau,*

*darf ich mich vorstellen? Henry Wood Schimmel mein Name, meines Zeichens botanisierender Pflanzensammler deutsch-britischer Abstammung. Es mag befremdlich sein, von einem vollständig Unbekannten Post zu erhalten, aber ich hege durchaus die feste Überzeugung, dass die heikle Mission keine andere Wahl lässt.*

*Wie beginnen? Verzeihen Sie meine Unbeholfenheit – wie einer unbekannten Dame gegenüber die rechten Worte finden? Ich fürchte, ich muss Ihnen ungewöhnliche Nachricht bringen – ob gute oder schlechte, vermag ich nicht zu entscheiden, da ich von verwandtschaftlichen Beziehungen zu einem gewissen Gustav Bronnen ausgehe. Dieser ist der Verfasser der beiliegenden Tagebücher und scheint auch der Besitzer jener wenigen Habseligkeiten zu sein, die ich mir erlaubt habe, für Sie einer Aufbewahrung überantwortet zu haben. Ihre Anschrift konnte einem Briefkuvert entnommen werden, welches sich lose und unverschlossen zwischen den Seiten eines der Tagebücher fand. Es ist an dieser Stelle belassen worden. Über dessen Inhalt besitze ich keinerlei Kenntnis, wie ich ausdrücklich versichern möchte. Auch habe ich mir nicht herausgenommen, das Paar Bergstiefel den Weg alles Irdischen gehen zu lassen, obwohl die beiden Schuhe in einem bedauerlichen Zustand sind, welcher keinen weiteren Gebrauch nahelegt. Das Paar Stiefel harrt postlagernd in Ta tsien lu auf Ihre Entscheidung bezüglich seines weiteren Schicksals.*

*Die Umstände des Fundes dieser Gegenstände waren nicht dazu angetan, sich an die zuständigen Behörden zu wenden. Lassen Sie mich diese Umstände zu privat nennen, um sie vor den Augen welcher Obrigkeit auch immer ausgebreitet sehen zu wollen. Ich weiß nicht, ob Sie mit den Gepflogenheiten Tibets vertraut sind, die Tagebücher waren – so wie Sie diese in dem Paket antreffen – in einen weißen Schleier gehüllt und in Wachstuch geschlagen. Derart vor der Witterung geschützt, lagen sie zusammen mit den Stiefeln unter einem geschichteten Steinhaufen, ähnlich denen, auf welche man an Passübergängen oder anderen markanten Punkten stößt. Reisende fügen Stein um Stein hinzu, den Göttern zum Dank für Schutz und sicheres Geleit. So will es der Brauch. Und genau dieser Umstand ließ mich stutzen. Die Wahl des Ortes, an dem dieses Lha tse errichtet war – in der einschlägigen Literatur werden Sie häufig die mongolische Bezeichnung Obo lesen, welche den Tibetern unbekannt ist –, war alles andere als gewöhnlich. Die Steine befanden sich unter einem Felsvorsprung in einem äußerst unzugänglichen Gelände, hoch über dem Nag chu, dem Schwarzen Fluss, wie die Tibeter den Oberen Salween nennen. Diese Stelle würde unter normalen Umständen niemals der Weg eines Menschen kreuzen. Außer der unwahrscheinlichste aller Zufälle leitete die Schritte eines Pfanzensammlers auf der Suche nach bisher unentdeckter Flora. So geschehen im Mai letzten Jahres.*

*Oh, Sie hätten sie sehen sollen, meine ersten Primulae pulvinatae, tapfere Blüher, welche an unzugänglichen Stellen die Sonnenstrahlen suchen, auf verholzten Stielen, welche eine Handvoll gelber Sterne tragen. Diese Pflanzen bringen es auf ein für so zarte Geschöpfe beachtliches Alter, ein Jahrhundert ist keine Seltenheit. Zu Kissen zusammengeballt, trotzen sie dem Vergehen der Zeit selbst in einer Höhe von über 14 000 ft. In diesem Jahr zeigen sie ihre Pracht hoffentlich auch im Botanischen Garten von Edinburgh. Ganz an-*

*ders ihre nicht so hoch hinaus wollende Schwester, die Primula minor, eine kleine Moorpflanze mit violetten oder weißen Blüten, die im Dschungel über schwarzen Modder kriecht und alles erstickt, was ihr den Boden streitig machen will. Tibet allein zählt über hundert Primelarten.*

*Verzeihen Sie mir bitte meine Geschwätzigkeit, aber es scheint mir wichtig, dass Sie einen Eindruck von der außerordentlichen Zufälligkeit meines Fundes erhalten. Hier hat jemand etwas versteckt oder aufbewahrt wie eine Reliquie, an einem völlig unzugänglichen Ort. Hätte es nicht die Regenfälle der Tage zuvor gegeben, hätte sich auch kein Stein aus der Pyramide gelockert und der bronzefarbene Firnis des darunter verborgenen Wachstuches hätte nicht hervorgeschimmert. Wie auch immer, ob für die Augen der Zeitgenossen und Nachwelt bestimmt oder nicht, ich bin über das Hinterlegte im wahrsten Sinn des Wortes gestolpert und habe meiner Neugier freien Lauf gelassen. Bitte lassen Sie Nachsicht walten ob dieser meiner Eigenmächtigkeit, aber das Fieber eines Schatzgräbers hatte von mir Besitz ergriffen.*

*Ich muss gestehen, dass die Seiten von Gustavs Tagebüchern sich über dem staunend Lesenden geradezu geschlossen haben. Verzeihen Sie bitte, dass ich ihn so vertraulich beim Vornamen nenne, aber innerhalb weniger Tage ist er meinem Herzen so nah gekommen wie ein Bruder. Außer mit Laufzetteln und botanischer Lektüre befasse ich mich, sooft mich die europäischen Gefilde wiederhaben, mit Reiseberichten und Abhandlungen meiner verstorbenen oder lebenden Kollegen, welche wie ich Sikkim, Nepal, Bhutan, Oberburma, Teile von China und eben auch Tibet im Dienst der Wissenschaft durchstreift haben. Allerdings handle ich vorwiegend im Auftrag von botanischen Gärten und Privatsammlern, ein gewisser kommerzieller Hintergrund kann also nicht verleugnet werden. Zwar ist es nur eine bescheidene Profession, sie beschert mir jedoch immerhin so gut wie unbegrenzten Aufenthalt in diesen Breiten, seit nunmehr über zwei Jahrzehnten.*

*Natürlich sind diese fürs Licht der Öffentlichkeit verfassten Werke vom Tagebuch so weit entfernt wie der Gehrock von den Strümpfen. Das Tagebuch eines Forschungsreisenden will und kann in der gängigen Praxis nur Gedächtnisstütze sein für das eigentliche, in der Klausur der Studierstube zu verfassende wissenschaftliche Werk sein. Es ist niemals für die Augen Fremder bestimmt. In der Heimat gar gilt unter uns Forschern das Führen eines Tagebuchs als Zeitverschwendung, welche lediglich der persönlichen Eitelkeit dient und von der allzu großen Bedeutung kündet, welche man der eigenen kümmerlichen Existenz zollt. Schließlich ist man kein Gladstone oder Humboldt. Für wen außer für den Verfasser selbst sollte oder könnte ein solches Stückwerk von Nutzen sein?*

*Aber mit Gustavs Tagebüchern verhält es sich anders. Die Zeilen sind allein nicht deshalb von Interesse, weil das Vermerkte aus einem der hintersten Erdenwinkel stammt. In diesen Tagebüchern sind Vorgänge benannt, die man eigentlich nicht benennen kann. Und die man sich hüten sollte zu benennen. Deshalb sollten die Zeilen wohl auch dem Urteil anderer entzogen werden. Dass die Tagebücher nicht ihrer Vernichtung anheimgefallen sind, scheint mir ein außerordentlicher Glücksfall. Die Worte haben mein Herz erwärmt und fast mit Neid erfüllt. Lesen Sie, und Ihre Zustimmung ist gewiss. Nach der Lektüre werden Sie sicherlich verstehen, warum ich den Fund unmöglich einer Behörde übergeben konnte. Zumal das Geschehene noch relativ frisch ist, der letzte Eintrag stammt vom Juli 1907. In Forscherkreisen könnte der Inhalt einigen Staub aufwirbeln, selbst am heutigen Tage noch, Staub, der vielleicht besser liegen bliebe. Der Verdacht, es könnte ein meldepflichtiges Verbrechen wie Raub der Habseligkeiten und deren anschließende Beseitigung oder gar Schlimmeres vorliegen, wie es auch in diesem Land beklagenswerterweise immer wieder vorkommt, lässt sich meines Erachtens in diesem Fall nicht erhärten. In Tibet kann sich die Habgier ein immaterielles Ziel su-*

*chen, Menschen werden vom Leben zum Tod befördert um ihres guten Karmas willen. Weil der Mörder in dem Glauben handelt, eben jenes ginge von seinem Opfer auf ihn über. Hier vermag alles den Besitzer zu wechseln, sogar das Schicksal.*

*Aber zurück zu dem seltsamsten Fund, welcher mir in all den Jahren gelungen ist. Handelt es sich um die Aufzeichnungen eines Forschungsreisenden, der nicht das Land entdeckte, sondern der von Tibet entdeckt wurde? Um ein Vermächtnis? Und Gustav? Gewiss werden Sie den Schlüssel finden. Vielleicht liegt dieser in dem an Sie gerichteten Kuvert. Vielleicht sind Ihnen die Zusammenhänge längst aus anderer Quelle bekannt, dann verzeihen Sie mir bitte den fahrlässigen Umgang mit Ihrer Zeit.*

*Hochachtungsvoll und in der Hoffnung, mit dieser Zusendung in Ihrem und Gustavs Sinn gehandelt zu haben,*

*H. W. S.*

*PS. Sollten Sie das Bedürfnis verspüren, meine Person wegen etwaiger Unklarheiten zu kontaktieren, richten Sie Ihre Sendung bitte postlagernd nach Darjeeling. Dort beziehe ich im Regelfall einmal im Jahr Station.*

Emmy ließ die Briefbögen sinken, sie musste die Hände in den Schoß pressen, damit ihr Zittern das Papier nicht zerriss. Es war nicht nur das Vibrieren der Schiffsmotoren, das ihren Körper erfasst hatte wie alles, was mit der Schiffshaut verbunden war. Die Kabine, die Gänge, der Speisesaal, die Aufenthaltsräume, die Aborte, das Deck, es gab keinen Ort, dessen Böden, Wände und Treppen sich nicht in die Zellen eines lebendigen Organismus verwandelt hätten. Auch der in bronzefarbenes Wachstuch geschlagene handliche Packen vibrierte. Beim Entfernen der Kartonage hatte sie sich nur kurz gefragt, was darin sein mochte, bevor der an sie adressierte Brief ihre Aufmerksamkeit gefangennahm. Ohne den Packen weiter zu beachten, hatte sie ihn neben sich auf das Sofa gelegt. Und dort lag er noch immer. Inzwischen jedoch strahlte er etwas Unwiderstehliches und gleichzeitig Bedrohliches aus. Emmy streckte die Finger in die Richtung des Packens und zögerte. Sie ballte die Fäuste, schob sich diese unter die Achseln und wartete, bis das Beben abebbte.

Als sie die Sendung vor etwa vier Wochen erstmals in Händen gehalten hatte, sagte ihr der Name des Absenders nichts. Da der Poststempel Darjeeling als Aufgabeort auswies, war sie davon ausgegangen, dass sich hinter dem Absender ein Teilnehmer der Tremel-Expedition verbarg. Jetzt, auf dem Schiff, wunderte sie sich über ihren vorschnellen Schluss. Wie hatte sie nur so naiv sein können? Was hatte Darjeeling mit Han kau zu tun? Nichts. Wie sollte jemand, der sich in der Mitte Chinas aufhielt, mal eben in ein Postamt in West Bengalen marschieren? Völlig abwegig. War Asien für sie immer noch eine ununterscheidbare Landmasse, deren Staaten und Gebiete man gerne in einen Topf warf? Dann hätte sie die letzten beiden Jahre nicht mit Studien vertrödeln sollen.

Schuld war ihre Bequemlichkeit. Sie hatte befürchtet, von einem ihr unbekannten Landsmann um einen Gefallen gebeten zu werden. Sie wollte weder etwas besorgen noch mitbringen. Mitten in der Hektik der letzten Reisevorbereitungen stand ihr der Sinn nicht nach einer Verlängerung der Aufgabenliste. So hatte sie die Sendung zu ihrem Gepäck gelegt und im nächsten Augenblick vergessen. Was wäre geschehen, wenn sie das Päckchen noch in Berlin geöffnet hätte? Befände sie sich dann auf dem Schiff? Die Antwort auf diese Frage enthielten, wenn überhaupt, nur Gustavs Tagebücher. Zumindest hätte sie in Berlin rasch in Erfahrung bringen können, wer Henry Wood Schimmel war.

Durch das dicke Wachstuch ließ sich nicht mehr als die Ecken eines Quaders ertasten und ein Hubbel. In plötzlicher Eile schlug Emmy das Wachstuch auseinander und stieß wie angekündigt auf das Gespinst eines Schleiers. Das schmutzige Weiß war übersät mit Stockflecken und stellenweise von Insektenfraß durchlöchert. Unter dem brüchigen Gewebe konnte sie deutlich die Rücken und den Schnitt von vier kompakten Büchern im Oktavformat spüren. Emmy wickelte das mehrfach um die Bücher geschlungene Stück hauchdünnen Stoffs ab, das sich als Schärpe entpuppte.

Tatsächlich, die Tagebücher. Unzählige Male hatten sie in Gustavs Händen gelegen. Sie waren mit einem Gürtel zu einem Bündel zusammengebunden. Emmy strich über das Leder und bangte, wie es ihr gelingen sollte, auch nur eine dieser Kostbarkeiten aufzuschlagen. Den Gürtel zu lösen schien ihr schon das Äußerste. Seinen Gürtel.

Waren die Tagebücher nicht zusammen mit Ross und Reiter von den Fluten eines der namenlosen Quellflüsse des Jang tse kiang verschlungen worden? Südlich des Dumbure-Gebirges? Weil Gustav seine persönlichen Aufzeichnungen immer in den Packtaschen aufbewahrte? So hatte es Cohn nach seiner Heimkehr berichtet, den Kopf gesenkt, als gäbe es nichts Lohnenderes zu betrachten als seine zerschundenen, sonnenverbrannten Hände, die übereinandergelegt auf dem Küchentisch ruhten.

Wie erstaunt sie gewesen war, als sie die Wohnungstür einen Spaltbreit öffnete. Das Schrillen der Klingel hatte sie aus der Arbeit gerissen, ein unbeabsichtigter Pinselstrich verdarb die Blütendolden eines Kirschzweiges, mit denen sie den ganzen Morgen zugebracht hatte. Sie erwartete niemanden. Mit Cohn allerdings hatte sie am allerwenigsten gerechnet. Mit keinem der Expeditionsteilnehmer, die sie irgendwo durch Tibets Schnee stapfen wähnte. Die Abwesenheit der Männer sollte bis zum nächsten Frühjahr dauern. Emmys Erstaunen schlug nur kurz in freudiges Erkennen um. Dann verstand sie.

Es brauchte keinen weiteren Blick auf den einst muskulösen Mann, dem die Weste um den abgemagerten Leib schlotterte und der verlegen den Hut in den Händen drehte. Während Emmy ihm den Rücken zukehrte, ließ sie die Tür ganz nach innen schwingen. Emmy ging voraus, durch den Flur in die Küche, erteilte ihren Beinen die Folge der Befehle, obwohl ihr jede weitere Bewegung sinnlos vorkam, und zwang sich, an das zu denken, was gleich kommen würde. Sie hörte, wie Cohn hinter ihr über die Dielen schlurfte, je einen langen Schritt, dann das abrupte Aufsetzen des anderen Beines. Sie wollte diesen versehrten Mann nicht in der Wohnung haben, wollte nichts von dem hören, was er ihr zu berichten hatte. Aber ihre Wünsche spielten keine Rolle. Während all der Monate, seit Gustav weg war, hatte sie sich immer verboten, sich genau diese Szene vorzustellen. Nur nichts heraufbeschwören. Weil nicht ist, was nicht sein darf. Sobald ihre Gedanken an dem Tabu auch nur gekratzt hatten, war ein Ruck durch ihren Körper gelaufen, der ihn straffte, und sie malte sich aus, was Gustav und sie nach seiner Rückkehr als Erstes machen würden.

Cohn schloss mit der Bemerkung, dass Beermann und er diesen Unheilsfluss dem Verunglückten zu Ehren Bronnen-Fluss genannt hatten. Darauf blickte er ihr das erste Mal direkt ins Gesicht, um seinen Mund zuckte die Andeutung eines Lächelns. Seine Augen flehten wie die eines Hundes, der auf ein Lob seines Herrn wartete, obwohl er genau wusste, dass er die Platte mit dem Braten niemals hätte vom Tisch reißen dürfen. Sie hätte dem falschen Heimkehrer am liebsten ins Gesicht geschlagen. Und dem anderen, Beermann. Den gab es also auch noch. Die beiden Herren hatten ihre Haut retten können. Nur den dritten im Bund, den Gustav, den gab es nicht mehr. Der hatte nichts retten können. Seit Monaten war seine Leiche in irgendeinem reißenden Gewässer Tibets über die Kiesel am Grund gekollert, gegen Steinbrocken geschlagen wie ein Stück Treibholz, bis sie sich im freigespülten Wurzelgeflecht irgendeines Baumes am Ufer verfing. Oder wilde Tiere hatten sich über das hergemacht, was davon übriggeblieben war.

Inzwischen wusste Emmy, dass lediglich die Details ihrer Mutmaßungen nicht gestimmt hatten. Dort, wo Gustav zu Tode gekommen war, auf dem Tschang tang, gab es keine Bäume und damit weder Treibholz noch Wurzelgeflecht. Aber Wölfe, Bären und Raben. Und natürlich Hellebens Geier in Hülle und Fülle. *Das Aufbrechen und Verstreuen der blanken Knochen in alle Winde.* Unterm Strich lief es auf dasselbe hinaus. Auf Tibet eben. Das Bild, das sich ihr noch in Cohns Gegenwart aufgedrängt hatte, war nicht allzu falsch gewesen. Aber etwas anderes, etwas viel Wichtigeres, das passte gar nicht.

Wie konnten die angeblich verlorengegangenen Tagebücher an den Oberen Salween gelangt sein, einen Ort, zu dem die Expedition ihres Wissens nie hatte vordringen können? In dem Brief dieses Pflanzensammlers stand, der letzte Eintrag stamme vom Juli 1907. Das Unglück hatte sich jedoch

Cohns Worten zufolge bereits Anfang Juni desselben Jahres ereignet und zum sofortigen Abbruch der Expedition geführt. Seit wann schrieb ein Toter Tagebuch? Hatte Cohn sich im Datum geirrt, die Reihenfolge der Geschehnisse ein wenig durcheinandergebracht oder hatte er sie absichtlich verfälscht? Waren die einander so ähnlich klingenden Monatsnamen verwechselt worden? Weshalb hätte Cohn gar die Unwahrheit sagen sollen? War etwas zwischen den Mitgliedern der Expedition vorgefallen? Kam es zum Streit? Was war geschehen, über das man den Mantel des Schweigens breitete?

Emmy fuhr ein Schreck in die Glieder, der in einem wohligen Schauer auslief. War Gustav gar am Leben? Aber welchen anderen Grund für seine nicht erfolgte Heimkehr konnte es geben als den Tod? Wieso hatte Gustav seine Tagebücher irgendwann zwischen Juli 1907 und Mai 1909 am Oberen Salween unter Steinen begraben? Und warum seine Bergstiefel? Was hatte er dort zu suchen gehabt? Oder war es Cohn gewesen? Beermann? Aber keiner von beiden hätte die Zeit oder Gelegenheit gehabt, auch nur in die Nähe des Oberen Salween zu gelangen. Die Expedition hatte sich nach der erfolglosen Suche nach dem Verunglückten auf den Heimweg gemacht, sich in östlicher Richtung nach Hsi ning fu durchgeschlagen und von dort weiter bis zum schiffbaren Teil des Hoang ho.

Was war mit Gustav geschehen? Und falls er noch lebte, warum meldete er sich nicht? Warum ließ er sie in dem Glauben, er wäre tot? Oder war er inzwischen tot? War alles so geschehen, wie Cohn berichtet hatte, und jemand anderes hatte den Tagebüchern und Stiefeln ein steiniges Versteck bereitet? Aber wie konnte dieser Jemand die Sachen aus dem

Fluss retten? Cohn und Beermann behaupteten, tagelang nach den abgetriebenen Körpern gesucht zu haben. Nichts. Keine Spur von Gustav, keine vom Reitpony. Die Strömung, sagten sie. War jemand anderes fündig geworden? Henry Wood Schimmel? Spielte er ein Spiel mit ihr, und falls ja, welches?

Emmy schwindelte von dem wilden Reigen an Spekulationen. Beängstigend und betörend zugleich. Selbst wenn keiner der Gedanken zu etwas Fassbarem führte. Jedenfalls nicht im Moment. Wie viel Zeit blieb ihr, bis die Damen Walther die Kabine wieder mit Beschlag belegten? Man wollte den Vormittag über Flagge auf dem Promenadendeck zeigen, danach den Herren bei den Übungen im Turnsaal zusehen.

Der Brief, Gustavs Brief! Hastig ließ Emmy die Seiten der Tagebücher an ihrem Daumen vorbeigleiten. Da war es, das Kuvert. Wie dünn es war. Sie drehte und wendete das vergilbte Rechteck mit den bestoßenen Ecken.

Was auch immer es barg, wollte sie es überhaupt wissen? Kein Zweifel, Gustavs Handschrift. Aber Gustav war tot. Was, wenn es keine gute Nachricht war, die in dem Kuvert wartete? Wenn die Nachricht ihre letzten Hoffnungen zerstörte? Die, die sie sich nicht einmal eingestand? Sie fuhr nach Tibet, weil die Vergangenheit ihr keinen Raum zum Atmen ließ. Das eigene Leben war ihr abhandengekommen. Pläne für eine wie auch immer geartete Zukunft wollten sich nicht mehr einstellen. Die Gesellschaft der Lebenden bereitete ihr nichts als Überdruss. Als einziger Ausweg blieben die Spuren eines Toten, eine Verabredung mit verpassten Gelegenheiten und zerplatzten Träumen. Mehr erwartete sie nicht. Jeder feierte die Feste, die er fähig war auszurichten. Welchen Schaden konnte also ein Stück Papier noch anrichten?

Emmy zog das Papier aus dem Kuvert und faltete es mit geschlossenen Lidern auseinander. Dann riss sie die Augen auf. Zuerst sah sie nur das Weiß. Ein weißer Bogen Papier. Winzig darauf ein paar Wörter, wie eingraviert mit unsicherer Schrift:

*Liebste, bitte verzeih dem Bronnen …*

Sonst nichts. Konnte dieser Halbsatz die ganze Nachricht sein? Ein Schleifenspruch für einen Grabkranz? Hatte Gustav ihr nicht mehr zu sagen gehabt? Kein Datum, kein Ort, nichts, das irgendetwas erklärte. Die Buchstaben, so krakelig nach rechts und links kippend, des vertrauten Schwungs beraubt, der Gustavs Zeilen in den Liebesbriefen geprägt hatte. War Gustav krank gewesen, hatte er gar im Sterben gelegen, dass die Finger, die die Feder hielten, nichts weiter zustande brachten? Wieso fehlten ihm die Worte? Weil er nicht damit rechnete, dass der Brief sie je erreichte? Warum sprach er von »dem Bronnen«? Sie hatte ihn nie so genannt. Hatte ihn jemand am Weiterschreiben gehindert? Nichts als Fragen, noch mehr Fragen.

»Hier stecken Sie!« Fritzi platzte ungeniert in die Kabine. »Kommen Sie, rasch, Neapel! Den Vesuv haben Sie jedenfalls gründlich verpasst. Wir gehen auf Reede vor Anker. Das Pier ist gesperrt. Angeblich Bauarbeiten. Zu dumm, ich weiß gar nicht, ob wir trotzdem an Land können. Wäre doch schade um die größte Stadt Italiens. Das letzte Aufgebot abendländischer Kultiviertheit für Monate. Nehmen wir wenigstens die neuen Passagiere in Augenschein. Die Ärmsten werden mit Fährbooten gebracht.«

# 4. Salween

Bhamo, 11. November 1906

Nach langem Feilschen ist es endlich gelungen, Cohns lahmendes Reitpony gegen ein tauglicheres einzutauschen, auch wenn diese unsere Verlegenheit einen stattlichen Preisaufschlag produzierte. Der Abmarsch ist auf morgen, den 12. November, früh um 7 Uhr festgesetzt. Die Expedition nimmt tatsächlich ihren Anfang, ein Ereignis, das mit dem ersten Eintrag ins Tagebuch gebührend begangen werden soll.

Die Eisenbahnfahrt von Rangun nach Mandalay ist zu oft beschrieben worden, um noch ein Wort darüber verlieren zu müssen. Die Weiterreise auf dem Irawadi bis zur Grenzstadt Bhamo verlief ohne nennenswerte Zwischenfälle – außer, dass die ersten 4 Tage in Bhamo mit Däumchendrehen zugebracht werden mussten. Die Eisenbahngesellschaft hatte einen Teil unseres Gepäcks verbummelt. Es folgte das Prüfen und Ergänzen der Ausrüstung, der Kauf der Ponys und Vorräte, das Anmieten der Leute und Maultiere. Ein gerüttelt Maß an verlorener Zeit ist vor Beginn jeder Expedition unvermeidlich, auch wenn der fahrlässige Verlust des kostbarsten aller Güter die Geduld auf eine harte Probe stellt. Trost brachte immerhin die Annehmlichkeit, die aufgezwungenen Mußestunden auf der schattigen Veranda des britischen Regierungsbungalows niederringen zu können.

Morgen endlich hat die Bummelei ein Ende. Das halb untätige Herumsitzen und Packen der Kisten macht einen träge und verdickt das Blut. Was bis jetzt nicht besorgt werden konnte, darauf wird man verzichten müssen. Cohn hatte sich in die Idee verrannt, die Ausrüstung separat nach Materialien in Kisten zu verstauen, diese zu nummerieren und deren Inhalt in Listen aufzuführen. Es hat Mühe gekostet, ihm dieses Vorhaben auszureden.

Die Gegenstände, die für den täglichen Bedarf unabdingbar sind, wurden derart verpackt, dass mehrere Kisten identischen Inhalts zur Verfügung stehen. So ist beim Lagerschlagen das Nötigste sofort ohne langes Suchen oder Warten auf das Eintreffen der entsprechenden Kisten zu Hand. Auch gegen etwaigen Verlust gibt es keine bessere Vorsorge. Sonst kann es dem Reisenden nur allzu leicht passieren, dass das gesamte Kochgeschirr in einem der Schlünde verschwindet, dort, wo die Riesenströme Südosttibets ihren Lauf bündeln voll Furor über ihren Sturz vom Dach der Welt. Inmitten dieses hinterindischen Gebirgssystems harrt der weiße Kartenfleck, dem die Expedition Kontur geben wird.

Eine gesonderte Behandlung erfuhren naturgemäß die wissenschaftlichen Instrumente, welche in mit Zinkblech beschlagenen Kisten mit verschließbarem Deckel wasser- und stoßfest untergebracht wurden. Mit der Munition wurde ebenso verfahren. Bei Flussquerungen lassen sich diese Kisten zu einem Floß zusammenfügen. Der Löwenanteil unserer Reisekasse besteht aus chinesischen Silberbrocken, ein Teil ist in englisch-indische Rupien umgetauscht, die gekrönte Victoria soll in den Gegenden, die wir zu bereisen gedenken, noch akzeptiert, teilweise sogar sehr geschätzt werden, aber selten geworden sein. Einen geringeren Teil tauschten wir in Gomos, wie die chinesischen Rupien genannt werden, deren Prägung extra für Tibet erfolgt. Da die Expedition rein chinesische Gebiete nur am Rande zu streifen gedenkt, wurde auf Taels, die Abschläge der Silberbrocken, vollkommen verzichtet, um das allerorten lästige Nachwiegen zu vermeiden. All diese unsere finanziellen Schätze haben wir wie Verschwörer des Nachts beim Schein einer Stearinkerze unbemerkt von unseren Leuten auf mehrere Kisten verteilt. Weitere vernünftige Sicherheitsvorkehrungen wollten uns nicht einfallen, am besten, die Kisten unterscheiden sich in nichts von den restlichen, am allerwenigsten durch angebrachte Schlösser. In den nächsten Tagen und Wochen werden wir voraussichtlich nicht viel Gelegenheit zum Geldausgeben haben. Trotzdem wurde dem mohammedanischen Koch bei seinen Einkäufen ein Budget für Verpflegung pro Europäer und Mannschaftsmitglied auferlegt. Der ein oder andere Braten, den der Dschungel freundlicherweise für uns bereithält, ist im Speiseplan fest einkalkuliert.

Der angeworbene Dolmetscher Shung scheint ein Glücksgriff zu sein, ein Han aus Ta tsien lu, welcher mit einer Tibetanerin verheiratet ist und wegen der Beteiligung an einer politischen Verschwörung – was auch immer man hierzulande darunter verstehen mag – die Provinz Se tschuan vor Jahren hatte verlassen müssen. In der Folge hat es ihn nach Burma verschlagen, und er scheint frohen Mutes zu sein, für eine Weile seinen Bohnensäcken Lebewohl sagen zu können. Was kann willkommener sein, als sich ein Stück dem Bannkreis der alten Heimat zu nähern, unter der Bedeckung von respektablen Fremden? Über meine Aussprache des Chinesischen kann der Mann zwar nicht genug mit den Augen rollen, aber er scheint die Anweisungen und Fragen zu verstehen, zumindest, wenn es ihm beliebt.

In Teng jueh soll die Expedition umgerüstet und Kulis für die gesamte Wegstrecke gemietet werden. Lasttiere dürften in den zum Teil pfadlosen Schluchten mehr Nach- als Vorteile bringen. Lediglich wir Europäer und die beiden Pferdeknechte werden auf die Reitponys erst dann verzichten, wenn der Weg keine andere Wahl lässt. Kulis verfügen über Trittsicherheit, tragen gut 150 Pfund auf dem Rücken, benötigen abgesehen von einem Headman keine Aufsicht und verbrauchen an Verpflegung weniger als jedes Tragtier. Ein paar Tassen Tee und ein Schälchen Reis mit ein wenig grünem Beiwerk, mit Vorzug frisch gepflückt, und fertig ist das luxuriöseste Kulidinner. Auch ist mit Kulis eine höhere Tagesleistung zu erzielen, 15 bis 20 km sind der zu erwartende Schnitt, mit Maultieren hingegen lediglich 11 bis 13 km, da man Zeit zum Grasen einplanen muss, was bei Tageslicht zu geschehen hat, will man die Vierbeiner am nächsten Morgen nicht im Umkreis von Kilometern zusammensuchen. Abgesehen von der Gepflogenheit, dass Kulis stets einen Vorschuss verlangen, bietet ihre Anmietung nur Vorteile, solange man nicht den Fehler begeht, die vereinbarte Summe auf einmal auszubezahlen. In dem Fall findet man die Lasten womöglich am Wegesrand abgestellt, von den Kulis hingegen keine Spur mehr. Da wir nicht wissen, wie wir in den Dörfern aufgenommen werden, soll in Teng jueh die Wahl für die endgültige Zusammensetzung der Expedition getroffen werden. Weiter nördlich müssen wir auf alles gefasst sein, von der mangelnden Möglichkeit, Nahrung einzutauschen oder Träger zu mieten, bis zu offenen Feindseligkeiten. Die ansässigen Stämme der Lissu und Lutzu gelten als unberechenbar und kriegerisch. Wir für unseren Teil sind fest entschlossen, uns von unserer manierlichsten Seite zu präsentieren. Alles andere wird sich vor Ort entscheiden.

Lager 2, in Jün nan,
14. November 1906

Die Grenze zwischen Burma und China ist überschritten. Auf schmalen, vom Regen durchweichten Pfaden hat die Expedition in den rasch dichter werdenden Urwäldern die Tropentaufe erhalten. Die Ponys und Maultiere erweisen sich wie erhofft als vorzügliche Kletterer. Mit Geschick meistern die Vierbeiner selbst treppenartige Steigungen über Felsquader von bis zu einem halben Meter Höhe. Gestern haben die Boys die Zelte aus den Stausäcken geholt. Mit einem Schlag ist Europa weiter entfernt als der Mond. Der Wind der Freiheit streicht um unsere von der Sonne versengten Nasen, die Haut hängt in Fetzen vom alten Gesicht.

Mit dem mohammedanischen Koch wird es nicht gehen. Egal, ob wir ihm Tauben, Wildgänse, Enten, Kraniche, Tukane, Kaninchen oder eine der seltenen Gemsen bringen, ohne Schächten landet der Braten nicht im Kochtopf. Da er der einzige Rechtgläubige in unserer Mannschaft ist, müsste er den Schützen stets begleiten und bei jedem Treffer an Ort und Stelle sein, bei 3 Schützen allein schon ein Ding der Unmöglichkeit. Den Mann holen zu lassen kommt auch nicht in Betracht, abgesehen vom Aufwand widerstrebt einem die Aussicht, angeschossenes Federvieh mit den Flügeln schlagen zu lassen, bis der Koch ihm Gebete murmelnd den Hals durchschneidet. Wir werden den Mann in Teng jueh auszahlen. Niemand wird ihm eine Träne nachweisen, da sich seine Kochkunst auf angebrannte Eintöpfe undefinierbaren Inhalts beschränkt und er sich weigert, auf dem Marsch irgendeinen anderen Ausrüstungsgegenstand als den riesigen Kupferkessel zu tragen, den er wie eine Braut hätschelt, um ihn abends zu unser aller Leidwesen zu missbrauchen.

Über die Qualitäten des Burschen hätten bereits in Bhamo Zweifel aufkommen sollen, da er im Gegensatz zu den sonstigen Kandidaten, welche seine vorgebliche Profession ausüben, ein rechter Hering ist. Aber er konnte gleich mit einem ganzen Bündel von Empfehlungsschreiben britischer Jagdgesellschaften und früherer Reisender aufwarten, die voll des Lobs über seine Person und Fähigkeiten waren. Sogar in Genschows Diensten will er gestanden haben, jenes Dolmetschers im deutsch-ostasiatischen Expeditionskorps in Tien tsin, der im Winter 1903 von eben dort durchs chinesisch-tibetanische Grenzgebiet nach Burma reiste, um über Rangun dem Kontinent endgültig Lebwohl zu sagen. Unser Said wird wohl nicht mit demjenigen Said identisch sein, dessen Kochkünste die Schreiben über die Maßen loben, gar mit denen eines Chefkochs vom Boulevard Saint-Michel in Paris vergleichen. Mit Arbeitszeugnissen wird offenbar – wie mit allem, was des Wanderns von Hand zu Hand fähig ist – in Asien ein reger Handel getrieben.

Als Said auf Cohns Anweisung, einen Behälter mit Photoplatten einen Hügel hinaufzubefördern, erst den Kopf schüttelte und sich dann auch noch mit gekreuzten Beinen auf den Boden niederließ, kam es zwischen den beiden zu einem heftigen Wortwechsel, welcher mit einer schallenden Backpfeife von Seiten Cohns endete. In einer ruhigeren Minute Cohn nahegelegt, eine systematische Prügelei nicht einreißen zu lassen, nicht nur, weil Schläge auf dieser Expedition nicht das Mittel der Wahl zur Wahrung der Disziplin sind. Zwar bleibt in Gesamtasien dem Europäer keine Alternative zum Herrengehabe, falls er Zudringlichkeiten entgehen will, aber es gibt eine moralische Grenze, welche es zu wahren gilt. Hätte Cohns Züchtigung einem Chinesen gegolten, wäre das genaue Gegenteil des gewünschten Resultats eingetreten, weil der Misshandelte sein Gesicht verloren und die Schande nicht mit allem Wasser des Salween mehr hätte abwaschen können. In der Folge hätte womöglich die gesamte Mannschaft den Dienst quittiert. Der moralische Aspekt birgt somit auch den Vorteil einer reibungslosen Abwicklung, sofern diese in der eigenen Macht liegt.

Lager 5, Tai-ping-Ebene,
17. November 1906

Terrassierte geflutete Reisfelder so weit das Auge reicht, der Weg ein schmaler Damm aus knöcheltiefem Schlamm. Als ob die Expedition über Wasser wandelt, sich eine Schneise durch die träge dahintreibenden Wasserbüffel bahnend. Nur deren Schädel samt den prustenden Nüstern und deren schwarz glänzende Buckel ragen aus der Brühe. Aber die Kolosse ziehen den Pflug, und der Bauer ist kein Fährmann, sondern führt auf der Deichsel balancierend die Zügel.

Lager 11, Teng jueh,
23. November 1906

Gestern vor den Toren Teng juehs ein Standlager für 3 bis 4 Tage aufgeschlagen. Die Expedition hat 11 Tage für die Strecke zu dieser letzten größeren Stadt auf dem Weg zum Salween benötigt. Die Zelte erhielten bereits in den Ka-tschin-Bergen den Vorzug, weil unser Bedarf an einem festen Dach über dem Kopf vorerst gedeckt war. Die Bambushütten der chinesischen Bauern in diesem Zipfel Jün nans lehren den Gast das Fürchten. Noch bevor man sich in deren Innerem auf dem kotigen, mit Auswurf übersäten Boden zurechtlegen kann, tippeln einem die Ratten über die Brust, und die abgelegten Kleiderbündel erwecken den Anschein, Beine zu bekommen. Eines Morgens hat Beermann in seinem Hemd 29 Läuse gezählt, mit der gleichen Sorgfalt und Hingabe, welche er stets seinen Studienobjekten widmet. Die Tierchen wollten mit den verdreckten Lumpen unserer Gastgeber nicht länger vorliebnehmen und hatten sich säuberlich entlang der Nähte aufgereiht, die einmalige Gelegenheit zur Flucht ergreifend. Man kann nicht umhin zuzugestehen, dass diese Hütten einen nicht zu verachtenden Vorteil besitzen. Wenigstens zieht der Opiumrauch, den sämtliche erwachsenen Männer unter den Bewohnern mit Eifer produzieren, umgehend durch die Wände aus Bambusstangen ins Freie. Da der kalte Wind jedoch ebenso schnell Einlass findet, wird dieser Vorteil wieder zunichtegemacht. Zugutehalten muss man unseren Gastgebern, dass die Männer mit dem Opium ihren Hunger betäuben, während das Betelnusskauen zu selbigem Zweck den Frauen vorbehalten ist.

35 Kulis wurden angeworben, die unsere 10 vierbeinigen Heimkehrer ersetzen sollen, eine stattliche Zahl von Männern, die das abgelegene Scheidegebirge zwischen Schweli und Salween sonst nicht zu sehen bekommt. Der Vermieter der Kulis, der Futu, erweckte den Anschein eines tüchtigen und wohlhabenden Geschäftsmannes, welcher stets besorgt ist um seinen guten Ruf. Um der unverhofft einträglichen Kundschaft seine Wertschätzung zu erweisen, wird sein Sohn Li die Expedition als Headman begleiten.

Die Gunst der Stunde nutzend, wurden die aufkeimenden chinesisch-deutschen Beziehungen mit der Anwerbung eines chinesischen Kochs gefestigt. Obwohl dessen Name Lo san weder unaussprechlich noch schwer zu merken ist, hat ihn Beermann gleich »Zwei« getauft, als Lo san seinen Ko tou machte. Eine Silbe weniger, mit der man sich herumzuschlagen brauche, beschied Beermann. Lo san hält »Zwei« allem Anschein nach für eine ehrenvollen Anrede oder gar einen Titel, was die gut genährte Brust sofort um einiges schwellen ließ. Beim Ergänzen der Vorräte hat er seinen neuen Herren als Visitenkarte den ersten Squeeze beschert, dem Gebot der Landessitte folgend. Sollte in den aufgeschlagenen Prozenten die Zuverlässigkeit des neuen Kochs mit eingerechnet sein, ist dagegen nichts einzuwenden. Gebe Gott, dass der Mann kochen kann. Ansonsten wird der Primus Kocher aus der Versenkung geholt werden müssen.

Lager 15, nach Hai ku,
27. November 1906

Während wenige Kilometer hinter Teng jueh sich das Hochtal zu einem jähen Aufstieg schließt, verlieren die Reisfelder allmählich deutlich an Umfang. Auch lässt deren Häufigkeit nach. Stattdessen prägen kahle Heiden und Nadelhölzer die Landschaft.

Der bezüglich Breitengrad und Meridian gesicherte Ort Teng jueh bildet den Ausgangspunkt der Routenaufnahmen. Etwa 50 km nördlich der Stadt endet das kartierte Gebiet entlang des Salween auf den britischen Karten. Den Boden einer der Kisten bedeckt die magere und lückenhafte Ausbeute an verfügbarem Kartenmaterial sämtlicher Abschnitte Tibets. Wer kann schon wissen, in welche Regionen die Expedition verschlagen wird?

Die Ruhetage in Teng jueh waren angefüllt mit den letzten Vorbereitungen. Die Streckenlänge pro abgeschrittener Zeitminute wurde festgestellt. Anhand dieser Messungen konnte das Schrittmaß meines Reitponys und mein eigenes geeicht und in unterschiedliche Zeitmaße überführt werden, jeweils für die Ebene, für starke Steigungen sowie für Auf- und Abgelände. Die Abweichung der Magnetnadel ist durch eine erste nächtliche Kontrollzielung nach dem Polarstern festgehalten.

Mit Bussole, Neigungsmesser, Chronometer, Aneroid, Routenbuch und Bleistift bewaffnet, ist mein Platz ab heute stets an der Spitze der Expedition. Es gilt, ein gleichbleibendes Marschtempo einzuhalten sowie unnötige Aufenthalte und Zeitabnahmen zu vermeiden, welche nicht auf einer Änderung des Azimuts beruhen. Bei jeder derartigen Änderung folgt ein Halt, um das Rückwärtsazimut der Wegstrecke zu ermitteln. Der beste aller Führer hat wohl nicht das Licht der Welt erblickt. So manches Mal war er so vertieft in seine Tabellen und Messskizzen samt dem Umgelände, dass ihn ein über den Weg herabhängendes Dornengestrüpp unsanft in die Realität zurückholte.

Der auf 2501 m über Meereshöhe gelegene Ort Hai ku versteckt sich wie ein Nest im Bambusgebüsch. Vergeblich haben wir auf den Bergkamm gewartet, der sich laut der britischen Karten hinter Hai ku anschließen sollte. Im Gelände lässt sich dessen Existenz jedoch nicht nachweisen. Unser Erstaunen stand in nichts dem der kleinen Chinesenschar nach, welche sich am Wegesrand vom Auftauchen der Weißen derartig überrumpelt zeigte, dass Madame Tussaud in London rasch eine Kammer der Bestürzung hätte ausstaffieren können.

Es dauerte jedoch nicht lange, bis dieses Volk mit maßloser Neugier das Lager der Fremden eroberte und nicht nur an jedem alltäglichen Handgriff, sondern auch an den intimsten Verrichtungen mit unermüdlichem Eifer anteilnahm. Beim Hantieren mit den Gerätschaften geht alles, was männlich ist und 2 Beine hat, oft derart auf Tuchfühlung, dass die Bewegungsfreiheit ernsthaft eingeschränkt ist und man Gefahr läuft, das Stativ umzustoßen. Der britsche Militär Wellby nahm zu einer List Zuflucht. Beim Blick durchs Fernrohr erklärte er, er bete, und die Plagegeister zogen enttäuscht von dannen. Was interessierten die Rituale für Götter, die einen nichts angingen? Aber unseren Gastgebern soll keine falsche Vorstellung vom Gebrauch der Apparaturen vermittelt werden, mögen ihre Angewohnheiten nun lästig fallen oder nicht.

Cohn fühlt sich bereits ganz wie zu Hause. Sein frisch entdecktes wissenschaftliches Interesse gilt ethnologischen Studien. In den hier ansässigen Frauen vermeint er einen neuen Typus entdeckt zu haben, der sich seinen Worten nach angenehm von der plumpen Stumpfheit des Chinesenweibes abhebe. Aus den Augen dieser hübschen Frauen spreche stattdessen Lebhaftigkeit, Anteilnahme und ein wacher Geist. Solange er über derartige Studien nicht die Niederungen der Landschaftsphotographie vergisst, seien ihm seine Exkurse nachgesehen.

Vor den Hütten am Wegesrand findet immer dieselbe Prozedur statt. Cohn versteht es meisterlich, die Scheu der Chinesinnen zu überlisten, eine Zurückhaltung, der sich sehr zu unserem Leidwesen die Männer nicht befleißigen. Sobald Cohns Arme mit den Kassetten im Wechselsack aus Kautschuk verschwinden, hat er gewonnen. Zeigt sich das Publikum trotzdem spröde, schafft der Ruf nach dem Grammophon verlässliche Abhilfe. Welche Wahl Cohn auch aus dem mitgeführten Repertoire an Schallplatten trifft, deren Klang wirkt jedes Mal Wunder. Die Frauen drängen sich nach wenigen Sekunden mit Gekichere um die geheimnisvolle Apparatur, halten allerdings noch einen letzten Sicherheitsabstand. Im Grunde ist das Grammophon kein Gerät zum Abspielen von Tonträgern, sondern eines zur Anbahnung von Völkerfreundschaft. Wenn nur Cohn nicht so oft den italienischen Arien den Vorzug geben würde. Und wenn er beizeiten auf die Idee gekommen wäre, Abzüge unserer eigenen Porträts mitzunehmen. Dann hätten unsere Gastgeber verstanden, worauf das schwarze Kästchen abzielt. Als Geschenke hätten uns die Lichtbilder so manchen Weg geebnet.

Lager 17, Lin ja po,
29. November 1906

Kurz nach dem Aufbruch wartete die Überquerung des Schweli. Die Flüsse befinden sich um diese Jahreszeit knapp oberhalb ihres Tiefststandes, welchen sie kurz vor Ende der Trockenzeit im Februar erreichen. Die Strömung floss zwar munter, aber nicht allzu reißend dahin, und so wurde der Entschluss gefasst, den Schweli an geeigneter Stelle zu durchqueren. Allerdings versprach zumindest der mittlere Streckenabschnitt für die Ponys eine Schwimmpartie. Das Wasser glitzerte in einladendstem Blau, von der gefürchteten

Milchkaffeefarbe eines hochwasserführenden Flusses keine Spur.

Die Kulis konnten nicht genug den Kopf schütteln ob der Absonderlichkeit unserer Entscheidung, die Tiere nicht wenigstens allein in die Strudel zu jagen, wenn wir sie schon nicht der vorzüglichen Konstruktion anzuvertrauen gedachten, welche in den Augen von uns Weißen allerdings nur mit einer gehörigen Portion Todesverachtung die Bezeichnung »Brücke« verdiente. Ein flaues Gefühl ergriff von einem Besitz bei der Vorstellung, dass dieses Etwas bei steigenden Pegelständen zur Regenzeit für Mann und Tier die einzige Möglichkeit darstellt, um ans gegenüberliegende Ufer zu gelangen.

Die Konstruktion bestand aus 2 verdrillten, frei den Fluss überspannenden Lianensträngen, die zu beiden Uferseiten an mächtigen Bambusstangen verzurrt waren. Zwischen diesen beiden Lianen waren weitere Lianen kreuzweise geflochten, so dass eine Auflagefläche entstand, nicht unähnlich einer Hängematte. Auf dieser Unterlage waren lose Holzplanken der Länge nach aneinandergefügt, das Resultat war ein wackeliger Laufsteg, der eine Breite von einem knappen Drittel Meter erreichte. Weitere Lianenstränge, etwa als Handläufe, waren nicht vorhanden, was keinen der Kulis davon abhielt, einer nach dem anderen über das schwingende Ungetüm zu traben. Unter ihren Sandalen schnellte so manche Planke an einem Ende in die Luft, bevor sie sich wieder senkte. Trotzdem kamen alle Mann wohlbehalten am anderen Ufer an. Hätten wir den verwegenen Gänsemarsch nicht mit eigenen Augen verfolgt, wir hätten sein Gelingen nicht für möglich gehalten.

Wir nahmen Zuflucht beim Durchqueren, was weniger reibungslos vonstatten ging als erhofft. Beermanns Pony, das er als Letzter in die Furt lenkte, verkeilte sich im Schlamm zwischen den Flusskieseln. Beermann stieg ab, konnte jedoch trotz seiner Körperkraft allein wenig ausrichten. Erst den beiden zu Hilfe geeilten Mafus gelang die langwierige, aber schließlich glückliche Befreiung.

Unsere Ponys waren noch nicht wieder richtig trocken, als wir den Fuß des Scheidegebirges zwischen dem Schweli und dem Salween erreicht hatten. Die herbstlich gefärbten Blätter des Mischwaldes versetzten uns in eine muntere Stimmung, auch wenn die Wege steil und die Felsabsätze tückisch waren. Der Ort Lin ja po ist auf keiner der bisher verfügbaren Karten verzeichnet und bringt es in 2 altbekannten Disziplinen zu bisher unangefochtener Meisterschaft: Aus jeder Hütte quoll eine Schar derartig schmutzstarrender Kinder, dass nicht einmal Cohn Lust verspürte, sie an den Schultern zu packen, um sie zu einem Motiv aufzureihen. Und das Opiumrauchen ist hier auch außerhalb der Hütten in Mode, die Rauchschleier wabern so dicht zwischen den Hütten, dass man versucht ist, nach einem Brandherd Ausschau zu halten.

Lager 19, Tschui kai,
1. Dezember 1906

Entgegen bisherigem wissenschaftlichem Consens sind auch die südlichen Scheidegebirge Jün nans mit Schnee bedeckt, ihre Höhe übersteigt die 3300 m. Der Aufstieg zum Pass gestaltete sich extrem steil. Es fand sich die Klage vieler Reisender bestätigt, dass die Wege West-Jün-nans einen Berg in frontaler Manier angehen, als gelte es, eine Attacke zu reiten. Die Chinesen wollen sich nicht mit irgendwelchen Kindereien abgeben, Zugeständnisse an die Bequemlichkeit werden nicht gemacht, die Anlage von Serpentinen schmäht man allem Anschein nach als reine Zeitverschwendung. Die Reitponys mussten am Zügel geführt und über manches Hindernis an der Hinterhand geschoben werden. Wenigstens brauchen wir für das Wohlbefinden von Lasttieren keine Sorge mehr zu tragen, und die Kulis kostet das schnurgerade Hinauf zwar reichlich Schweiß, einen Grund zum Haltmachen vermag jedoch auch der Verbummeltste unter ihnen nicht zu erkennen. Eine Kulikarawane, sobald sie erst einmal in Bewegung geraten ist, hält so schnell kein Hindernis auf. Wird der Weg zu steil, haben hilfreiche Hände lange vor uns Baumstämme zu Treppenstufen aneinandergefügt.

Jenseits der Baumgrenze beginnt der Gürtel der hochalpinen Flora, bestehend aus stacheligem Strauchwerk und genügsamen Blühern, Matten aus trockenem Gras, Heide und Moos. Im Frühling und Sommer erstrahlen diese Regionen in üppigster Blütenpracht. So manches vermutete Schneefeld entpuppt sich als Reifbezug oder als eine mehrere Zentimeter dicke Eisschicht, die alles Grün unter sich versiegelt. Kahler Fels tritt inmitten dieses Pflanzenreichtums nur auf den allerhöchsten Graten zutage. Die Aussicht vom Sattel war famos. Da ein Lager in eisigen Höhen nur Beute des noch eisigeren Windes werden konnte, machten wir uns unverzüglich an den Abstieg. Über Treppen aus Baumstämmen kamen wir vor dem Dunkelwerden in Tschui kai an.

Ein Blick in die Tabelle der Temperaturaufzeichnungen vermittelt schon nach wenigen Marschtagen ein festes Muster. Außer in unmittelbarer Passnähe beträgt das Temperaturgefälle von morgens 6 Uhr bis nachmittags 3 Uhr je 40° Celsius oder mehr, wobei sich die anfänglichen Minusgrade schon am späten Vormittag in blanke Hitze wandeln. Gegen Abend kühlt es genauso rasch wieder ab, sobald die Sonne hinter den Bergen verschwunden ist.

Bedauerlicherweise lassen sich die wenigen kühlen Morgenstunden nicht zum Marschieren nutzen. Nur mit der allergrößten Mühe gelingt es, wenigstens 10 Uhr als Aufbruchszeit durchzusetzen, obwohl ab 7 Uhr der helle Tag lacht. Unbeeindruckt hocken unsere Kulis ums Feuer, schlürfen ihren Morgentee, stecken sich die erste Pfeife an und verschwenden keinen Gedanken ans Packen oder gar Aufbrechen. Egal, wann am Vortag Lager geschlagen wurde, am nächsten Morgen hat nur ein Umstand mit der schönsten Gesetzmäßigkeit Gültigkeit: Nichts und niemand ist zur festgesetzten Stunde bereit, keine Kiste gepackt und kein Deckel geschlossen. So tritt zumindest der späte Aufbruch mit Pünktlichkeit ein. Längst ist dieser zum Gewohnheitsrecht geworden, mögen die Köpfe der ungeduldigen Herrschaften aus dem Westen auch purpurn leuchten.

Wer in der Heimat glaubt, einen Ratschlag gegen die unerschütterliche Sturheit der Kulis parat zu haben, sei versichert, er wäre zum Scheitern verurteilt. In der *Gesellschaft* ging die Kunde von einem Kollegen, der mit einer Trillerpfeife seine Mannschaft unter die Lasten holte. Es wäre interessant, zu wissen, wie lange er seinen preußischen Drill durchgehalten hat. Weder vernünftiges Zureden hilft noch Fluchen. Genauso wenig wie das Inaussichtstellen von ein paar Rupien mehr als Belohnung für eine Selbstverständlichkeit, deren Bezahlung längst ausgehandelt ist. Gegen das Verzweifeln hilft nur, jede Hoffnung auf die Erfüllung von in Europa so hoch geschätzten Tugenden wie Pflichtbewusstsein, Pünktlichkeit und Verlässlichkeit fahrenzulassen. Und sich mit Gleichmut zu wappnen, bleibt einem doch der Trost, dass sogar auf chinesische Art ein ordentliches Tagespensum zu schaffen ist.

Denen, die aus dem Gesagten einen Alleinanspruch auf die Zierde des Fleißes ableiten, sei in Erinnerung gerufen, dass der Chinese keinen Sonntag kennt. Für ihn gibt es bekanntlich nur einen einzigen Feiertag im Jahr, das chinesische Neujahr. An allen anderen Tagen geht er unermüdlich seinen Geschäften nach.

Lager 23, nach Kan ting kai,
5. Dezember 1906

Seit Erreichen des Salween folgt die Expedition dessen rechtem Ufer flussaufwärts. Solange der Salween dem Reisenden einen trockenen Uferstreifen präsentiert, wird die Expedition sein Tal nicht verlassen. Um diese Jahreszeit ist die Breite des Flusses bereits beträchtlich geschrumpft. Allerdings ist in einem echten Erosionstal wie diesem mit Passagen zu rechnen, in denen der Salween die Seitenhänge senkrecht abrasiert hat, sich immer tiefer in den Fels einsägend, um sein vor Jahrtausenden begonnenes Werk zu vollenden.

Seit der auf der gegenüberliegenden Uferseite kauernden Siedlung Kan ting kai wechseln die bebaubaren Ebenen zwischen einer Seite des Flusses und der anderen. Vereinzelt spenden Bananenstauden und Feigenbäume Schatten, die Wege werden von Feuerdorn, Karden und Burmarigold gesäumt. Die Reisernte ist in vollem Gange, das Einbringen erfolgt direkt auf den terrassenartig angelegten Feldern. Dort werden die Rispen gedroschen, und die Wassermühlen stehen nicht still, um den Paddy zu weißem Reis zu mahlen.

Auch unser Speisezettel hat eine Bereicherung erfahren: Für die nächsten Tage krönt ein kräftiger Schluck aus der Chininflasche das Mahl. Ab diesem Breitengrad gilt das Salweental als das unumschränkte Reich der Moskitos. Wohl bekomm's.

Lager 27, nach Ma jiu kai,
9. Dezember 1906

Mit dem Dorf Ma jiu kai können die britischen Karten nun endgültig in den Tiefen der Kisten verschwinden. Die Reisfelder sind selten geworden, die Bevölkerung, ein Gemisch aus Chinesen und Lissu, meidet das in diesem Abschnitt fieberverseuchte, sich im Zickzack schlängelnde Flusstal und siedelt in den angrenzenden Berggegenden. Bestellt werden spärliche, dem Urwald durch Rodung abgerungene Felder. Manche Dörfer sollen sich auch vollständig dem einträglicheren Räuberwesen verschrieben haben. Bisher keine Anzeichen unbekannter Stämme.

Das Auf und Ab nimmt zu, die Berggegend fordert ihren Tribut, der Pfad wechselt zwischen einem Uferbereich voll Schilf zu kahlen Felsblöcken, windet sich eine Strecke durch den Dschungel voller Lianen und Dornengestrüpp, um im nächsten Moment zu Felsabhängen 100 bis 200 m über den gurgelnden Wassern aufzusteigen. Derlei ist jedoch der reinste Spaziergang im Vergleich zu den Abschnitten, wo der Pfad ein abruptes Ende findet, unter Farnen und Gestrüpp verschwindet oder von Bergrutschen fortgerissen ist. Oft grenzt es an ein Wunder, wenn sich der schon verloren geglaubte Pfad, nachdem mit den Seitenmessern drauflosgehauen wurde, wieder zeigt. An eine weite Sicht und lohnende

Peilungen nach markanten Landschaftspunkten ist in dem Bergwirrwarr in den wenigsten Momenten zu denken.

Der Wettergott schenkt uns sein Wohlwollen, seit Bhamo waren nur einige halbe Regentage zu verzeichnen. Trotzdem wuchert in den Niederungen der mit dichtem Dschungel bedeckten Abhänge das dunkelste Moosgrün. In so manche Schlucht vermag es die Sonne wegen der Steilheit der Hänge auch zur Mittagszeit nicht, ihre Strahlen hinabzuschicken. Dort schimmert und quillt der Pflanzenreichtum in ewig währendem Dämmer.

Lager 30, nach Pöng ka,
12. Dezember 1906

Eine knappe Wegstunde hinter Pöng ka entlud sich das Donnerwetter über unseren Köpfen. Das Rätsel, warum die Kulis sich heute noch später als sonst zum Marsch bequemt hatten, fand seine Aufklärung. Es kam zur Meuterei, nachdem auf den gegenüberliegenden Uferhügeln des Salween Lu ku zum Vorschein kam, das größte chinesische Dorf der Gegend, und wir keine Anstalten machten, mit der Fähre übersetzen zu lassen.

Die Kulis schwärmten von der Wohlhabenheit des Dorfes, dessen Hütten nicht aus Holz, sondern aus Lehmziegeln errichtet seien. Ob wir nichts im Yamen zu erledigen hätten? Das Gasthaus sei sogar mit Dachziegeln gedeckt. Dass unsere Route das rechte, unerforschte Salweenufer ist und bleibt, rief Enttäuschung, gar Empörung hervor. Alles schrie und gestikulierte wild durcheinander. Übles stand zu befürchten. Bei einem Halt stellen die Kulis ansonsten lediglich ihre mit einer Eisenspitze versehenen Stöcke unter die

Lasten und befreien Schultern und Rücken auf diese Weise von dem Gewicht. Jetzt setzten sie die Lasten ab. Li ließ seine Leute gewähren und hielt sich abseits, seine ihm sonst nicht eigene Zurückhaltung ließ befürchten, dass er das Verhalten seiner Leute billigte und mit den Meuterern unter einer Decke steckte.

Beim Anheuern der Kulis war mit keinem Wort die Rede davon gewesen, über Lu ku durchs Salween-Mekong-Scheidegebirge zum Mekong vorzudringen, eine Route, die Prinz Henri von Orléans 1895 in entgegengesetzter Richtung beschritten hatte. Ein annäherndes Rechteck beschreibend, zog er auf der linken Uferseite Salween-aufwärts und kehrte nach wenigen Tagesmärschen zum Mekong zurück, um dessen Lauf nach Nord zu folgen. Nachdem er A tun tzu erreicht hatte, schwenkte er nach Südost ab und entdeckte die Quellen des Irawadi.

Wir hatten ausdrücklich unser Vorhaben bekräftigt, so weit wie irgend möglich den Salween flussaufwärts vorzustoßen. Vergessen war das üppige Mahl, das Lis Vater zu Ehren des Vertragsabschlusses gegeben hatte. Unter unzähligen Verbeugungen hatte er sich wegen der unverzeihlichen Dürftigkeit des Empfangs entschuldigt, während wir unsere beispiellose Unverschämtheit in die Waagschale warfen, überhaupt seiner Einladung Folge geleistet und bei den vorzüglichen Speisen beherzt zugegriffen zu haben, um sie zu allem Überfluss mit Schälchen voll warmen Reisweins und Proben aus kleinen Likörflaschen hinunterzuspülen.

Zwar leugnete Li, mit dem wir uns abseits auf den sonnenwarmen Uferkieseln niedergelassen hatten, nicht, an dem Mahl teilgenommen zu haben, doch erklärte er alles für ein bedauerliches Missverständnis. Nie habe der treusorgende Vater zugestimmt, dass sein einziger Sohn und Erbe Li sich einer solchen Gefahr aussetzen und das Gebiet der Man tse, der Barbaren in den räuberischen Gebirgsregionen, betreten würde. Alle Versuche, sein Gedächtnis aufzufrischen, scheiterten. Nach einiger Diskussion glaubten wir, wenigstens bezüglich des Vertragsinhalts Übereinstimmung erzielt zu haben, bis es offensichtlich wurde, dass Li immer wieder zu seinem alten Standpunkt zurückkehrte und so lange zurückkehren würde, wie der Disput eben noch dauerte.

Beermann platzte der Kragen, er sprang auf, die Hände so tief wie möglich in den Hosentaschen vergraben, aber bevor er Li der Lüge bezichtigen konnte, zeigte Cohn unerwartetes Diplomatengeschick. Meine Andeutungen über das Verlieren des Gesichts waren allem Anschein nach auf fruchtbaren Boden gefallen. Cohn stellte Li eine Klage beim Mandarin von Teng jueh in Aussicht, welche auf seinen Vater zurückfallen würde. Und dieser wiederum würde seinen Sohn für die daraus entstehenden Unannehmlichkeiten zur Verantwortung ziehen. Dieses kleine Gedankenspiel wirkte Wunder. Zumindest für den Moment.

Wer von Chinesen ein Zugeständnis erreicht, sollte sich der Dauer seines Erfolges nicht allzu sicher sein. Wortbruch ist im chinesischen Geschäftsgebaren eine Strategie unter anderen, und man plane diesen besser ein, ohne der Verlockung zu erliegen, das Ärgernis beim Namen zu nennen, weil man sich dadurch unweigerlich alle Türen vor der Nase zuschlägt. Wer mit Chinesen nicht handelseinig wird, ob in einer mehr oder weniger zufriedenstellenden Form sei dahingestellt, findet die Ursache mit hoher Wahrscheinlichkeit in der eigenen Halsstarrigkeit.

Ohne Lis Führung brach die aufwieglerische Haltung der

Kulis bald in sich zusammen. Mürrische Gesichter waren das Einzige, was noch an die gescheiterten Pläne erinnerte, aber eine Extraration Tabak vermochte es umgehend, ein Lächeln in eben diese Gesichter zurückzuzaubern.

Lager 31, nach Teng keng,
13. Dezember 1906

Nach einem Anstieg von etwa 250 m blickten wir auf die tosenden Fluten des Salween hinab, der sich in eine tief eingeschnittene Schlucht zurückgezogen hatte. Vor uns auf einer Anhöhe lag der Ort Teng keng. Die Kalksteinfelsen stürzten annähernd senkrecht in die Tiefe hinab zu den Fluten. An ein Weiterkommen im Talgrund war nicht mehr zu denken. Die Expedition musste die nächste Anhöhe hinauf, was gleichzeitig bedeutete, sich unweigerlich tiefer in das Gebiet der Lissu hineinzuarbeiten.

Was mit dieser Anhöhe begann, lässt sich nur als üble Kletterei betiteln. Hinter jeder Schlucht türmte sich der nächste Rücken einer Kuppe, den es zu überwinden galt. Erst ging es steil in die Höhe, dann wieder beinahe senkrecht in die Tiefe. Ein paar hundert Meter Luftlinie erforderten Stunden schweißtreibender Anstrengung. Mit jeder neuen Kuppe schien die letzte erreicht zu sein, nur um an deren obersten Spitze die Bitterkeit der Enttäuschung zu kosten. Der Blick fiel auf die nächste Kuppe vor einem.

Als kein anderer Ausweg blieb, als das Lager mitten im Dschungel aufzuschlagen, rissen uns plötzlich aufkommende Windstöße die Zeltplanen aus den Händen. Der Himmel in Südost verdunkelte sich und brachte das erste wirkliche Gewitter. Eine bleischwarze Front aus zusammengeballten Wolkentürmen rollte heran und schob ein eigenartiges Gebilde vor sich her, ähnlich einem weißen Schleier, begleitet von einem Prasseln und Zischen, das mit beunruhigender Geschwindigkeit anschwoll. Plötzlich hatte der Schleier die Expedition erreicht, und taubeneigroße Schloßen trommelten auf uns nieder. Die Menschen flohen unter die Zeltplanen, die, die keinen Unterschlupf mehr fanden, drückten sich zwischen die Bambusstangen, welche die Windböen wie dünnes Schilf herumwarfen. Schutz war dort nicht zu finden. Die Tiere bäumten sich und brüllten. Sekunden später waren ihre Hobbel ineinander verstrickt, und ein heilloser Knäuel torkelte durch das Lager. Für mehrere Minuten rollte der Donner ohne Unterlass, die Blitze schlugen wie Peitschengeknall in unmittelbarer Nähe ein. Genauso schlagartig, wie er gekommen war, war der Spuk vorbei und die Sonne brach durch die Wolken. Als wir unter den Planen hervorkrochen, wateten wir knöcheltief durch einen Teppich aus Hagelkörnern, abgehauenen Zweigen und zerfetzten Blättern. Uns die schmerzenden Glieder reibend, bestaunten wir den entlaubten Dschungel, alles Holz war um seine grüne Pracht beraubt. Das Knäuel der Pferde wurde gelöst, insgesamt 8 Platzwunden galt es zu versorgen. Durch den Dschungel zogen die Klagelaute eines wilden Tieres. Beermann zischte um Ruhe, lauschte und glaubte, einen Tiger zu erkennen. In seinen Mundwinkeln zuckte es. Falls die Bewegung nicht gar so spärlich ausgefallen wäre, hätte man beinahe ein Lächeln vermuten können. Wetten wurden abgeschlossen, wer am morgigen Tag die meisten blauen Flecken zu beklagen hätte.

Lager 33, Schau medi,
15. Dezember 1906

Wenigstens abschnittsweise ist wieder Sichtkontakt mit dem Salween hergestellt. Allem Anschein nach wird der Fluss in Nordnordost vom Gebirge zu einer Schlaufe gezwungen. Zur genaueren Orientierung bietet der auf der Expedition des Prinzen von Orléans als Fragment kartierte Abschnitt des Salween keine Hilfe, da dieser nicht dem wahren Verlauf entspricht. Wahrscheinlich hatten unsere Vorgänger auch auf der anderen Flussseite im Gelände mit den gleichen Sichtbehinderungen zu kämpfen wie wir.

Die Bewohner der auf einer Kuppe gelegenen Ortschaft Schau medi bauen auf dürftigen, dem Urwald abgerungenen Flecken Mais, Buchweizen, Bohnen sowie Mohn an. Die wenigen Hütten ducken sich hinter Bananenbäumen und Betelnusspalmen. Die Behausungen liegen so gut im Dschungel verborgen, dass man sie immer erst dann entdeckt, wenn man unmittelbar davorsteht.

Inzwischen wartet der Dschungel mit einer weiteren Plage auf. Sobald die Wolken ihre Schleusen öffnen, sind die Blutegel überall, sie tropfen vom Geäst, klammern sich an die Farne und robben durchs Laub. Sie schlüpfen unters Hemd, kriechen in die Hosen. Besonders oberhalb der Knöchel, über den Schäften der Bergstiefel hängen die Quälgeister in dicken, schleimigen Trauben, die zum Pflücken einladen. Einen zünftigen Regentag krönten 24 Exemplare, an den 4 Extremitäten und im Nacken. Die Unverfrorensten machen sogar vor delikateren Stellen nicht halt. Der Schnitt beläuft sich immerhin auf 10. Wie viele werden es morgen sein? Und wie viele erst zur Regenzeit im Sommer?

Eglinose, so heiße eine der zahlreichen Substanzen im Speichel des Egels, ließ sich Beermann bei der ersten Ernte zu einem seiner seltenen Vorträge hinreißen. Es betäube die betroffene Hautstelle. Gleichzeitig verzögere Bruder Hirudin die Gerinnung des Bluts. So zeige der Egelbiss sich anfangs schmerzlos, und man bemerke nicht gleich, dass die Schotten offen seien. Die üble Nachbluterei komme nur von der Unsitte, sich die Tierchen mitsamt der doch sehr robusten Beißwerkzeuge aus der Haut zu reißen, statt zu warten, bis sie gesättigt von alleine abfielen.

Ob Beermann wegen seiner tierischen Profession zum Favoriten der Würmer erkoren wurde, vermag kein Sachverstand zu entscheiden. Mit einem Seufzer wand er allabendlich aus seinen Socken die kostbaren Tropfen des edlen Safts, welche auf Nimmerwiedersehen in der feuchten Erde versickerten. Allerdings dauerte ihn nicht der Verlust des eigenen Lebenselixiers, sondern dass er den Egeln das Vergnügen verderben musste, der Aderlass wäre sonst allzu groß gewesen. Man müsse sich eben damit arrangieren, dass der Biss zu jucken anfange, sobald die Blutung aufgehört habe. Inzwischen hat jeder der Expeditionsteilnehmer das Erblühen der wunderbarsten Eiterbeulen verfolgen dürfen, die einen tagelang malträtieren. Allein der Gestank, den sie verströmen, ist ehrfurchtgebietend. Zu einer Zuhilfenahme von Salz, worauf unser Koch schwört, vermag sich wegen der unerquicklichen Nebenwirkungen außer diesem keiner durchzuringen.

Letzte Nacht weckte uns ein Tumult in Beermanns Zelt. Im schwachen Geflackere von Cohns angerissenem Streichholz zeigte sich die torkelnde Gestalt Beermanns. Als es endlich gelang, ihm ungeachtet seiner Grunzlaute die Hände vom Gesicht zu lösen, enthüllte sich ein feuerrotes Geruchsorgan. Eines der Nasenlöcher war unnatürlich angeschwollen und verstopft, aus eben diesem wand sich ein praller schwarzer Strang über den Mundwinkel bis zum Kinn. Mindestens 10 cm, ein Prachtexemplar. Da das übliche Abpflücken in diesem Fall wohl nicht in Frage kam, plädierte Cohn für die Methode, mit der wir den Zecken den Garaus machen, zumindest solange das eigene Fleisch der Behandlung länger standhalten kann als die festgebissenen Parasiten. Ohne Beermanns Zustimmung abzuwarten, riss Cohn ein weiteres Streichholz an und hielt es mit Bedacht an den festgesaugten Burschen, der fast umgehend platzte und Beermanns untere Gesichtshälfte samt Cohns Hand mit dem Blut tränkte, mit dem er sich eben noch vollgepumpt hatte und das er nun gerechterweise wieder hergeben musste.

Egel kennen den Schlaf nicht, ihre Gier nach Blut ist von einer Unersättlichkeit, die man einem einfachen Wurm gar nicht zutraut. Was der beständige Kampf mit vor Blut triefenden Socken nicht vermocht hatte, hat ein einzelnes Geschöpf jedenfalls vollbracht: Beermanns zufriedenes Gebrummel über den Insektenreichtum des Dschungels hat den ersten nachhaltigen Dämpfer erlitten.

Lager 38, Verlaufen im Berglabyrinth,
20. Dezember 1906

Es hilft kein Leugnen mehr, der Weg ist verloren. Ein sich ringsum erstreckendes Berglabyrinth hält die Expedition in seinen Fängen. Als sich die Pflanzenwelt über unseren Köpfen zu einem undurchdringlichen Dach schloss, geriet die Orientierung vollends zur Glückssache. Der Salween ist unseren Augen längst entschwunden. Es gibt kein Nord und kein Süd mehr, nur noch ein Oben und Unten. Und Licht höchstens in flirrenden Flecken, die spärliche Strahlenbündel ins Dämmrige entsenden. Seltsame Früchte streifen unsere Hüte, phantastische Klettergewächse schlingen sich um Stämme und Äste. Will man sich daran festhalten, verbiegen sie sich wie Gummi. Der bis zu 6 m hohe Bambus steht an manchen Stellen so dicht, dass man sich in einem Meer aus Lanzen eingeschlossen glaubt, man muss die Stangen auseinanderdrücken, um Durchlass zu finden. Bei der Kletterei rutscht man immer wieder von mit zähem Schleim bedeckten Steinbrocken, stolpert in eisige Morastlöcher, die auf dem moosbedeckten, mit Farnen überwucherten Boden mit dem Auge nicht auszumachen sind. Die knorrigen Stämme der Alpenrosenbäume muten an wie armdicke, ineinander verschlungene Schlangen. Die schwammige Konsistenz verfaulten Holzes glitzert im Zwielicht, überwuchert von Pilzgeschwüren. Die Luft ist mit einem Geruch nach Moder und Verwesung geschwängert, obwohl gerade im Dschungel in jedem Winkel in jeder Sekunde das Leben frohlockt. Tod und Geburt wiegen sich im ewigen Gleichklang.

In solchem Gelände bereitet allein schon das Marschieren ungemeine Strapazen. An Reiten ist in keiner Weise auch nur zu denken. Das inzwischen sattsam vertraute Muster, dass hinter jeder erklommenen Kuppe ein nur noch steilerer Kamm wartet, den es als Nächstes zu bezwingen gilt, will sich nicht ändern. Lediglich die Feldflecken voll Baumwolle und Buchweizen verraten lange vor den hinter Laubwerk versteckten Hütten die Anwesenheit von Menschen. Welcher der sich kreuzenden Pfade führt zurück zum Salween? Oder wird die Expedition immer weiter in die Irre gelockt? Zu allem Überfluss quält uns hier, im feuchtesten Grund, auch noch der Wassermangel. Quellen, Rinnsale und Bäche sind um diese Jahreszeit versiegt. Wir begegnen Frauen und Kindern, die das Trinkwasser vom Tal in Bambusgefäßen emportragen. Das Wasser, das uns unterwegs angeboten wird, ist oft brackig und wimmelt von kleinem Getier. Selbst der Berkefeld-Reisefilter stößt an die Grenzen seiner Möglichkeiten. Für den nächsten Regenschauer, der nun schon seit Tagen auf sich warten lässt, ist die Parole »Wasserfassen« ausgegeben.

Seit heute haben wir mit einem neuen Ungemach zu kämpfen. Der Weg, für den wir uns beim Aufbruch entschieden hatten, endetete nach einer unsäglich steilen Kletterpartie vor einer Felswand. Senkrecht wuchs diese aus dem Boden. Für die Reitponys bildete sie ein unüberwindbares Hindernis, eine Umgehung ließ das Gelände nicht zu. Umkehren? Bis zu welchem Punkt? Und welche Richtung war stattdessen einzuschlagen? Zu einem derart verzweifelten Schritt konnten wir uns nicht entschließen, aus Angst, womöglich Tür und Tor für den drohenden Rückmarsch aufzustoßen.

Beermann verfiel auf den rettenden Gedanken, die Bäuche der Ponys mit Riemen und Stricken zu umgürten und mit deren Hilfe wie Lastballen hinaufzuziehen. Gesagt, getan, auch wenn das Vorhaben in ein Stunden andauerndes Festgebinde und Geziehe ausartete, in deren Verlauf sich Cohn, zwischen Flüchen und Kommandos lavierend, einen Huftritt in den Unterleib einhandelte. Kaum war er der Worte wieder mächtig, gab er zu verstehen, das nächste Mal würde er sich diese liebreizende Gegend mit Dynamit untertan machen. Falls ihm ein nächstes Mal vergönnt sein sollte.

Schließlich fanden unsere getreuen vierbeinigen Weggefährten mit zitternden Flanken auf einem schmalen Absatz in mehreren Metern Höhe wieder festen Boden unter den

Hufen. Weiter, die Expedition konnte ihren Fortgang nehmen. Leider wollte das Schauspiel mehrere Male wiederholt werden, Exerzitien, die den Schülern zumindest im Procedere eine gewisse Fertigkeit einbrachten. Selbst der Physiognomiefreund Cohn nahm die erstaunten Mienen der uns begegnenden Einheimischen kaum noch wahr, mit denen diese die Reitponys bedachten. Jeder hatte ohnehin vollends begriffen, dass diese Wege ausschließlich den Zweibeinern vorbehalten waren. Trotzdem mochten wir uns nicht dazu durchringen, die Ponys nun, da wir mit ihnen so weit gekommen waren, einfach zurückzuschicken oder freizulassen. Zu sehr erleichterten sie trotz der momentanen Unbill die alltäglichen Mühen. Und irgendwann muss sich die Beschaffenheit des Geländes bessern.

Lager 42, zurück am Salween,
24. Dezember 1906

Welchen Balsam bot der Anblick des wiedergefundenen Salweentals! Vor Erschöpfung waren wir auf die Alluvialterrasse eines kleinen Zulaufs mehr gestolpert, als diesen ersten annähernd ebenen Flecken Erde seit Tagen in erkennbarer Marschordnung zu betreten. Vereinzelt stehende Feigenbäume empfingen uns mit Kühle spendendem Schatten. Hinter der abfallenden Terrasse sahen wir das Wasser des Flusses in der Mittagssonne funkeln. Als ob er ein Willkommen versprühte. Das tückische Berglabyrinth hatte uns freigeben müssen. Einem Verdienst unsererseits war das leider nicht zuzuschreiben. Trotzdem betrachteten wir diese glückliche Wendung als das größte aller Geschenke, welche der heutige Tag uns bringen mochte.

Gegen eine derartige Konkurrenz konnten auch die Dosen Corned Beef nichts ausrichten, mit denen wir das Wiedersehen mit dem Salween und den Heiligen Abend feiern wollten. Wir setzten uns nicht wie sonst in einem der 3 Zelte zu Tisch, sondern scharten uns um ein Feuer, das wir abseits von dem der Mannschaft hatten entzünden lassen, zückten die Messer, öffneten die Dosen und kratzten den Inhalt mit ehrfurchtsvollem Schweigen bis zum letzten Bröckchen heraus. Danach starrten wir noch lange in das Spiel der Flammen.

Ob die Gedanken der beiden Gefährten auch zu den frohen Weihnachtsabenden im Kreis der Lieben zu Hause in der fernen Heimat schweiften? Wohl anzunehmen, denn Cohn machte allen Ernstes den Vorschlag, einen Alpenrosenstrauch mit Kerzen zu schmücken. Welchen Sinn sollte diese Dekoration im Dschungel ergeben? Ganz abgesehen von der Verschwendung der Kerzen? Die Boys hätten in dem unbekannten Brauch vielleicht sogar einen bösen Zauber vermutet. Unter dem Klatschen der Handflächen auf der nackten Haut verstummte der Disput ohnehin bald. Der Kampf gegen die Sandfliegen war aussichtslos, belebt von der Feuchte der Nacht, stürzten sie sich mit Heißhunger auf ihre Beute. Jedem Christen hätte zur Feier des Tages ein wenig Frohsinn nicht schlecht zu Gesicht gestanden. Prosaische Laute waren jedenfalls nicht das geeignete Mittel, um die gedrückte Stimmung zu vertreiben, die sich der Runde am erlöschenden Feuer bemächtigt hatte. So rührte die einzige Weihnachtsmelodie vom Rasseln der Ketten her, mit denen die Reitponys gehobbelt waren. Die Lederriemen waren bereits vor Tagen durch unzerschneidbares Material ersetzt worden, um keine nächtlichen Überraschungen von Seiten ungebetener Gäste erleben zu müssen.

Während sich die Expedition morgen einen günstigeren Rastplatz auf den Sinterbänken des Salween suchen wird, um einen verdienten Ruhetag einzulegen, sieht mein Plan vor, wenn irgend möglich am Wasser flussabwärts zu gelangen, bis ein Punkt erreicht ist, der sich in bereits vermessenes Gebiet einfügen lässt. An erster Stelle steht die Fortführung der Kartierungsarbeiten. Das linke Ufer ist wegen annähernd senkrecht abfallender Kalksteinpartien unpassierbar, über die Klippen hängen Orchideen und Farne in den kühnsten Formationen. Die Hoffnung, dass die entstandene Lücke in der Vermessung sich auf diesem Weg tilgen lässt, unbeschwert vom Gepäck, ist zumindest nicht gänzlich von der Hand zu weisen. Komme was wolle, von jetzt an wird sich die Expedition von den Hügeln fernhalten, selbst wenn der Weg durch die tosenden Strudel des Flusses erkämpft werden muss. Sonst kann unser Vorhaben nur als gescheitert bezeichnet werden.

Den Mond kümmern derartige menschliche Sorgen und Eitelkeiten nicht, voll Wohlwollen schenkt er heute Nacht jedem Geschöpf ein so brillantes Licht, dass sich die Eintragungen ins Tagebuch im Freien absolvieren lassen. Ohne Kerze.

Lager 45, wieder in Burma,
28. Dezember 1906

Die Expedition hat Jün nan wieder verlassen und jenen Abschnitt des Salween erreicht, den von etwa 26°26' bis 27°38' nördlicher Breite Burma sein eigen nennt. Zumindest zurzeit. Unweit der Hütten von Ku tu wa de ist jener Umstand eingetreten, der niemals hätte eintreten dürfen. Die Expedition wollte gerade das Lager auf einer Sandbank am Ufer des Salween abbrechen. Li und seine Leute mussten zum ungezählten Male daran erinnert werden, dass sie wie jeden Abend so auch gestern hoch und heilig versprochen hatten, ein wenig mehr Zügigkeit an den Tag zu legen. Da tauchten aus dem Morgennebel, der über dem Salween waberte, als ob das Wasser kochte, wie Geister in Lumpen gehüllte, barfüßige und ungemein schmutzige Männer auf.

Zum allgemeinen Erstaunen wurden in erster Linie unsere Chinesen ins Visier genommen und gegen einen Felsvorsprung gedrängt, ob aus Abscheu gegen die verhassten Kolonisten oder aus Zurückhaltung vor den fremdartig anmutenden Weißen, war nicht zu entscheiden. Wir Europäer konnten uns relativ ungehindert bewegen, auch wenn die Lutzu ein wachsames Auge auf uns hatten. Und die Gesten, mit denen sie uns eine unverzügliche Umkehr bedeuteten, ließen für Interpretationen keinen Raum. Shung war leider nicht zu gebrauchen, da er mit der Sprache der Lutzu nichts anzufangen wusste und diese durch wiederholtes Kopfschütteln vorgaben, kein Wort Chinesisch zu verstehen. Selbst das Tibetanische schien ihnen so fremd zu sein wie jede beliebige Europäersprache. Mit entschlossener Miene unter dem wirr abstehenden Haar, das über der Stirn gerade abgeschnitten war, hinderten die ungebetenen Gäste Cohn, mit dem Ausbreiten unseres Vorrats an Geschenken fortzufahren, um sie versöhnlicher zu stimmen. Er hantierte gerade mit dem bisherigen Renner, einem Stempel samt Stempelkissen, dem er die meiste Überzeugungskraft zutraute, als man ihm das Tintenfläschchen aus der Hand schlug. Die Demonstration konnte zugegebenermaßen ebenso gut als böser Zauber ausgelegt werden wie als unschuldige Vorführung. Mit raschen

Fußbewegungen scharrten die Lutzu Sand auf die Waren, ihre Geduld war am Ende. Die Situation ließ an Eindringlichkeit nichts zu wünschen übrig, es blieb nur das Zusammenpacken. Vielleicht hätte die Begegnung einen vorteilhafteren Verlauf genommen, wenn wir jenen schon einmal schmerzlich vermissten Vorrat unserer eigenen photographischen Porträts mit uns geführt hätten.

Unverrichteter Dinge gesellten wir uns zu unseren Chinesen, die geschlossenen Reihen sahen sich mehreren Pfeilspitzen gegenüber, die aller Wahrscheinlichkeit nach vergiftet waren, in Medizin getaucht, wie Li mit vorwurfsvoller Stimme raunte. Die Lutzu hatten einen netten Vorrat an diesen Pfeilen, welche in länglichen Köchern aus Leder steckten. In den Köchern befanden sich außerdem mehrere Bambusröhren als zusätzliche Behältnisse.

Warum waren die Lutzu den Chinesen so übel gesinnt, dass sie ihnen keinen Durchlass durch ihr Gebiet gewähren wollten, obwohl die Eindringlinge aus dem Gebiet der großen, parallel verlaufenden Flüsse Hinterindiens nicht mehr wegzudenken waren? Längst hatten sie sich mit einem Teil der Bergstämme vermischt und diesen die chinesische Sprache und Kleidung gebracht. Der hochbetagte katholische Priester Lionel von der französischen Mission in Teng jueh hatte die Situation anschaulich beschrieben: Die in den unzugänglichen Bergregionen immer wieder aufflackernden und durchaus erfolgreichen Erhebungen seien ein Lehrstück für die chinesischen Herren. Die instabile Etablierung ihrer Macht verdankten sie nicht zuletzt ihrem Hochmut, mit dem sie gesamt Osttibet und angrenzende Gebiete als Barbarenland verunglimpften und die Einheimischen auch als solche behandelten. Die chinesischen Verwaltungsmethoden waren zu unbeweglich, die Herrschaftsstrukturen, welche man vorfand, vermochte man nicht zu integrieren. Aber, so hatte der Priester geschlossen, wohl dem, der solch anpassungsfähige Untertanen sein Eigen nennen könne. Der chinesische Kaiser sei auch ohne eigenes Zutun ans Ziel gelangt. Vertreter des einfachen Volkes hätten ihm die Hintertür geöffnet, indem sie sich als geschickte Handwerker und ungemein tüchtige Geschäftsleute in dieser Region festsetzten.

Und ausgerechnet hier, nicht weit vom Oberlauf des Salween, musste die Anwesenheit unserer Diener und Kulis der Expedition zum Verhängnis werden. Es wäre klüger gewesen, keine ortsfremden Chinesen hierherzubringen, sondern stattdessen Einheimische als Träger anzuwerben und diese von Ortschaft zu Ortschaft auszuwechseln. Die Gefahr, bei dieser Methode keine Träger zu finden oder sich in zu große Abhängigkeit von dem guten Willen der Einheimischen zu begeben, war überschätzt worden. Genau diese Einheimischen zeigten uns nun die kalte Schulter. Aber was half alles Grämen? Hinterher ist man immer klüger.

Was also tun? Natürlich hätten wir unsere Gewehre aus den Futteralen ziehen und auf die Lutzu anlegen können. Nicht alle vergifteten Pfeile würden rechtzeitig ihr Ziel finden. Aber die Expedition sollte sich nicht in die Reihe derer einordnen, die sich den Weg freigeschossen haben, sobald sie auf Widerstand stießen. Diese unsere Gewehre sind ausschließlich zur Jagd bestimmt.

Wer wollte also klagen, dass es kam, wie es gekommen ist? Auch dass die Schießkunst der Lutzu nicht auf die Probe gestellt wurde, erschien von Vorteil, hatten wir am Wegesrand doch immer wieder Knaben beobachtet, die ihre Pfeile ins Blätterdach schnellen ließen, ohne dass wir ein Ziel ausmachen konnten, während den Schützen im nächsten Moment durchbohrte Vögel vor die Füße fielen. Also wurde den Lutzu bedeutet, dass die Expedition willens sei, den Weg zurück einzuschlagen. Auf ihr Nicken hin erhielt Li den Befehl, mit seinen Kulis den Anfang zu machen. Zum ersten Mal war uns das Erlebnis vergönnt, zu sehen, wie unsere getreuen Träger auf die Lasten zustürzten, die Kisten und Packen in Windeseile auf die Schultern schwangen und im Laufschritt flussabwärts das Weite suchten. Wir folgten mit den Mafus, welche die Reitponys am Zügel nahmen. Dass wir den Lutzu den Rücken kehrten, sollte sie von unserer mangelnden Arglist überzeugen. Und wirklich wurden die Armbrüste gesenkt, während wir zwar als Verlierer abzogen, aber lebendig und ohne dass eignes oder gar fremdes Blut an unseren Händen klebte.

Lager 46, 3. Tag, linkes Ufer des Salween bei Tscheng ka,
31. Dezember 1906

Jün nan hat uns wieder! Wir lagern bei Tscheng ka auf der gegenüberliegenden, der linken Uferseite des Salween, nicht weil die Mannschaft nicht bestens bei Kräften wäre und schon wieder ein paar Ruhetage nötig hätte, sondern weil es ratsam erschien, dass die beiden Kontrahenten fürs Erste einen Bogen umeinander machten. Cohn und der Expeditionsleiter waren es, die eine Pause brauchten, voneinander, vielleicht auch vom traurigen Anblick der geschlagenen Expedition.

Nach der unerfreulichen Szene mit den Lutzu nahmen nicht weniger unerquickliche Debatten ihren Anfang. Warum Cohn von der Annahme ausgegangen war, unser Rückzug sei nur eine List, um aus der Reichweite der gespannten Armbrüste zu gelangen, vermochte er im Nachhinein nicht zufriedenstellend zu begründen. Erst recht nicht, wie er sich den weiteren Fortgang der Expedition vorstellte, falls wir die Lutzu zu umgehen versuchten. Bestenfalls drohte ein hoffnungsloser Stellungskrieg, in einem Gelände, das den Lutzu im Schlaf vertraut war und in dem die Expedition noch vor wenigen Tagen nicht einmal die geplante Route hatte beibehalten können. Einen kompletten Fluss aus den Augen zu verlieren, war durchaus eine Leistung, auf die man nicht sonderlich stolz zu sein brauchte, mochte das Labyrinth des bergigen Hinterlands zu einem solchen Missgeschick auch das Seinige beigetragen haben. Ein Versteckspiel mit einem ortskundigen, feindlich gesinnten Stamm konnte nur in einer Katastrophe enden.

Verhielt es sich nicht vielmehr so, dass es uns am nötigen Schneid mangelte, um sich auf ein Kräftemessen mit den Lutzu einzulassen, wie Cohn meinte? Mit absoluter Sicherheit war nicht er es, dem die Entscheidung zum Rückzug besonders zu Herzen ging. Er wollte bildgewordene Einblicke in die hiesige Lebenswelt mit nach Hause bringen, und genau das war ihm überall vergönnt, gleichgültig, welcher Route der Vorzug gegeben wurde. Aber die Expedition hatte sich ein bestimmtes Stück unbekannten Tibets zum Ziel gesetzt, und im Moment konnte man sich des Eindrucks nicht erwehren, dass es ihr nicht einmal vergönnt war, dieses Land auch nur zu betreten. Der Lauf des Salween hätte unsere Pforte nach Tibet bilden sollen, und der Salween war es, den wir verlassen mussten, falls ein Blutvergießen vermieden werden sollte.

Nun gut, Cohn glaubte in meiner Person den Feigling entdeckt zu haben. War diese wenig schmeichelhafte Einschätzung Grund genug, ihn an die Reihe derjenigen zu erinnern, die den hiesigen Gebirgsstämmen zum Opfer gefallen waren? An die Priester der französischen Mission, die im Salween-Mekong-Gebiet von den einer Bekehrung unzugänglichen Lutzu und Lissu niedergemacht wurden? An die Forschungsreisenden, deren Vorstöße ins Flussgebiet von indischem Territorium aus scheiterten, weil bereits in Assam ihre Leiber von den vergifteten Pfeilen der Abor durchbohrt wurden, nur einen Steinwurf entfernt von unserem jetzigen Standpunkt? Cohn hatte in Berlin genug zu hören bekommen von der stets zu gewärtigenden Gefahr. Warum er es also in dieser Situation nicht für ratsam hielt, unsere Haut nicht durch unüberlegtes Handeln aufs Spiel zu setzen, war befremdlich. Dass er nach dem Zusammentreffen mit den Lutzu meine Qualitäten als Expeditionsleiter nicht im allerbesten Licht sah, war zwar bedauerlich, aber unwesentlich. Wichtiger war einzig die Wiederherstellung der inneren Geschlossenheit der Expedition, ein Ziel, das sich erreichen ließe, indem sich jeder fürs Erste ausschließlich den ihm anvertrauten Aufgaben widmete.

Cohn konnte den Strudeln des Salween bei O le lin ka zu unerwarteter Dauerhaftigkeit verhelfen. Beermann würde das Unterholz auf der Suche nach dem Bambusbären durchstreifen, den noch kein Europäer lebendig zu Gesicht bekommen hatte. Auf den Leiter wartete die Aufgabe, die kartographischen Aufnahmen vom Salween zu einem nicht allzu unwürdigen Ende zu bringen. Und danach würde die Expedition unbeirrt Tibet entgegenstreben, nur eben auf einer anderen Route.

Vor gerade mal gut eineinhalb Monaten hatte die Expedition in Bhamo ihren Anfang genommen. Eine Rückkehr ohne zwingenden Grund auf dem gleichen Weg schied schon aus Gründen der Forscherehre aus. Die Oberläufe des Salween, Mekong und Jang tse kiang waren allesamt unerforscht, dieses beachtliche Stück Erdkruste mit den um das Ostende des Himalayas dahinschießenden Riesenströmen bot nur vereinzelte gesicherte Orientierungspunkte. Eine weiträumige Umgehung des Lutzugebiets – falls überhaupt möglich – erschien trotzdem eine Gleichung mit zu vielen Unbekannten. Dem Anmarsch durch Jün nan war kein Erfolg beschieden. Diese Tatsache galt es zu akzeptieren.

Aber wie verhielt es sich mit der Provinz Se tschuan, mit Ta tsien lu, einer Stadt, die als Pforte nach Tibet galt? Und war Se tschuan nicht weniger als ein paar stramme Tagesmärsche entfernt? In allerhöchstens 3 Wochen müsste die Expedition Ta tsien lu erreichen, wo weitere Kartierungen ihren Anfang nehmen konnten. Und in Ta tsien lu konnte eine neue Expedition mit Tragtieren und frischen Pferden zusammengestellt werden, damit das Silber unsere Kisten nicht ganz vergebens beschwert hatte. Es bestand Grund zu der Hoffnung, dass unser chinesischer Pass wenigstens vor dem dortigen Amban Billigung finden würde. Am Salween hatten die Gebirgsstämme ihren Willen durchgesetzt. Welchen Empfang würden die Nomaden am Rande Hochtibets den Fremden bereiten?

Cohn beugte sich letztlich den Argumenten ohne weiteres Feilschen. Vermutlich hatte er befürchtet, dass der Expedition nach dem bedauerlichen Zwischenspiel eine direkte Umkehr nach Bhamo bevorstand. Samt anschließender Heimreise. Und Beermann erwies sich einmal mehr als der treue Gefährte, der sich in der Fremde ohne viele Worte stets guten Mutes neuen Aufgaben stellte. Selbst Shung, der einst aus Ta tsien lu verbannt worden war, schien keine Einwände zu haben. Niemand würde ihn dort heute mehr erkennen, so sehr hätte ihn die Mühsal fern der Heimat verändert. Und falls doch, bräuchten wir, die weißen Teufel, nur zu beteuern, dass er ein rechtschaffener Bauer aus dem Salweental sei und nicht jener Tagedieb Shung, der vor Jahren bei der falschen Gelegenheit den Mund zu weit aufgerissen habe.

Mit dem Beginn des neuen Jahres werden wir also dem Salween Lebewohl sagen, für dieses Mal. Über das östlich angrenzende Scheidegebirge gilt es, sich so rasch wie möglich zum Mekong durchzuschlagen. Dort soll es einen guten Weg nach Wei hsi geben, von dem Li freudestrahlend behauptet, ihn schon einmal gegangen zu sein. Meine Befürchtungen, die Pässe der Wasserscheide Salween-Mekong könnten im Dezember bereits unter einer Schneeschicht begraben und erst ab Juni wieder passierbar sein, verwarf Li mit einer Handbewegung. Dabei hatte eine von Ba tang am Jang tse herübergekommene Teekarawane bereits vor 6 Wochen bei ihrer Ankunft in Teng jueh von ihrer lieben Not mit der Witterung berichtet. Aber Li, der sich lieber heute als morgen in Wei hsi wähnt, lässt keinerlei Bedenken zu. Ob passierbar oder nicht, der Versuch bietet immerhin Aussicht auf Erfolg.

# 5. Ferne

GUSTAVS TAGEBUECHER AUFGETAUCHT. ZEIT FUER WAHRHEIT. EMMY

TELEGRAMM NICHT ZUSTELLBAR

HERR PROFESSOR, WO STECKT COHN? NEUE ENTWICKLUNGEN. DRINGEND. DANK. BRONNEN-RADKE

COHN FRUEHER AUF VORTRAGSREISE ALS GEPLANT. ZUSAETZLICH TRIEST, GRAZ, WIEN. LOGIES UNBEKANNT. NUR DER JANG TSE UND HAN KAU ZAEHLEN. GUTE FAHRT. HELLEBEN

Emmy überflog mehrmals den Wortlaut der Telegramme, bevor sie ein Blatt neben dem anderen aufreihte. Aller Platz, den der Tisch zu bieten hatte, stand zu ihrer Verfügung. Die übrigen Stühle im Vorraum der Marconi-Funkstation waren leer. Sie klemmte sich den Bleistift hinters Ohr, schob die Blätter erneut zusammen und legte sie wie eine Patience aus. Endlich griff sie nach dem Bleistift, nahm einen unausgefüllten Vordruck vom Stapel und begann zu schreiben.

GUSTAVS TAGEBUECHER AUFGETAUCHT. COHN VERREIST. PROBLEME AUF EXPEDITION? BITTE ROBERT, REDE. EMMY

Der Funkstellenleiter schnellte vom Stuhl empor, als Emmy seine Kabine betrat. Er knallte die Hacken zusammen und griff nach dem ausgefüllten Vordruck.

»Wird sofort erledigt, meine Dame. Bedaure, heute mit keiner Nachricht aufwarten zu können. Übrigens, Naumann, Ernst Naumann. Stets zu Diensten.« Den Empfang des Trinkgelds quittierte er mit einem Lächeln, das Emmys Mitteilungsdrang aufmuntern sollte. »Ihre Aufträge sind uns stets willkommen.«

»Der einzige Ort auf dem ganzen Schiff, an dem Flaute herrscht. Wird Ihnen nicht langweilig?« Die stattlichen Trinkgelder begannen ein empfindliches Loch in Emmys Reisekasse zu reißen. Aber Berlin nahm keinen der Bälle auf, den sie warf.

»Da muss ich Sie leider enttäuschen, meine Dame. Sehen Sie den Stapel Formulare neben dem Multiple Tuner? Dienstliche Depeschen. Natürlich alles dringliche Angelegenheiten. An Funksprüchen privater Natur, da herrscht allerdings Knappheit. Man schippert ja noch die Heimatfront entlang, sozusagen. Der Ätna hält die Stellung, keine Rauchzeichen in Sicht. Das Mittelmeer ist noch nicht ab durch den Ausguss. Aber seien Sie versichert, das ändert sich. Schlagartig. Sobald sich Afrika die Ehre gibt, lassen die Passagiere den Äther rauschen. Dann muss man Prioritäten setzen. Aber Sie können sich ganz auf uns verlassen, auf meinen Kollegen und meine Wenigkeit.«

Mit dem ersten Telegramm hatte Emmy bis zur Südspitze Calabriens gewartet. Falls die Züge nicht entgleist waren, hätte Cohn zurück in Berlin sein müssen. Dass er von dort umgehend zu einer neuen Vortragsreise aufbrach, damit hatte sie nicht gerechnet. Dazu passte allerdings, dass bereits die zweite Auflage des Bildbands *Tibet, ins Herz des eisigen Lichts* vergriffen war und eine weitere sich in Vorbereitung befand.

Auf Cohns Riecher war Verlass. Das Honorar floss üppig. Warum hatte er sich also nicht längst ein eigenes Photoatelier eingerichtet, so, wie es geplant gewesen war? Oder liebäugelte der Meister inzwischen eher mit passenden Räumlichkeiten für einen okkulten Club?

Emmy hatte sie erlebt, bei Cohns erstem Lichtbildervortrag in Berlin, die Scharen der Entrückten und Zivilisationsmüden, die sich danach sehnten, Jünger eines wie auch immer gearteten Geheimnisses zu werden. Zumindest für ein paar Stunden. Das Publikum harrte in der Schlange vor dem Kassenhäuschen aus und schob sich millimeterweise nach vorn, angelockt von der Aussicht, in einem gut beheizten Lichtspielhaus in der Ferne und Unberührtheit anzukommen, ohne aufbrechen zu müssen. Wer ein Billett ergattert hatte, rückte voll froher Erwartung das Gesäß auf dem roten Samtpolster zurecht. Der Nimbus der erstklassigen Tragödie, der über der gesamten Expedition und damit auch über Cohn, dem Vortragenden, hing, sorgte für die Dreingabe eines wohligen Schauers. Wie hatte Helleben es ausgedrückt? *Es gilt nicht, in Tibet das verlorene Paradies zu entdecken.* Die Warnung war allerdings nur für jene gedacht, die sich tatsächlich auf den Weg machten. Die anderen, die Daheimbleibenden, entdeckten abends um kurz nach acht für ein paar Mark mit der werten Gattin am Arm genau dieses Paradies.

CURT IN GRAZ HOTEL WIESLER. GUSTAVS TAGEBUECHER? ROBERT

GUSTAVS TAGEBUECHER AUFGETAUCHT. ZEIT FUER WAHRHEIT. DRINGEND. GUSTAV MOCHTE STEIERMARK. EMMY

GIB AUF, GUSTAV TOT, TAGEBUECHER VERSCHOLLEN. FORTSETZUNG DER UNENDLICHEN TRAGOEDIE? CURT

TAGEBUECHER AM OBEREN SALWEEN DEPONIERT. HAETTEST KOCH NICHT SCHLAGEN SOLLEN. EMMY

BESUCH VON BEERMANN. WELCHE TAGEBUECHER? GUSTAV SEIT JAHREN FISCHFUTTER. ODER KEINE FISCHE IN TIBETS FLUESSEN? EMMY, ERBITTE ANTWORT, KOMM HEIM, ANTON WARTET. VATER

Die Suche zog Kreise. Emmy telegraphierte inzwischen mit vier Personen. Aber sie wusste nicht mehr als vor der Abreise. Nein, das stimmte nicht, sie wusste, dass Gustav während der ersten drei Monate, die seit dem Aufbruch der Expedition Anfang Oktober 1906 vergangen waren, kein einziges Mal ihren Namen im Tagebuch erwähnt hatte. Als ob seine Frau mit dem Betreten Asiens aufgehört hatte zu existieren. Keine Seufzer, keine Stoßgebete, keine Sentimentalitäten. Kein Wort über eigene Befindlichkeiten. Kein Blick in einen Abgrund voll Sehnsucht. Gustavs Denken schien nur noch um den Fortgang der Expedition zu kreisen, in einer wägenden Behutsamkeit, von der er sie in Berlin nichts hatte wissen lassen. Als ob die Expedition ein Kind war, sein Kind, das es zu hutschen galt.

Er stak in ihrem Fleisch, der Stachel der Eifersucht. Hatte sie sie nicht trotzdem wie ein Schwamm aufgesogen, Gustavs Worte? Nach mehr als drei Jahren Entzug war es ein unverhofftes Glück, den Gedanken nahe zu sein, die ihn beschäftigt hatten. Trotzdem. Konnte das bisschen Heimweh zu Weihnachten alles sein, was der Verfasser willens war, von seinem Innersten preiszugeben? Wenigstens hatte ein ihr vollkommen Fremder genug Takt besessen, sie vor der Enttäuschung zu bewahren, die sie gepackt hätte, falls sie unvorbereitet zu lesen begonnen hätte. Henry Wood Schimmel hatte recht, für Persönliches bot das Tagebuch eines Forschungsreisenden offenbar keinen Platz.

Hatte Gustav sie vergessen? Ihre Existenz gar aus seinen Gedanken getilgt, um sich besser auf die Aufgaben konzentrieren zu können, die vor ihm lagen? Hatte er entschieden, dass sie nichts zu suchen hatte in Tibet, nicht einmal in seinem Herzen? Sie konnte, mochte an einen derartigen Verrat nicht glauben. Schreiben und Fühlen waren eben zweierlei. Getrennte Welten, dort die eine ohne Frau, ohne Liebesschwüre, das Streifen durch die Fremde, die Freiheit der Ungebundenheit. Aber vermisst wird er sie haben, in der Welt, welche seine letzte werden sollte. Die angeblich letzte.

Noch etwas hatte Emmy erfahren. Es war zu Auseinandersetzungen mit Cohn gekommen. Das war neu. Und interessant. Cohn betonte bei jeder Gelegenheit die Eintracht unter den Teilnehmern, schilderte die herrschende Stimmung in den wärmsten Tönen. Und falls Beermann einmal den Mund aufmachte, schlug er in dieselbe Kerbe. Dass die Expedition den Salween hatte verlassen müssen wegen der feindlichen Haltung der Lutzu, war ihr bekannt gewesen, nicht aber, dass man sich über den Fortgang der Expedition uneins war.

Emmy saß im Rattansalon und beugte sich über die Tibetkarten, die sie auf dem Tisch vor sich ausgebreitet hatte. Bevor sie das zweite Tagebuch aufschlug, musste sie sich vergewissern, dass ihr kein Detail entgangen war, dass Gustav und sie sich noch auf derselben Route befanden. Dazu brauchte sie Platz und einen Ort, an dem der Fahrtwind nichts ausrichten konnte. Die Besuche in der Funkstation versuchte sie inzwischen einzuschränken. Der zweite Funker hatte in der gähnenden Leere des Raums seine drei kleinen rachitischen Töchter beschworen, die in einem Weddinger Souterrain auf Papas Heimkehr warteten, während nichts anderes als Brotsuppe auf den Tisch kam. Wofür hielt der Kerl sie? Besaß sie einen Goldesel?

Emmy reckte den Hals und hoffte, dass das Damenkränzchen in der Ecknische bei den Likörchen sitzen blieb. Eine Reihe mit Kübeln voller tropischer Gewächse schirmte sie ab. Gut so. Und dass die beiden Herren an dem anderen Tisch weiterhin ihre Zigaretten schmauchten. Trotz der Palmwedel konnte Emmy den Schweiß auf den Glatzen glänzen sehen. Wahrscheinlich verschmähten die Männer den Rauchsalon, weil er ihnen zu verqualmt war. Mit neuen Gästen war so kurz vor dem Dinner nicht zu rechnen. Fast alle Damen putzten sich mit ihren Abendtoiletten heraus.

In Emmys Nacken erklang ein Stakkato spitzer Schreie. Die Krallen des grünen Papageis, der direkt neben Emmys Tisch in einem Käfig kauerte, öffneten und schlossen sich abwechselnd um die Stange. Sofort antworteten seine Leidensgenossen in den anderen Käfigen. Die Damen am Ecktisch juchzten und pressten sich die Hände gegen die Ohren. Emmy pochte mit den Fingern gegen das Tischbein, um nicht mit geballter Faust zuzuschlagen.

Der Rattansalon war der beste Rückzugsort, den sie hatte finden können. In dieser Domäne des weiblichen Geschlechts gelang es Emmy, dessen Vertreterinnen allein durch Blicke aus ihrem Bannkreis zu verscheuchen. Meistens kam es gar nicht so weit. Sobald sich eine auf ein Schwätzchen erpichte Dame näherte und den Kartendschungel erspähte, der Emmys Tisch überwucherte, ging sie auf Abstand.

In Gustavs Routenbuch war der Verlauf der Expedition genauestens dokumentiert. Emmy hatte die Route auf ihrer improvisierten Karte mit Farbe markiert, soweit ein Markieren möglich war. Mit Rot. Auch wenn Gustav darüber den Kopf geschüttelt hätte. Sie fand, dass der Einfall dieses Hedins treffend gewesen war. Sie brachte die Karten in die richtige Reihenfolge, schob die Formate aneinander, fügte Ränder an Falze, die nicht den ursprünglichen Knicken entsprachen, bis sich die Teilabschnitte auf den jeweiligen Kartenabschnitten zu einer durchgängigen Linie verbanden. An den unterschiedlichen Maßstäben konnte sie nichts ändern, sie hatte sogar Blankopapier mit der entsprechenden Fortsetzung der Linie angeheftet, wenn es nicht anders gehen wollte. Das Resultat war eine Beleidigung für jeden Kartographen, aber die Linie schlängelte sich lückenlos über die Erhebungen und Wellen aus Papier.

Einmal hatte Professor Helleben sie überrascht, als sie in der Bibliothek der *Gesellschaft* eine Karte zurechtschnitt. Die Räumlichkeiten durfte sie nur nutzen, weil Helleben ihr eine Sondererlaubnis erteilt hatte. Er hatte sie aus müden Augen angesehen, bevor er auf dem Absatz kehrtmachte und die Bibliothek verließ. Sie lief ihm hinterher, verstellte ihm den Weg und erklärte atemlos, bei der zerschnippelten Karte handele es sich um ihr Eigentum. Sie hätte die Karte eigens zu diesem Zweck mitgebracht. Um die Anschaulichkeit zu verbessern. Eine Antwort erhielt sie nicht. Zurück in ihrer

Wohnung, fischte sie als Erstes die Schneiderschere aus der Handtasche und versenkte sie wieder im Nähkasten. Also gut, getrennte Welten.

Eine durchgängige Linie zu erreichen war durch den Verzicht auf Schnitte noch komplizierter geworden. Die Falterei hatte an Emmys Nerven gezerrt. Über das Zustandekommen mancher Teilstücke hatte sie mehr als ein Auge zugedrückt. Seither war sie die rote Linie so oft mit dem Finger nachgefahren, dass sie jeden Richtungswechsel mit geschlossenen Augen vorwegzunehmen vermocht hätte. Die einzelnen Stationen kannte sie auswendig. Etliche der Orte, die die Expedition passiert hatte, waren allerdings auf keiner Karte eingezeichnet. Die Route war vage geblieben, denn auch Gebirge gerieten je nach der zu Rate gezogenen Karte in Bewegung, schrumpften, schnitten Stücke von Nachbargebirgen ab oder wurden von diesen ihrerseits einverleibt. Die Gestalt ganzer Landesteile durchlief Metamorphosen. Bis zur Herausgabe einer Karte, die auf den Vermessungen der Expedition basierte, würde es noch einige Zeit dauern, obwohl Helleben unverzüglich einen Kartographen an die Umsetzung von Gustavs Routenaufnahmen gesetzt hatte. Das Ergebnis sollte in einem der folgenden Bände von *Dr. Petermanns Mittheilungen* der *Gothaer Verlagsanstalt von Justus Perthes* erscheinen. Kartographie basiere nicht auf Hexerei, und außerdem seien unvorhersehbare Schwierigkeiten aufgetreten, versuchte Helleben ihre Ungeduld zu bremsen. Über die Art der Schwierigkeiten ließ er sich keine weiteren Details entlocken.

Ein paar Wochen zuvor war Cohn hinter Beermann, der eine Kiste schleppte, die Treppe hochgehinkt. Noch in der Wohnungstür hatte Cohn ihm die Last aus den Händen genommen und sie ihr dargeboten wie eine Reliquie. Sie sollte entscheiden, was mit dem wissenschaftlichen Nachlass ihres Mannes zu geschehen hätte. Das Routenbuch mit Marschzeiten, Entfernungsangaben und Skizzen, die Ergebnisse der astronomischen Ortsbestimmungen, die Notizbücher, die Tabellen mit den Ablesungen von Aneroid, Hygrometer, Barometer und den verschiedensten Thermometern, morgens, mittags und abends, Minimum und Maximum, die Tabellen mit den vom Kompass abgelesenen Windrichtungen, mit den geschätzten Windstärken auf der Skala von 1 bis 10, die geologischen Kartenstudien, die Reinzeichnungen vom Gelände.

Emmy hatte der *Gesellschaft für Erdkunde* sämtliche Aufzeichnungen Gustavs durch einen Dienstmann bringen lassen und gehofft, in seinem Sinne zu handeln. Dass er dadurch nicht umsonst gestorben war, glaubte sie allerdings keine Sekunde. Sie war froh, die Kiste wieder aus der Wohnung geschafft zu bekommen. Stundenlang hatte sie die geschlossene Kiste angestarrt, bis es nur noch diesen einen Gegenstand in der Küche zu geben schien. Um sich dann beim Blättern in den Notizen jedes Mal aufs Neue zu fragen, wie ein Mensch das Risiko eingehen konnte, für eine derartige Anhäufung von Zahlen und Bleistiftstrichen zu sterben. Totes Material. Dieses Übermaß an Fleiß und Disziplin. Ein Exzess der Vernunft. Natürlich kannte sie die Argumente. Subjektive Beobachtungen wurden zu objektivem Wissen eingedampft. Das Einmaleins der Naturwissenschaftler. Sie hielt den Vorgang eher für Alchemie, nur dass es nicht galt, eine Formel für Gold zu finden, sondern Fakten, aus denen sich nichts weniger als die Wahrheit schlagen ließ. Emmy verstand nicht, wie Gustav für diese Kieselsteinchen der Weisen seine Seele hatte verkaufen können. Und so tat, als gäbe es sie nicht, seine Liebe zu ihr.

Mit einem abschließenden Blick faltete Emmy die ausgebreiteten Karten zusammen. Ohne solche wie Gustav gäbe es allerdings auch keine Karten. Ihr Magen knurrte so laut, dass sie in Richtung Papagei schielte, der sie ihrerseits mit seitlich zugewandtem Kopf aus einem Auge beobachtete. Sie hätte gern die Türchen der Käfige in einer nächtlichen Aktion geöffnet, unterließ es aber, weil wahrscheinlich nicht einmal ein einziger Papagei so dumm wäre, seine mit Körnern und Wasser gefüllten Schälchen im Stich zu lassen und mit den Flügelstummeln hinaus auf das Meer in den sicheren Tod mehr zu hüpfen als zu flattern. Es war Zeit für das Dinner. Aber vorher musste sie noch einen Gang erledigen.

BITTE GELD PER POSTANWEISUNG NACH PORT SAID. NEUE ENTWICKLUNGEN. KUESS ANTON. DEINE TOCHTER

PFLANZENSAMMLER HENRY WOOD SCHIMMEL EIN BEGRIFF? WILL COHN NICHT FRAGEN. EMMY

Wieder waberten die Speisedünste durch den bereits gut gefüllten Saal. Emmy huschte zu ihrem Platz, aber bevor sie sich setzen konnte, spürte sie wie stets die Stuhlkante in den Kniekehlen. Der Schreiberling. Wieso konnte sie über solche Kleinigkeiten nicht einfach hinwegsehen? Am meisten ärgerte sie sich darüber, dass sie sich für diese aufdringliche Höflichkeit mit einem artigen Lächeln bedankte.

»Gepriesen sei der günstige Stern des *Prinz Eitel Friedrich.*« Die Linke von Frau Doktor Zobel flatterte über Emmys Unterarm, während sie mit der Rechten den Silberlöffel am Tellerrand ablegte, dass das Porzellan klirrte. Hastig schüttelte Emmy die Serviette auseinander.

»Ist Ihnen nicht aufgefallen, dass sich die See seit unserer Abfahrt von Genua manierlicher gebärdet als ein schlafender Riese? Keine Ungezogenheiten. Nur Harmonie der Elemente. Bei Tisch bleibt kein Platz leer. Haben Sie gestern von diesen vorzüglichen Schweinelendchen gekostet? Überbacken mit hauchdünnen Apfelstückchen und Käse? In Madeirasoße?«

»Natürlich.«

Mit einem Seufzer griff Frau Doktor Zobel wieder nach dem Suppenlöffel, zog ihn durch die Blumenkohlcremesuppe und führte ihn zu den gespitzten Lippen.

»Sie sind mir ja eine, Frau Bronnen-Radke. Statt Mokka Kartenstudium.« Hinter dem Zwicker von Emmys Tischnachbarn blitzte die Neugier. »Leider ist die Festung Asien noch nicht gefallen. Bald werden die Schätze in Ihrem Handtäschchen um ein rotes Bändchen reicher sein. Klein, aber fein. Das Standardwerk über Indien kann nicht mehr lange auf sich warten lassen.«

»Verzeihung, für welche Zeitung schreiben Sie noch mal?«

»Posselt, Emil Posselt. Berichterstatter der *Berliner Morgenpost*, Feuilleton.«

»Ah ja, richtig. Tut mir leid, Herr Posselt, dass ich Sie enttäuschen muss. Mein Interesse an Indien ist äußerst gering.«

»Ich bitte Sie, Gnädigste, begibt sich der Germane nicht a priori auf Reisen, um den *Baedeker* auf seine Richtigkeit zu überprüfen?«

»Füllen Sie Ihre Artikel mit derartigen Einsichten?«

»Reiseführer sind die Bibeln der Neuzeit. Wieso hantiert eine Dame mit Karten wie mit Schlachtplänen? Spionieren Sie für die Briten?« Posselt beugte sich vertraulich zu Emmy hinüber. »Oder steckt in Ihnen eine russische Gräfin? Falls sich die Frauenbewegung das *Great Game* auf die Plakate geschrieben haben sollte, muss ich leider den Spielverderber mimen. Sie kommen zu spät. Die Herren in Sankt Petersburg waren schneller. Der Vertrag hat das Gezerre um das ein oder andere Filetstück Asiens beendet. Vorläufig jedenfalls. Allerdings wollen sich die Filetstücke plötzlich nicht mehr verspeisen lassen. Stehen Sie gar in Diensten des Schahs von Persien?«

»Ihre Phantasie schießt ins Kraut. Ich muss Sie leider schon wieder enttäuschen.«

»Also trägt der Kipling mit seinem Nobelpreis die Schuld? Eine Kim-Verehrerin?«

»Oh, erwischt, des Lesens bin ich tatsächlich mächtig.«

»Ja, die Literatur, die Musen. Der Geist des Humanismus. Kann es in einem erfüllten Dasein einen lohnenderen Zeitvertreib geben als die Kunst? Einmal im Leben als Emilia Galotti im Kreis der Lieben die Hände zu ringen? Am zarten Anschlag zu feilen, aus frischer Kehle ein Schubertlied zu trällern? Die schöne Müllerin? Bravo. Der werte Herr Gemahl kann stolz sein. Ihre Begeisterung für die Farbpalette scheint allerdings eine Idee zu innig«, bemerkte Posselt, indem er einen Seitenblick auf Emmys Hand warf, die die Gabel hielt. »Die Maniküre an Bord kann ich nur wärmstens empfehlen.«

»Das wäre vergeblich«, seufzte Emmy und spreizte die Finger, um ebenfalls die bunten Ränder unter ihren Nägeln zu betrachten.

»Schmücken Sie Ihre Karten mit Beiwerk? Nein? Verraten Sie nichts. Ah, ich verstehe. Die schöne Müllerin auf Abwegen. Also eine Studienreise. Ein Flirt mit der Zunft der Hungerleider und Irrlichter? Sie erwecken nicht den Eindruck, als verbarrikadierten Sie sich bei den Moorklecksern oder ähnlichen Gesellen. Was durchaus als Kompliment gemeint ist. Wäre auch schade um das entzückende Öhrchen. Zum Glück ist das holde Geschlecht zu derlei Narrheiten gar nicht fähig. Solange unsere Akademien der Weiblichkeit die Pforten versperren, besteht keine Gefahr für ihr Seelenheil.«

»Ja, derlei hört man immer noch oft heutzutage. Falls es Sie tröstet, meine Kollegen haben noch alle den kompletten Satz an Gliedmaßen. Zumindest bis zum nächsten Krieg.«

»Hört, hört, die holde Kunst höchstpersönlich an Bord. Und so kämpferisch. Der werte Gemahl hat wohl nicht viel zu lachen. Nicht nur eine Studienreise, sondern ein Fall von akutem Eskapismus. Es wird Ihnen ergehen wie all Ihren Vorgängern, Sie werden als eine dieser Heimwehdeutschen enden. Die Tropen kennen kein Pardon.«

»Jetzt bin ich an der Reihe. Was führt Sie nach Ostasien?«

Posselt tupfte sich mit der Serviette ein Stückchen Blumenkohl aus dem Mundwinkel, griff in die Brusttasche seines Jacketts und zückte die Brieftasche. Er fingerte nach einer Photographie und reichte sie Emmy. Ein Mann mit Schiebermütze thronte hinter dem Steuer eines offenen Automobils inmitten einer weiten Ebene. Der Mann konnte nur in einem anderen Leben Posselt gewesen sein. Emmy stutzte, bevor sie das Bild zurückgab. Im Hintergrund wachte eine Burganlage auf einem Hügel.

»Sieht aus wie die ehemalige Bergfeste von Gjang tse. Allerdings ist das völlig unmöglich.«

»Donnerwetter! Sie sind die erste Person, die den alten Steinhaufen auf Anhieb erkennt. Hut ab. Frau Professor Farbenfroh pflegt also eine Schwäche für Tibet? Deshalb die Karten?«

»Der Ort kann nicht in Tibet liegen. In Tibet gibt es keine Automobile.«

»Da darf ich die Landeskennerin zum Glück enttäuschen.« Posselt rieb sich die Hände und lehnte die Photographie gegen sein Weinglas, er rückte beides so zurecht, dass Emmy freie Sicht hatte. »Genau zwei Stück. Zumindest gab es die im Jahr 1907. Einen Clément-Bayard und einen Peugeot. Der flotte Chauffeur ist Freddie O'Connor, Captain beim britischen Militär. Als das Lichtbild aufgenommen wurde, war er Handelsagent der Briten in Gjang tse. Ist auch schon wieder Geschichte. 1907 hat man O'Connor zurückbeordert.«

»Und wie sollen die Automobile nach Tibet gekommen sein?«

»Fein säuberlich in tausendundein Einzelteil zerlegt, auf den Rücken von Kulis, im Schweiße ihres Angesichts von Indien aus über die Himalaya-Pässe geschleppt.«

»Sie scherzen.«

»Herrlich, endlich mit jemandem plaudern zu dürfen, der vertraut ist mit der Materie. Der gute Freddie hat zuerst auch an ein paar Kisten moderner Gewehre gedacht, die man dem Pantschen Lama zum Geschenk machen sollte. In Taschilhunpo. Aber damit war die britische Regierung nicht einverstanden. Also ist es ein Clément-Bayard geworden. Und genau nach diesem guten Stück bin ich auf der Suche. Seit O'Connor das Päckchen mit einer dicken Schleife abgeliefert hat, weiß kein Mensch Bescheid über den Verbleib des Prachtstücks.«

»Was sollte der Pantschen Lama denn mit einem Automobil?«

»Eine solche Frage kann, mit Verlaub, nur das weibliche Geschlecht stellen. Wozu ein Automobil eben konstruiert wurde, um Entfernungen zu überbrücken. Stellen Sie sich einen strahlenden Frühlingstag vor. Seine Heiligkeit klemmt sich hinter das Steuer seines Automobils und nimmt sich ein Kloster nach dem anderen zur Brust. Auch der abgelegenste Sektenbruder gerät plötzlich in Reichweite. In der päpstlichen Bulle steht geschrieben: Kräuter und Gemüse, das Volk braucht Grünzeug!«

»Kein Lamapriester hat je gesät oder geerntet. Bei dem Klima wächst sowieso kein Gemüse.«

»Genau das meine ich. Endlich besinnt man sich, ist zu etwas nütze. Die Visionen der mittelalterlichen Kulturstifter. Schluss mit der nutzlosen Beterei den lieben langen Tag. Ab jetzt werden die Kuttenärmel hochgekrempelt. Der Fortschritt hält Einzug in die Klöster. Die Herren Lamas bestellen mit ihrer eigenen Hände Arbeit die riesigen Ländereien. Hören auf, die Bauern und Pächter wie Leibeigene auszupressen. Schluss mit der Versklavung durch Fron, hinweg mit der Last der Abgaben und dem Zinswucher. Jedem das Recht auf seine Krume Boden. Freie Aussicht auf ein erträglicheres Auskommen für alle. Sehen Sie, zu welch segensreichen Resultaten eine simple Fahrt mit dem Automobil führen kann?«

»Ohne Straßen? Und am Willen mangelt es erst recht. Der Pantschen Lama rührt sich nicht aus seinem Kloster. Und alles bleibt beim Alten.«

»Der Einwurf ist durchaus berechtigt. Die Frau, das praktisch veranlagte Wesen. Tibets vierrädrige Mobilisierung ist leider tatsächlich in den Kinderschuhen steckengeblieben. Aber Sie müssen zugeben, dass die Idee nicht von schlechten Eltern war. Den rückständigen Buddhisten ein Stück vom Fortschrittswunder gönnen. Das nenne ich einen missionarischen Akt, mit dem sich mal was anfangen lässt.«

»Und wieso ausgerechnet dem Pantschen Lama?«

»Wem sonst? Der Dalai Lama hatte sich aus dem Staub gemacht. Klammheimlich. Überlässt den einrückenden Briten einfach seine Hauptstadt, damals, 1904. Good-bye meine Schäfchen, farewell, ihr kommt ja bestens ohne mich zurecht. Aber an diese Heldentat brauche ich eine Tibetkennerin nicht extra zu erinnern. Übrigens, unser O'Connor war auch mit von der Partie, Korpsangehöriger, spricht fließend das Tibetische. Wäre interessant, wo in der Weltgeschichte sich der alte Haudegen gerade herumtreibt. Er hat auch dieses britisch-tibetische Abkommen übersetzt, das sein Oberstleutnant Younghusband in Lhasa diktiert hat. Aber der Mann ist nicht nur ein begeisterter Automobilist und vorzüglicher Kenner des Landes. Er wollte, dass die Briten mit dem Pantschen Lama an der Spitze im Süden eine Art Zweitstaat ausrufen. Unabhängig vom Dalai Lama ein eigenes Süppchen köcheln. Hohe Politik eben. Ist aber nichts draus geworden. Welche Seite nicht recht gezogen hat, ist natürlich Staatsgeheimnis.«

»Und Sie sollen recherchieren, wo das Automobil abgeblieben ist?«

»Wieder ein Volltreffer. Was haben die Mönche mit den acht Pferdestärken angestellt? Gevierteilt? Klingen so nicht transzendentale Fragen?«

»Erstaunlich, womit sich die Aufmerksamkeit Ihrer Leser fesseln lässt.«

»Bei allem Respekt, Gnädigste, in dem Stoff steckt eine Glosse mit fast unerschöpflichem Potential. Fortsetzungen garantiert. Verkehr genießt oberste Priorität. Im Feuilleton, da zählt auch der Esprit, nicht nur die nackten Tatsachen. Außerdem haben die Briten mit ihrem Expeditionskorps über Monate die Schlagzeilen in Blut ertränkt. Im Auslandsteil. Mit Maschinengewehren die letzten Ritter in Kettenhemden niedermähen, das war alles andere als gentlemanlike. Moderne meuchelt Mittelalter – schlechter Stil. Solche Schlagzeilen sind bei den Lesern auf dem Kontinent gar nicht gut angekommen. Noch nicht mal auf der Insel. Bei keinem Leser irgendeiner zivilisierten Nation. Man lechzt nach Unverfänglicherem.«

»Ich dachte, die Welt war diesem Captain Younghusband dankbar, dass er endlich mit dem Ammenmärchen von der goldenen Stadt aufgeräumt hat?«

»Dem geheimnisvollen Lhasa den Schleier heruntergerissen zu haben ist ein trauriges Verdienst, auf das man unmöglich stolz sein kann. Was ist hinter all den Hirngespinsten hervorgekommen? Nichts außer einem heruntergekommenen Palast, dessen Existenz eh seit langem bekannt war, einer Menge Dreck und unbeschreiblicher Armut. Wer bitte will so etwas entdecken? Das Arkadien kühner Forscherträume ist trockengelegt. Goldene Zeiten höchstens für die Schweine, die sich in den Gassen genüsslich durch Schlamm und Kot wühlen. Alles nicht sehr appetitlich.«

»Ja, ich habe davon gelesen. Man war wohl ziemlich ernüchtert.«

»Für die Verhältnismäßigkeit der Mittel war das Resultat geradezu verheerend. Mit nicht weniger als Tausenden von Mann sind die Briten angerückt. Darunter Sikhs und Gurkhas. Nur um am Ende durch ein elendiges Kaff im Nirgendwo zu stolpern. Wie gesagt, kein Ruhmesblatt für die

Zivilisation. Eine Schande. Die Leute wollen andere Kost vorgesetzt bekommen.«

»Etwa die vom zweiten verschollenen Automobil?«

»Möglich.« Posselt zwinkerte ihr verschwörerisch zu. »Den Peugeot unseres verehrten Freundes höchstpersönlich. Halten wir fest, O'Connor ist damit wohl tatsächlich ab durch die Landschaft. Muss aber ein kurzes Vergnügen gewesen sein, denn das Benzin, das musste ja auch über den Himalaya geschleppt werden. Tröpfchenweise. Bald war Schluss mit dem Vergnügen, und O'Connor hat Gjang tse ja auch adieu sagen müssen. Der Peugeot soll sich seitdem in irgendeinem Schuppen in einen Haufen Rost verwandeln. Andere Quellen behaupten, O'Connor hat seinen Augapfel dem Pantschen Lama geschenkt. Damit hätte er den Erleuchteten nochmals zum Leuchten gebracht. Wer hat in Tibet schon zwei fahrbare Untersätze?«

»Klingt immer noch nach einer doppelten Schnapsidee.«

»Sie urteilen zu hart. Zugegeben, die Frage mit dem Nachschub an Benzin und Ersatzteilen war logistisch noch nicht ganz ausgetüftelt. Auf die fehlenden Straßen hinzuweisen, hatten Sie ja schon die Güte. Und es tauchten erhebliche Probleme mit dem Vergaser auf, kein Wunder, bei der Höhe. Aber immerhin hat die Technik zaghaft an die Tür geklopft in Tibet. In dem Land mangelt es ja an den selbstverständlichsten Dingen. Nicht ein einziges Rad soll dort unterwegs sein. Nicht ein einziger Karren holpert durch die Schlaglöcher in den Gassen. Als ob man sich dagegen sperrt, das Leben ein bisschen einfacher zu gestalten. Die Lamas halten die Schotten dicht, finden den Dämon in jeder Errungenschaft, die von außen kommt. Jede Erleichterung könnte ja auch an ihrer Macht kratzen. Man wird schon seine Gründe haben. Wobei wir wieder bei den Rittern wären. Vielleicht hätte man mit der Motorisierung der Adelsburgen beginnen sollen. Ich liebe diese jungfräulichen Märchenländer. Manchmal muss nur irgendjemand den Allerwertesten hochbekommen und ein Zeichen setzen. Den ersten Schritt machen. Völkerverständigung. Je verrückter, desto unverfänglicher. Dem Pantschen Lama jedenfalls hat die Schose gefallen. Soll dicke Tränen geweint haben, als sein Freund Freddie zurück nach Hause musste. Wollen wir hoffen, dass es keine Krokodilstränen waren.«

»Frau Bronnen-Radke, bitte um Verzeihung, zwei Telegramme für Sie.« Ein Steward war hinter Emmys Stuhl getreten und deutete eine Verbeugung an, während er ihr ein kleines silbernes Tablett entgegenstreckte. Emmy musste eine Weile in ihrer Handtasche kramen, bevor sie ein paar Münzen fand.

NICHT EINEN PFENNIG. KOMM NACH HAUSE, DEIN ERBE WINKT. WARTE NICHT, BIS ICH LETZTEN WOHNSITZ IN KISTE BEZIEHE. EIN ATELIER UNTER EINER GLASKUPPEL, MIT EINEM TUERMCHEN FUER DEN KLEINEN, ALLES, WAS DU BEGEHRST, UND DAS SOFORT. DEIN VATER

HWS WANDELNDE LEGENDE, BEGRUENT SEIT VIERTELJAHRHUNDERT ENGLANDS GAERTEN, HAT ERDSTOSS IN BURMA UEBERLEBT. VERBINDUNG ZU GUSTAV? ROBERT

# 6. Mekong, Jang tse kiang und Ta tsien lu

Lager 49, Mekong-Scheidegebirge,
3. Januar 1907

Seit 2 Tagen gelegentlicher Schneefall. Am befremdlichsten für europäische Gemüter nimmt sich die weiße Pracht auf den Blättern der Rhododendren aus, welche in jeder Vegetationsstufe des Flussgebiets wachsen. Ob in Sumpf oder Wald, auf Geröll, an Felsabhängen oder auf den höchsten Wiesenmatten, jeder Untergrund scheint wie geschaffen zu sein für diese unsere ständigen Begleiter. Sie bilden ganze Wälder aus stattlichen Bäumen von der Größe von Linden mit Stämmen bis zu einem halben Meter Dicke, mit glatten maronenfarbenen Ästen und mit Blättern von Kindsgröße. Ihr Holz brennt immer, gleich, wie nass es ist, auch gibt es eine größere Hitze ab als andere Tropenhölzer, was die Alpenrosen in dieser Gegend zu einem wahren Schatz werden lässt. An den nackten Fels mit seinen glatten, vom Eis geschliffenen Abhängen krallt sich die gleiche Spezies als knöchelhohes Gebüsch, oder sie krabbelt mit langen dünnen Spinnenbeinen über Geröll und Felsklippen. Beermann hat bisher über 100 bekannte Arten gezählt, sobald er eine davon entdeckt, verkündet er wie ein Glockenschlag ihren Namen. Mit Bedauern der verpassten Blüte gedacht, wenn die Sträucher entflammt stehen und Scharen von Meisen von Zweig zu Zweig federn, um ihre Köpfe in die Kelche zu tauchen auf der Jagd nach Käfern.

Beim Zurückschlagen der Zeltbahnen heute Morgen blinzelte der Betrachter in eine bitterkalte, weißverhangene Welt. Erlen und Birken ließen voll Trübsal die Äste unter dem Gewicht der Schneemassen hängen. Als sich auf dem Marsch immer mehr Tannen unter die Rhododendren, Pinien, Lärchen und Eichen der subalpinen Stufe mischten, fiel der Schnee in dicken Flocken. Das Geriesel wollte nicht mehr abreißen. Felsplatten sind mit mächtigen Eisschichten gepanzert, die sich übereinanderschieben wie Zungen auslaufender Meereswellen, geschmolzen ein ums andere Mal in der Glut der Mittagssonne, zu Eis erstarrt in der Kälte der darauffolgenden Nacht. Unter Vorsprüngen und im Schatten von Felskanten erheben sich verrenkte Eispfeiler aus gefrorenem Schmelzwasser, bizarr verformt von der Gewalt des Windes.

Die Expedition hat eine Region betreten, in der der Winter schon vor Wochen Einzug gehalten hat. Auf den Grasmatten unterhalb des Passes reichte den Ponys der Schnee bis zum Bauch, so dass sie immer wieder stecken blieben und freigeschaufelt werden mussten. Wir 3 gestiefelten Europäer spurten abwechselnd, die Kulis folgten im unbeholfensten Gänsemarsch, jämmerlich frierend in ihren Sandalen aus Bambus. Gut, dass sie selbst es waren, die mit Begeisterung den Vorschlag aufgenommen hatten, den Weg nach Wei hsi einzuschlagen.

Es stimmt also, was die aus Ba tang eingetroffene Teekarawane in Teng jueh zu berichten wusste. Die Scheidegebirge zwischen Salween und Mekong sind nicht nur im Winter für Transportkarawanen mehr oder weniger unpassierbar, sondern auch lange Monate davor und danach. Die heftigen Niederschläge, welche in dieser Jahreszeit als Schnee fallen, sind wahrscheinlich Folge des über das Gebirge streichenden Monsuns. Wieder eine Erkenntnis und wie so oft eine, die nicht wärmt oder mit sonst einem praktischen Nutzen aufwarten kann. Die Expedition muss über den namenlosen Pass, ob mit oder ohne Erklärung für die Schneemassen.

Heute war die Passhöhe allerdings nicht mehr zu erreichen. Auch Shung konnte den Namen des Passes nicht nennen, auf den Karten ist er nicht verzeichnet. Die andere Variante wäre gewesen, mehrere Namen genannt zu bekommen, je nachdem, ob man in diesem chinesisch-tibetanischen Grenzgebiet einen Einheimischen oder Chinesen um Auskunft fragen würde. Bei einzelnen Bergen oder gar ganzen Gebirgsketten ist die Angelegenheit noch verzwickter, da diese meist keine Namen tragen. Und die Pässe nur dann, sobald sie regelmäßig begangen werden. Manchmal bekommt man nur einen Namen genannt, weil der Gefragte weiß, welcher Dienst von ihm erwartet wird, oder er zumindest auf ein Trinkgeld hofft. Oder weil er es schlichtweg nicht an Höflichkeit mangeln lassen möchte. Die Namen für denselben Fluss beispielsweise wechseln von Abschnitt zu Abschnitt und nehmen meist auf dessen speziellen Charakter Bezug, der sich tatsächlich bereits ein paar Kilometer stromabwärts gewandelt haben mag. Die Praxis einer Namensgebung, die dem Ganzen von einem übergeordneten Standpunkt aus Rechnung trägt, fehlt vollkommen. Nun, dieser Missstand ist das tägliche Brot des Geographen. Nicht jeder schafft eben gern Ordnung in der Landschaft.

Da zeigt er also die Flanken, der weiße Fleck, der Durchlass zwischen 2 Steintürmen, der in den Bau des menschlichen Wissens gefügt sein will. Der auf die Meißelspuren des Gustav Bronnen wartet. Aber das Werkzeug ist stumpf. Warum sperrt sich die Feder, diesen Flecken Weltabgeschiedenheit zum Bronnen-Pass zu deklarieren? Dem Förderer die Ehre des Paten zuschanzen oder einem längst verstorbenen Nestor des Fachs? Einem Kollegen? Oder nach Gepflogenheit der Amerikaner der Gattin? Wieso erscheint sogar die Ehre selbst zweifelhaft, gar lächerlich, voll des Hochmuts, an diesem Ort im Nichts, sobald man sich im Schnee eine kleine Plattform trampelt, mit Blick auf den Pass, dieses Sorgenkind, das nicht getauft werden soll oder kann? Tibets Karte unter das Diktat weiterer fremdländischer Namen zu zwingen, die nicht hierhergehören, die keinem Einheimischen etwas sagen, geschweige, dass dieser die fremdländischen Silben überhaupt aussprechen könnte? Nein, vielleicht ein Nachtrag, später, zu Hause.

Die Expedition schlug Lager. Große Sorge, dass die Zelte am Morgen unter der Masse des Neuschnees begraben sein würden, wenn der Schnee die ganze Nacht mit dieser Heftigkeit fällt. Zuflucht bei dem Gedanken gesucht, dass mit genau der gleichen Wahrscheinlichkeit die Wolkendecke aufreißen und der Expedition ein bis auf die Sterne blankgefegtes Firmament bescheren kann.

Lager 51, Salween-Mekong-Scheidegebirge,
5. Januar 1907

Beim Aufwachen mit dem Kopf gegen die durchhängende Zeltwand gestoßen. Das Innere des Zeltes war von einem dumpfen Dämmer wie in einer Höhle erfüllt. Beides ließ Schlimmes befürchten. Und dazu herrschte absolute Stille. Umso überraschter, im Freien von strahlendem Sonnenschein empfangen zu werden. Man konnte den Schneemassen beim Schmelzen zusehen, so eifrig ging die Sonne ans

Werk. Von unseren Kulis war nicht viel mehr übriggeblieben als eine leichte Erhebung, völlig von Schnee bedeckt. In den Hügel kam Bewegung, als Beermann an einer Stelle den Schnee mit den Händen beiseiteschob und den Zipfel der Plane anhob.

Gegen Mittag war die Schneedecke um etwa 30 cm zusammengesunken, so dass wir in Richtung Pass aufbrechen konnten. Bald klagte ein Großteil der Leute über Schwindel und Kopfschmerzen, Cohn musste sich sogar erbrechen. Es war das erste Mal, dass wir Anzeichen der Bergkrankheit verspürten. Die Aneroidablesung auf dem Pass ergab 3745 m. Da noch früher Nachmittag war, den Entschluss gefasst, den gepeilt etwa 200 m höher gelegenen Gipfel nördlicher Hand zu erklimmen, während die Leute sich an den Abstieg machen sollten. Cohn musste so rasch wie möglich in tiefere Regionen gebracht werden. Mit Kopfschütteln antwortete Beermann auf die Versuche, ihm die Begleitung zum Gipfel auszureden.

Außer dass uns der Schädel dröhnte, das Herz in der Brust ungestüm hämmerte und jeder Atemzug erst mit Gewalt hinunter in die revoltierenden Lungen gepresst werden musste, war der Aufstieg einfach zu bewältigen. Allerdings erfolgte er in einer Geschwindigkeit, die nur noch durch Kriechen zu unterbieten gewesen wäre. Aber wie wurden wir auf dem Gipfel entschädigt! Das Panorama, das sich nach allen Seiten ausbreitete, war überwältigend. Kein noch so kleiner Wolkenfetzen behinderte die Aussicht. Hinter uns lag das im schweren grünen Samt des tropischen Regenwalds wie unter Faltenwürfen verborgene Salweental, wir thronten auf einem der Sägeblattzähne der majestätischen Kette des Salween-Mekong-Scheidegebirges, dessen mit Eis und

Schnee bedeckte Berge ihre Häupter in den strahlend blauen Himmel reckten. Direkt in der Tiefe vor uns schlängelte sich der Mekong, zu dem das Gebirge steil in ein v-förmiges Tal abfiel. Das olivgrüne Wasser funkelte zu uns empor, die Ufer von glitzernden Eisformationen wie mit Borten gefasst. Und dahinter erhoben sich wie ein eigener Kontinent die bläulich bleiernen Berge der Mekong-Jang-tse-Scheide, deren Gipfel nur hier und da mit Schnee bestäubt waren, obwohl sie in der Mehrheit eine deutlich größere Höhe aufweisen als unser Aussichtspunkt. Würde der Monsun bis in jene Gebirge reichen, wäre mit der Ausbildung von Gletschern zu rechnen. Aber das Mekong-Jang-tse-Scheidegebirge besitzt dem Anschein nach ariden Charakter. Somit hat der Mekong die Funktion einer klimatischen Trennlinie inne.

Mit Sicherheit hat kein Mensch vor uns diesen Gipfel erklommen. Niemand ist je durch den Anblick dieser Weiten überwältigt worden. Vor kaum fassbar langer Zeit hatte sich die Erdkruste in einem unbeschreiblich gewaltsamen Akt emporgefaltet, fortan den Eindruck von Unumstößlichkeit und Ewigkeit erweckend. Ich vergaß alle Maße und Entfernungen und wähnte, durch Raum und Zeit bis ans Ende des Horizonts zu segeln. Eine Erhabenheit, die sich selbst genügte und deren Gegenwart einen zwang, die Lider zu schließen. Erst der Schreck holte mich zurück auf meinen kleinen, festgedrückten Sitz aus Schnee, als Beermann mich am Ärmel zupfte und mir bedeutete, dass es Zeit war für den Abstieg.

Nach den ersten paar Metern leichten Gleitens durch tiefen Schnee bemerkt, auf dem Gipfel vergessen zu haben, das Aneroid abzulesen. Die sich einstellende Scham lässt sich nicht in Worte fassen.

Lager 52, 2. Tag, unterhalb des namenlosen Passes,
7. Januar 1907

Inzwischen lässt es sich nicht mehr leugnen, unsere Reise hat sich, seitdem wir dem Salween gezwungenermaßen Lebewohl sagen mussten, ungewollt in eine Winterreise verwandelt. Aber was für eine Winterreise! An den schroff abfallenden, schneefreien Südhängen blühen in allen erdenklichen Farben die Orchideen. Auf Beermanns Geheiß graben wir Löcher in die Schneefelder, befeuert von seinem kindlichen Eifer. Auf dem Grund dieser Löcher stoßen wir überall auf hochalpine Blumen, welche ihre spärliche Ernte an Samen unter der Schneedecke verstreut haben. Die Saat ist so widerstandsfähig, dass sie unter dem Schnee reifen kann, welcher alles für die meisten Monate des Jahres konserviert und schützt.

Aber oft sind die Mühen dieser Sämlinge vergebens. Denn auf breiter Front fallen sie Nagern zum Opfer, sobald diese mit hungrigem Magen aus dem Winterschlaf erwachen. Nur die Exemplare, denen Erdspalten oder andere Verstecke beschieden sind, haben die Chance, sich im zweiten Sommer zu einer neuen Pflanze zu entwickeln. Wie verschwenderisch die Strategien der Natur sein können! Zählt man über der Erde etwa 2 Dutzend Pflanzen und geht davon aus, dass jede dieser Pflanzen die Hälfte an Blüten hervorbringt mit Hunderten von Samen in jeder Samenkapsel, so bedeutet das etwa 100 000 potentielle Pflanzen, die nicht allzu weit im Umkreis mit ihren Trieben das Erdreich durchstoßen könnten, wenn nur positive Faktoren über ihr Wachstum zu bestimmen hätten. Es wäre von Nutzen, zu wissen, wie viele von diesen Samen tatsächlich aufgehen. Dem ungeschriebenen Gesetz der Natur folgend, vermutlich nicht viel mehr, als nötig sind, um den Bestand der Pflanze zu sichern. Mitten im Winter vermögen wir die Ausbeute nicht zu trocknen, und Beermann hadert mit der verpassten Gelegenheit, wenigstens einen Teil der Samen zu sammeln. Das Bedauern, die Blütezeit verpasst zu haben, lässt sich aus meinem Kopf nicht mehr vertreiben.

Das Graben der Löcher ist eine der Not geschuldete Beschäftigung. Wir sind an den Standort gefesselt, weil Cohn von Schneeblindheit in der schwerwiegendsten Form heimgesucht wird. Seit gestern fristet der Bedauernswerte sein Dasein in fortdauernder Nacht, das Bindegewebe seiner Augen ist dermaßen entzündet, dass er manchmal vor Schmerz brüllt und mit den Fäusten das Stück Erde neben sich bearbeitet, weil sich die verklebten Lider nicht öffnen lassen. Mehr als Zweis Teeumschläge hat die Expeditonsapotheke zur Linderung nicht anzubieten, Bleizucker scheidet aus, da die Angelegenheit bereits eitert. Bleibt die Hoffnung, dass die Zeit es richtet.

Wie sämtliche Expeditionsteilnehmer hatte auch Cohn sich zum Schutz ein blaues Tuch vor die Augen gebunden, bei allen anderen war mit dieser Methode Erfolg zu verzeichnen. Zwar hat Cohn bisher mit keinem Wort eine Äußerung in diese Richtung getan, aber nach seinen Erfahrungen mit der Bergkrankheit und nun mit dieser Augenentzündung wird er den ihm von Anfang an missfallenden Entschluss, den Salween auf Drängen der Lutzu preiszugeben, im Stillen mehr als einmal verflucht haben.

Lager 52, 3. Tag, unterhalb des namenlosen Passes,
8. Januar 1907

Heute unerwarteten Besuch erhalten. Ein Trupp Männer, deren Haare vollständig unter um den Kopf geschlungenen Tüchern verborgen waren, erwies sich als vom Stamm der Moso. In nichts unterschieden sich die Lumpen, die sie am Körper trugen, von denen der Lutzu. Auch fehlten die Armbrüste nicht. Dem ersten Eindruck nach war ihr Kommen allerdings eher der Absicht geschuldet, sich am Lagerfeuer zu wärmen, als die ungebetenen Fremden zu vertreiben. Es entspann sich ein stockendes Gespräch, da die Moso nur über ein spärliches Repertoire an chinesischen Brocken verfügten. Die Fremden hingegen konnten mit keinerlei Kenntnissen des Dialekts der Moso aufwarten.

Von welcher Seite wir das Pferd auch aufzäumten, keiner unserer Erklärungsversuche, weshalb wir uns ohne ihre Zustimmung in ihrem Stammesgebiet aufhielten, schien die Neugier der Männer zu befriedigen. Am allerwenigsten schenkten sie der Aussage Glauben, wir reisten durch fremde Länder, um deren Beschaffenheit kennenzulernen und die Kunde in unsere Heimat zu tragen. Die Erwähnung des großen Wassers, hinter dem diese Heimat lag, wurde mit einem milden Lächeln quittiert. Offenbar war ihnen zumindest dieses Detail zuvor schon zu Ohren gekommen.

Alle Bemühungen, einen vertrauenswürdigen Eindruck zu erwecken, scheiterten. Dass wir keine wie auch immer gelagerten Geschäfte abwickeln wollten, keine Kundschafter oder Soldaten einer fremden Macht oder keine Missionare waren, überstieg schlichtweg das Vorstellungsvermögen unserer Gäste. Oder waren wir die Gäste der Moso? Fehlten uns für die Situation die rechten Begriffe? Von der Warte der Moso aus betrachtet, drängten sich Zweifel an der Lauterkeit unserer Absichten geradezu auf. Wer konnte es ihnen verübeln? Die Art, wie sie wiederholt nach ihren Bündeln schielten und die Armbrüste auf den Knien balancierten, ließ erkennen, dass sie auf das Schlimmste gefasst waren. Vielleicht lag die frostige Stimmung auch daran, dass Cohn in der Runde fehlte. Niemand präsentierte unter Scherzen eine Auswahl an Geschenken. Als sich Beermann erheben wollte, um wenigstens den Photoapparat in Stellung zu bringen, wurde ihm bedeutet, sitzen zu bleiben. Der Zeitpunkt war alles andere als günstig. Aller Wahrscheinlichkeit nach hielten die Moso uns für Räuber, die nicht einmal den Mut hatten, sich zu ihren Beutezügen zu bekennen. Als dann auch noch die Rede auf das angrenzende Tibet kam, war die Geduld der Moso erschöpft. Sie erhoben sich und verbaten sich die Zumutung, mit Freunden dieser Stämme um ein gemeinsames Feuer hocken zu müssen.

Lager 53, Teki,
10. Januar 1907

»Es ward Licht!« Mit diesem Weckruf hat Cohn heute Morgen die Expedition auf die Füße gebracht. Endlich konnten die Zelte abgebrochen und der letzte Teil des Abstiegs zum Mekong in Angriff genommen werden. Unfreiwillige Aufenthalte bedeuten nicht nur einen Verlust an wertvoller Zeit, sondern locken die Gedanken auf unfruchtbare Abwege.

In den Abschnitten, in denen der Mekong trotz seines niedrigen Wasserstandes weit auf seine Uferbereiche ausgreift und die Strömung entsprechend gering ist, ist seine Oberfläche zu einer soliden Eisschicht erstarrt. Wie eine gepflasterte Straße lockt sein Bett die Expedition zum bequemen Vorwärtsschreiten. Allerdings muss man stets die Gefahr gewärtigen, auf dünnes, nicht tragfähiges Eis zu geraten und einzubrechen. Mit Stöckchen unterschiedlicher Länge losen die Chinesen untereinander aus, wer jeweils für eine halbe Stunde vorangehen muss. Bisher ist nur unser Koch dem tückischen Eis zum Opfer gefallen. Noch im Einbrechen reckte er beide Arme nach oben, um sie auf die tragfähigen Ränder der Eisdecke legen zu können, auf der Suche nach Halt, wie Cohn behauptete, welcher für die Geistesgegenwart des Kochs lobende Worte fand. Den Umstand in Rechnung gestellt, dass das Wasser nicht einmal Hüfttiefe erreichte, bezweckte der gute Zwei wohl etwas ganz anderes. Er wollte verhindern, dass sein rechter Ärmel mit Wasser in Berührung kam. Er fürchtete nichts weniger als den Ruin seines Universalmittels, welches so speckig ist wie das abgegriffene Gesangbuch einer Betschwester. Ob er sich den Schweiß aus den Augen wischt, den Kessel wienert, die Ohren säubert, den letzten Rest aus den Konservbüchsen streift oder uns Europäer von einem seines Dafürhaltens nach ungehörigen Dreckspritzer auf der Stiefelspitze befreit, stets bedient er sich seines Ärmels, der in unserem Tross längst zum Symbol chinesischer Reinlichkeit wurde. Wegen des Einsatzes dieses Ärmels glaubt Zwei, über die schmutzigen Tibetaner lästern zu können. Nicht auszudenken, welches Ungemach über uns alle hereingebrochen wäre, wenn dieses heilige Stück Stoff von frischem Wasser verdorben worden wäre.

Das Eis wird immer wieder von Passagen unterbrochen, an denen das Wasser des Mekongs über ein Gefälle aus großen Flusskieseln kollert und springt, ein munteres Gurgeln ausstoßend. Als ob der Fluss sich ins Fäustchen lacht, das Korsett des Eises gesprengt zu haben. Für kurze Strecken hat sich der Mekong seine Sommerstimme zurückerobert. An frostklirrenden Tagen bleibt dem Mekong nur der Trost geborgten Lebens, wenn der Spiegel seines Eises dahinziehende Wolken fängt. Damit ist das Höchstmaß an Eskapaden dieses Flusses erreicht, der ansonsten geradlinig und ein wenig nüchtern seinem Lauf folgt. Es gibt kein Schlängeln in wild stürzendem Lauf durch ein Labyrinth aus Uferhügeln wie bei seinem größeren Bruder, dem Salween.

Letzte Nacht im Zelt liegend vermeint, den Fluss unter der Eisdecke plätschern zu hören, in der Abgeschiedenheit gespürt, wie auch mein Blut in den Adern zirkuliert. Seitdem lässt sich nur schwerlich der Gedanke niederhalten, der Mekong wirke mit seinem Frohsinn ansteckend. Das Eingeständnis, dass dieser Anflug von primitivem Animismus die eigene Urteilskraft trübe. Es ist der Unvoreingenommenheit nicht gerade zuträglich, wenn die Vorstellung des Reisenden die Landschaft mit Zeichen spickt. Man begibt sich in Gefahr, die Wirklichkeit durch Erwartungen zu verfälschen oder gar ins Reich der Träume abzugleiten. Man verfällt in eine künstliche Aufgeregtheit und beschwört ein Vergnügen oder Entdeckungen, bevor diese gemacht sind oder je gemacht werden.

Hinter einer Biegung in unmittelbarer Nähe des Dorfes Teki lagen 2 tüchtige Fähren arbeitslos am Ufer und warteten auf Tauwetter. Da an diesem Punkt der Weg abzweigte, verließen wir mit Bedauern unsere bequeme Eisbahn. Der steinigen, stetig ansteigenden Rinne eines kleinen, um diese Jahreszeit ausgetrockneten Zuflusses folgend, umwanderten wir unseren ersten Berg des Mekong-Jang-tse-Scheidegebirges. Ziel war der Ort Wei hsi, nach Lis Aussagen eine bedeutende Ansammlung von Steinhäusern, in dem eine Aufstockung des Proviants ohne Probleme möglich sei. Bei dem dort stationierten Trupp chinesischer Soldaten lasse sich zudem gegen das Betragen der Lutzu Beschwerde einlegen. Cui bono? Der Salween ist für uns verloren, und das Aussenden einer Strafexpedition böte den Zopfträgern eine willkommene Gelegenheit zur Machtdemonstration, welche uns keinerlei Nutzen zu bringen vermag. Wir haben ja weder Schaden an Leib noch an Vermögen genommen. Das zu beklagende wissenschaftliche Versäumnis ist durch nichts zu beheben, am allerwenigsten durch die Bestrafung eines Bergstammes, der lediglich sein Territorium gegen unerwünschte Eindringlinge verteidigt hat.

Quartier in Wei hsi, 1. Tag,
12. Januar 1907

Am Morgen des Tages, an dem wir Wei hsi erreichen sollten, war es ein Trupp Lissu, der uns den Weg versperrte. Auch sie trugen Armbrüste, aber dieses Mal waren die Waffen gen Boden gerichtet. Einladende Gesten bekräftigten die Forderung, ihnen zu folgen. Cohn setzte, wie nicht anders zu erwarten, eine spöttische Miene auf. Als wir nach einem kurzen steilen Anstieg einige armselige Hütten erreicht hatten, wiesen die Lissu erst auf uns Europäer, dann aufs Innere einer der Hütten. Also hinein. Cohn und Beermann hielten draußen die Stellung.

Nachdem sich die Augen an das herrschende Halbdunkel gewöhnt hatten, zwei Mädchen erkannt, welche bewegungslos auf dem Boden kauerten. Im Schoß der einen lag ein schwarzes Bündel, halb verdeckt von der struppigen Mähne des Mädchens. Als es die forschenden Blicke des Fremden bemerkte, wedelte es unverzüglich mit einem Fellfetzen. Ein infernalisches Brummen setzte ein, und eine Wolke von Fliegen erhob sich von dem Bündel, das gar kein Bündel war, sondern ein nackter Säugling. Ein handtellergroßes Brandmal verunstaltete seinen Leib. Zur Linderung hatte das andere Mädchen die Wunde wohl mit Butter bestrichen, wie ein mit einer blassgelben Masse gefüllter Napf in ihrem Schoß verriet. Das geschmolzene Fett suppte samt dem Wundsekret über den kleinen Körper. Mehr, als die Wunde mit Wasser und Jod zu reinigen und den Mädchen verständlich zu machen, das rohe Fleisch unbedeckt zu lassen, war nicht zu tun. Selbst das Beste zu hoffen erschien allzu gewagt.

Lager 54, Mekong-Jang-tse-Scheidegebirge,
15. Januar 1907

Nach 2 Tagen Aufenthalt in Wei hsi ist die Expedition heute wieder aufgebrochen. Die Kulis sind mit einem fürstlichen Trinkgeld entlassen worden, Lis freudestrahlende Ko tous vermochten allerdings nicht über den Verdacht hinwegzutäuschen, dass er seinen Ahnen für die Befreiung aus unseren Diensten sogleich bei seiner Rückkehr in Teng jueh ein Rauchopfer anstecken würde. Cohn fand das Trinkgeld zu reichlich bemessen. Dem Anschein nach bezog er die ein oder andere durchstandene Unannehmlichkeit auf seine Person, obwohl derlei eher einen unverzichtbaren Bestandteil des chinesischen Geschäftsgebarens darstellt. Immerhin war keine Last beschädigt oder verlorengegangen. Ob die in Wei hsi angemieteten 9 Maultiere samt ihren beiden Treibern mit dem gleichen Erfolg ihrer Arbeit nachgehen werden, wird die Zukunft lehren.

Von einem redseligen chinesischen Schankwirt erfuhren wir, dass die Pfeile der Lutzu tatsächlich präpariert gewesen waren, mit dem Gift eines Vertreters der Spezies Eisenhut. Also mit Akonitin, bemerkte Beermann. Und dass das eigenbrötlerische Volk die Armbrüste mit großer Geschicklichkeit auf Wühlmäuse richte, die man sich genauso schmecken lasse wie die Blüten gewisser Blumen und das weiche Innere junger Bambussprossen. Diese würfen sie ins Feuer, um danach die verkohlte Rinde abzuziehen. Und dass die Lutzu wie die Lissu, Michia und die Moso nicht nur die Chinesen beargwöhnten, sondern sich auch niemals mit einem Tibetaner der Flussschluchten um ein Lagerfeuer niederließen, um gemeinsam zu essen oder zu schlafen.

Unser nächstes Ziel ist die Überquerung des Jang tse. Shung beteuert, einen direkten Weg nach seiner in nordnordöstlicher Richtung gelegenen Heimatstadt Ta tsien lu zu kennen. Diese Route soll um eine Woche kürzer sein als der übliche Weg den Mekong aufwärts bis A tun tzu, den Prinz Henri von Orléans und vor kurzem Genschow beschritten haben. Weiter nördlich folgt Ba tang, eine Station auf der von Ost nach West verlaufenden Handelsroute, die, ausgehend von den unteren Gebieten des Jang tse, das Rote Becken von Se tschuan quert und von Ta tsien lu über Li tang und Ba tang bis nach Lhasa führt.

Allerdings ist es nicht nur die Zeitersparnis, die zugunsten von Shungs Route sprach. Diese direkte Verbindung empfiehlt sich durch das Fehlen von Militärposten. Die Gefahr, jemand könnte an unseren Pässen Anstoß nehmen, wird dadurch geringer. Außerdem ist sie meines Wissens bisher von keinem Europäer begangen worden, die Aussicht, neues Material mit nach Hause zu bringen, soll ein wenig für den bisher nicht allzu glücklichen Verlauf der Expedition entschädigen. Die Routenaufnahmen mit den bekannten Koordinaten von Wei hsi abgeglichen. Die aufgedeckten Messfehler hielten sich im tolerablen Bereich.

Bei der begonnenen Querung des Mekong-Jang-tse-Scheidegebirges hat sich die Annahme über dessen ariden Charakter bestätigt. Die Gipfelregion präsentiert sich als eine Wand aus zerklüfteten Türmen, Nadeln und Schratten aus Kalkstein. Die unabgeräumten Schuttfelder an ihrem Stock lassen keinen Zweifel an den exogenen Kräften, denen diese Oberflächengestalt geschuldet ist. Die Folgen extremer, sich im raschen Wechsel vollziehender Temperaturschwankungen sowie der Windeinwirkung sind unverkennbar. Insolation und Spaltenfrost vollbringen ein Übriges und führen zu einem tiefen Einschneiden der Pässe.

In der Salween-Mekong-Scheide hingegen herrschte ein gewissenhafterer Geist. Die zahlreichen Regenfälle putzten die Gipfelregionen heraus und spülten sie zu gedrungenen Kegeln und Hauben blank, von denen die Erosion den anfallenden Schutt emsig abtrug.

Lager 55, über den Jang tse,
16. Januar 1907

Die Kur muss jenem Säugling wider Erwarten Besserung gebracht haben, denn seit dem Besuch in der Hütte gilt es, in den Bergen einen Ruf als Arzt zu verteidigen. Die Sprechstunde folgt meist dem gleichen Schema. Das Mustern der

Bindehaut der Patienten, der herausgestreckten Zunge. Das Messen des Pulses. Den Abschluss bildet die Aufforderung, zu husten, ein Stück geradeaus zu gehen und sich im Kreis zu drehen. Der Grund allen Übels wird der Einfachheit halber fast ausschließlich im Leib oder in der Brust angesiedelt. Mit dieser Diagnose scheint man stets äußerst zufrieden zu sein. Dass in schlimmen Fällen Arzenei ausgeteilt wird, scheint die Ernsthaftigkeit der ärztlichen Bemühungen zu unterstreichen. Auf die Frage, in welche Himmelsrichtung der Patient nach der Einnahme zu blicken habe, wird genaue Anweisung erteilt. Weshalb sollte man zu einer enttäuschenden Antwort greifen? Die Leute kommen von weit her, und der ein oder andere wird Besserung erfahren haben. So es sich nicht um die schwereren Fälle von Rheumatismus, Brand, Lepra, Pocken oder Syphilis handelte. Ein hübscher Erfolg, der allerdings eher dem Chinin und Santonin geschuldet sein mag als medizinischem Sachverstand.

Wegen dieses neuen Betätigungsfelds den Jang tse mit Verzögerung erreicht. Er ist der breiteste und mit besonnener Macht dahinströmende Gesell unter allen 3 Flüssen. Gediegen wälzt er die Wassermassen bei einem aller Wahrscheinlichkeit nach durchgängig höheren Pegel. Obwohl die Expedition dem Lauf etwa einen Tag lang folgte, zeigten sich nirgends Anzeichen von Stromschnellen. Zu beiden Seiten wird sein Bett von Streifen aus alluvialen Ablagerungen und angewehten Sandbänken gefasst, so dass die ihn flankierenden Berge nicht bis unmittelbar an seine Ufer heranreichen. Letzteren mangelt es auch an Höhe und Abschüssigkeit. Die Ausbildung des Erosionstals des Jang tse kann als nahezu abgeschlossen betrachtet werden, im Gegensatz zu Salween und Mekong, die beide noch in den Flegeljahren stecken.

Dieser erste oberflächliche Vergleich sei mit der Conclusio beendet, dass der Jang tse kiang somit der älteste von den 3 Riesenströmen Hinterindiens ist.

Beermann und die Insekten vertieften ihre unheilige Allianz. Ersterer entdeckte auf einem Felsbrocken ein winziges, grellfarben schimmerndes Trapez, welches sich im Zickzackkurs fortbewegte. Als Beermann sich den prachtvollen Vertreter der Ordnung *Hemiptera* zum eingehenden Studium auf die Innenfläche der Hand setzen wollte, gab der Bursche einen derart durchdringenden Geruch von sich, dass Beermann ihn unverzüglich auf den Fels zurückbeförderte. Warum der ausgewiesene Zoologe sich noch beim Betrachten der Wanze mit dem Nagel des Zeigefingers, welcher zusammen mit dem Daumen sein Studienobjekt gehalten hatte, Reste vom Frühstück aus einer Zahnlücke zu stochern gedachte, ist mit Vernunft nicht zu erklären. Die Wirkung jedenfalls war beachtlich.

Lippen und Zunge schwollen umgehend zu ballonartigen Gebilden an, der Speichel floss ohne Unterlass, der Gaumen schloss sich, so dass Beermann wie ein Fisch auf dem Trockenen nach Luft schnappte. In den hervorquellenden Augen standen die Schmerzensschreie geschrieben, die auszustoßen die Organe nicht in der Lage waren. Die Reaktion, die selbst eine derartig winzige Menge des Wanzensekrets auf der Schleimhaut auszulösen vermochte, stand in nichts der von ein paar kräftigen Schlucken Königswasser nach. Während Beermann den Rest des Tages mit Ausspucken zubrachte oder hinter vorgehaltenem Taschentuch versuchte, dem Toben in seiner Mundhöhle Einhalt zu gebieten, machte Cohn den Vorschlag, dem Tierchen mit dem Namen *Phyrrhocoris infrunitus* ein Denkmal zu setzen. Worauf etwas von einigem Seltenheitsgrad geschah. Beermann wollte etwas erwidern, konnte aber nicht. Zumindest verzog der Gepeinigte den Mund in einer Weise, die auf das Formulieren einer Antwort schließen ließ. Die Unförmigkeit der Lippen allerdings erstickte seine Bemühungen im Keim. Selbst am Abend des denkwürdigen Tages verliehen ihm diese noch das Aussehen eines schwer getroffenen Boxers.

Lager 62, Mi li,
23. Januar 1907

Die Li-tschiang-Berge und zahlreiche Zuläufe des Jang tse gequert, den der mächtige Bergriegel südlich unserer Route zu einer Schlaufe zwingt. Dieser Tage auch die Grenze zur Provinz Se tschuan überschritten, also Gebiet betreten, für das die Expedition kein Genehmigungsschreiben vom Amban vorweisen kann.

Shung eine zuverlässige Entfernungsangabe nach Ta tsien lu abzuringen, entpuppt sich als aussichtsloses Unterfangen. Die Zahl der zurückgelegten und verbleibenden Li, die er auf meine Frage nennt, schwankt in ihrer Summe von Tag zu Tag. Dass er diese immer aufs Neue erfindet, weil er die vorherige Angabe vergessen hat und die Entfernung also gar nicht kennt, erscheint eine zu abwegige Annahme. Shungs bisheriges Verhalten bietet zu einer solchen Unterstellung keinerlei Anlass.

Die Angelegenheit wurde über mehrere Tage eingehend unter die Lupe genommen, die jeweiligen Tagespensa verglichen. Es stellte sich heraus, dass Shung die Bezeichnung Li im Grunde als Zeitangabe, im übertragenen Sinne auch als Längenmaß gebraucht. Für 60 Li, also etwa 30 km, veranschlagt er eine Tagesreise. Allerdings bezieht er die Beschaffenheit des Weges in die Rechnung mit ein. Schlängelt sich der Weg über gerölliges Gelände, gibt Shung die Entfernung als weiter an, führt der Weg pfeilgerade durch einen schattigen Wald, wird die Entfernung kürzer. 1 Li auf einer kaiserlichen Heeresstraße stellt eine andere Strecke dar als 1 Li auf einem Seitenweg. Sogar dieselbe Strecke kann für den Hinweg und Rückweg jeweils mit einer unterschiedlichen Anzahl Li beziffert werden, je nachdem, in welche Richtung sie unternommen wird. Man denke nur an eine Bergstrecke mit Gefälle. Die Angelegenheit ist also eine äußerst vage. Heute bedeutet 1 Li etwas anderes, als es gestern bedeutete oder morgen bedeuten wird. Trotz der Schwankungen leitet Shung aus den Tagespensa auch Entfernungsangaben ab. Hochrechnungen über mehrere Tagesreisen müssen auf einer solchen Basis rein sportlicher Natur bleiben, Entfernungsangaben entsprechend Kilometern oder Meilen lassen sich mit Hilfe dieser Methode nicht gewinnen. Mit dem Beharren auf einem festen Maß ist in China kein Weiterkommen. Ta tsien lu ist also so weit entfernt, bis der Tag gekommen sein wird, an dem die Expedition es erreicht. Freudig hat Shung dieser Einsicht zugestimmt.

Lager 66, Tschiu lung,
27. Januar 1907

Vom rechtlichen Standpunkt aus gesehen, befinden wir uns zwar immer noch auf chinesischem Boden, aber die gelebte Tradition erzählt von einer anderen Zugehörigkeit jenseits der Willkür staatlicher Grenzziehungen. Endlich nähern wir uns unserem Ziel! Oder befinden wir uns gar schon mitten in Tibet? Den Pass von 4566 m Höhe, den wir am Vormittag passiert haben und für den mir Shung nach bereits vertrautem Muster keinen Namen zu nennen wusste, schmückte das erste Obo, das wir passierten.

Der große Steinhaufen ist von einem sich durch die Jahrhunderte ziehenden Strom Reisender zusammengetragen und ständig vergrößert worden, die wegen des geglückten Aufstiegs den Göttern auf diese Weise ihren Dank aussprachen und gleichzeitig um Schutz vor dem häufig noch gefahrvolleren Abstieg baten. Unter den Steinen gab es auch den allgegenwärtigen Kalkstein, im Vorbeigehen aufgelesen. Sandstein, Granit, Gneis, Quarz und Flusskiesel hingegen zeugen von einer größeren Anstrengung. Sogar ein Tuff ließ sich ausmachen. Manche Reisende hatten Lanzen zwischen die Steine gesteckt. Wieder andere hatten die Stangen untereinander mit Stricken und Schnüren verbunden, an welche farbige Lappen oder Fellstücke geknüpft waren. Einige Windspiele waren vom Wind zerfetzt und von der Sonne gebleicht, andere hatten das akkurate Aussehen frisch gefärbter und zugeschnittener Stoffe. Zwischen den Steinen lagen Tierknochen, Scherben, Krallen und Hörner. Auch Yakhaare sowie solche von Kamelen, Strähnen der Mähnen und Schwänze von Pferden und Maultieren waren darunter. Die Krönung des Ganzen war einem gewaltigen Yakschädel vorbehalten. Diese Steinpyramiden auf den Pässen sind lebendiger Ausdruck eines noch im Alltag verwurzelten Glaubens, stetigem Wachstum und Zerfall unterworfen.

Mit einer Fähre haben wir über den Ja lung gesetzt, einem Zufluss des Jang tse. Wir befinden uns in einer Region mit von Nord nach Süd verlaufenden Gebirgszügen und Längstalfurchen mit zahlreichen Wasserläufen. Ein stetiges Auf und

Ab gehört zu den verlässlichsten Konstanten unserer Marschtage. Scheidegebirge waren allerdings keine mehr zu beobachten.

Lager 68, Ta tsüe schan,
29. Januar 1907

Der gestrige Tag begann mit einer Überraschung, der eine derartige Unwahrscheinlichkeit zugrunde lag, dass vor dem Bericht darüber erst die Ergebnisse eines weiteren Marschtages abgewartet werden sollten. Inzwischen ist jeder Zweifel ausgeräumt: In Ost erstreckt sich ein gewaltiges Hochgebirge, das auf keiner Karte verzeichnet ist, von dessen Existenz Europa bisher keinerlei Kunde besitzt! Umso größer war das Erstaunen, als Shung wie beiläufig den chinesischen Namen für dieses Hochgebirge nannte: Ta tsüe schan, die großen kalten Berge.

Die einzelnen Gipfel besitzen erwartungsgemäß keine Namen, auch über Pässe wusste Shung nichts zu vermelden. Seit nunmehr über 40 km ziehen wir am Fuß des Hochgebirges nach Norden. Erste Peilungen ergaben, dass einer der Bergriesen über 7300 m Höhe aufweist. Mir erscheint er noch höher. Wie nahe liegt die Marke der 8000 m! Die Frage drängt sich auf, ob unser Gipfel nicht gar eine größere Höhe aufweist als der höchste Berg der Welt, der Mount Everest! Oder soll und muss gesagt werden – der vermeintlich höchste? Dass das Ta tsüe schan zumindest im ganzen Kaiserreich alles bisher Bekannte überragt, kann an dieser Stelle getrost behauptet werden. Wie hatte der Wissenschaft die Existenz eines Hochgebirges solchen Ausmaßes bisher entgehen können?! Bedauerlich, dass mit unserer Ausrüstung von einem tieferen Vordringen in dieses Hochgebirge keine Rede sein kann.

Laut der britischen Karte liegt unser augenblicklicher Standort höchstens 20 britische Meilen südsüdwestlich von Ta tsien lu in einem Gebiet mit dem Vermerk *unexplored*. Die Entfernungsangabe ist mit den bisher getätigten Routenaufnahmen gut in Einklang zu bringen, nach denen wir uns in 32 km Entfernung von der Gebirgssiedlung befinden. Warum keiner der früheren Forschungsreisenden, deren mehrere Ta tsien lu passiert haben, die in unmittelbarer Nachbarschaft liegenden Bergriesen bemerkt hat, ist unerklärlich. Weder auf den Karten noch in den Büchern findet sich irgendein Hinweis auf deren Existenz.

Noch allzu gut hat sich die erste Photographie des Mount Everest in die Erinnerung eingeprägt. Diese tätigte White 1904, und sie gelangte mit Younghusbands Expeditionskorps nach London. Obwohl der Ort der Aufnahme, der Kampa dzong, in beinahe 150 km Entfernung von seinem Anschauungsobjekt liegt, dünken die Stufen der Ostflanke der abgeschrägten Pyramide zum Greifen nah. Der Betrachter wähnt sich in dem Glauben, nur noch die dunkle Ebene mit den sich anschließenden sanften Hügeln sowie ein dahinterliegendes Tal queren zu müssen, um die Schneeberge zu erreichen. Eine derartige Vorgaukelung falscher Tatsachen nimmt man fast dankbar in Kauf. Denn die Errungenschaft des Teleobjektivs holt den Horizont in nächste Nähe und enthüllt Ansichten von überwältigender Monumentalität, die für das bloße Auge unerreichbar wären. Welche Möglichkeiten eröffnen sich dem Operateur, wenn die Wahl des Standpunktes nicht mehr zwangsläufig den Gegebenheiten des Geländes unterworfen ist, sondern dem eigenen Gutdünken!

Aber einen um wie viel gesteigerten Eindruck als eine zweidimensionale Projektion auf lichtempfindlichem Material hinterlässt die Wirklichkeit! Was vermag die eigene Gegenwart auszurichten gegen die Manifestationen der Naturgewalten? Wo ist sie geblieben, die eigene Herrlichkeit, wenn der Eisatem der makellosen Höhen einem wie die Ewigkeit ins Gesicht weht? Was soll der Mensch anfangen mit dieser Lektion über die eigene Nichtigkeit? Nun, er klammert sich an das, was er sieht: Der höchste – zumindest bisher auszumachende – Punkt des Ta tsüe schan erhebt sich inmitten eines langgestreckten Gebirgsmassivs, der Gipfel ragt hinaus über das Zackenband seiner sich in Nord und Süd anschließenden Trabanten, deren Ende vom momentanen Standpunkt aus nicht auszumachen ist. Mit Schründen, Graten und Vorsprüngen greifen die Gesteinsmassen in den Raum, Gletscherzungen verankern sie in den Tälern, während Schnee und Eis in einer vom Licht geschärften Linie das Weiß aus dem Blau des Himmels stanzen.

Für morgen einen Ruhetag angesetzt, der den Treibern so kurz vor Ta tsien lu nicht schmecken will. Aber Cohn muss mit seinen Apparaten hinaus, um möglichst viele Ansichten vom Berg einzufangen. Und Beermann rufen seine Bälger. Damit soll den Erfordernissen der Expedition Genüge getan sein. Die Pflicht kann ruhig einmal hintangestellt werden. Nur diesen einen Tag. Obwohl die Reinzeichnungen der Geländeskizzen der letzten Woche in Verzug sind, werden sie noch ein wenig warten müssen. Der morgige Tag soll diesem Berg gehören. Und dem Skizzenblock. Nichts und niemand wird unser Stelldichein durchkreuzen. Die Klarheit der Natur, das wäre mal eine prächtige Arbeit für Emmy!

Lager 68, 2. Tag, Ta tsüe schan,
30. Januar 1906

Schon das erste Blinzeln des Tages fand den Betrachter auf dem Posten. Die Welt lag noch hinter einem grauen Schleier verborgen, bis sich die Morgensonne erhob und den heraufziehenden Tag gegen die sich an die Felsen klammernde Dunkelheit sandte. Wie Finger kroch das Licht in die engsten Täler, hinter die tiefsten Vorsprünge. Alles Verzagte war aus dem Herzen verscheucht, überstandene Mühsal war vergessen, die Nüchternheit hielt Einkehr.

Was sind die Menschen im Reigen der Gestirne doch für ein Geschlecht aus armseligen Wichten. Man rottet sich zu Nationen zusammen und glaubt die Grenzenlosigkeit des Raums durch ein paar Fähnchen aufheben zu können. Aber nicht genug des Reigens aus Stoffen, Farben und Symbolen. Ein Eduard, Viktor Emanuel oder Wilhelm soll den Schabernack auf Dauer auf Papier besiegeln, die Erde untertan zu machen. Und erst der Betrachter! Im Namen der Wissenschaft maßt er sich an, die unberührte Natur vermessen und zu einer Abfolge von Gesetzmäßigkeiten eindampfen zu können. Und bereitet den Weg für das Rudel Händler, welches dem Forscher auf den Fersen folgt. Die moderne Welt wetzt sich schon die Krallen. Ist es nicht nur eine Frage der Zeit, bis auch der letzte Winkel dieses Planeten unter die Allmacht menschlicher Verhältnisse gerät? Doziert man nicht voll Gönnertum über die Errungenschaften der Zivilisation, deren unumstößlichste Gesetzmäßigkeit jedoch die Zerstörung alles Ursprünglichen ist? Wer dem Menschengeschlecht den Fortschritt bringt, erkauft diesen mit dem Untergang der Natur. Dass damit auch unsere Tage gezählt sind, mag jene letzte Stunde auch noch in weiter Ferne liegen, mutet fast wie ein Trost an, eine späte Rache, welche nur recht und billig ist. Erst die Wiederherstellung eines Gleichgewichts kann die Fortexistenz des Erdenrunds garantieren. Dies ist so sicher wie die allabendliche Rückkehr der Nacht aus ihrem Versteck.

Wie konnte unter der Wucht der Eindrücke im Wechsel mit ein paar unfertigen Gedanken ein ganzer Tag vergehen? Wieder reckte der Abend sein Haupt, jener untrügliche Vorbote der nahenden Dunkelheit. Es widerstrebte dem Betrachter, dass die Nacht die Bergriesen verschlang. Also bereitete er sich zum Rückmarsch ins Lager. Da erhob sich der Mond in seinem Rücken. Also bleiben. Dieses Mal würden die Waffen der Nacht stumpf sein, denn der Mond hatte die Kreisform beinahe erreicht. Die Lichteffekte, die sein kräftiges milchiges Licht auf dem weißen Schnee hervorrief, waren über alle Beschreibung großartig. Obwohl die rasch zunehmende Kälte dem Betrachter in die Glieder biss, fand er nicht den Anstoß, sich den Hang hinab zu den Zelten zu trollen. Dem Zittern folgte der Schüttelfrost. Irgendwann erstarrte das Blut. Der verzückte Betrachter war mit seiner Umgebung verschmolzen und kümmerte sich weder um das Erlöschen der physischen Warnsignale noch um das zu höchster Gefahr anwachsende Verstreichen der Zeit.

Ein hilfreicher Geist hätte den rufend heraufsteigenden Beermann zum Teufel schicken sollen, wenn auch zugegeben werden muss, dass der treue Gefährte den Betrachter vor dem sicheren Erfrierungstod bewahrte. Aber wie hätte ihm, dem vernunftbegabten Wesen, begreifbar gemacht werden können, dass für alles bereits bestens gesorgt war, dass der natürliche Kreislauf jedem Wechsel zu seinem Recht verhalf, dem Tag und der Nacht, dem Werden und dem Vergehen, dem Leben und dem Tod?

Beermann flößte mir ein paar ordentliche Schlucke Cognac ein und brachte mich auf die Beine. Dabei fiel sein Blick auf den Skizzenblock. Als er mir das Blatt vor Augen hielt, sah auch ich den mit dünner Linie gezeichneten Kreis, welchen ein strahlenförmiges Bündel von Durchmessern durchschnitt. Sonst nichts. Die Erinnerung, Schöpfer dieses kindischen Gekritzels zu sein, wollte sich nicht einstellen. Beermann betrachtete erneut das Blatt, legte den Kopf schief und urteilte, dass das Rad des Werdens nicht das unsinnigste aller Symbole sei. Aber sich auf den Gedanken der Wiedergeburt zu verlassen, erscheine ihm in einer Abgeschiedenheit wie dieser zu gewagt. Obwohl er gerne zugebe, dass um unser aller bisschen Seele zu viel Aufhebens gemacht werde.

Es war das erste Mal auf der ganzen Reise, dass Beermann sich einen Schwung Sätze abrang, welcher nicht der Fauna oder Flora galt. Zurück im Lager, Cohn beiseitegenommen und ausgehorcht, ob er etwas über den Mann zu berichten wisse, was über die Meriten auf dem Gebiet der Naturwissenschaften hinausgehe. Nur dass Beermann als der einzige Sohn einer Kriegerwitwe aus dem letzten deutsch-französischen Gemetzel in bescheidenen Verhältnissen aufgewachsen sei, noch hinter Königsberg. So nachzulesen im Lebenslauf zu dessen Promotionsarbeit. Über die Kurische Nehrung striff wohl auch eher der Ernst des Lebens denn eine sanfte Brise.

Lager 69, Ta tsüe schan,
31. Januar 1907

Heute Morgen zeigte sich die Ursache, warum das Ta tsüe schan so lange der westlichen Welt verborgen bleiben konnte: Nasses, unfreundliches Gewölk hüllte seine Häupter so vollkommen ein, als hätte es die Bergriesen nie gegeben. Weiter als einen Steinwurf entfernt war in der Waschküche keinerlei Kontur auszumachen. Wäre die Gegend bereits vor 3 Tagen von einem derartigen Wetter heimgesucht worden, wäre die Expedition ihres Weges gezogen, ohne auch nur eine Ahnung von der Existenz des Ta tsüe schan zu gewinnen. Welche Götter auch immer dort ihren Sitz haben mögen, sie wissen die Blicke der Fremden fernzuhalten. Gegen Mittag setzte dichtes Schneetreiben ein, und niemand konnte von der Umgebung mehr erkennen als die Spuren des Vordermannes im Neuschnee. Jenseits der dicht gedrängten Reihe der dahintrottenden Tiere gab es keine Welt, fast konnte einen der Verdacht beschleichen, die Gesellschaft des Ta tsüe schan sei nur einem Traum entsprungen.

Der Weg führte über zahlreiche Auf- und Abstiege, schlängelte sich zwischen Geröll und Felsbrocken über tückische unter dem Neuschnee verborgene vereiste Stellen, auf denen die Ponys und Maultiere beständig ausglitten. Rotschnäblige Alpenkrähen kauerten auf nacktem Gestein und beäugten die Ruhestörer. Shung schwärmte von der wärmeren Jahreszeit, wenn sich in den flankierenden Felsnischen Tausende von Tauben tummeln. Dann surre die Luft von der Vibration unzähliger Flügelschläge. Es waren wohl die Erinnerungen an die Jugend, die den guten Mann in ein derartiges Hochgefühl versetzten.

Quartier in Ta tsien lu, 1. Tag,
1. Februar 1907

Endlich wurde die Baumgrenze erreicht, nach kurzer Wegstrecke folgte das Gewirr des Bergurwalds, in erster Linie wiederum das Reich des Rhododendrons, durchsetzt mit Koniferen und Steineichen. Je tiefer die Region lag, desto vorherrschender wurde der Koniferenbestand, da und dort reckten erste Birken ihren Schopf. Die Spuren des Holzeinschlags wurden immer eindrücklicher. Menschliche Behausungen konnten nicht mehr weit sein. Und tatsächlich, hinter dem nächsten Felsvorsprung drängte sich tief unterhalb des Weges auf dem Grund des Zusammenstoßes zweier Schluchten ein gewaltiges Häusermeer. Ta tsien lu lag in greifbarer Nähe, eine in 2600 m Höhe gelegene Gebirgssiedlung, eingekeilt zwischen schroffen Bergflanken.

Nach der Einsamkeit der vergangenen Wochen traf einen die sich in den engen und schmutzigen Gassen ergießende Geschäftigkeit mit voller Wucht. Hunderte mit Teeziegeln beladene Kulis drängten sich an den Knäueln schwarzer Yakkarawanen vorbei, welche hier in Ta tsien lu mit eben jenen Teeziegeln zum Weitertransport nach Hochtibet beladen werden. Dazwischen hockten chinesische Handwerker und boten unter unbeschreiblichem Geschrei ihre Waren im Kot der Gassen feil. Überall die kahlgeschorenen Schädel der Lamas. An einer Ecke wurde geschlachtet und geschächtet. Es roch nach gestocktem Blut. Unter den kopfunter aufgehängten Kadavern sammelte sich der rote Strahl zu Pfützen, aus denen räudige Hunde soffen. Die Wagemutigeren bissen sich um das Gekröse, das die Schächter der Meute zuwarfen.

Die alte Tibetanerstadt Ta tsien lu ist heute der Hauptstützpunkt der chinesischen Macht in Tibet. Erste Kostproben der Ausübung derselben wurden vor dem monumentalen Torbau eines der Yamen geboten. Im elendigen Kontrast zu dessen Prunk bevölkerten mehrere lumpige Gestalten den Platz. Deren Köpfe staken in je 2 zusammengefügten Brettern, in welchen mittig je ein Halbrund für den Hals ausgespart war. Unser Shung, der sich aus Freude über das Wiedersehen mit seiner alten Heimatstadt eben noch am Treiben in den Gassen nicht hatte sattsehen können, verzog angewidert die Lippen, ob aus Verachtung gegen die in den hölzernen Kragen Gezwungenen oder gegen ihre Richter und Peiniger, wurde nicht deutlich. Auf Nachfragen erklärte er, dass der Kang wegen seiner Schwere und Größe den Träger arg behindere, weil ein Berühren des Gesichts, die Aufnahme von Wasser oder Nahrung oder das Ausstrecken der Glieder unmöglich gemacht seien. Die derartig Bestraften seien gänzlich auf das Mitleid der Vorübergehenden oder der ihnen Gesellschaft leistenden Familienangehörigen angewiesen. Mit der Zurschaustellung ihrer Schande mussten sie mehrere Tage und Nächte auf dem öffenlichen Platz zubringen, je nach der Höhe ihres Strafmaßes.

An dieser Stelle ergriff Cohn das Wort und steuerte Halbseidenes aus dem Reich der Ethnologie bei. Ob der Asiate nicht in jeder Stellung Schlaf finde? Ob es nicht ein weiterer Trost in der zugegeben misslichen Lage zu sein vermöge, dass das Holzjoch den im Kaiserreich zu allen Zeiten arg wackeligen Kopf zumindest noch auf den Schultern belasse? Nähme nicht jeder Delinquent mit Freuden beengte Verhältnisse in Kauf, solange diese ihm die Sorge ersparten, ob sich jemand fände, der den wertvollsten Körperteil wieder mit Nadel und Zwirn auf den frischen Halsstumpf nähte? Denn die größte Schmach eines Enthaupteten sei der kopflose Abtritt zu den Ahnen.

Quartier in Ta tsien lu, 2. Tag,
2. Februar 1907

Shung hat sich in Ta tsien lu für die Expedition von überragendem Wert erwiesen. Zielgerichtet marschierte er gestern durch das Gewirr der Gassen, auf der Suche nach Quartier, wobei er an einem Dutzend Herbergen vorbeieilte, ohne sie auch nur eines Blickes zu würdigen. Für den Fremden war an den einstöckigen Bauten von außen kein Unterschied zu erkennen, sämtliche Wände waren aus einem Gemenge aus Bruchsteinen, Kies und gestampften Lehm gefügt und zu unserem Leidwesen vollkommen fensterlos. Anderes war auch nicht zu erwarten gewesen, da sich nach Shungs Worten das Herbergswesen in Ta tsien lu wie der Karawanenhandel fest in tibetanischer Hand befänden.

Die bezogene Unterkunft hingegen zieren zu unserer Überraschung mehrere schmale Fensterschlitze, deren Öffnungen den ansonsten abzugslosen Wohn- und Küchenraum in einem weniger verräucherten Licht erscheinen lassen. Wir Europäer und Shung wurden erwartungsgemäß im ersten Stock untergebracht, früheren Reisenden zufolge ist in tibetanischen Häusern das Erdgeschoss ausschließlich den Karawanenkulis und Treibern mit den Last- und Reittieren vorbehalten. Die allerorten typischen Haufen aus getrocknetem Dung fehlen, da in Ta tsien lu mit Holz geheizt wird, ein Luxus, der in der überwiegenden Mehrheit der tibetanischen Landesteile unvorstellbar ist. Das Holz wird von den Tibetanerfrauen mühevoll im Gebirge gesammelt, heruntergeschafft und dann verkauft. Die benachbarten Chinesenhäuser sind aus einer Art Fachwerk gefügt, ineinander verzapfte Balken und Stützen bilden das Gerüst der Steinmauern.

Auch bei der Aufstockung des Reiseproviants erwiesen sich Shungs Kenntnisse der örtlichen Gegebenheiten und Gepflogenheiten als so überzeugend, dass dieses Mal die sonst unvermeidliche Übervorteilung ausblieb. Beim Reis ließ er die gewieften Chinesen ihre Steinchen herausworfeln. Und über das sandige Mehl schüttelte er so lange den Kopf, bis unverschnittene Ware herbeigeschafft wurde. Die Konservbüchsen mit Fleisch allerdings, die er erstehen wollte, nahm Beermann ihm aus der Hand und gab sie ihrem Besitzer zurück. Die Deckel wölbte das Wurstgift. Als Beermann dem erstaunten Shung den Sachverhalt erklärte und ihn aufforderte, dem Händler anzuraten, die Büchsen aus dem Verkehr zu ziehen, machte Shung eine derart entsetzte Miene, als forderte Beermann von dem Mann das Leben seiner Kinder. Also wurden Shung die schlummernden Todesboten wieder in die Hand gedrückt, mit der Anweisung, diese zu den erstandenen Vorräten zu packen. Der zusehends verwirrte Shung musste versprechen, die Büchsen fürderhin nicht mehr anzurühren und dafür Sorge zu tragen, dass auch keiner unserer Leute es tat. Stattdessen sollte ihnen ein Grab in der erstbesten tiefen Schlucht vorbehalten sein, sobald wir Ta tsien lu den Rücken kehrten.

Um seinem Herrn über den Abschluss eines derart schlechten Geschäfts hinwegzuhelfen, kitzelte Shung Beermanns Süßschwäche. Den Mann von Welt herauskehrend, schwärmte er von getrockneten Äpfeln, Birnen und Aprikosen, von denen er auf seinen Reisen in Westtibet gekostet hatte und welche seinen Worten nach aus Ladakh eingeführt würden.

Allerdings waren derartige Köstlichkeiten auf dem hiesigen Markt nirgends aufzutreiben. Über die erneute Niederlage war Shung am Boden zerstört. Das Naschwerk musste sich auf viel zu kleine Brocken Zuckers beschränken, die ihrem fleckigen Aussehen nach von längst in den Staub gesunkenen Kuligenerationen herbeigeschafft worden sein mochten.

Für die Abstriche entschädigte die Fülle an Butter, Quark und Milch. Auch Käse konnte in den unterschiedlichsten Reifestadien erstanden werden. All dies stammt hier ohne Ausnahme vom Yak. Vielleicht liegt die vorzügliche Qualität am hohen Fettgehalt der Yakmilch, welcher bei keinem anderen Tier übertroffen wird. Um Shungs Gewissensbisse zu zerstreuen, wurde sein Gehalt um ein paar Rupien erhöht, der Kauf von Tee und Gerste seiner Obhut anvertraut. Die gewonnene Zeit konnte sinnvoller mit anderen Aufgaben zugebracht werden.

Cohn durchforstete die Gassen nach Apotheken, um den Vorrat an Komponenten für den Spezialentwickler nachzufüllen, der auch unter 5° Celsius seinen Dienst verrichtet. Weniger Umstände verursacht das Fixieren der Trockenplatten. Das saure Bad der Firma *Schering* hat sich bestens bewährt. Die Würfel brauchen nur in Wasser gelöst zu werden, und das verwendete Gerbmittel härtet die Gelatineschicht, ohne dass ein missliches Kräuseln beim nachfolgenden Waschen auftritt.

Beermann hingegen gedachte dem Monseigneur der katholischen *Mission du Thibet* einen Besuch abzustatten, einem frommen Sammler. Dessen Vorgänger hatte das erste Exemplar eines bläulichen Zipfelfalters dem Entomologen Oberthür in Rennes gesandt, welcher ein umfassendes Werk über Lepidoptera plant. Insgesamt verdankt die Forschung den französischen Patres in Ta tsien lu Fauna und Flora im dreistelligen Bereich. Seit dem Hinauswurf sämtlicher katholischer Priester aus dem feudalen Lamastaat vor wenigen Jahrzehnten steht der jeweilige Monseigneur an der Grenze von China nach Tibet mit dem Hirtenstab bei Fuß. Damals war statt Lhasa, welches außerhalb der päpstlichen Einflusssphäre lag und immer noch liegt, Ta tsien lu stellvertretend zum Bischofssitz bestimmt worden. Die Sammlertätigkeit bietet wohl eine tröstliche Abwechslung zum entsagungsreichen Leben der Patres, deren einziger Lohn nicht selten der Märtyrertod ist. Seit Wochen sind wieder 2 Patres im Goldstromland abgängig.

Blieb noch ein Besuch im protestantischen Lager. Das tätige Wirken der *China Inland Mission* geschieht ohne offizielle Ansprüche. Im Vordergrund steht die Verbesserung der Lebensverhältnisse der Einheimischen, die Bekehrungsversuche finden eher beiläufig statt. Die Reverends lassen sich mit ihren mitgereisten Familien vor Ort nieder und fügen sich eng in die vorgefundenen Landessitten ein. Es bestand also Anlass zur Hoffnung, von dieser Seite profanere und offenherzigere Auskunft über die Zustände im Land zu erhalten.

Vermieden werden sollte die Abspeisung mit hinlänglich Bekanntem: Dass die ursprüngliche Tibetanerstadt Ta tsien lu seit Jahrhunderten die Stellung einer Pforte von China nach Tibet innehat, durch welche fast der gesamte Handel zwischen den beiden Ländern abgewickelt wird. Dass das Völkergemisch aus Tibetanern und Chinesen inzwischen auf etwa 10 000 Einwohner angeschwollen ist, die in die Tausende gehende Zahl der Mönche der umliegenden Klöster nicht miteingerechnet. Dass die Stadt Sitz diverser Mandarine ist, aber auch der tibetanischen Dschagla-Könige, welche eigentlich der chinesischen Obrigkeit unterstellt sind. Dass Kham unter den Mandschus formell zu den chinesischen Provinzen Se tschuan respektive Jün nan gehört, während Tibet als solches ein zwar autonomer, aber tributpflichtiger Vasallenstaat des Kaiserreiches ist. Und dass es über den genauen Verlauf der Grenze immer so viele Ansichten gab und gibt wie betroffene Parteigänger, vor allem jetzt, wo der Machtverfall der Mandschus die äußeren Provinzen des Reiches immer schwerer verwaltbar macht. Wer einmal Ta tsien lu betreten hat, wird die Vorzüge der geographischen Lage jedenfalls nicht in Zweifel ziehen. Tief eingesägte Durchbruchstäler, flankiert von beackerbarem Land entlang der Flussarme. Kein anderer Zugang auf das tibetanische Hochland weist ähnlich günstige Verhältnisse auf. Die Rede ist immerhin von einem Grenzabschnitt von beinahe 1000 km Länge.

Reverend Millar ist ein hochgewachsener Mann von angenehmem Äußeren, er trug den charakteristischen indigoblauen Baumwollstoff der einfachen Chinesentracht. Auf seine Aufforderung, unverzüglich von dem Tee zu kosten und nicht erst, wie es die chinesische Sitte erforderte, beim Aufbruch, fiel unser Lob über die Vorzüglichkeit des kredenzten Getränks nicht gerade zurückhaltend aus. Er empfahl, reichlich Teeziegel als Tauschmittel für die Nomaden mitzunehmen, aber nicht den Darjeeling, der in den Schälchen auf dem Boden dampfte, sondern jenen chinesischen Tee von ganz abscheulicher Qualität, nach dem ganz Innerasien verlange. Unter den Nomaden, den Tibetern und Mongolen ständen die extra für den Export angefertigten Teeziegel gleichermaßen hoch im Kurs, obwohl das zweifelhafte Produkt wenig Erfreulicheres als fasrige alte Blätter beinhalte, durchmischt mit Ästchen, Stengeln und sonstigen zweifelhaften Verunreinigungen. Das Dämpfen und Rollen werde in den Teehäusern Se tschuans besorgt, das Ergebnis hydraulisch in Holzformen zu Platten von je 20 Pfund gepresst und in Strohmatten eingewickelt, sodann in nasse Rindshäute eingenäht, die sich beim Trocknen zu einem festen Verbund zusammenzögen, dem weder Wind noch Wetter noch spitzes Gestein ein Ungemach zuzufügen vermöchten.

Ob der Gefahr geseufzt, in der ersten Stadt, die diesen Namen verdiene, vollkommen zur Krämerseele zu verkommen, und das Gespräch auf die Khamer Verhältnisse gelenkt. Könne die Expedition auf einen Pass für diese Region hoffen, oder solle sie um jeden Beamten mit Mandarinknopf einen Bogen machen, um das Glück nicht herauszufordern?

Ja und nein, antwortete der Reverend. Welchen Weg genau die Expedition einzuschlagen gedächte, wolle er gar nicht wissen, weil er dann den Soldaten des Ambans auch keine Auskunft geben könne. Weder die Heerstraße über Li tang nach Ba tang und weiter über Tschiamdo noch die alte Teestraße über Dscherku ndo seien ohne Pass passierbar. Beide führten nach Lhasa, was vermutlich das Ziel der Expedition sei. Alle Ausländer wollten zu allen Zeiten nach Lhasa. Zwar wisse man nie, von welchen Empfehlungsschreiben sich der Amban überzeugen ließe, aber unterm Strich sei Tibet momentan auf Betreiben der Briten und Russen für Europäer gesperrt. Man tue in diesen Zeiten besser daran, ein Staatsbürger Amerikas zu sein.

Aber selbst mit Pass ließen die Tibeter keinen Fremden in die verbotene Stadt. Seit vor 3 Jahren der Dalai Lama vor dem in Lhasa einrückenden Younghusband samt seinen Soldaten geflohen sei, spitze sich die Lage im Great Game zu, und China köchele wie immer sein ganz eigenes Süppchen. Alles in allem wäre es also klüger, gar keinen Einlass zu begehren, weder nach Kham noch nach Tibet, obwohl er, Millar, sich natürlich im Klaren darüber sei, dass man einer Forschungsexpedition einen derartigen Vorschlag gar nicht zu unterbreiten brauche.

Da der Karawanenweg ins Herz von Kham entlang einer stattlichen Zahl von Klöstern verlaufe, sollten wir nicht mit einem allzu strahlenden Empfang rechnen. Die Haltung der Mönche gegenüber Fremden sei momentan leider wieder sehr ablehnend. Seiner bescheidenen Meinung nach sei es an der Zeit, das Wort Hass zu gebrauchen. Die Klöster begnügten sich nicht mehr damit, dem Umland das Mark aus den Knochen zu saugen, sondern hätten allem Fremden den Kampf angesagt. Dem Volk gönnten sie nichts außer Gebeten. Und den Kranken und Beladenen schickten sie ein Heidenspektakel aus Trommeln, Becken, Hörnern, Trompeten, Flöten und Zymbeln. Der Lärm stille zwar nicht den Hunger und treibe weder Teufel noch andere Übel aus, brächte allerdings jeden Gebrechlichen schnell wieder auf die Beine. Im letzten Herbst seien die Lamazöglinge des Klosters Dyoro gomba einem amerikanischen Reisenden zwei Tage lang hinterhergelaufen und hätten ihn mit Schmährufen und ihren Steinschleudern traktiert. Und dieser Reisende sei sehr wohl im Besitz eines gültigen Passes gewesen, der ihm sogar Anspruch auf Ula zusicherte. Die mit unbeholfenen Strichen skizzierten und mit einer erklecklichen Anzahl offizieller Stempel bedachten Umrisse von Yaks, Ponys und Maultieren sollten dem Reisenden eigentlich garantieren, von den ansässigen Dörflern von Etappe zu Etappe kostenlos Reit- und Lasttiere, Führer, Verpflegung und Unterkunft gestellt zu bekommen, ein Privileg, in dessen Genuss überwiegend hohe Vertreter von Regierung und Klöstern kämen. Wobei es sich meist um ein und dieselbe Personengruppe handele.

Noch unsicherere Verhältnisse würden den Reisenden abseits der Straßen und besonders in den Seitentälern erwarten, wo sich die tibetischen Stammesfürsten noch des unumschränkten Herrschertums erfreuten. Selbst im näheren Umland von Ta tsien lu sei es mit der Ruhe vorbei, falls diese je eingekehrt sei. Und vollends weiter im Inneren Hochtibets vermöge die chinesische Macht keine Wurzeln zu schlagen. Welchen Eindruck sich die Herren Forscher gegebenenfalls von der Lebensweise und den Umgangsformen der zahlreichen Nomadenstämme machen wollten, sei ganz ihrem Unternehmungsgeist überlassen.

Nun, so sei es um die Lage in Kham bestellt, wer Briefe zu schreiben habe und diese auch abschicken wolle, solle das jetzt tun, da Ta tsien lu die letzte Poststation sei, nicht zu vergessen die letzte Telegraphenverbindung vor den ewigen Schneefeldern Tibets.

# 7. Nähe

»Kommen Sie doch mit aufs Oberdeck.« Fritzi knallte das Buch vor der Nase zu. In der Kabine war es stickig wie unter einer Glocke. Sie fächelte sich mit *Gullivers Reisen* ein wenig Luft zu, bevor sie das Buch aufs Kissen warf und sich vom Bett rollte. Ihre Füße landeten beinahe in Emmys aufgeklapptem Koffer.

»Oh, entschuldigen Sie bitte«, kicherte Fritzi. »Suchen Sie etwas? Den Hut vergessen? Die Sonne brennt da draußen wirklich ganz fürchterlich. Weckt bei uns Chinafahrern wehmütige Erinnerungen, diese Hitze. Ich könnte aushelfen. Mama besteht immer auf einer reichhaltigen Auswahl.«

»Nur ein wenig Ordnung schaffen«, brummelte Emmy und schlug wie ein ertappter Dieb den Deckel zu. Sie hatte die letzte halbe Stunde damit verbracht, die zusammengelegten Wäschestücke von einem Stapel auf den anderen umzuschichten. Irgendwo mussten die Packen abgeblieben sein. Sie hätte schwören können, die zusammengerollten Geldscheine in die Strümpfe gesteckt zu haben. Inzwischen war sie mit der Hand mehrmals in jedes einzelne Kleidungsstück gefahren, ohne fündig zu werden.

»Es ist Punkt zwei. Mutter und ich suchen immer Mitspieler für eine Partie Shuffleboard.«

Die Scheine würden wohl auf dem Küchenbüfett liegen. Eine andere Erklärung gab es nicht. Shuffleboard. Inzwischen gelang es Emmy wenigstens, Posselt tagsüber auf Abstand zu halten. Sobald seine Gesellschaft auf den Decks oder in den Salons drohte, winkelte sie die Unterarme an, schloss die Fäuste um ein imaginäres Steuerrad und machte ruckelnde Lenkbewegungen. Dazu schürzte sie die Lippen und ließ die ausströmende Luft blubbern. Wie erhofft, befand der Korrespondent derartige Albernheiten für unter seiner Würde. Solange er annahm, mit ihr könne man kein Gespräch über die wirklich bewegenden Themen der Zeit führen, hatte sie ihre Ruhe. Vor dem täglich dreifachen Mahlen der Mühlen der Unterhaltung bei Tisch gab es allerdings kein Entrinnen. Aber jetzt war helllichter Nachmittag, und es galt, der Einladung zu einem Gesellschaftsspiel zu entkommen. Nach kurzem Zögern schob Emmy den Koffer beiseite und tastete sich mit ausgestrecktem Arm durch die Tiefen unter dem Sofa.

»Tut mir leid, Fritzi, ich habe schon eine Verabredung.« Ächzend zog sie ein längliches Futteral hervor.

»Eigenes Spielgerät?«

»Nur Geduld.« Emmy nahm den Dreifuß einer Feldstaffelei aus dem Futteral. Nachdem sie den Koffer nochmals unter dem Bett hervorgeholt hatte, grub sie zuunterst nach einem großformatigen Skizzenblock.

»Oh, ein Steckenpferd.«

»Das ist kein Steckenpferd. Das ist bitterer Ernst. Mein Arbeitsgerät.«

»Sie spaßen schon wieder mit mir.«

»Han kau, erinnern Sie sich? Von Schang hai aus will ich den Jang tse flussaufwärts treideln. Wo der Jang tse mit dem Han zusammenfließt, erstreckt sich ein Seengebiet. Dort hat eine naturwissenschaftliche Expedition seit dem Frühjahr ihr

Standlager bezogen. Neun Mann. Ich soll die Aquarelle liefern.«

»Eine Malerin! Wie interessant! Warum haben Sie das denn nicht viel früher erzählt?«

Ja, eine Malerin. Etwas anderes hatte sie nie sein wollen. Jetzt war sie eine, die vor einer Ewigkeit das letzte Bild zu Ende gebracht hatte. Die Konzentration auf die Arbeit war ihr seit der Nachricht von Gustavs Tod abhandengekommen. Kein Strich mehr, den sie auf die Leinwand brachte.

»Nun lassen Sie sich doch nicht so bitten. Eine wissenschaftliche Expedition, wie aufregend! Wie ist es Ihnen gelungen, dass man Sie angeheuert hat?«

»Ein befreundeter Professor hat sich für mich verwendet. Ich soll den durchgebrannten Expeditionsmaler ersetzen. Eine chinesische Bauerntochter hat den Mann bezirzt, und er hat den Pinsel gegen den Pflug getauscht. Sogar einen Zopf hat er sich wachsen lassen. Doktor Tremel blieb nichts anderes übrig, als den Mann endgültig verlorenzugeben.«

»Doktor Tremel?«

»Der Leiter der Expedition, ein Geologe und Geodät.«

»Und Sie sollen Land und Leute malen?«

»Eher wissenschaftliche Sachen. Geologische Aufschlüsse. Profile und Horizonte von Böden müssen dokumentiert werden. Skizzierungen vom Streichen und Fallen der Gebirge.«

»Wie bitte?«

»Die Lage und Neigung der Gebirge, Verwerfungen von Gesteinsschichten, solche Sachen.« Ja, solche Sachen. Der größtmögliche Verrat an ihrer Malerei. Weil ein Bild alles ist, alles sein darf, bloß eines nicht, bloß kein Abbild.

»Das Festhalten der Landschaft, wie romantisch. Warum

machen die Herren Forscher nicht ein paar nette Aufnahmen?«

»Weil Doktor Tremel der Meinung ist, dass das menschliche Auge mehr sieht als eine optische Linse.«

»Da sollte der Herr Doktor sich mal mit meinem Julius unterhalten.«

»Genau genommen geht es ihm nicht ums Sehen, sondern ums Wahrnehmen. Der Verstand soll als Filter wirken. Das Auge kann reduzieren, zusammenfassen und aussortieren. Doktor Tremel lässt sogar einzelne Handstücke und Versteinerungen zeichnen.«

»Klingt ziemlich langweilig.«

Ist es auch, dachte Emmy. Die Tyrannei der Gegenstände. Der Abschied von allem, was sie mit ihren Bildern je erreichen wollte. Aber da sie ohnehin nicht mehr malen konnte, war auch das egal.

»Doktor Tremel vertraut den menschlichen Sinnen mehr als der Technik. So hat er zumindest in seinem letzten Brief an Helleben geschrieben.«

»Verzeihen Sie mir meine Unwissenheit. Wer ist nun dieser Helleben?«

»Der befreundete Professor. Er und Doktor Tremel sind alte Bekannte.«

»Verstehe. Sie wollen sich also im Landesinneren der Sommerhitze aussetzen? Um Steine abzukupfern? Als Frau unter lauter Männern? Erlaubt man sich keinen Scherz mit Ihnen?«

»Helleben hat das geschickt eingefädelt. Er hat Doktor Tremel geschrieben, dass er genau den richtigen Ersatz an der Hand habe. Einen professionellen Maler, der sich seit zwei Jahren mit den wissenschaftlichen Fragestellungen Zentralasiens beschäftige. Wegen einer privaten Angelegenheit. Doktor Tremel war begeistert. Und hat unaufgefordert Zusagen gemacht.«

»Wie wollen Sie an dem gottverlassenen Ort verbergen, dass Sie eine Frau sind? In Hosen schlüpfen? Sich die Haare scheren? Versündigen Sie sich nicht, Ihre Locken!«

»Keine Bange, Helleben hat das brisante Detail beizeiten nachgeliefert. Dass selbst das weibliche Auge mehr sieht als gar kein menschliches Auge, wird niemand bestreiten. Und dass das weibliche Auge weniger sieht als das männliche, kann nur einer behaupten, dem es nichts ausmacht, sich um Kopf und Kragen in Sachen menschlicher Anatomie zu reden.«

»Das ist Haarspalterei. Und ändert nichts an der Tatsache, dass Sie eine Frau sind. Sie werden es ausbaden müssen.«

»Natürlich hätte Doktor Tremel lieber einem Mann als Aufstockung seiner Expeditionsmannschaft die Hand geschüttelt. Allein schon aus Gewohnheit. Aber viel wichtiger ist ihm, dass überhaupt gemalt und gezeichnet wird.«

Aus Hellebens Erzählungen hatte Emmy geschlossen, dass noch mehr dahintersteckte. Dass es Tremel ein heimliches Vergnügen bereitete, einmal den Kollegen aus den technikbegeisterten Nachbarsdisziplinen gegenüber die Nase vorn zu haben. Neue Wege zu beschreiten.

»Haben Sie sich dieses Wagnis reiflich überlegt? Es soll neben Han kau nur zwei Orte in ganz China geben, wo die Hitze um diese Jahreszeit genauso schlimm ist. Die reinsten Fieberhöllen.«

»Ein Zurück gibt es nicht. Ich habe schon jetzt einen Ruf zu verlieren, obwohl ich noch nicht einmal angekommen bin. Als erstes vollwertiges weibliches Mitglied einer wissenschaftlichen Expedition, nicht nur des Deutschen Reiches, ein Franzose und zwei Italiener gehören auch zur Mannschaft.«

»Die Herren Wissenschaftler werden sich die Konkurrenz nicht gefallen lassen. Passen Sie auf, irgendwo steckt der Haken.«

»Kein Haken. Kein Abspeisen mit freier Kost und Logis. Die Zusage auf eine angemessene Bezahlung gilt. In der gleichen Höhe wie bei meinen männlichen Kollegen. Doktor Tremel will Nägel mit Köpfen machen.«

»Sind Sie nicht ein wenig leichtgläubig? Was wissen Sie denn über diesen Doktor Tremel? Ach, du Schreck! Es ist ja schon Viertel nach zwei! Mama reißt mir den Kopf ab. Sie wird Augen machen, wenn ich ihr die Neuigkeiten berichte. Wir teilen die Kabine mit einer wichtigen Person. Und ich Gans frage, ob Sie eine Partie Shuffleboard spielen wollen.«

Nachdem die Kabinentür hinter Fritzi ins Schloss gefallen war, suchte Emmy die nötigen Pinsel, Tiegel und Fläschchen mit Pigmenten zusammen. Fritzi irrte sich, sie wusste eine ganze Menge über Doktor Hanns Tremel. Genannt Hanns Rotfuß. Helleben hatte ihr von der Korrespondenz mit dem Kollegen erzählt. Seit Weihnachten 1893 flatterten dessen Briefe aus allen eisfreien Winkeln des Globus in die *Berliner Gesellschaft* auf Hellebens Schreibtisch.

Anfang jenes Jahres hatte sich Tremel in Westgrönland nur wenige Tage nach seiner Ankunft vier Zehen des linken Fußes erfroren. Sein Vorhaben, im Rahmen der Drygalski-Expedition auf einer Schlittenreise den Jacobshavner Eisstrom zu vermessen, musste er aufgeben. Stattdessen wurde er in der meteorologischen Station am Karajak-Fjord zur Registrierung von Wetterbeobachtungen herangezogen, zu magnetischen Messungen und der Bestimmung der Schwerkraft. Bald hatte Tremel mehr als genug von Pendeln und Skalen, der monotone Dienst trieb ihn schier zur Verzweiflung. Aber da er sich seiner Versehrtheit schämte, ließ Tremel sich die Enttäuschung nicht anmerken, verschanzte sich hinter einer Wand aus penibelster Pflichterfüllung. Um Haltung ringend, schickte er seine Seele in den Winterschlaf. Vielleicht entspreche das nicht jedermanns Vorstellung von einer guten Zeit, lauteten die letzten Sätze in einem seiner Briefe, aber für ihn sei sie gut genug. Natürlich wäre die Aussicht verlockend, auch noch die Zehen des anderen Fußes zu verlieren. Ein Leichtes, in der Kälte den Tod zu finden, einen wohligen Schlaf, aus dem es kein Erwachen mehr gäbe, oder beim Queren einer freundlich verwehten Spalte, dem Bruch einer Eisscholle. Die wirkliche Herausforderung in Kälte und Eis jedoch, die läge im Weitermachen. Im Überleben.

Seither sei Tremel nicht mehr ins Eis gegangen, hatte Helleben erzählt, sondern habe wie ein Getriebener Expedition um Expedition auf die Beine gestellt, die Schmerzen im Fuß als Lappalie abtuend. Man habe ihn inzwischen bis zur Ferse amputieren müssen. Neulingen bliebe nichts anderes übrig, als sich rasch an den Anblick zu gewöhnen, wie ihm bei den Geländebegehungen das Blut aus dem Schuh sickerte. Der Sitz der Prothese sei derartigen Strapazen eben nicht gewachsen. Und dem Tempo, zu dem der »Rotfuß« sich und die Mannschaft antreibe.

Vielleicht entpuppte sich der Griff zum Pinsel wenigstens als Fingerübung. Auch wenn er Emmy eigentlich nur als Vorwand gedient hatte, um den Damen Walther wieder für ein paar Stunden zu entkommen. Sie durfte sich nicht pausenlos in den Tagebüchern vergraben. Oder überlegen, woher sie das Geld für das nächste Telegramm nehmen sollte. Etwas war mit Gustav seit dem Verlassen des Salweengebiets geschehen, etwas hatte begonnen. Sie ahnte, dass dieses Etwas seinen Fortgang nehmen würde.

Die Reihenfolge der Tagebücher war für Emmy unantastbar. Als sie die letzte Seite des zweiten Bandes erreicht hatte, barg sie es wieder bei den anderen auf dem Grund ihres Koffers. Mit dem Schluss zu beginnen, war nicht mehr gewesen als der Anflug einer Versuchung. Was auch immer in Tibet geschehen war, Emmy wollte nichts vorwegnehmen. Sie war mit der Expedition nach Ta tsien lu gezogen und bereit für den Weitermarsch. Morgen. Sie würde nicht hetzen. Nichts sollte verpasst, nichts übersehen werden. Das Letzte, was sie brauchen konnte, waren falsche Vermutungen. Ihr Vertrauen in Henry Wood Schimmel war beachtlich, an der Berechtigung seiner Andeutungen zweifelte sie keine Sekunde, auch wenn sie sich nichts Geringeres wünschte, als dass der Tod ihres Mannes noch nicht besiegelt wäre. Früher oder später würde sich Tremel den nächsten Expeditionsmaler suchen müssen. Nichts, aber auch gar nichts würde sie auf Dauer von Tibets Grenzen fernhalten, sollte sie es erst einmal in deren Nähe geschafft haben. Dafür hatte sie zu viel aufgegeben.

Emmy trat an die Reling und spähte in die Weite. Das Meer kräuselte sich zu einer türkisblauen Fläche, die im Sonnenlicht funkelte. Nicht, dass Emmy nach irgendetwas Bestimmtem Ausschau hielt. Im Gegenteil. Ein unverstellter Horizont war genau das, was sie brauchte. Die Südküste Kretas lag hinter ihnen. Emmy erwartete nichts, ihre Vorstellung war leer, so leer wie der Skizzenblock, den sie aufgeschlagen hatte.

Meer und Gebirge, beide waren Boten von Ruhe und Gewalt, von Wandel und Unendlichkeit. Warum es also nicht tatsächlich mit der *Klarheit der Natur* versuchen, wie ihr Gustav an einem strahlenden Tag nahegelegt hatte? Aber nach Emmys Erfahrungen war es mit der Natur wie mit allen Phänomenen der Wahrnehmung eine zweischneidige Angelegenheit. Innerhalb kürzester Zeit würde sich die alte Frage stellen, ob der Betrachter nach der Substanz oder nach seiner Vorstellung davon griff. Nach dem Meer oder nach dessen Mythen. Emmy rückte die Staffelei in Position und befestigte den Skizzenblock. Eine Notlösung. Keilrahmen und Leinwand sollten erst in Han kau besorgt werden. Was Gustav allerdings unter einer *prächtigen Arbeit* verstanden hatte, ließ vermuten, dass er die Malerei noch am zerschlissenen Gängelband des Naturalismus hielt.

»Wäre es wohl möglich, meine Dame, meine Staffelei neben die Ihre zu setzen?«

Emmy entfuhr ein leiser Schreckenslaut. Musste man sich auf dem *Prinz Eitel Friedrich* erst in einem der Beiboote verkriechen, um ein paar Minuten allein sein zu können? Ihrem schlaksigen Gegenüber flatterte ein Leinenanzug um die dürren Gliedmaßen, das Weiß des Stoffes blendete im Sonnenlicht. Um seinen Hals war ein Seidenschal geschlungen, an dessen Enden der Fahrtwind zerrte. Das Rot des Schals steigerte die Blassheit des Gesichts zum Antlitz eines Toten. Der Mann warf das Schalende zurück über die Schulter, der Wind zupfte erneut daran, ein Kräftemessen, das von Seiten des Mannes mit Verbissenheit geführt wurde. Zerbrechlich, rührend, ein Fähnchen im Wind. Während der Mann immer noch auf eine Antwort wartete, verflog Emmys Ärger.

»Ich verstehe nicht recht …«

»Sie erlauben, ja? Wunderbar?«, rief er, machte auf dem Absatz kehrt und verschwand zwischen der Reihe der Davits, die die Beiboote geheißt hatten. Das Letzte, was Emmy von ihm sah, war das im Wind flatternde Ende des Schals. Fast bedauerte sie, dass es sich wohl nur um eine kurze Begegnung mit einer dieser überspannten Naturen gehandelt haben mochte, denen man zur Kur gerne eine Seereise anriet. Doch der Mann kehrte mit einer Staffelei über der Schulter und zwei bespannten Keilrahmen unter dem Arm zurück.

»Habe mir erlaubt, für vernünftiges Material zu sorgen. Den Skizzenblock können Sie wegstecken. Nur noch die Farben, Geduld, Gnädigste, Geduld!«

Wieder rannte er davon. Emmy blickte ungläubig auf die neben sich postierte Staffelei, dann auf die eigene. Die zwei Leinwände. Ein reizendes Pärchen. Nicht lange, und sie würden Scharen von Zuschauern anlocken.

»Theo Leibrecht, dem Expressionismus verschrieben und Weltreisender.«

»Emmy Bronnen-Radke. Auf dem Weg nach Schang hai.«

»Hoffe, Sie quälen die Leinwand nicht nur zum Zeitvertreib?«

»Erwecke ich den Anschein?«

»Ah, gut, gut. Auch auf Wanderschaft? Ja, das Inseldasein. Vergessen Sie die Weltreise, dafür hat das Karat des Colliers nicht gereicht. Für ein Billett für meine Frau übrigens auch nicht, ich musste die Ärmste in Dresden zurücklassen. Ist vielleicht auch besser so.«

»Oh, das tut mir leid.«

»Braucht es nicht. Dort kann sie sich ungestört ihrem Leiden widmen. Hysterie, Sie verstehen? Ja, wenn ich fähigere Ärzte bezahlen könnte.«

»Aber das Collier?«

»Natürlich haben wir halbe-halbe gemacht. Ihren Teil für die Gesundheit, meinen für die Kunst. Vor Ihnen steht kein von und zu Raffke. Trotzdem ist es erste Bürgerpflicht, den Künstler zu erhalten. Würde die Welt andernfalls nicht an Langeweile zugrunde gehen? An Leere und Stückhaftigkeit? Ist es etwa meine Schuld, dass mir ein Dasein als Rentier versagt geblieben ist? Meine Seele mag von Gott und Ehr verlassen sein, aber sie ist wenigstens aus einem Guss. Waren Sie schon einmal in Fernost?«

»Nur in Griechenland und Italien.«

»So, so, die Klassiker. Ich habe mich nach Kobe eingeschifft. Immer weiter hinaus. Zumindest ich, ich muss. Die geistige Sammlung, Ende der Vielheit, der weglose Weg. Habe mir erlaubt, zu Hause einen kleinen Schinto-Schrein …«

»Ich halte mich lieber an die Vorgaben der Natur beim Malen«, unterbrach ihn Emmy und umfasste den Pinsel wie einen Messergriff. Fernöstliche Weisheiten gehörten gerade nicht zu ihren Lieblingsthemen. Dagegen log sie gerne an, ihre wirklichen künstlerischen Überzeugungen hatten sowieso keine Bedeutung mehr.

»Wenn es sich so verhält, dann sind wir Geschiedene im Geist. Keine Sorge, keine Bekehrungsversuche, mein Ehrenwort. Eher ein Zwang. Ich tummle mich immer an vorderster Front bei allem, was ich tue. Zu früh aus dem Mutterschoß gerutscht, nicht nur zu früh am Morgen, sondern zu früh um Wochen. Ist Ihnen aufgefallen, dass keiner der Herren an Bord bis zu dieser Stunde seinen Leinenanzug aus dem Koffer geholt hat? Obwohl die Sonne Tag für Tag zulegt, mehr Glut vermag die Ärmste bald nicht mehr herabzuschmettern. Worauf wartet man? Bis der Bordsteward mit einer Leuchtkugel den Startschuss gibt? Aber nur Geduld. Spätestens ab Suez trägt alles weiß. Männlein und Weiblein, blühende Lichtwesen statt wintergrauer Triefnasen. Transparenz statt Wollstoff. Auch die Offiziere, die Stewards. Sie werden glauben, über ein Lazarettschiff zu wandeln. Sie sehen, die Vorreiterrolle liegt nicht in meiner bescheidenen Absicht, sie fliegt mir zu. Der Expressionismus, der wird alle anderen Strömungen davonfegen. Wie Sturmgebraus. Dynamik, Gefühl, Ausdruck, ja. Ich hoffe, ich darf bleiben? Bedenken Sie, der Naturalismus, also seine Tendenzen, dieser leicht modrige Geruch.«

»Natürlich können Sie bleiben, ich habe den Anblick des Meeres nicht gepachtet. Falls meine Gegenwart nicht zu sehr Ihre Nase beleidigt.«

»Danke, sehr großzügig. Verzeihung, ich meine, dass Sie mich nicht fortschicken. Ich wollte Sie nicht beleidigen. Was für ein dummer Vergleich. Lassen Sie es mich anders sagen, es quält mich, wenn Talente vergeudet werden.«

»Warten Sie mit den Komplimenten ein Weilchen. Noch ist kein Pinselstrich getan.«

»Sie ähneln meiner Schwester. Nicht äußerlich. Mathilde vergöttert die Natur. Sie nennt es, auf die Stimme der Vernunft hören. Abstraktionen bereiten ihr körperliches Unbehagen. Den Eindruck erweckt Mathys Gesicht zumindest, wenn sie meine Bilder begutachtet. Aber bei der Natur sollte man Vorsicht walten lassen, die alte Dame ist eine eitle Lehrmeisterin. Epigonen lässt sie am ausgestreckten Arm verhungern. Kein noch so gelungenes Bild vermag mehr, als sich der Natur anzunähern. Nehmen Sie das Meer. Jede beliebige Welle. Einmalig, nicht zu erreichen. Worin liegt also der Reiz, das Geschaute so sorgfältig wie möglich zu kopieren? Zu vervielfältigen? Nicht, dass ich nicht der Meinung bin, ein Maler müsse sich darin üben, die Wellen so abzubilden, wie sich diese dem Auge präsentieren. Die Beschaffenheit des Himmels, der Klippen, des Sandes. Notwendige Fingerübungen, fürwahr. Das Ergebnis jedoch ist und bleibt Abbild. Nachahmerei. Danach erst beginnt die Kunst. Das Experimentieren mit Form und Farbe.«

»Das Kopieren hat seine Schuldigkeit getan. Das Lichtbild erlöst von der überflüssigen Liebesmüh.«

»Bravo! Aber falls Sie ernsthaft dieser Meinung sind, wie können Sie es dann mit der Malerei nach der Natur halten?«

»Naturalisten sind mir ein Graus. War nur eine Behauptung.«

»So? Man kann sich nie sicher sein, heutzutage. Nicht unter den Künstlern, nicht unter den gebildeten Schichten. Und der Adel? Das blaue Blut versiegt, dem Himmel sei Dank. In den Quartieren der Armen herrschen andere Probleme. Brotprobleme. Und die Mitte? Da drängt er sich an die vorderste Front, des Bürgers Fleiß. Nehmen Sie Ernst, meinen Schwager. Mathy hat einen Mediziner geehelicht. Mein Schwager jedenfalls ist nicht der Meinung, dass der Bürger den Künstler erhalten soll. Er hält sich für einen Mann, der rechtschaffen schwer an seiner Bildung trägt. Die ganze Gesellschaft hält ihn dafür. Gelegentliche Erbauung in Theater oder Oper absolviert der mit der gleichen Unaufgeregtheit, mit der er am Abend den Anzug wechselt. Ein Seufzer entschlüpft ihm höchstens beim Anblick einer Jugendstilfassade. Aber nur, weil sich sofort der Wunsch regt, die Immobilie wäre sein Eigen. Samt Inventar. Ach, die Verhältnisse sind zu unerfreulich. Wozu braucht der Mensch Lichtbilder? Hat der Mensch denn keine Augen im Kopf?«

Emmy machte den Mund auf, schloss ihn aber wieder.

Leibrecht begann diverse Näpfe mit Pigmenten und Gummiarabikum zu öffnen. Emmy schien er völlig vergessen zu haben. Meinten seine Tiraden nicht auch Gustav? Dessen Erlebnis im Angesicht des Ta tsüe schan hatte Emmy an eine verunglückte Initiation erinnert. Das Menschlein wird auf ein angemessenes Format zurückgestutzt.

»Sagen Sie«, hob nun Emmy doch an, nachdem sie eine Weile vorgegeben hatte, sich ins Spiel der Wellen zu versenken, »wie lautet Ihre Meinung? Befindet sich die Wissenschaft auf dem besten Weg, sich Berge, Täler, Meere und Flüsse untertan zu machen?«

»Nehmen Sie doch bloß dieses Monstrum hier.« Leibrecht gestikulierte und stampfte mit dem Fuß auf den Boden. »So ein wunderliches Gefährt sollte es gar nicht geben dürfen. Eisen, das schwimmt, ich bitte Sie! Was kommt als Nächstes? Männer auf dem Mond? Wie kann man nur auf solch eine Idee verfallen?! Das Schlimmste daran ist, dass es funktioniert. Fürchten Sie, unterzugehen? Nein, so hoffe ich zumindest. Bald wird von unsinkbaren Schiffen die Rede sein. Wir vertrauen der Technik wie unmündige Kinder, wir lassen uns das Leben aus der Hand schlagen. Pah, die Maschinen. Funktionalität, Nüchternheit, Abgeklärtheit. Geschwindigkeit. Alles nur ein Wahn, eitel Illusion, ein gerüttelt Maß an Überheblichkeit. Kraftmeierei. Das gelegentliche Staunen vor der Erhabenheit der Natur ist nichts als Pose. Wenn diese Leute von Lebendigem sprechen, verhandeln sie nur noch über Klumpungen von Viren und Bakterien. Man nimmt allem die Seele. Was der Welt fehlt, ist die Leidenschaft.«

»Würden Sie es vorziehen, an den Pocken zu sterben? Zum Glück ist ein Serum gefunden worden. Manche dieser Forscher zahlen für ihre Entdeckungen. Mit Unbequemlichkeiten, Hohn, Entbehrungen, Krankheit und Tod. Denken Sie an die Gefahren, denen sich Ihr Schwager in Seuchenzeiten aussetzt. Oder an die Not der Forschungsreisenden.«

»Ernst ist Nervenarzt. Außer zum Festschnallen der Lederriemen legt er nicht Hand an seine Patienten. Moment bitte.« Leibrecht bückte sich zu einem kleinen Blechtornister zu seinen Füßen. Als er einen Primus Kocher hervorholte, machte Emmy einen Satz zur Seite. Leibrecht schüttete gelbe und rote Pigmente in einen Blechtiegel, fügte Gummiarabikum hinzu, träufelte Wasser darüber, stellte das Gemisch auf das Gestänge und entzündete die Flamme.

»Was um alles in der Welt machen Sie denn da?«, zischte Emmy.

»Falsches Gummi. Minderwertig«, sagte Leibrecht und begann in aller Seelenruhe, mit dem Pinselstil in dem Tiegel zu rühren. »Das Zeug braucht eine Weile. Sonst geht es nicht in Lösung.«

»Warum verwenden Sie denn kein ordentliches? Nehmen Sie meines, es ist genug da. Sie können hier an Bord doch kein offenes Feuer machen!«

»Wenn uns jemand von der Mannschaft belästigt, sagen wir einfach, wir seien Künstler. Lässt sich wahrer sprechen? Unsere Profession wird in den Augen dieser Banausen alles erklären.«

»Wir? Wieso wir?«

»Haben Sie mir Ihr Gummiarabikum angeboten oder nicht? Ihres kommt aus Afrika. Schützen Sie keine Unkenntnis vor. Wer garantiert Ihnen, dass der Saft nur von Akazien und Mimosen stammt? Niemand. Vielleicht ist auch Kautschuk beigemischt worden, im allgemeinen Blutbad. Abgehackte Hände. Für jede Kugel, die die schwarzen Söldner verschossen, musste eine abgehackte Rechte geliefert werden. Um der Verschwendung von Munition vorzubeugen. Sonderprämien wurden ausgelobt. Nun, auch die Lebenden verfügten über rechte Hände. Allenthalben Säcke voller geräucherter Hände, von Toten und Lebenden, weil es lange dauern konnte, bis ein weißer Offizier des Wegs kam. Die Quote wollte kontrolliert sein. Nein, mein Gummi kommt aus Indien und Schluss. Was ist schon ein bisschen Rühren auf dem Kocher gegen die Kongo-Gräuel? Soviel zu Ihren Herren Forschungsreisenden. Allesamt Bastarde des Kolonialismus.«

»Ohne Forschungsreisende könnte dieses Schiff seinen Kurs nicht halten.«

»Pah, zuvor haben die Wilden das Meer schon überquert wie einen Teich.«

»Kobe müssten Sie sich aus dem Kopf schlagen. Die Forschungsreisenden tilgen die weißen Flächen auf den Karten, geben der Leere ein Gesicht. Erweitern unseren Horizont. Dass die Politik daraus Profit schlägt, darin liegt das Übel.«

»Ihre Gutgläubigkeit in Ehren, aber durchmisst man nicht das Weltenrund und lässt nichts außer verbrannter Erde zurück? Alles wird geraubt, den Eingeborenen ihr Land, ihre Kultur, ihr Heim, ihr Leben. Den Tieren der Urwald, die Steppe, der Sumpf und selbstverständlich auch das Leben. Als Trophäen landet die Beute in Museen, damit wir, das werte Publikum, uns die Nasen an den Glasscheiben der Vitrinen platt drücken können. Damit man wenigstens eine Ahnung bekommt, was alles verloren ist, wie gründlich in unserem Namen aufgeräumt wurde. Denn wir, wir dulden diese Regierungen, wenn wir sie nicht sogar wählen. Und wir erhalten die Bande, mit unserer Hände Arbeit.«

»Unsereiner besitzt nicht mal das Wahlrecht. Sie müssen

sich schon an die Finnländerinnen oder Französinnen halten.«

»Dann sollten die Weiber ihre Männer zum Aufruhr anstacheln! Kämpfen Sie gegen die Fratze des Kolonialismus! Falls nötig, verweigern Sie sich, gebären Sie keine Kinder! Nieder mit den Imperialisten! Haben die Briten Leopold II. wenigstens ein Stück von seinem heißgeliebten Kautschuk in den gierigen Schlund gerammt, bis er daran erstickte? Oder die Amerikaner? Nein! Hier und da ein Aufschrei der Entrüstung. Sonst nichts. Mit Buhrufen bedacht haben die Belgier ihn, letztes Jahr auf seinem Trauerzug. Schmähungen für eine Leiche. Das war alles. Für mehr als eine Million verstümmelter und abgeschlachteter Bantu. Aber verzeihen Sie, das erschöpft mich doch alles sehr. Lassen Sie uns in Ruhe die nötigen Vorbereitungen treffen. Malen Sie, Gnädigste, malen Sie.«

Emmy wollte entgegnen, was in Afrika geschehen sei, müsse nicht für die ganze Welt gelten. Sie blickte auf die gebückte Gestalt Leibrechts, der immer noch in dem Tiegel rührte. Gehorsam tauchte sie den Pinsel ins Blau. Hatte er recht? Es gab Lichtblicke. Kannte er denn nicht Gottlob Adolf Krause? Aber was machte ein einzelner Krause für einen Unterschied? Machten Cohn und Beermann einen Unterschied? Unter den Dutzenden vor ihnen und Dutzenden nach ihnen?

»Natürlich gibt es Ausnahmen.« Leibrecht drehte den Kopf in Emmys Richtung und hielt im Rühren inne. Von schräg unten fixierte er sie mit Augen wie Nägel. Am liebsten hätte Emmy ihn an den Schultern seines unverschämt weißen Anzuges gepackt und in die Höhe gezogen. Dieses Buckeln zu ihren Füßen war unerträglich.

»Wie Edmund Dene Morel«, fuhr er fort. »Franzose oder Brite oder beides, ist mir entfallen. Guter Mann. Selbst wenn er der Knecht einer Monopolistenreederei war. Ohne den braven Kontoristen hätte die Welt noch später von der Sklaverei und der Zwangsarbeit in Leopolds so prächtigem Kronjuwel erfahren. Kongo-Freistaat, so hatte der Monarch seinen Privatbesitz getauft! In Amsterdam ist Morel die Fracht aufgefallen, welche die Schiffe für die Rückfahrt nach Afrika stets an Bord nahmen, nach dem Löschen des Rohkautschuks. Waffen, Munition und Ketten. Er hat Nachforschungen angestellt und die britische Öffentlichkeit auf das Schauerstück gestoßen. Offizielle Untersuchungen und Berichte folgten. Empörung allenthalben. Der Anstoß war gegeben. Nicht, dass das Land den Eingeborenen zurückgegeben worden wäre, o nein. Eine Kolonie Belgiens haben sie aus dem Kongo gemacht.«

Eine Pauschalabrechnung, nichts weiter, dachte Emmy. Die Attitüde des Weltverbesserers führte nur ins Abseits. Man stellte andere an den Pranger. Leibrecht klang zu sehr nach einem neuen Messias. Damit wurde man einer einzelnen, zu einem anderen Zweck in einem anderen Erdteil ausgerichteten Expedition nicht gerecht. Es war nicht um Sklaverei oder Landnahme gegangen, den Einheimischen war kein Leid zugefügt worden. Bis Ta tsien lu nicht. Und auch später nicht, wie die Heimkehrer berichtet hatten. Was hatte sich Gustav denn bisher zuschulden kommen lassen? Ein bisschen Demut in Anbetracht der Naturgewalten? Das Gekritzel eines buddhistischen Symbols, wie in Trance? Nein, bisher hatte Gustav nur ein wenig in seinem Herzen aufgeräumt.

Und wie stand es mit Cohn? Dem Hausphotographen? Dem Feld- und Wiesenethnologen? Dem ewigen Besserwisser? Und Frauenfreund? Wie in Berlin so in der Ferne. Cohn wertete, fällte Urteile, kurz, er zog seine eigenen Schlüsse. Die Schlüsse eines Imperialisten. Eine Gesinnung, die nicht nur in Berlin als recht und billig angesehen wurde. Die mehr und mehr an Gustavs Langmut gezerrt zu haben schien. Wieso hatte er bis nach Asien gemusst, um das Offensichtliche zu erkennen?

Vielleicht steckte hinter dem sich anbahnenden Zwist nichts weiter als die Abneignung des Naturwissenschaftlers gegen die unexakten Gebiete des allzu Menschlichen. Das Sozialwesen eines Stammes war ein weites Feld. Da ließ sich viel behaupten, aber wenig beweisen, außer dass die Leute miteinander verwandt waren. Auch Helleben brachte völkerkundlichen Betrachtungen nicht gerade Respekt entgegen. Wie Emmy es drehte und wendete, es musste etwas Gravierenderes vorgefallen sein zwischen den beiden als aufkeimende Abneigung oder ein Geplänkel um die wahre Lehre. Was Helleben wohl zu Gestalten wie Leibrecht gesagt hätte?

Als sie einen Schritt von ihrer Staffelei zurücktrat, erschrak sie. Die Leinwand zeigte nichts außer einer lichtblauen Fläche, nicht einmal Schattierungen. Nur an manchen Stellen hob sich der Pinselstrich vom Untergrund ab. Eine leere Fläche, das war alles, bedeckt mit Aquarellfarbe. Sie hatte nicht einmal den korrekten Farbton getroffen.

»Mit Verlaub, daran fände tatsächlich kein Naturfreund Gefallen.« Leibrecht hatte sich endlich erhoben. Wieder und wieder wischte er den verschmierten Pinselstil an seinem Taschentuch ab. Emmys Blick fiel auf einen pflaumengroßen orangefarbenen Fleck, der Leibrechts Hosenschlag verunzierte.

Wenn der Mensch doch endlich den Primus Kocher ausschaltete, dachte sie und griff nach der Leinwand, darauf achtend, sich nicht ebenfalls mit der noch feuchten Farbe zu beschmieren. Emmy trat auf der windabgewandten Schiffsseite an die Reling und spähte in die türkisblaue Tiefe. In einem weiten Bogen beförderte sie die Leinwand über Bord. Der bespannte Keilrahmen kreiselte wie eine Scheibe, gewann sogar leicht an Höhe, bevor er zur Seite kippte, hinabtrudelte und gischtspritzend auf der Wasseroberfläche landete. Ein Aufklatschen war wegen des Motorenlärms nicht zu hören. Als sich die Bespannung mit Wasser vollsog, leuchtete das Lichtblau für einen Moment auf, bevor das darüberschwappende Wasser das Rechteck in eine im Sonnenlicht gleißende Fläche verwandelte. Die Leinwand blieb im Kielwasser zurück, ein winziges Floß, das noch lange nicht untergehen würde.

Emmy suchte nach einer Ausrede, wie sie Leibrecht wegen des geopferten Keilrahmens um Entschuldigung bitten sollte. Da entdeckte sie im Wasser ein Glitzern und Schimmern in allen Regenbogenfarben, das sich in glashelle, beinlange Bänder auflöste.

»Verzeihen Sie bitte, schnell, was ist das?« Emmy hielt einen vorübereilenden Offizier auf, der an seinem Henriquatre zupfte und Leibrecht ansteuerte.

»Bitte, meine Dame?«

Emmy winkte den Offizier an die Reling und zeigte ins Wasser.

»Oh, besonders schöne Exemplare. Sie haben Glück, meine Dame. Ein Schwarm Venusgürtel. Rippenquallen.«

»Und das Farbenspiel?«

»Lichtbrechung auf einer Unzahl winziger Ruderplättchen. Die Plättchen sind zu Rippen aneinandergelagert. Daher der Name. Damit bewegen sich die Geschöpfe durch das Wasser. Ein andauerndes Auf- und Niederschlagen. Warten Sie, bis unser Schiff eine Schar Medusen durchteilt. Eine Unzahl faustgroßer Schirmchen, die sich mit ruckartigen Kontraktionen fortbewegen. Einfache Organismen, aber wunderschön. Gallertmasse, gelb, blau oder rosenfarben. Bei Nacht fluoreszierend. Ein farbiger Teppich, so weit das Auge reicht. Als ob das Meer in Blüte liegt. Die Natur verwöhnt uns mit ihren Wunderwerken. Aber entschuldigen Sie mich jetzt bitte, meine Dame, ich glaube, der Herr dort drüben braucht dringend meine Hilfe.«

# 8. Kham

Lager 74, Dschedo la,
8. Februar 1907

Wegen der in Ta tsien lu grassierenden Diphterie auf ein zügiges Weiterkommen gedrängt. Nach der weitgehenden Keimfreiheit und der Menschenentwöhntheit der Bergregionen schien die Ansteckungsgefahr besonders präsent, obwohl Krankheiten in Tibet selten endemisch auftreten. Die Geißeln der südlichen Tiefländer wie Malaria, Pest und Cholera können dem Land nicht beikommen, die Syphilis ist so gut wie unbekannt. Reverend Millar hat allerdings von häufigeren Heimsuchungen der Schwarzblattern zu berichten gewusst. Trotz der gebotenen Eile noch 1 Tag verloren. Man macht sich gern einen falschen Begriff davon, was noch alles zu erledigen ist, so sich einem denn die Möglichkeit dazu bietet. Wir sammelten erste Fertigkeiten im Zerteilen der chinesischen Rupien in 2, 3 oder 4 Stücke, da die Münze von nun an die kleinste Geldeinheit darstellt und man sich mit Hammer und Meißel behelfen muss.

Heute ist die Yakkarawane, bestehend aus 15 prächtigen Exemplaren, aufgebrochen. Die Treiber aus Wei hsi samt ihren doch ziemlich entkräfteten Maultieren waren entlassen, alle unsere Sachen auf Yaks umgeladen worden, ein Transportmittel, ohne das in Tibet ein Weiterkommen undenkbar ist. Als stille Reserve verstärken 3 frische Maultiere die Reihen der Lasttiere, da der misstrauische Europäergeist sich von den vorzüglichen Eigenschaften eines Yaks erst durch eigene Anschauung überzeugen will. Als Treiber konnten mit Tseren und Lobsang die ersten beiden waschechten Tibetaner angeworben werden. Die Lederhaut der wettergegerbten Gesichter macht ein Abschätzen des Alters der beiden Männer unmöglich, ihre Körper umhüllt ein einziges, direkt auf der Haut getragenes Kleidungsstück, ein Schafspelz, der um die Taille gegürtet getragen wird und bis unter die Knie reicht. Die Ärmel sind gegen die Kälte ein gutes Stück überlang und erfüllen eine ähnliche Funktion wie in unseren Breiten der Muff.

Da Shung die beiden Tibetaner erstmals um die Mittagszeit zu unserem Quartier geführt hatte und die Sonne den herrschenden 0° Celsius zum Trotz milde Wärme verbreitete, hatte Lobsang eine Schulter entblößt. Tseren hingegen war aus beiden Ärmeln geschlüpft, und das Oberteil des Pelzes baumelte in seinem Rücken. Fertig ist die Sommergarderobe. In Sekundenschnelle lässt diese sich wintertauglich machen.

Es brauchte einige von Shungs Überredungskünsten, bis Lobsang uns einen Blick in die bauschig aufgeschürzte Bauchfalte des Mantels werfen ließ. Zum Vorschein kamen Utensilien für den täglichen Bedarf, bestehend aus einer hölzernen Schale, einem Mehlbeutel, einem Tabaksbeutel sowie diversen Stricken. Als wir lobende Worte für eine fein gearbeitete Schnupftabaksdose aus Yakhorn und eine Pfeife aus Schaftibia fanden, hellte sich Lobsangs Miene auf, und er zeigte uns eingehender das aus Lederriemen geknüpfte Gehänge. Er trug es linksseitig an einem Strang gewebter Wolle, der mehrmals um den Leib geschlungen war. An dem Gehänge waren ein Hornmesser, Feuerstahl mit Flintstein und Zunder befestigt. Cohn deutete fragend auf eine kleine Pinzette, was Lobsang veranlasste, an sein so gut wie bartloses Kinn zu greifen und mit Daumen und Zeigefinger die Geste des Ausreißens zu machen.

Um die neue Freundschaft zu besiegeln, wurde ein frisches Päckchen Zigaretten aufgerissen und deren Inhalt den beiden Tibetanern angeboten. Sie machten große Augen und hoben abwehrend die Hände. Shung erklärte, dass die Lamas nur die chinesische Sitte des Pfeifenrauchens erlaubten. Die meisten Tibetaner würden schnupfen, Zigarretten kannten sie oft nicht einmal dem Aussehen nach. Also meinen Tabaksbeutel aus der Tasche geholt und ihn kreisen lassen, eine Zigarette aus dem Päckchen gezogen, diese mitten entzweigebrochen und die eine Hälfte in die Zigarettenspitze gesteckt. Die schlanke Arbeit aus Schildpatt rief nun ihrerseits die Bewunderung Lobsangs und Tserens hervor, und alle waren mit dem Verlauf der ersten Begegnung zufrieden.

Des Weiteren hatte unser Koch Zwei die vortreffliche Idee, die Karawane um Lebendproviant zu ergänzen. Einer kleinen Herde Schafe aus einem Leithammel und 20 Schafen wurde kurzerhand aus Stricken Geschirre für je ein Säckchen rechts und links geknüpft, zur Befüllung mit Reis. Zwar verstößt es gegen sämtliche Regeln des Fairplay, die Tiere die Beilage zu ihrer eigenen Verspeisung tragen zu lassen, trotzdem entbehrt das Verfahren nicht gewichtiger Vorteile. Bleibt zu hoffen, dass die Schafe nicht zu rasch abmagern, wenn sie mehr als ihr eigenes Gewicht zu tragen haben.

Schwieriger gestaltete sich die notwendig gewordene Zusammenstellung einer neuen Mannschaft. Unsere 3 Diener, die uns immerhin seit Bhamo tapfer gefolgt waren, kamen plötzlich zu der Überzeugung, den Schutz ihrer Ahnen zur Genüge in Anspruch genommen und von der Welt ausreichend Neues gesehen zu haben. Die Heimkehr ließen sie sich auch durch die Aussicht auf einen höheren Lohn nicht ausreden. Zwar umringten unsere Herberge Trauben von Interessenten für die freigewordenen Stellen, aber entweder suchten sie umgehend wieder das Weite, kaum hatte sie das Gerücht ereilt, dass die Reise ins Land der Fan tse gehen sollte, oder sie priesen ihre Kenntnisse der tibetanischen Sprache. Leider konnte Shung diese in keinem einzigen Fall bestätigen. Bezüglich der Verständigung gaben außer Shung nur die Treiber Lobsang und Tseren Anlass zur Hoffnung. Nach dem ersten Treffen allerdings beschränkten sich die beiden wieder darauf, ihre Brotherren reserviert zu mustern.

Unter den bezopften Gesellen wählten wir die 3 mit dem geringsten Mundwerk. Bei der ersten Begegnung will man nicht gleich ein Märchen aufgetischt bekommen. Wie geschickt sich unsere persönlichen Diener tagsüber beim Treiben der Schafe anstellen werden, bleibt abzuwarten. Dass sie abends im Lager gebührend für unser Wohlergehen sorgen werden, ist bei einem chinesischen Diener nicht in Zweifel zu ziehen. Was sein Herr ihm aufgetragen hat, geschieht stets mit der größten Verlässlichkeit sowie Pünktlichkeit.

Erst am Nachmittag erreichte die Karawane auf der schmalen, mit Geröll übersäten, in Teilstücken jedoch gepflasterten Teestraße den Dschedo la, den eigentlichen Grenzpass zwischen China und Tibet. Die Yaks marschieren behäbiger als erwartet, lassen sich nur durch eine Abfolge von Pfiffen ihrer Treiber leiten. Am liebsten hören sie die kleine Melodie zum Stillstand, jedenfalls bleibt die Gruppe noch vor Verklingen des letzten Tones stehen. Gegen jedes andere Kommando, gar von einer ihnen nicht vertrauten Person, reagieren sie mit der unerschütterbaren Gemütsruhe eines Felsens.

Candlers Urteil, jenes Berichterstatters der Londoner *Daily Mail*, der die Younghusband-Strafexpedition vor 3 Jahren nach Lhasa begleitet hat, dass die Yaks zu Melancholie und Desillusion neigen und bei der leisesten Provokation sterben, dürfte nach den Erfahrungen des ersten Marschtages doch eine Fehlinterpretation der gefestigten Ochsennatur widerspiegeln. Der Truppentross der Briten pflügte mit Tausenden von Yaks und Maultieren neben 10000 Kulis eine Schneise in Tibets Unberührtheit. Zum Antrieb wurden dem Pulk bestimmt keine Melodien gepfiffen, und die Resultate brachialer Gewalt mögen den von Candler beschriebenen gleichen.

Im Übrigen kann dessen Urteil weitestgehend Vertrauen geschenkt werden. Dem Mann, der dem Geschehen nur als Zaungast beiwohnte, wurde gleich im ersten Gefecht die Hand abgeschlagen, versehentlich, als er sich abseits mit seinem Notizblock auf einer Mauer niederließ. Aber ab ist ab. Und doch lieferte er einen Bericht ohne Parteilichkeit und Beiwerk. Anfängliche Vorbehalte gegenüber den tibetanischen Verhältnissen zerstoben vor einer um ein Vielfaches eindrucksvolleren Wirklichkeit.

Da die Gegend so kurz hinter Ta tsien lu im Ruf steht, vor räuberischen Übergriffen noch sicher zu sein, wagten wir trotz der vorgerückten Stunde den Aufstieg. Die Tiere sollten ausnahmsweise während der Nacht grasen. In der Folge wird sich die Karawane allerdings auf kürzere Tagesetappen einstellen müssen. Die Vorzüge eines Yaks liegen auf einem anderen Gebiet als der Schnelligkeit. Neben der vorzüglichen Anpassung an die Höhe und Kälte ist es vor allem seine Genügsamkeit. Er ernährt sich ausschließlich von den spärlichen harten Grasbüscheln, die er unterwegs findet. Mitgeführtes

Zufutter wie Heu oder Erbsen verschmäht er gänzlich, eine unschätzbare Erleichterung für die Last einer Karawane.

Die Höhe des Dschedo la beträgt 4395 m. Damit setzt das Messergebnis die Tradition früherer Reisender wie Kreitner oder Rockhill fort, die stets leicht voneinander abweichende Höhenangaben verzeichneten. Die umliegenden Gipfel überschreiten die Marke der 5000er und sind im Februar unter Schneemassen begraben. Auf dem Pass ist man an einem der seltenen Punkte in Tibet, wo gleich 2 stattliche Wege zusammentreffen. In westlicher Richtung zweigt die vom Reverend erwähnte Karawanenstraße über Li tang nach Lhasa ab. Li tang soll nach den Worten des Reverend mit 4100 m Höhenlage eine der höchsten menschlichen Siedlungen sein und, wie er hinzufügte, mit Sicherheit die schmutzigste. Man sollte sich Li tang nicht entgehen lassen, falls man jemals an einen Ort gelangen wollte, der einem die Überzeugung einimpfte, man könnte sich nirgendwo in seinem Leben dreckiger, rußiger, elendiger oder verlorener fühlen, weil man wüsste, man sei bereits dort gewesen. Der gottverlassene Flecken übertreffe jede Vorstellungskraft. Dort feierten die chinesische wie auch die tibetische Unbekümmertheit auf das Schädlichste eines der wenigen Herzensbündnisse dieser beiden Völker.

Lager 79, Dawo,
13. Februar 1907

Tagelang hat die Karawane ineinander übergehende Hochflächen auf etwa 4000 m gequert. Zahlreiche Talrisse zerteilten das Gelände. Stetig leicht absteigend wurde der Da tschü erreicht.

Der Fluss durchschneidet an dieser Stelle den südlichen Bergriegel des Wegtals mit einer Schlucht. Auf dem linken Ufer erweitert sie sich zu einer oberhalb des Flusses gelegenen Terrasse, auf der sich Dawo befindet, das Zentrum des Handels mit Moschus. Neben Häuten, Pelzen, Schafwolle und den geschälten, getrockneten und geräucherten Knollen des nicht selten mannshohen Rhabarbers bildet das Drüsensekret einen der wenigen Exportartikel Tibets. Die nächsten Tage wird der Weg dem Lauf des Da tschü folgen, welcher in diesem Abschnitt auch Dawo tschü oder Schogre tschü genannt wird.

Das Übersetzen über den stattlichen Fluss wartete mit einer Verlustierung auf. Je ein Mann wurde aufgefordert, zu dem Charon in eines der halbkugeligen Boote zu steigen, welche aus einem Gerippe aus biegsamen Ruten gefertigt sind. Darüber ist eine Yakhaut gezogen und gestrafft, Pech versiegelt die Nähte. Die Lederzuber, in denen die einzig mögliche Haltung eine knieende ist, erwiesen sich als ziemlich kippelig und drehten sich beständig um die eigene Achse, so dass ein Steuern durch die Stromschnellen nahezu unmöglich war. Die Fährleute ermahnten den nach Halt suchenden Fahrgast, jede überflüssige Bewegung zu vermeiden, und bedienten sich dicker Stangen, bei deren Eintauchen sofort ein Kreiseln ausgelöst wurde. Damit einher ging eine geringfügige Kursänderung. Trudelte das Boot gegen einen der reichlich aus dem Wasser ragenden Felsbrocken, federte die elastische Konstruktion den Zusammenprall ab. Das Boot entkam dem Umschlagen durch augenblickliches Abdrehen. Cohn erwies sich als schlechter Freund des Karussellgeschäfts, kurz bevor die kreiselnde Fahrt am gegenüberliegenden Ufer endete, ließ er beide Arme über Bord hängen und opferte sein Frühstück den Fluten des Da tschü.

Wieder störte eine Auseinandersetzung das ruhige Fortkommen der Karawane, dieses Mal war Beermann der Aufwiegler, der stille, unerschütterliche Beermann. Der Anlass war ein vollkommen nichtiger. Bei der Durchquerung des Da tschü war sein Pony auf den schlüpfrigen Kieseln ausgerutscht und hatte sich das Bein gebrochen. Beermann konnte von Glück sagen, dass er den Sturz unbeschadet überstanden hatte, abgesehen vom Vollbad, das zu nehmen er nicht abwenden konnte. Aber dem Pony musste er wohl oder übel den Revolver an die Schläfe setzen. Das Versprechen, im nahegelegenen Dawo lasse sich ohne Probleme ein neues Reittier beschaffen, war nutzlos. Beermann warf mir vor, keinen Anteil mehr an meinen Leuten und Gefährten zu nehmen, was befremdlich war angesichts der Tatsache, dass Beermann besser daran getan hätte, Cohns und meinem Beispiel folgend, eines der Lederboote zu besteigen, anstatt seinem Pony bei der Querung die Bürde seiner zusätzlichen Kilos zuzumuten.

Beermann gestand schließlich ein eigenes Verschulden zu, die Sorge um sein Pony habe ihn zu einer Entscheidung verleitet, welche sich im Nachhinein eben als die falsche gezeigt habe. Es erforderte einiges Nachfragen, bis die Katze aus dem Sack war. Beermann wollte oder konnte nicht billigen, dass der Karawane in Ta tsien lu kein Pass für Se tschuan und Kham verschafft worden war. Mit diesem Versäumnis war in seinen Augen der geordnete Fortgang, wenn nicht gar das weitere Gelingen der Expedition aufs Spiel gesetzt.

Ob mit oder ohne Pass – messe er, Beermann, der Angelegenheit nicht zu viel Bedeutung bei? Wer solle uns aufhalten? Wir begegneten Tag für Tag mehreren ihres Wegs ziehenden Karawanen, die Anzahl an Yaks gehe manchmal in die

Hunderte. Meist seien diese noch in der Dunkelheit aufgebrochen, um bereits am späten Vormittag Lager zu schlagen. Manche dieser Karawanen eilten ohne Last zurück in die Heimat, aus Mangel an Ware. Bisher nehme niemand von unserem kleinen Trupp sonderlich Kenntnis, obwohl unser fremdländisches Aussehen mit Sicherheit ins Auge falle. Wir unterließen die Maskerade, uns als Einheimische zu verkleiden, mochten darin auch viele der europäischen Weggenossen ihr Heil gesucht haben.

Zwar werden mir wegen meines blonden Haares regelmäßig Schädel und Wangen rasiert, und die Gefährten folgen längst dem Beispiel, auch haben wir in Ta tsien lu unsere Hüte mit mongolischen Pelzkappen vertauscht, und die Vorteile des tibetanischen Mantels aus Schaffell stehen in dem Klima außer Frage – auf Stiefel, Hose und Hemd jedoch will keiner von uns verzichten.

Wir seien und blieben Europäer, und die Tibetaner sollten nicht hinters Licht geführt werden. Vielleicht werde es unserer Karawane gelingen, im allgemeinen Treiben unbehelligt ihres Wegs zu ziehen. Selbst wenn sich diese Hoffnung als trügerisch erweisen sollte, was vermöchten uns die Häscher des Ambans anzuhaben? Man könne sich auf den immer noch gültigen Pass für Jün nan herausreden. Schlimmstenfalls würden die Soldaten uns zurück nach Ta tsien lu eskortieren. Das Gebiet der Nomaden sei noch nicht erreicht, und es gebe keinen Grund zur Annahme, dass die Tibetaner in den Dörfern uns nicht freundlich gesonnen seien. Wozu tauge also ein chinesisches Erlaubnisschreiben? Und die Räuber würden so oder so versuchen, uns um unser Hab und Gut zu erleichtern, besonders um die Tiere und Karabiner. Töten werde man einen der Unsrigen nur in höchster

Not. Der effektivste Schutz von Leib und Leben sei die Angst vor Blutrache. Mit einigem Verhandlungsgeschick sollten wir in der Lage sein, uns gegebenenfalls mehr oder weniger vorteilhaft aus der Schlinge zu ziehen, solange wir nicht ohne Rücksicht auf Verluste unser Recht forderten und die Helden markierten. Das absolute Tabu beherzigten, einen Tibetaner weder zu verwunden noch gar zu töten.

Von plötzlichem Überdruss ob der Vielzahl an Erklärungen und Rechtfertigungen erfasst. Erst im Schweigen meines zitternden Gegenübers gewahr geworden, dass dessen nasse Kleider in der eisigen Luft augenblicklich erstarrt waren und bei jedem der wärmenden Armschläge knackten. Hatte der Gefährte sich nicht in jener Nacht beim Ta tsüe schan mit seiner Cognacflasche als Retter erwiesen? Hatte keiner der Diener den Befehl erhalten, ein Feuer zu entzünden, damit Beermann seine Kleider trocknen konnte? Wo war mein Interesse an Beermanns Wohlbefinden geblieben? Der Mann ist sehr wohl in der Lage, für sich selbst Sorge zu tragen. Hat er nicht dennoch recht mit seinem Vorwurf? Sind dies die ersten Zeichen von Nachlässigkeit? Selbst wenn, ändert sich dadurch etwas an der Tatsache, dass das Straucheln eines Pferdes eben ein Straucheln ist, mehr nicht? Warum muss jedes Vorkommnis mit der Suche nach einem Schuldigen enden?

Einen der Diener nach der Cognacflasche geschickt und betont, die Karawane werde weiter auf der Teestraße ziehen. Seit dem Aufbruch aus Ta tsien lu halte sie sich so unauffällig wie möglich zwischen den anderen Karawanen und schlage abseits Lager. Darauf werde man auch in Zukunft vertrauen. Das Reden solle man Shung überlassen. Weder den Burgen der Distriktchefs noch den Klöstern werde einer von uns einen Besuch abstatten.

Damit war Cohn nicht einverstanden, die Klöster mit ihren Kulturschätzen seien der Heilige Gral jedes Forschungsreisenden in Tibet. Bloß um des Versteckspielens willen an den Klöstern vorbeizuschleichen bedeute ein unverzeihliches Versäumnis, eine wissenschaftliche Todsünde.

Nicht auf Cohns Provokationen eingegangen. Er hat sich lediglich zu der Hoffnung verstiegen, in einem der Klöster auf den zurückkehrenden Dalai Lama zu treffen, welcher sein freiwilliges Exil in der Mongolei womöglich gerade zu diesem Zeitpunkt beendete. Cohn will der Erste sein, der eine Photographie von der Reinkarnation des lebenden Buddhas anfertigt und der staunenden Mitwelt präsentiert.

Erst bei Dscherku ndo, der letzten Stadt am Oberlauf des Jang tse kiang, werde die Karawane nicht in südwestlicher Richtung dem Lauf der Teestraße nach Lhasa folgen, sondern schnurgerade nach Nordwest ziehen, werde das besiedelte Gebiet verlassen und in das unwirtliche Tschang tang vordringen, ins tibetanische Hochland, um die Lücken in der Kenntnis vom Oberlauf des Jang tse zu schließen. Ob es der Karawane vergönnt sein werde, weit genug nach Westen vorzudringen, um das fächerförmig geäderte Quellgebiet erkunden zu können, bleibe abzwarten. Zumindest müsste es möglich sein, den Verlauf einiger weiter östlich gelegenen Zuflüsse des Jang tse zu klären. Zugegebenermaßen ein bescheidenes Ziel, aber zu beiden Seiten der einzuschlagenden Route werde es lohnende Geländeformationen zu kartieren geben.

Beermann nahm einen kräftigen Schluck aus der Flasche und verbat sich jede weitere Belehrung über das in Ta tsien lu beschlossene Ziel der Expedition. Der einzuschlagende Weg sei ihm sehr wohl bekannt. Obwohl er die so bereitwillig erfolgte Aufgabe des Oberlaufs des Salween immer noch nicht nachvollziehen könne, fügte Cohn hinzu und griff nach der Flasche. Wenigstens sei der Jang tse auch ein Fluss. Nachdem Cohn sich bedient hatte, drückte er die Flasche dem Diener in die Hand, ohne demjenigen einen Schluck zu gönnen, der ihn eigentlich am Nötigsten hatte.

Lager 83, Tschang gu,
17. Februar 1907

Vor uns schmiegte sich das Dorf Tschang gu an die Abbruchkante einer Terrasse, welche sich weit oberhalb einer Flussschleife auf Moränengeschiebe und Lössablagerungen erhob. Inmitten der Häuser thronte die Burg, auf der der letzte chinesische Verwaltungsbeamte residiert, bevor man reines Tibetanerland betritt. Nach einem Blick aus der Ferne auf die an der Mauer der Burg hängenden Käfige, in welche der Mandarin Shungs Beteuerungen nach die abgeschlagenen Köpfe von Aufständischen zu stecken pflege, es für klüger befunden, Burg samt Ort des gestrengen Beamten zu umgehen. Selbst Cohn wollte sich kein genaueres Bild davon verschaffen, mit welcher Anschaulichkeit man in diesem Bezirk keine Zweifel an den Vorstellungen der Behörde von Ruhe und Ordnung aufkommen ließ.

Als Beermanns Diener mit Namen Tschin gim bemerkte, dass wir den Weg verließen, warf er sich vor mir zu Boden und bat inständig, doch nach Tschang gu hineinzureiten. Dort wohne ein Onkel von ihm mit seiner Familie, dem er gerne einen Besuch abstatten würde. Auch wisse er, wo man noch einen Sack Reisnudeln besorgen könne, nach denen gestern einer der Herren verlangt habe.

Nachdem der Sachverhalt auseinandergesetzt worden war, begann Tschin gim, die Pflichtauffassung und Fürsorge des Mandarins in höchsten Tönen zu loben. Die Fan tse verstünden eben nur die Sprache der rohen Gewalt. Dem hohen Herrn hingegen liege das Wohl seiner Untertanen am Herzen. Auf eigene Kosten unterhalte er sogar eine Schule, die gleichermaßen den Kindern der Fan tse wie denen der Chinesen offenstehe. Auch lasse er die Kinder von außerhalb in seiner Burg wohnen und verköstige sie ohne Ansehen der Familie. Wo in Tibet gebe es sonst Schulen für die unwissenden Kinder der Fan tse? In den Klöstern unterrichteten die Lamas nur die eigenen Zöglinge. Eifersüchtig wache man über die Gelehrsamkeit, welche außerhalb der Klostermauern von den Fan tse ferngehalten werde.

Erstaunte Blicke mit Beermann und Cohn gewechselt. Woher er, Tschin gim, sein Wissen über das Volk der Fan tse beziehe?

Von seinem Onkel, der sich wie Tausende anderer chinesischer Kolonisten durch Schenkungen von Land und Saatgut und durch Steuerfreiheit ins Land der Fan tse habe locken lassen.

Und wo habe er, Tschin gim, seine Wortgewandtheit erworben, welche er bisher gut zu verbergen gewusst habe?

Seine Familie stamme aus Tien tsin. Dort habe er ein Jahr lang die *Deutsche Eisenbahnschule* besucht. Dann aber abgebrochen, weil der Lehrer beim Begutachten der Zeichnungen, die die Klasse zur Aufschüttung eines Dammes habe anfertigen sollen, die Arbeitsweise der Schüler mit der von Dienern verglichen habe, deren Stärke das gründliche und genaue Ausführen nach einem gegebenen Muster sei, das bis ins kleinste Detail wiedergekäut werde. Aber das selbständige Projektieren, wobei man im eigenen Kopf eins und eins zusammenzählen, das Ergebnis sich in seiner Wirkung im Geiste vorstellen müsse, wenn eine der Komponenten Veränderung erfahre, das werde wohl kaum Chinesensache werden. Ob ihnen je eine Konstruktionszeichnung gelingen würde, wisse Gott allein.

Natürlich sei der Vergleich wenig schmeichelhaft für die Schüler gewesen. Trotzdem habe er, Tschin gim, sich das Gesagte gemerkt und viel darüber nachgedacht. Wozu sollte er sich weiterhin mit dem Erlernen von Fertigkeiten quälen, wenn er diese doch nie erlangen könne? Deshalb habe er die Schule verlassen und sei Diener geworden. In Tien tsin habe er denn auch Anstellung bei den fremden Kaufleuten gefunden. Da ihn aber nach dem Tod seiner Eltern kein Grund mehr in Tien tsin festgehalten und da ihn nach der Nähe der Tochter seines Onkels immer dringlicher verlangt habe, habe er Tschang gu einen Besuch abgestattet. Dort habe er zu seinem großen Bedauern erfahren müssen, dass sie bereits verheiratet worden sei. Also habe er sich in die nächstgrößere Stadt Ta tsien lu begeben, wo immer genügend fremde Herren Station machten, gerade so wie wir.

Warum er das nicht gleich gesagt habe? Falls er bereit wäre, auf einen Besuch bei seinem Onkel zu verzichten, wozu er ohne weitere Erläuterung der Gründe aufgefordert wurde, würde man ihm ein neues Tätigkeitsfeld zuweisen. Was selbstverständlich mit einer Lohnerhöhung verbunden sei.

Tschin gim zog den Rotz hoch, wischte sich mit dem Ärmel die Tränen von den Wangen und erklärte, dass er nach der bestimmt schon wieder angewachsenen Knabenschar seiner Cousine eh kein sonderliches Verlangen verspürt habe.

Das Geschrei der Knirpse stimme ihn wehmütig, wie sie vor dem Haus herumtobten, wie Mädchen frisiert und gekleidet, um die bösen Geister über das Geschlecht zu täuschen und so zu verhindern, dass die Stammhalter den Eltern gestohlen würden.

Beermann hatte gegen einen Tausch der Diener nichts einzuwenden, und von diesem Tag an wurde Tschin gim zu meinem Assistenten befördert. Inzwischen können die Tabellen mit den Temperaturaufzeichnungen ganz in seine Hände gelegt werden. Und weitere Aufgaben werden sich finden, nehmen erst die lästigen Routenaufnahmen ihren Fortgang.

Lager 85, Dsa-tschü-Tal,
19. Februar 1907

Mit der Ortschaft Gan tse erreichte die Karawane das Tal des mächtigen Dsa tschü, der an dieser Stelle und in seinem weiteren Verlauf nach Süden auch den Namen Ja lung trägt. Die Leute zu größerer Eile angehalten, denn auf der Straße wurde das Treiben immer bunter und somit gefährlicher. Zurückgesehnt nach den unbewohnten Gegenden, wo nicht ein ständiges »Woher?« und »Wohin?« immer neue Ausreden erforderte. Überdies marschierten Lamas allein oder in kleinen Grüppchen ihren irdischen Zielen entgegen. Auch Nonnen zogen vorüber, gleich ihren Brüdern in die lange dunkelrote Priestertoga gekleidet und den Schädel kahlrasiert, so dass sie von den Mönchen nur durch den helleren Klang ihrer Stimme zu unterscheiden waren. Die Zahl der umliegenden Klöster ist immens, mit der Folge, dass ein stetig anwachsendes Volk von Pilgern und Bettlern angelockt wurde.

Wie lange kann der Klerus die kultivierten Gegenden Tibets noch dominieren? Das Anwachsen des chinesischen Übergewichts wird wohl nicht mehr aufzuhalten sein. In diesem Teil von Kham sind immer wieder heftige Erdbeben zu beklagen und fordern ihren Tribut an Leben, Hab und Gut. Die Häuser, die gerade wiederaufgebaut werden, zeugen sämtlich von der chinesischen Bauweise mit verzapften Balken und Stützen. Die Tibetaner lassen sich Zeit mit dem Wiederaufbau, dem zupackenden Fleiß der neuen Nachbarn scheinen sie tatenlos zuzusehen. Und eines nicht allzu fernen Tages wird das ganze Dorf in chinesischer Hand sein.

Die Talrinne des Dsa tschü erstreckt sich schnurgerade nach Nordwest. In der Talsohle mäandert der Fluss, mal weit ausgreifend, mal zwischen Felsvorsprüngen eingeklemmt, flankiert von auf Terrassen gelegenen kleinen Ortschaften oder Gehöften. Überall Felderwirtschaft.

Eine Unterhaltung mit Tschin gim begonnen, der vom Fleiß seiner Landsleute schwärmte. Eine unstillbare Gier des chinesischen Bauern nach bestellbarem Land trifft es wohl besser. Dass den Halbnomaden nur noch das unfruchtbare Land in den hohen Lagen übrigbleibe, sei nun mal der Lauf der Dinge, weil sich die Halbnomaden nicht um ihr Land kümmerten, die Weidegründe nicht urbar machten. Also das gleiche Procedere in Tibet wie an allen Ecken und Enden des Kaiserreiches, von der Obrigkeit nach Kräften gefördert. Neue Besitzverhältnisse werden geschaffen, das Land wird mit Ackerfrüchten und Tee bebaut, um die zahlreichen Münder des Reiches zu stopfen. Sogar das Vieh bleibt dabei auf der Strecke, denn Heu kann der Mensch nicht essen. Zwar könnte er das Vieh essen, aber es verbraucht ihm anscheinend zu viel Fläche.

Auf den europäischen Karten finden sich keine oder nur willkürliche Angaben zum Verlauf der ethnographischen Grenze. Die Verwirrung bei der Beschreibung von Stammesgebieten ist groß. Erleichtert, dass eine Befragung der Ortsansässigen aus den gegebenen Gründen zu unterbleiben hat. Auf chinesischen Fluss- und Wegekarten sind die angrenzenden Areale wie Gebirge oder Seen in der Regel nach Gutdünken eingetragen und ihre Konturen aus der Ferne geschätzt. Welch prächtiges Betätigungsfeld für Peilkompass und Notizblock. Aber die Karawane muss weiter.

Lager 95, Tschoktsen gomba,<br>1. März 1907

Seit Tagen sind unsere Tiere durch Rauchschwaden beunruhigt, welche in wütenden Ballungen in naher, aber doch sicherer Entfernung die Berghänge verdunkeln. Sobald der Wind in unsere Richtung dreht, bringt er den Brandgeruch. Der Wald brennt, so weit das Auge reicht. In der Dunkelheit flackert rötlicher Schimmer zum Lager herüber. Die vernichtete Fläche muss beträchtlich sein.

Ob das Feuer aus Achtlosigkeit der Karawanen beim Kochen entstanden ist oder von Einheimischen mit Absicht gelegt wurde, lässt sich mit der gleichen Wahrscheinlichkeit behaupten. Niemand bekämpft diese Feuer, es mangelt an Mitteln und dem schlichten Wollen. Man lässt die Flammen von selbst erlöschen. Als Beermann Shung fragte, warum die Leute den Wald nicht als Holzlieferanten schätzen und pflegen, antwortete dieser, das Heizen mit dem Dung der eigenen Tiere sei bequemer. Und das Vieh könne sich auf den neu gewonnenen Weidegründen gütlich tun. Anders die Chinesen, die durchaus das Holz zum Bau der Häuser schlagen. Aber waldloses Gebiet sei die beste Lösung, weil es neues, noch dazu sehr fruchtbares Ackerland bedeute. Wozu sei der Wald also nütze, wenn niemand etwas davon habe? Beermann quittierte die Conclusio unseres Führers mit einer wenig schmeichelhaften Bemerkung über den Verstand von Bauern und Nomaden.

Die menschliche Kurzsichtigkeit ist erschreckend. Endlich mal wieder eine Einschätzung, welche alle Europäer teilen konnten. Wegen der intensiven Beweidung werden die nachwachsenden Stämme kaum eine Chance haben, sich wieder zu vorheriger Pracht zu erheben. Abgefressene Schößlinge fristen ein jämmerliches Dasein, und niederes Buschwerk hält das Sonnenlicht ab, bevor es die Triebe erreichen kann. Jahrhundertealte Waldbestände, die einmal vernichtet worden sind, finden keinen Ersatz. Die Entwaldung schreitet unaufhaltsam fort. Anders das Wirken der Feuersbrünste in den Ortschaften und Städten. Mit unbeugsamem Elan erheben sich dort Schmutz und Wirrsal immer wieder zu neuer alter Blüte.

Auf der moränengrundigen Tschima-tang-Passhochebene passierte die Karawane Tschoktsen gomba. Das Kloster liegt auf 3825 m Höhe in einer pittoresken Schlucht, die im Süden durch Berge mit bizarren Spitzen begrenzt wird. Im Norden erstreckt sich ein Hochtal mit Sommerweideflächen so weit das Auge reicht. Auf den welligen Hügeln und in den sanften Mulden liegen Findlinge aus Granit wie Bauklötze von Riesenhand verstreut.

Die mächtigsten unter den Gesteinskolossen haben die Mönche mit Obos aus weißen Quarzsteinen geschmückt. Aus welcher Gegend das Gestein herbeigeschafft wurde und welchen Zweck die Schichtung erfüllen soll, vermochte keiner der Leute zu sagen. So bleiben diese seltsamen Steinmännchen das Geheimnis der Mönche. Während Cohn abends eines der Zelte zur Dunkelkammer umfunktionierte, erging er sich in Sticheleien. Wie leicht wäre es doch gewesen, die Mönche um Auskunft zu bitten. Aber nein, die Expedition meide jeden Kontakt, was nicht weniger töricht sei, nur weil es freiwillig geschehe. Cohn schaffte einen Schwung Schachteln mit exponierten Bromsilbergelatine-Trockenplatten ins Zeltinnere und ward für Stunden nicht mehr gesehen.

Auf Lobsangs Zuruf das Zelt verlassen und nicht schlecht erstaunt gewesen über den plötzlichen Mitteilungsdrang des Tibetaners. Vielleicht diene das Menschenwerk als Zauber gegen die zahlreichen Räuberhorden diverser Stämme, die diese Gegend unsicher machten, erzähle man an den Feuern. Nur weil eine Kostprobe der berüchtigten Überfälle bisher ausgeblieben sei, dürfe man nicht allzu sehr auf sein Glück vertrauen. Lobsangs Worte riefen mir die Geschichten über den Stamm der Ngolok ins Gedächtnis, welcher den Rückweg von Pilgerreisen nach Lhasa als Gelegenheit zu einer Verpflegungstour nutzte und ganze Landstriche um alles beraubte, was 4 Beine hatte. Die Beute wurde in das Stammesgebiet am Oberlauf des Hoang ho getrieben, welcher in jenem Abschnitt Ma tschü heißt und das Amne-Matschin-Gebirge in einer Schleife umfasst. Auch bezichtigen frühere Reisende diese Halbnomaden, allerlei Grausamkeiten zu verüben, wie das Einnähen ihrer Opfer in frische Yakhäute, welche sich beim Trocknen an der Sonne zusammenziehen. Das Opfer erleidet einen qualvollen Erstickungstod, falls es nicht schon vorher in eine Schlucht oder einen Fluss geworfen wird.

Lager 97, wieder am Jang tse kiang,
3. März 1907

Heute einem Wiedersehen voller Vorfreude entgegengesehen. Der Jang tse kiang sollte dem Reisenden ein zweites Mal die Ehre geben. Die Hochweiden hatten ein Ende. Ein gehöriger Abstieg führte die Karawane hinunter zum Bett des Flusses, welcher, aus nordwestlicher Richtung kommend, an dieser Stelle mit einer mehr nach Süden zielenden Beuge in einer Schlucht im südlichen Gebirge den Blicken enteilt.

Aber wie kurz währte die Wiedersehensfreude! Wie verändert findet sich in diesem Talabschnitt das erhabene und selbstgenügsame Gebaren, mit dem der Jang tse beim ersten Kennenlernen aufwartete! Wo ist sie geblieben, die beherrschte Majestät, mit der er seiner Bahn folgt? Stattdessen dümpelt er in seinem gerölligen Bett träge und seicht, an den Ufern eingezwängt von Gehöften. Oft bilden diese ganze Häusergruppen, eingelagert zwischen künstlich angelegten Feldterrassen, welche sich die Hänge wie Stufen hinaufarbeiten. Berieselungsanlagen sorgen für vermehrten Ertrag. Der Jang tse muss sich den Aderlass gefallen lassen, wie ein zahnloser Tiger liegt er darnieder. Schuld daran trägt sein ausgezeichneter Löss, den seine Fluten während Jahrtausenden mitgebracht haben und welcher den besten Humus gibt. Solche Qualität weckt den Einfallsreichtum der Bauern. Um Abhilfe zu schaffen, bräuchte es den Freiheitssinn des Nomaden, der eine Ankettung an die Scholle verachtet, der das Aufreißen der Krume mit dem Pflug gar als eine Versündigung gegen die Behausung der Erdgeister verbietet.

Während die Karawane dem gefesselten Lauf des Flusses folgt, führt eine weitere Abzweigung Richtung Süden nach

Ba tang, welches 8 stramme Tagesreisen entfernt liegt. Zu beiden Uferseiten thront ein Kloster, im Norden Dschoma lhagan, im Süden eines, dessen Namen mir entfallen ist. Wozu beständig die Namen jener Orte erwähnen, welche in ihrer Betriebsamkeit wie ein Bienenstock dem anderen gleichen?

Die Karawane hat das Reich der mächtigen Könige von Dergi betreten, die ihre Steuerpflicht gegenüber dem Kaiser von China nicht erfüllen und sich auch sonst jeder politischen Einflussnahme entziehen. Allerdings liegen manche Felder zerstört, überwuchert von Unkraut und zum neuen Paradies für Sträucher verkommen. Manche Häuser haben sich in Ruinen verwandelt. Der allmähliche Verfall und die im Sinken begriffene Einwohnerzahl ist wohl die Ernte beständiger kriegerischer Streitigkeiten mit den Königreichen in der Nachbarschaft. Ist die Natur nicht des Menschen Feind, so tun die Händel der Menschen untereinander ein Übriges. Es bleibt abzuwarten, ob der Jang tse die Gunst der Stunde zu nutzen und sich verlorenes Terrain zurückzuerobern weiß. Denn Freiheit kann nur Lohn der Einsamkeit sein.

Lager 106, Ka tsa,
12. März 1907

Vor der Ortschaft Ka tsa verlässt die Straße für 2 bis 3 Tagesmärsche den Jang tse kiang, welcher zwischen steil abfallenden Talflanken seinen Lauf sucht. Eine derartig ausgeprägte Tiefenerosion ist der geringen mitgeführten Wassermenge gar nicht zuzutrauen, aber im Sommer, wenn sich das Schmelzwasser in den Fluss ergießt und die Regenfälle ihre größte Häufigkeit erreichen, ist der Wasserstand um ein Vielfaches höher. Beermann brachte einen Zweig mit den ersten knospenden Palmkätzchen. Tags steigt das Thermometer bereits auf über 5° Celsius, nachts fällt es nicht mehr in den zweistelligen Bereich.

Unsere Karawane ist in Ka tsa um 2 Mitglieder angewachsen. Die beiden hockten vor einer verfallenen Hütte. Alter und Ähnlichkeit nach zu urteilen handelt es sich um Mutter und Sohn. An der Mutter ist für tibetanische Verhältnisse nichts Ungewöhnliches, von dem vierschrötigen Wuchs, der säbelförmigen Rute, dem zottelig räudigen, lohfarbenen Fell bis zu dem wolfsähnlichen Schädel passt jedes Detail zu den Merkmalen all der anderen Mischlingsköter, die in jedem beliebigen Dorf herrenlos durch die Gassen streichen.

Aber der Welpe, welcher sich bei der Ankunft der Karawane in die Habachtstellung stemmte, ist aus anderem Holz geschnitzt. Der Einschlag der Tibetanerdoggen ist unverkennbar. Eine wulstige Halskrause umschließt die Nackenpartie des 12 Wochen alten Hundes. Er besitzt halbrunde Hängeohren sowie überhängende Lefzen. Beide Hunde befleißigten sich der gleichen Bissigkeit. Aber es sollte ihnen nichts nützen gegen die Schlaufen der Stricke, welche sich um ihre Hälse schlossen. Mutter und Sohn mussten mit der Karawane.

Seit einiger Zeit schon sollten geeignete Begleithunde für die Schafe gefunden werden, denn das verbleibende Chinesenpaar war mit der ihnen anvertrauten Aufgabe überfordert, den Schafbock von Ausflügen in das ein oder andere Seitental abzuhalten, welche die Zerstreuung der kompletten Herde zur Folge hatten. Den Umgang mit der Steinschleuder, den Tseren ihnen mit Engelsgeduld demonstrierte, wollten sie nicht erlernen. Dass bisher noch kein einziges Tier im Kochtopf gelandet war, bot schwachen Trost, wenn die Karawane beständig Halt machen musste, um jeden Ausreißer einzeln zurückzuholen. Ob Tschin gim an der *Eisenbahnschule* in Tien tsin viel gelernt hatte, sei dahingestellt. Auf unsere beiden Chinesen traf jedenfalls zu, dass das Voraussehen von unerwünschten Zwischenfällen oder gar das Ergreifen von Maßregeln, um diese zu verhindern, entschieden nicht zu den Stärken ihrer Natur gehörte.

Aber nicht nur die Schafe brauchten eine Verstärkung der Begleitmannschaft. Die Treiber drangen ebenfalls auf die Anschaffung von Hunden. Sobald die Karawane das bewohnte Gebiet hinter sich ließe, würde des Nachts im weglosen und unsicheren Gelände dringend zusätzlicher Schutz vonnöten sein. Bis Dscherku ndo würden sich reichlich Zeit und Gelegenheit bieten, die Hunde an die neuen Aufgaben zu gewöhnen.

In dieser Hinsicht war der Welpe ein Glücksgriff. Tseren und Lobsang lobten die Tibetanerdogge als traditionellen Wächter der Herden, Karawanen und Zelte. Die Nomaden seien ihren Hunden in Liebe zugetan, zu einem Verkauf ließen sie sich niemals überreden, empfänden die Aufforderung dazu sogar als Beleidigung. Ein Exemplar dieser Rasse geschenkt zu bekommen, gelte als besondere Ehre. Ein mitleidiger Blick von Lobsang in unsere Runde folgte. Es war klar, dass er keinem Mitglied der Karawane zutraute, sich entsprechende Verdienste zu erwerben. Normalerweise kreuze sich dieser stolze Hundeschlag nicht mit Dorfkötern. Eine Tibetanerdogge würde jeden fremden Hund zerreißen, welcher sich ihr oder ihren Schutzbefohlenen nähere. Selbst 2 Hunde, egal, ob Rüden oder Weibchen, die demselben Haushalt unterständen, würden einander oft ein Leben lang in treuer Feindseligkeit umkreisen und nur auf eine Gelegenheit warten, Führeransprüche geltend zu machen oder alte Rechnungen heimzuzahlen.

Die Mutter erhielt den Namen Gretchen, der Sohn Khyi, das tibetanische Wort für Hund. Die beiden Stricke wurden um den Sattelknauf geschlungen, worauf die Hunde sogleich an die Beine des Ponys gingen, welches sich durch den Einsatz der Hufe den nötigen Respekt zu verschaffen wusste. Nachdem Khyi eine Weile hatte hinterhertraben müssen, wurde er herangezogen und mit einer raschen Bewegung im Nacken gepackt. Im nächsten Moment fand er sich auf dem Vorderrist meines Ponys wieder. Trotz aller Vorsicht gruben sich die spitzen Milchzähne in das Handgelenk des Dompteurs. Binnen kurzem sagte dem Hitzkopf jedoch sein unverhoffter Aussichtsposten mehr zu als die Fortsetzung des Scharmützels mit seinem neuen Herrn. Khyis wie Bernstein funkelnde Augen spähten voraus. Während des folgenden Ritts wendete der undankbare Sohn nicht ein einziges Mal den Kopf nach der Mutter.

Lager 110, Dscherku ndo,
16. März 1907

Eile war geboten. Es galt, den letzten chinesischen Vorposten am Oberlauf des Jang tse kiang endlich im Rücken zu wissen. Und den letzten Marktort, eine Ansammlung von etwa 300 Häusern. Der in Dscherku ndo ansässige Verwaltungsbeamte repräsentiert die Khamer Hauptstadt Hsi ning am Kuku nor. Allenthalben zerstörte und verfallende Häuser. Vor der blutigen Niederschlagung der Dunganenaufstände wird die

Bevölkerung entschieden mehr Köpfe gezählt haben. Es war ein Glücksfall, dass die Karawane bisher so tief in die Grenzgebiete hatte eindringen können, ohne von der Obrigkeit zum Halt gezwungen zu werden. Vor dem letzten Schritt in unbewohntes Gebiet sollte jedes unnötige Risiko vermieden werden. Nur wenig weiter östlich thronte das Kloster von Dscherku auf einem Hügel ähnlich einer mittelalterlichen Burg, als gälte es, die Stadt mit Argusaugen zu bewachen.

Bei unserer Ankunft peitschte Sandstaub durch die Gassen, der einem den Aufenthalt im Freien verleidete. Die feinen Körner setzten nicht nur Mensch und Tier zu, sie krochen unter die Deckel der Taschenuhren, arbeiteten sich ins Innere der photographischen Apparate und sonstiger Instrumente, begrüßten einen beim Öffnen der Kisten. Ein paar die Karawane neugierig musternde Einwohner versicherten, die Plage hielte seit Tagen an und verstünde, sich Einlass in jeden Winkel der Behausungen zu verschaffen. So murrte die Mannschaft nur halbherzig, als wir auf rasches Weiterkommen drängten. Gewöhnlich lassen die Chinesen nur höchst ungern eine Gelegenheit aus, um in den Herbergen beieinanderzuhocken, Pfeifen zu schmauchen und die Wahrheit im Tschang, dem chinesischen Bier, zu ertränken. Die tibetanischen Treiber hingegen bevorzugen selbstgebrannten Arrak und beteuern, Tschang sei der Name für Alkohol schlechthin, man müsse einen Beinamen zufügen, um ins Detail zu gehen. Es gibt wohl nichts, worüber zwischen Chinesen und Tibetanern Einigkeit herrscht.

Ausgerechnet Tschin gim weigerte sich, die Expedition weiter zu begleiten. Im Grunde seines Wesens sei er dem Stadtleben zugetan, verkündete er, und die Aussicht auf das Land der Fan tse, in welches wir vorzustoßen gedachten, bereite ihm Unbehagen. Deshalb trage er sich mit der Absicht, mit dem nächsten Herrn, welcher für seine Dienste Verwendung hätte, auf der Karawanenstraße ins Gebiet des Hoang ho und Kuku nor bis nach Hsi ning zu ziehen. Vielleicht fände er sogar eine Gelegenheit, ins Lössland von Kan su zu gelangen. In der Stadt Lan tschu sei er schon einmal gewesen, dort gebe es sehr viele fremde Herren, welche ihren Geschäften nachgingen und einen treuen Diener zu schätzen wüssten.

Tschin gim war das einzige Mitglied der Mannschaft, das unentbehrlich geworden war. Die Fortsetzung der Routenaufnahmen stand unmittelbar bevor, war doch der Oberlauf des Jang tse kiang, des Dre oder Di tschü, wie dieser von den Quellen bis Dscherku ndo von den Tibetanern genannt wird, bisher nur in Abschnitten kartiert. Bei den Mongolen heißt der Fluss Mur ussu. Statt den Oberlauf des Salween zu kartieren, sollten nun die Lücken zur Koko-schili-Kette geschlossen werden. Schließlich erforderte die Existenzberechtigung der Karawane irgendeine Aufgabe.

Schmeicheleien wurden aufgefahren. Seine, Tschin gims, Treue stünde selbstverständlich außer Frage. Natürlich wolle niemand seinen Plänen im Wege stehen. Man wolle ihn lediglich von einem folgenschweren Fehler abhalten, den er zweifelsohne begehen werde, sobald er sein Vorhaben in die Tat umsetze. Er würde allerdings nicht nur sich selbst, sondern auch seinen jetzigen Herrn schädigen. Für die Kartierungsarbeiten sei dringend die Hilfe eines geschickten Assistenten vonnöten. Eine nochmalige Beförderung, die natürlich mit einer weiteren Lohnaufbesserung einherginge, wurde in Aussicht gestellt.

Tschin gim winkte ab, nein, von den Rupien könnte er sich nichts mehr kaufen, wenn er erst einmal sein Leben verloren hätte. Und dass genau dies nicht nur ihm, sondern der gesamten Karawane drohte, stünde für ihn außer Zweifel.

Für einen Moment war die Gier in Tschin gims Augen aufgeflackert wie bei so manchem Chinesen, wenn es galt, ein lohnendes Geschäft zu machen. Dass jetzt, zum Frühlingsanfang, die beste Jahreszeit sei, um das schreckliche Tschang tang, das große nördliche Hochland, gefahrlos zu bereisen, da die Bedrohung durch Räuber wegen der schlechten Weideverhältnisse nur gering wäre, könnte einen vorsichtigen Mann sicher nicht zur Änderung seiner Meinung bewegen. Aber vielleicht das Vertrauen auf höhere Mächte. Das Kloster hätte sich durch die Weisheit seiner Klausner bis weit übers Meer hinaus einen Namen gemacht, und wir unwissenden Menschen sollten die Entscheidung, ob er, Tschin gim, weiter in unseren Diensten bliebe oder nicht, einem weiseren Mann überlassen. Bestimmt schätze er den Urteilsspruch eines Einsiedlers so hoch wie wir, die Fremden.

Tschin gim zog am Halsausschnitt seines Kittels, der ihm plötzlich zu eng geworden schien. War es gerechtfertigt, den Ärmsten derartig unter Druck zu setzen? Aber für Reue war es bereits zu spät, Tschin gim nickte. Niemals würde einer dieser einfachen Leute es wagen, den Ratschlag aus befugtem Mund nicht einzuholen, so sich die Gelegenheit dazu bot.

Die Karawane würde unverzüglich aufbrechen, während Shung einen Klausner ausfindig machen solle, der bereit sei, sich unseres Anliegens anzunehmen. Sollte der Spruch des Lamas ihm, Tschin gim, beipflichten, könne er die Karawane unverzüglich verlassen. Auch würde er zusätzlich eine Summe erhalten, um sich in Dscherku ndo ein Reitpferd zu kaufen, damit er einsehe, dass seinem Herrn nur am Wohl seines Dieners gelegen sei.

Cohn konnte ein Grinsen nicht verkneifen. Die aus der Not geborene Arglist war wohl ordentlich übertrieben worden. Aber was man begonnen hat, soll man auch zu Ende führen. Also Shung vor dem Losreiten beiseitegenommen, ihm eingeschärft, einen Bogen um das eigentliche Kloster sowie dessen Mönche zu machen, ihm ein Beutelchen voll klingender Silbermünzen zugesteckt, welches das Orakel dem Forschereifer günstig stimmen sollte.

Lager 111, Höhle bei Dscherku ndo,
17. März 1907

In der Höhle, welche wir am Vormittag des nächsten Tages betraten, hockte im Schein eines schwach flackernden Feuers ein verhutzeltes Männlein unbestimmbaren Alters. An der Wand im Hintergrund kauerte ein Junge und folgte der Szene mit großer Aufmerksamkeit. Shung machte Zeichen, und alle ließen sich auf den steinigen Boden nieder.

Der Lama starrte noch mehr vor Schmutz als sämtliche Gestalten, welche bisher die tibetanischen Dorfstraßen gesäumt hatten. Als Einsiedler schien er seine Tage ausschließlich in dieser Höhle zu fristen. Dem bestialischen Gestank nach zu urteilen verrichtete er nicht einmal die Notdurft im Freien. Weder Körper noch Kleidung des Lamas konnten an der frischen Luft auslüften, eine Wohltat, welche das Leben in freier Natur üblicherweise bereithält. Denn gegen den Foetor tibeticus wirkt der sich jeden Tag erhebende Wind noch am ehesten wie ein reinigendes Bad.

Der Grund des Übels liegt im Fett. Unzählige Lagen aufgestrichener Yakbutter ziehen den Schmutz an und konservieren den Schweiß. Als Pomade schützt die Butter die Haut gleichermaßen gegen Kälte und Sonne, ersetzt dem Kleinkind die Vaseline, vertreibt aus dem Haar die Flöhe. Als Speise wird sie im Tee genossen, und als Arznei hilft sie gegen Magenbeschwerden und zum Abführen. Im ranzigen Zustand dient sie als Brennmaterial der Lampen oder wird in den Klöstern geopfert. Dort formt man die Buttermasse zu Plastiken. Kein anderes Produkt erfährt in Tibet eine derartig vielseitige Verwendung wie die Butter.

Ein Gezische setzte ein, als der Lama Luft durch die dürren Lippen presste, den nächsten Schwall mit Geschlürfe einsog und schmatzend die Zunge in der Mundhöhle wälzte. Tschin gim zupfte nervös an seinem Zopf. Der Rest unserer Leute wartete in regloser Spannung. Mit geschlossenen Augen murmelte der Lama ein paar Worte, die Shung als Frage nach unserem Begehr übersetzte.

Tschin gim stammelte sein Sprüchlein, worauf weiteres Gemurmel anhob. Auf ein Zeichen des Lamas kam der Junge herbei, griff nach einer Schädelhälfte, die neben dem Lama wie eine Schale mit der Wölbung nach unten lag, eilte hinaus und kehrte wenig später zurück. In der Schädelhälfte, welche er vor der Brust balancierte, schwappte jetzt eine trübe, undefinierbare Brühe. Der Junge stellte die Schale an den ihr angestammten Platz. In der geschlossenen Faust des Lamas knirschte etwas. Als er diese öffnete, kamen ein paar weiße Knöchlein zum Vorschein, welche der Lama mit abgespreizten Fingern zwischen den Handflächen zu reiben begann. Er warf die Knöchlein zu Boden, stocherte mit dem Zeigefinger darin herum, sammelte die ungewöhnlichen Würfel wieder ein, rieb und warf sie erneut. Dieses Mal ließ der Lama die Knöchlein unberührt liegen, goss einen Schwall der Brühe aus der Schädelschale darüber, hob den Kopf und öffnete die Lider. Er fixierte seine Zuschauer aus leeren, vernarbten Augenhöhlen. Weitere Minuten verstrichen in tiefem Schweigen, bis der blinde Lama sich vorbeugte und die Handflächen wie Schmetterlinge über die Knöchlein flattern ließ. Abermals hob der Lama zu sprechen an, dieses Mal ein wenig vernehmlicher, allerdings mit einer Stimme, deren Brüchigkeit von einem recht spärlichen Gebrauch kündete.

Nach Shungs Worten würde unser Weg weit und beschwerlich sein, aber jeder von uns würde wohlbehalten und zufrieden in die Heimat zurückkehren, mit Ausnahme eines Einzigen. Bei diesen Worten zuckte Tschin gim zurück, die leeren Augenhöhlen richteten sich auf ihn, bevor der Lama ein paar chinesische Brocken hervorstieß, in einem Dialekt, welcher mir nicht geläufig war. Auf Tschin gims Gesicht jedoch zauberte das Gehörte ein Strahlen. Auch auf Shungs Lippen erschien ein Lächeln, und dieser wollte gerade übersetzen, als meine Hand ihm Einhalt gebot und dem Lama ein paar Münzen zuwarf, welche ihren Platz neben den feucht schimmernden Knöchlein fanden. Der alte Bön-Glaube hatte seine Schuldigkeit getan und einen wahrhaft salomonischen Spruch aus dem Hut gezaubert.

Wieder auf dem Platz vor der Höhle, sogen wir erleichtert die frische Luft in die Lungen. Die beiden tibetanischen Treiber bestürmten umgehend Shung, den an Tschin gim gerichteten Spruch des Lamas zu verraten. Da außerhalb der Reichweite des Lamas nicht die Gefahr von unliebsamen Überraschungen bestand, durfte Shung gewähren, welcher auch umgehend hervorsprudelte, der Lama habe Tschin gim eine Schar von Enkelkindern geweissagt. Da Tschin gim bisher nicht mit Nachwuchs gesegnet war, konnte er mit einer

Rückkehr aus dem Land der Fan tse rechnen. Oder mit einem langen Leben eben dort.

Beim Besteigen des Ponys stieß etwas gegen meinen Stiefel. Es war der Junge aus der Höhle, welcher zur Begrüßung die Zunge herausstreckte. Weder Gretchen noch Khyi hatten Laut gegeben. Lammfromm hockten die beiden Wächter neben meinem Pony und blickten an dem Jungen vorbei, als würde dessen Existenz keinen von beiden etwas angehen, als wäre sie ihnen sogar verborgen geblieben.

Hastig stieß der Junge einen Schwall Worte hervor, bevor er mich abwartend anblickte.

Shung meinte, der Junge solle den fremden Herrn aus dem weit entfernten Land zu einer Höhle weiter oben am Berg führen. Allein. Zur Vergeltung seiner Großzügigkeit.

Eine Falle? Die erwartungsfrohen Mienen der Leute jedoch ließen keine Wahl: Das Angebot musste ein derartig außergewöhnliches sein, dass mit einem Nein eine grobe Unhöflichkeit begangen und der Respekt der Leute aufs Spiel gesetzt worden wäre. Bei einer Weigerung wäre am Ende Tschin gim der Einzige gewesen, welcher seinem Herrn weiter folgen würde. Auf die Frage, ob die Höhle weit entfernt sei und ob diese mit dem Pferd erreicht werden könne, schüttelte der Junge beide Male den Kopf. Tschin gim die Zügel in die Hand gedrückt, nach dem Karabiner gegriffen und Shung ein Zeichen gegeben, uns zu folgen. Wieder schüttelte der Junge den Kopf, dieses Mal mit mehr Entschiedenheit als zuvor.

Nach wenigen Höhenmetern blieben die Gefährten und die Mannschaft hinter einem Felsabsatz zurück. Der Junge drehte sich kein einziges Mal mehr um, sondern schritt zügig aus, gleichsam, als hätte er die Gegenwart des ihm Anvertrauten vergessen. Warum der Gang mit dem Jungen? War es Neugier? Die Sorge um das Ansehen bei der Mannschaft? Im Kreis der Leute mochte das als Argument gegolten haben. Aber welche Zeugen waren in diesem Augenblick zugegen? Warum wurde nicht einfach Halt befohlen und der Junge zurück zu seinem Lama geschickt? Wieso der Gang ins Ungewisse? War es das Eingeständnis, nicht zu wissen, wie anders die Geister zu besänftigen wären, die gerufen worden waren?

Etwa 1 Stunde ging es steil über Geröll und kahle Felsvorsprünge aufwärts. Jede Form der Anstrengung ist bei derartigen Höhenverhältnissen dem Körper eine Qual. Der niedrige Luftdruck lässt einen nicht selten doppelt so häufig Atem schöpfen wie im Tiefland, die Frequenz der Herzschläge steigt bedeutend an. Immer wieder lösten sich Steinbrocken unter meinen unsicheren Tritten, was das Straucheln noch verstärkte. Munter kollerte das losgetretene Gestein Wurfgeschossen ähnlich in die Tiefe. Von dem Getöse in seinem Rücken nahm der Junge keine Notiz, behende wie eine Gemse kletterte er bergauf.

Bei den Einheimischen scheinen sich die Symptome der Höhenkrankheit nicht einzustellen, was wohl auf die größtmögliche Gewöhnung an die Höhe zurückzuführen ist. Erst als der Junge vor einer Felsnadel haltmachte, drehte er sich um und gab ein Zeichen, in den Spalt zu schlüpfen, welcher sich zwischen Nadel und Felswand auftat. Nach Luft ringend zu der Erkenntnis gekommen, dass an eine Umkehr, sollte es denn tatsächlich eine Falle sein, nun eben nicht mehr zu denken war. Alles Zaudern hatte den rechten Augenblick verpasst. Dem Jungen ein schiefes Lächeln geschenkt und an ihm vorbei den Körper durch den Spalt gezwängt.

Anstatt der erwarteten Dunkelheit senkte sich Halbdämmer herab. Die Höhle hatte beachtliche Ausmaße. Von einem Durchbruch fiel Tageslicht in einem dicken Strahlenbündel bis zum Grund herab. Es mussten Menschen anwesend sein, denn der Gestank, welcher den Eintretenden umfing, schlug noch unbarmherziger zu als der in der ersten Höhle. Der Drang, sich zu übergeben, war kaum bezwingbar. Nur die Armbeuge vor Nase und Mund zu pressen schaffte etwas Erleichterung. Nach einer Weile zu dem Schluss gekommen, allein zu sein, jedenfalls befand sich keine weitere Person in der Höhle. Langsam mit den Stiefeln vorwärtsgetastet.

Wenn der Junge oder wer auch immer den Eingang mit Felsbrocken blockierte, wäre sein Opfer lebendig begraben. Jede Suche würde ohne Ergebnis verlaufen. Keine Hilfe würde diesen Ort erreichen. Der Vermisste bliebe ohne jede Spur verschwunden. Bevor dieser Gedanke zu Ende gedacht war, eine abgeschrägte Wand bemerkt, welche zur Gänze mit Bruchsteinen und Lehm einen Winkel vermauerte. Dann ein Geräusch! Ein schwaches Kratzen kam allem Anschein nach von jenseits der Wand. Beim Nähertreten präsentierte sich eine etwa kindskopfgroße Aussparung in dem Mauerwerk, angefüllt mit makelloser Schwärze. Dahinter musste es vollkommen dunkel sein, falls es überhaupt ein Dahinter gab. Der einzige Weg, sich Gewissheit zu verschaffen, war, die Hand durch die Öffnung zu stecken, eine Handlung, zu der sich keine Menschenseele ohne triftigen Grund hätte hinreißen lassen. Erinnerungen an sämtliche jemals ausgestandenen Kindheitsängste verwandelten die Zeit in eine träge, zähflüssige Masse. Ein endlich unternommener Blick auf das Zifferblatt des Chronometers zeigte, dass in Wirklichkeit nur Sekunden vergangen waren.

In dem Moment, da der Rückzug ins Auge gefasst wurde, weil es unsinnig war, der Schwärze eines Loches, also einem Nichts, Macht über den eigenen Gemütszustand einzuräumen, streckte sich eine knöcherne Hand von innen durch die Öffnung. Unfassbar, aber hinter der Mauer musste sich ein Mensch befinden, und dieser Mensch lebte! Wenn man den Zustand, von dem dieser Körperteil zeugte, noch Leben nennen konnte. Zusammengeschrumpfte Haut spannte sich über rachitischen Knochen, den Handteller überzogen eitrige Geschwüre, die Finger staken wie Spinnenbeine nach oben, die zentimeterlangen Nägel bogen sich zu Spiralen. Den Blick von diesem malträtierten menschlichen Körperteil abzuwenden, war ein Ding der Unmöglichkeit. Was wollte diese Hand? Suchte sie Hilfe? Wollte sie ergriffen werden? Bat sie um ein Almosen?

Was dann geschah, muss immer ein Rätsel bleiben. Was bewog mich zu dem, was ich tat? Ich löste die Kette mit dem kleinen silbernen Kreuz von meinem Hals. Emmys Abschiedsgeschenk. Ich hatte es zu tragen beschlossen, obwohl ich kein gläubiger Mensch bin. In den Zuständen auf diesem Erdball kann ich allenfalls das Werk eines grausamen Gottes erkennen, und einem solchen Glauben zog ich die Abwesenheit eines Gottes vor. Ich trug das Kreuz Emmy zuliebe. Und nun legte ich dieses Kreuz samt Kette in die Hand, deren Finger sich nach der Berührung mit dem Metall zusammenkrallten und mit ihrer Beute durch die Aussparung jenseits der Wand verschwanden. Weiter geschah nichts. Fragen zu stellen würde keinen Erfolg bringen. Das Ausbleiben der Antworten würde nicht das Resultat mangelnder Sprachkenntnisse sein.

Ich tastete die Mauer ab, suchte nach einer weiteren Öffnung, nach einer, die groß genug war, um einem Menschen Durchschlupf zu gewähren. Es gab keine solche Öffnung. Das Wesen hatte sich bei lebendigem Leib einmauern lassen.

Nach der Rückkehr, welche ohne den Jungen zu bewerkstelligen war, der verschwunden blieb, Shung nach dieser Form der Klausur befragt. Shung nickte mit großem Ernst, beteuerte die außerordentliche Ehre, welche mir zuteilgeworden war. Die besonders heiligen Lamas hätten allem entsagt, der Welt sowie den Menschen, und würden ihre Zelle erst dann verlassen, wenn das Leiden ihres jetzigen Lebens hinter ihnen lag. Bis zu dem erlösenden Tag könnten Jahrzehnte vergehen, sie würden kein Wort mehr sprechen, ihren Namen vergessen, kein Begehr mehr kennen. Die Zeit bis zur Wiedergeburt würden sie zum Meditieren in vollkommener Abgeschiedenheit und Dunkelheit nutzen. An jenem Tag würden die Leute, die Wasser und Nahrung in die Öffnung stellten, merken, dass der Napf nicht mehr im Inneren verschwand. Man würde die Mauer aufbrechen und die Überreste des Heiligen hervorholen, dessen verwehte Seele auf ihrer langen Reise dem Nirwana ein beachtliches Stück nähergekommen wäre.

Lager 112, Tombu mda,
18. März 1907

In Tombu mda wurde Abschied von der Welt der Ortschaften und Wege gefeiert. Erstmals Kumys probiert, die gegorene Stutenmilch der Nomaden. Durch die wiederholte Destillation erhält der Geschmack nach meinem Dafürhalten eine zu säuerliche Note, aber ohne dieses Verfahren bliebe der Alkoholgehalt sehr gering. Den von Beermann angebotenen Löffel Kakao dankend abgelehnt. Gelegentlich wird Kumys mit Airan, der gegorenen Kuhmilch, vermischt und nochmals destilliert. Auch diesem Milchbranntwein muss man wohl gehörig zusprechen, wenn man auf eine berauschende Wirkung bedacht ist. Lange gerätselt, aber nicht einmal Beermann wollte ein geeigneter Ausgangsstoff einfallen, welchen die Menschheit zur Schnapsgewinnung verschmäht hätte. Von Relevanz sei einzig die Frage, ob sich aus der Substanz ein paar Tropfen Flüssigkeit trennen ließen oder nicht.

Aufs Angenehmste gestärkt, sagte die Karawane dem letzten Vorposten der Sesshaftigkeit Lebewohl. Dem Lauf des Dre tschü in umgekehrter Richtung folgend, wird sie auf das Tschang tang ziehen, das zentrale Hochland Tibets, welches sich mehr als 1000 km von Ost nach West erstreckt.

Ausgerechnet in dem übel beleumundeten Ort Tombu mda war der Karawane besondere Gastfreundschaft zuteilgeworden. Die Einwohner waren uns mit weit herausgestreckten Zungen entgegengekommen, die geöffneten Handflächen gen Himmel gedreht. Andere schüttelten den emporgereckten Daumen, die Faust geschlossen, eine Geste, die die Tibetaner den chinesischen Nachbarn abgeschaut haben. Manche bogen mit den Handflächen die Ohren nach vorn, gerade so, als böten sie die bei der chinesischen Regierung so begehrten Trophäen feil. Hätte das Volk auch noch mit dem Händeschütteln angehoben, wäre die Verwirrung der Begrüßungssitten perfekt gewesen. Der Dorfälteste reichte einen Tschata aus weißer schleierartiger Seide. Die Schärpe, welche dreimal so lang wie breit ist und Glück und Segen bringen soll, wies eine netzartige Beschaffenheit auf, ein wahres Meisterwerk emsiger Ungeziefergenerationen.

Nachdem wir die Hunde beruhigt hatten, welche sich ob

des Andranges wie toll gebärdeten, packte auch Cohn aus. Aber wir blieben auf der Hut. Vielleicht hatte ausgerechnet jener Alte, welcher mit der Freude eines kindlichen Feuerteufels seine Ration Zündhölzchen eines nach dem anderen abbrannte, damals vor 13 Jahren den tödlichen Funken an die Lunte seiner Gabelflinte gelegt, deren Kugel das Leben des Jules-Léon Dutreuil de Rhins beendete. Zumindest trug der Alte an seinem Gürtel jenes mit einem Messingbeschlag verzierte Ledertäschchen, in welchem die Tibetaner Feuerschwamm und Feuerstein aufbewahren. Nicht gewährte Beherbergung, ein doppelter Pferdediebstahl, das stolz aufbrausende, wohl auch überhebliche Temperament des Franzosen, schon war der Streit in vollstem Gange gewesen. Es folgten wechselnde Verschanzungen, verworrene Schusswechsel, die tödliche Verwundung Dutreuil de Rhins', dessen Leiche im weiteren Fortgang der Geschehnisse zur Beute der Fluten des Dre tschü wurde.

Sein Begleiter, der sprachkundige Orientalist Fernand Grenard, verliert in den Aufzeichnungen über seinen Brotherrn zwar kein Wort des Tadels, aber wie anders als ein Eingeständnis eines selbstverschuldeten Todes kann es gewertet werden, wie unverfroren der Franzose auf das Prestige des Ausländers pochte? Welcher Forschungsreisende konnte glauben, seine bloße Gegenwart in ihrem Land böte den Tibetanern gleichsam die willkommene Gelegenheit, frühere Fehler zu korrigieren, indem man dieses Mal für den Fremden den roten Teppich nach Lhasa ausrollte? Hatte Dutreuil de Rhins allen Ernstes erwartet, seinem Begehren würde nicht der Weg versperrt werden, wie in der Vergangenheit fast ausnahmslos geschehen?

Wenigstens Grenard konnte das nackte Leben retten,

wenn auch nichts weiter. Von Selbstvorwürfen geplagt, machte er sich aus dem Staub. Wer hätte ein so tragisches Ende erwartet, wo doch beim Aufbruch in Tscher tschen am südöstlichen Rand der Takla makan das lustige Gebimmel der Glöckchen am Geschirr der Kamele eine gänzlich andere Zukunft verheißen hatte?

In Tombu mda war schon lange das letzte Glöckchen verstummt, von der stattlichen Schar der Kamele war eines nach dem anderen vor Schwäche in den Staub der Akka tagh gesunken, ihre hungrigen Mäuler hatten während vieler Monate kein einziges Grasbüschel gefunden. Von den großen, hellen Tränen, die Hedins Kamele weinten, wenn diese von der Erschöpfung in die Knie gezwungen wurden und den Tod nahen spürten, erwähnt Grenard keine Silbe. Auf die meisten der Pferde und Maultiere hatte ein ähnliches Schicksal gewartet. Nach dem Tod des Gefährten schlug sich Grenard ohne Ausrüstung, ohne Gepäck, ohne Hilfe und Verpflegung bis nach Hsi ning durch, wo in der Folge eine chinesische Strafexpedition gegen die Bewohner von Tombu mda ihren Ausgangspunkt nahm.

Was mag wohl dem Alten mit den Zündhölzchen durch den Kopf gegangen sein, damals, vor 13 Jahren, als die Soldaten das Dorf umzingelt hatten und drohten, es niederzubrennen, falls nicht die Schuldigen ausgeliefert beziehungsweise zumindest deren abgeschnittene Nasen und Ohren übergeben würden? Den Befehlshabern in Hsi ning mussten gesicherte Beweise für den erfolgreichen Abschluss der Aktion geliefert werden. Die Bewohner zeigten sich störrisch. Bar jeder Disziplin, verschossen die Soldaten zahlreiche Kisten an Munition, ein Tribut an den die Treffsicherheit nicht gerade befördernden Opiumkonsum. Aber schließlich gelang es, das erbittert Widerstand leistende Dorf einzunehmen. Es hat Tote gegeben unter den Bewohnern, wie viele, darüber ist nichts vermerkt worden.

Da dem chinesischen Kommissar freiwillig zumindest die Truhen und Taschen mit dem persönlichen Gepäck und den Expeditionsaufzeichnungen Dutreuil de Rhins' übergeben wurden, genauer gesagt herrenlos des Morgens vor dem Quartier der Soldaten auf der Gasse harrten, ließ der Kommissar Gnade vor Recht ergehen. Das Dorf wurde verschont. Allerdings wurde der Älteste in Fesseln gelegt und in die Hauptstadt verbracht, wo er kurzerhand enthauptet wurde. Wieder einmal konnte man die Gittertür eines der Käfige schließen. Die sichergestellten Gegenstände wurden später dem französischen Gesandten in Peking übergeben, die Causa Tombu mda offiziell zu den Akten gelegt. Seitdem geistert das Dorf durch die Aufzeichnungen sämtlicher Reisender, welche sich diesem Fleckchen Erde auch nur nähern.

Aber heute war eine weitere Schar Fremder auf das Freundlichste empfangen worden. Möglich, dass die Dörfler immer noch eingeschüchtert waren. 13 Jahre sind jedoch eine lange Zeitspanne, besonders für Menschen, welche keine Eile kennen, weil ihr Tagwerk schnell erledigt ist. Für etwaige, das Elementare übersteigende materielle Bedürfnisse gilt es keine Vorsorge zu treffen, aus dem einfachen Grund, weil sich keinerlei wie auch immer geartete Mittel dafür bieten. Der einzige Taktgeber ist der Rhythmus der Jahreszeiten. Das Geschäft dieser Menschen ist die reine Gegenwart, ihr gilt alles Tun und aller Wille. Wer wollte da mit der Vergangenheit hadern, deren Gang nicht mehr zu ändern war? Wer wollte Pläne für die Zukunft schmieden?

Dem Glauben dieser Leute nach war im Samsara die Anhäufung von Leid unvermeidlich. Wahrscheinlich hat das Dorf den Franzosen schlichtweg vergessen. Auch der gute Alte, welchem die Zündhölzchen bald ausgegangen waren, würde den damaligen Eindringling nicht wiedererkennen, wenn dieser jenen Hügel dort nochmals heraufgeritten käme. Der Alte hatte wieder zu seiner kleinen metallenen Gebetsmühle gegriffen. Durch eine Bewegung des Handgelenks wurde der auf einem Stiel aufgesetzte Zylinder ins Kreiseln versetzt, er drehte sich wie von selbst, ähnlich den im Wind flatternden Gebetsfahnen, den großen steinernen Gebetsmühlen, die sich in den Bächen drehen. Der unaufhörliche Fluss der Gebete befördert durch die unaufhörliche Kraft der Elemente, vom Menschen höchstens angestoßen. Dazu murmelte der Alte unablässig *om mani padme hum*, jene in Tibet am häufigsten ausgesprochenen Worte, ein Mantra, welches wohl auch auf den aufgerollten Papierstreifen im Inneren der Gebetsmühle von einem Schreibkundigen Tausende Mal gekritzelt worden war. Durch diese kleine List erhob sich bei jeder Drehung des Zylinders die Gebetsformel vom Kleinod und der Lotusblüte gleich Tausende Mal gen Himmel. Und das Gleiche geschieht überall im Land, beinahe jeder erwachsene Tibetaner besitzt eine solche Gebetsmühle, mit welcher nicht nur während der Muße, sondern auch während des Gesprächs, Essens, Reitens und ähnlicher Beschäftigungen hantiert wird. So ist das gesamte Land davon überzeugt, sich Schritt für Schritt, Tag für Tag der kollektiven Erlösung vom Samsara entgegenzudrehen.

# 9. Passage

Ein gelber Strich, mehr nicht. Das war sie also, die Küstenlinie Afrikas, die sich zum sanften Rollen des Schiffes am Horizont wiegte. Mehr hatten auch Gustavs Augen nicht zu sehen bekommen von seinem Sehnsuchtskontinent, den er zum Teufel schickte, als seine Überzeugung es erforderte.

»Begleiten Sie uns nach Kairo? Ach bitte, das wäre schön!«, quengelte Fritzi, die sich neben Emmy in der langen Reihe der Passagiere auf die Zehenspitzen erhoben hatte. An diesem Morgen herrschte entlang der Reling ein ungewöhnlicher Andrang, Horizontgläser wurden herumgereicht, als wäre man beim Pferderennen. Niemand wollte den ersten Auftritt des schwarzen Kontinents versäumen.

»Einen Ausflug? Reicht dazu der Aufenthalt?«

»Wir fahren mit der Eisenbahn. Sogar Mama hat ausnahmsweise nichts dagegen. Die Fahrt dauert den ganzen Tag. Der Punkt geht klar an Julius. Das erste Mal in meinem Leben bekomme ich die Pyramiden zu sehen. Die Sphinx, die Tempel! Tonnen von Vergangenheit! Wir verbringen die Nacht in Kairo, im *Cosmopolitan*. Am Morgen geht es weiter nach Suez. Wieder mit der Eisenbahn. Wir treffen dort sogar vor dem alten *Prinzen* ein. Und eine Barke bringt uns am Abend wieder an Bord. Herrlich.«

»Und die Passage durch den Suezkanal?«

»Och, der olle Kanal. Ich weiß gar nicht, wie oft wir uns da schon durchgequält haben.«

»Fritzi hat recht«, mischte sich die hinzutretende Frau Walther ein und spannte den Sonnenschirm auf, »lassen Sie sich den Aufenthalt an Bord ausreden. Das Bunkern der Kohle ist die reinste Hölle, seien Sie gewarnt. Der Lärm, der Gestank der Träger, der Staub, man wird selbst fast zum Mohren. Geteert und gefedert. Klebrig, widerwärtig. Eine Rennerei zur Kabine wird Ihr ganzes Vergnügen sein. Man muss sich ohne Unterlass frischmachen. Ständig die Kleidung wechseln. Vorsicht mit der Waschtoilette. Eine Schraube im Mechanismus hat sich gelockert. Vielleicht könnten Sie dem Steward Bescheid geben?«

»Ich werde an Land gehen.«

»Nach Port Said? Was für eine Idee! In diesem Nest werden Sie kein einziges hübsches Motiv finden. Einer der trostlosesten Flecken, den das Morgenland zu bieten hat. Nicht wahr, Mama?«

»Auf jeden Fall kann man Port Said eine gewisse Trostlosigkeit nicht absprechen, ob wir nun viel gesehen haben vom Orient oder nicht. Alles andere als erbaulich. Sie werden sehen, das Maß an Aufdringlichkeit will pariert sein. Dagegen ist Schang hai ein gepflegter Fünfuhrtee.«

»Ich muss zur Postanstalt.«

»Ein Experiment, wie interessant.«

»Tut mir leid, ich verstehe nicht?«

»Die Postanstalt wird von den Franzosen betrieben, nicht wahr?«

»Da bin ich überfragt.«

»Sämtliche europäischen Nationen haben ihre Postanstalten in Ägypten eingehen lassen. Es gibt nur noch eine in Alexandria, wenn ich mich nicht täusche. Vielleicht ist die andere tatsächlich in Port Said. Sei's drum. Angeblich sind die Ägypter sehr wohl imstande, ihre Post selbst zu befördern. Sogar pünktlich und zuverlässig. Nun ja, machen Sie die Probe aufs Exempel. Erwarten Sie Korrespondenz? Wir sind gerade mal fünf Tage unterwegs. Außerdem munkelt man, Sie seien ständiger Gast in der Funkstation. Und ein gern gesehener Gast noch dazu, wie mir scheinen will.«

»Geschäfte.«

»Geschäfte? Eine Dame macht Geschäfte mit Depeschen und Leinwänden? Nun ja, die neue Zeit. Meine Mutter sagte immer, das einzige Talent, das uns Frauen zu Recht zugesprochen wird, liegt im Gebären. Nun ja, ich werde den Stewards auf die Finger sehen, damit sie unser Gepäck für Kairo heraufschaffen. Sonst wird wieder die Hälfte stehengelassen. Und um die Schraube muss ich mich wohl auch selbst kümmern.«

»Aber Sie werden so viel verpassen in Kairo.« Fritzi gab noch nicht auf. »Die Stadt ist so alt und voller Sehenswürdigkeiten. Die Nilbrücke, die Moscheen mit ihren Minaretten. Das arabische Viertel. Das Ägyptische Museum werden wir uns schenken. Man holt sich nur Plattfüße, und das wegen lauter ollen Kamellen. Jetzt sagen Sie aber bloß nicht, ein Besuch dort hätte Sie umgestimmt?«

»Nein, nein. Seien Sie mir bitte nicht böse, aber ich habe wirklich in Port Said zu tun.«

»Also gut, dann werde ich eben wieder mit Mamas Gesellschaft vorliebnehmen müssen. Zur Krönung wird sie mir einen Vortrag über das Postanstaltswesen in China halten. Das ist ganz allein Ihre Schuld«, seufzte Fritzi, rang sich ein tapferes Lächeln ab und entfernte sich von der Reling. Emmy ließ sich von der Vibration des Schiffskörpers einlullen und blinzelte träge gen Afrika.

Während das Land näherrückte, erblindete das Meer von den Ausspülungen des Nilschlamms, die das Delta des Flusses westlich des Suezkanals ins Meer schickte. Bald glitt eine Mole näher. Nicht lange, und östlich davon zeigte sich eine zweite. Der *Prinz Eitel Friedrich* drang in den Korridor zwischen den beiden Steinarmen ein, an dessen Ende der sich weit öffnende Hafen von Port Said wartete. Von der niedrigen Kaimauer abstoßende Barken schaukelten wie ein Schwarm dunkler Vögel auf dem Wasser.

»Falls Sie es sich nicht anders überlegt haben, Gnädigste, wäre es jetzt an der Zeit.« Posselt näherte sich mit einer knappen Verbeugung. »Wir sammeln auf dem Achterdeck den Trupp mit den Landgängern. Man will für jeden Einzelnen den gleichen Fahrpreis aushandeln. Sonst wird man gehörig übers Ohr gehauen. Dieses Gefeilsche dauert eine Ewigkeit, aber es gibt keine Möglichkeit, es zu umgehen. Außerdem behandeln die Kerle Damen gelegentlich nicht mit dem gebührenden Respekt. Durch europäische Frauen wird schlichtweg hindurchgesehen. Als ob man es mit Luft zu tun hätte. Dreist. Ohne Schleier keine Achtung. Lieber wird aufs Geschäft verzichtet und allein zurückgerudert. Irgendeine Tollheit wegen des hiesigen Glaubens. Es ist besser, man bleibt zusammen.«

Posselt lieferte Emmy bei einer Gruppe von etwa dreißig Personen ab. Man drängte sich im Schatten des Sonnensegels, dessen Wölbung schlaff durchhing. Die Herren hatten ihre Hüte abgenommen und wischten sich mit dem Taschentuch über Stirn und Glatze, die Frauen wedelten emsig mit den Fächern. Unter den Wartenden zog auch Leibrecht ruhelose Kreise. Der orangefarbene Fleck auf seinem Anzug war zu einer handtellergroßen Fläche ausgewaschen worden. Als ob Leibrecht eine Markierung trüge.

»Der Herr vergaß zu erwähnen«, sagte Leibrecht, der den letzten Teil von Posselts Ausführungen mitbekommen hatte, »dass ein Mohammedaner die fremdländischen Frauen gar nicht als dem Weibergeschlecht zugehörig anerkennt. Keine Orientalin würde freiwillig auf die züchtige Bedeckung ihrer körperlichen Reize verzichten. Also, liebe Kollegin, nur Mut, man wird Sie unbehelligt Ihres Wegs ziehen lassen. Welchen Gewinn kann es bringen, ein Neutrum zu belästigen? Nicht Fleisch, nicht Fisch. Nicht wahr, Herr Kollege?«

»Kennen wir uns? Welche Zeitung repräsentieren Sie?«

»Kollegen im ursprünglichsten Sinn, unter Männern.«

»Kennen Sie den Witzbold, Frau Bronnen-Radke?«

Anstatt zu antworten wandte Emmy sich ab. Ob sie den Mund aufmachte, nickte, zuhörte, schwieg oder eifrig ihre Schuhspitzen betrachtete, der Schwall der Worte würde nicht verstummen. Wie sie sich darauf freute, der Beengtheit des Schiffes für ein paar Stunden zu entkommen. Mochten die anderen organisieren, wie sie an Land kam. Wenn nötig, auch als Schaf in der Herde.

Die Vorstellung, bald frei ausschreiten zu können, ohne nach ein paar Metern von der Reling aufgehalten zu werden, half über die nächste lange halbe Stunde. Endlich konnte sich Emmy an dem Taugeländer entlang über die hölzerne Schiffsbrücke in eine der Barken hangeln, man war mit den Ruderern handelseinig geworden. Die Barken empfingen ihre Passagiere mit einem in Anbetracht der ruhigen See erstaunlichen Geschaukel, das bis zum Erreichen des Ufers anhalten sollte.

Emmy kam neben Posselt zu sitzen, genauer gesagt, Posselt drängte sich zwischen Emmy und ihre Nachbarin.

»Die Stadt wurde 1859 mit Beginn der Kanalbauarbeiten aus dem Boden gestampft.« Posselt klemmte die Daumen hinter die Ärmellöcher seiner Weste und sonnte sich in der Gewissheit, dass die anderen Mitreisenden an seinen Lippen hingen. »Hier gab es vorher nichts als Wüstensand. Inzwischen ist die Einwohnerschaft auf die stolze Zahl von über 50 000 angewachsen. Der Handel fließt, der Verkehr rollt. Das hehre Gesetz der Ökonomie. In wenigen Jahrzehnten hat Port Said einen so rasanten Aufschwung genommen, dass man sogar mit Alexandria um den Blumentopf als wichtigste Hafenstadt Ägyptens wetteifert. Die Stadt bezieht ihr Prestige aus nichts anderem als dem Kanal. Ein Nadelöhr, durch das die Kontinente zueinanderfinden. Europa trifft auf Afrika und Asien. Meiner bescheidenen Meinung nach sammelt sich in Port Said das Strandgut der Völker. Wurzellose und Unrat. Eine gewisse Vorsicht beim Landgang möchte ich Ihnen deshalb dringend anempfehlen.«

Nach der Landung bildeten sich Grüppchen. Emmy atmete auf, als niemand dasselbe Ziel hatte wie sie.

»Warum begleiten Sie mich nicht erst zu *Jacob Nizidem*?«, fragte Posselt, der plötzlich wieder neben ihr stand. »Eile ist geboten, gleich bläst man zum Ansturm auf den Laden. Tropenausstatter vom Feinsten. Zu vernünftigen Preisen. Ich benötige ein Lederkissen und eine Gummimatratze als Schlafunterlage. Für alle Fälle. Die Wildnis, Sie verstehen. Warum die Ware hier billiger ist als in den Kolonialwarenläden zu Hause, weiß nur der Himmel. Sonst würde ich Sie mit Vergnügen zuerst vor der Postanstalt absetzen. Bei *Jacob Nizidem* wird sich auch für Sie etwas Nützliches finden. Verfügen Sie schon über ein Moskitonetz?«

»Selbstverständlich.«

»Dann bummeln Sie mit den anderen Damen ein wenig den Hafen entlang. All die bunten Boote, so malerisch, das müsste Ihnen gefallen. Ich könnte Sie auch dort vorne an dem Platz im Schatten absetzen, und Sie warten bei einer kleinen Erfrischung auf mich. Finger weg vom hiesigen Wasser, wenn Sie für den Rest der Reise nicht die Kajüte hüten wollen. Ein Schwarzer wäre sehr zu empfehlen. Heiß und süß, Sie werden sehen, ich verspreche nicht zu viel. Ein Schlückchen Kaffee ist eine der wenigen einheimischen Errungenschaften, auf die immer Verlass ist.«

»Vielen Dank, aber ich finde mich schon allein zurecht. Wir sehen uns auf dem Schiff.«

»Darf ich Ihnen meine Begleitung anbieten? Der Basar läuft mir nicht davon.« Auch Leibrecht war nicht abzuschütteln. Seinem Anzug war die Fahrt in der nach Fisch riechenden Barke nicht gut bekommen. Wie dem Mann selbst. Seinem Magen hatte das Geschaukel gar nicht gefallen. Wenn er keinen weiteren leichten Leinenanzug hatte, würde er eine traurige Figur machen. Seit man Afrika erreicht hatte, wurden Wetten abgeschlossen, um welche Uhrzeit die doppelte Leinenplane über dem Promenadendeck aufgespannt werden würde. Spätestens hinter Suez würde Leibrecht der einzige Passagier sein, der Berliner Tristesse tragen musste. Die Mitreisenden hingegen würden in seiner Notlage nur die Unbelehrbarkeit desjenigen erkennen, der immer aus der Reihe tanzen musste.

»Nein, auch Ihnen vielen Dank, Herr Leibrecht. Erinnern Sie sich, was Sie mir über das Ansehen der Frauen hier erklärt haben? Machen Sie sich also um mich keine Sorgen.« Ohne noch irgendwem Zeit für weitere Einwände zu lassen, marschierte Emmy über den sandigen Uferstreifen in Richtung der mehrstöckigen Backsteinbauten.

Die Häufigkeit der Wörter *Store*, *Ships* und *Breakfast* auf den Firmenschildern verriet die alleinige und allgegenwärtige

Präsenz der Briten. Im *Old Continental* waren hinter der Balustrade sämtliche Flügeltüren zu den umlaufenden Loggien geschlossen. Entgegen der Walther'schen Ankündigung hielt sich das Gedränge in den geraden und breiten Straßen in Grenzen. Nur um Männer in europäischen Beinkleidern ballten sich Menschentrauben. Der Verkaufsschlager schienen zahme Äffchen an dünnen, um den Hals geschlungenen Ketten zu sein, deren spitze Schreie aus dem lauten Stimmengewirr hervorstachen. *Look, Mister, look!*, waren die beiden Worte, die Emmy immer wieder zwischen den kehligen Lauten herauszuhören vermeinte.

Von Emmy nahm niemand Notiz. Die vorübereilenden Männer schienen sie nicht einmal wahrzunehmen. Frauen zeigten sich selten. Nur einmal begegneten Emmy drei Gestalten in bodenlangen schwarzen Überwürfen, die vom Scheitel herabfielen. In Höhe der Augen klafften Einsätze aus einem netzartigen Gewebe. Für Momente lugten grellfarbene Pantoffeln unter den Überwürfen im Schwung der Schritte hervor. Irritiert wandte Emmy den Blick, weil sie sicher war, ihrerseits in aller Ruhe gemustert zu werden.

Wenig später umspülte sie die Betriebsamkeit in der Postanstalt. Den Wartenden, die in den Schlangen vor den Schaltern gegen den Vordermann schoben, war sie eben entkommen. Eine dumpfe Benommenheit hatte von ihr Besitz ergriffen. Nichts. Keine Postanweisung, nicht einmal ein Telegramm. Der töchterliche Hilferuf war tatsächlich verpufft. Ihr Vater machte also Ernst. Sein Telegramm war keine leere Drohung gewesen. So entschieden, wie er gegen ihre Reise war, besann er sich des einzigen Druckmittels, das ihm blieb. Sie sollte seinen Widerstand spüren. Selbst noch aus der Ferne. Ausgerechnet in dem Moment, wo sie doch die Hand aufhielt, war die Quelle versiegt. Unterm Strich konnte sie den Alten verstehen. Er hatte schließlich die Mittel für die Ausrüstung der Expedition bereitgestellt, damals, als sich Gustav nach dem Zerwürfnis mit der *Gesellschaft* auf die Suche nach einer privaten Geldquelle begab, die ihm Unabhängigkeit gewährte.

Nicht, dass ihren Vater der Verlust des Geldes gereut hätte. Er war alles andere als knausrig. Beträchtliche Summen landeten täglich auf seinen Firmenkonten in Berlin und Übersee. Die Nationen rüsteten um die Wette, und er, Georg Radke, profitierte von jeder weiteren Wolke, die Europas Himmel verdunkelte. Energie, alle brauchten, alle wollten Energie.

Radke hätte die Investition keine Sekunde bereut, egal, ob die Expedition Meriten eingeheimst hätte. Was ihm zusetzte, war seine traurige Karriere als Witwenmacher der eigenen Tochter. Er hatte für das Geschäft einen Liebhaberpreis gezahlt und maximalen Verlust erlitten. Das Einzige, was noch getan werden konnte, war, denselben Fehler nicht ein zweites Mal zu begehen. Er wollte sich nicht auch noch in den namenlosen Stand eines Vaters heben, der sehenden Auges die eigene Tochter ins Verderben ziehen ließ. Seinen Enkel zur Vollwaise zu machen überließ er der Sturheit seiner Tochter.

Die nächste Postanstalt befand sich in Aden. Aber dort hielt der *Prinz Eitel Friedrich* zu kurz für den Landgang. Ihr blieb nichts anderes übrig, als bei einem Mitreisenden Schulden zu machen. Oder sie gab das Telegraphieren auf. Kaum war Afrikas Küste erreicht, hatte wie vorhergesagt der Ansturm auf die Telegraphenstation begonnen, die Trinkgelder stiegen kontinuierlich.

Der Sand knirschte auf dem Steinboden unter den Schritten der Vorübereilenden. Nur Emmy stand immer noch regungslos, ein Fremdkörper inmitten des Gedränges. Ab und zu traf sie ein unbeabsichtigter Rempler. Schließlich ließ sie sich vom Strom derer erfassen, die aus der Postanstalt ins Freie drängten.

Das gleißende Sonnenlicht traf sie wie ein Schlag ins Gesicht. Sie fuhr sich über die Stirn, als wäre sie eben erwacht. Sie könnte Leibrecht bitten. Unter Kollegen. Andererseits würde der mit Sicherheit keine Mark entbehren können. Wahrscheinlich besaß er nicht einmal genug für die fälligen Trinkgelder am Ende der Reise. Posselt? Der Umfang seines Spesenkontos war schwer abzuschätzen, aber dem gönnte sie keinesfalls die Genugtuung. Die Damen Walther? Eine Möglichkeit, allerdings müsste sie mit Erklärungen aufwarten. Einerlei, ob mit wahren oder erfundenen. Jedenfalls mit einem Berg von Erklärungen. Lohnte sich die Anstrengung? Also keine Telegramme mehr. Verwundert stellte Emmy fest, dass die Aussicht nicht einmal sonderlich schmerzte.

Welche klärenden Worte konnte es auch noch geben, die Platz in einem Telegramm gefunden hätten? Gustav war ins Abseits geraten, von den Gefährten, von der Route, von der Arbeit, von seiner Frau. Was irgendwo in der Ferne geschah, wie hätte sie davon etwas ahnen sollen? Es stimmte nicht, was romantische Naturen behaupteten, keine eisige Hand hatte nach ihrem Herzen gegriffen. Es gab keine Regungen, keine geheimen Botschaften, die die Distanz überbrückten. Ohne Nähe gab es nur Mutmaßungen. Das, was irgendwo in der Fremde begonnen hatte, hatte keine Ruhe mehr gegeben. Emmy hatte keine Ahnung, was dieses Es war. Aber es war um Gustav, hatte Besitz von ihm ergriffen und forderte mehr. Sogar das Kettchen hatte er preisgegeben. Ihr Kettchen.

Ziellos ließ sich Emmy durch die Gassen treiben. Sie spürte die Hitze, den Schweiß, der an den Beinen hinabzurinnen begann. Es kümmerte sie nicht. Die Menge wurde dichter, sog Emmy mit sich fort. Plötzlich fand sie sich auf dem Suk wieder. Überall Geschrei, Händler hockten in Kaftanen hinter farbenprächtigen Gewürzbergen, aufgetürmt in Säcken mit heruntergerollten Rändern. Körbe mit Datteln, Ballen voller Stoffe. Schmuck, Eisenwaren. Tand. Jungen, die Tabletts über ihren Köpfen balancierten, auf denen der Tee aus bauchigen Gläsern dampfte. Trotz des Gedränges hielten die Männer Abstand. Keiner berührte die fremde Frau, keiner drängelte, keiner schubste. Als ob sich eine undurchdringbare Hülle um ihren Körper gelegt hätte. Gesponnen zu einem schützenden Kokon gegen die Zudringlichkeit der Welt. Als wäre sie tatsächlich unberührbar geworden.

»Haben Sie jemals einen solchen Auflauf erlebt?!« Plötzlich befand sich Leibrecht an ihrer Seite. Am liebsten hätte sie ihn mit einer Handbewegung verscheucht wie ein lästiges Insekt. Aber ihr blieb nicht einmal die Zeit für einen Seufzer. Sofort hatte sich eine Schar Männer um Leibrecht und sie geschlossen. Emmy sah die weit aufgerissenen Münder, hörte das Geschrei, das Waren anpries. Sie roch schlechten Atem. Frischen Schweiß. Spürte Gezupfe am Rock. Einen Stoß gegen ihre Hüfte. Hände, die sie knufften, um gleich wieder vor ihrem Gesicht zu gestikulieren. Den Staub zwischen den Zähnen.

»So ursprünglich, nicht wahr? Aber man ist nicht böse, wenn der Aufenthalt hier ein Ende findet.«

»Ich muss zurück, ich habe etwas vergessen!«, rief Emmy. Ihr Blick brauchte bloß die Blicke der Männer zu suchen. Sofort tat sich eine Gasse auf, durch die Emmy schlüpfte.

»Zurück? Wohin denn?«, hörte sie Leibrecht noch rufen.

Sie verfiel in einen leichten Trab. Weg von den Menschen. Abstand. Sie erreichte das Ufer und lief so lange an dessen Saum entlang, bis selbst das Gedränge der vertäuten Barken aufhörte. Draußen auf dem Meer lag der *Prinz Eitel Friedrich*. Sie sehnte sich zurück an Bord. Fand das niemals ein Ende, dieses ständige Sich-Sehnen nach dem Ort, an dem man sich gerade nicht befand? Sie hörte ein Knirschen im Sand, Schritte, die sich näherten. Sie würde sich nicht umdrehen, sie würde ihn ignorieren. Wer auch immer es sein mochte. Was war an ihr, dass man sie nicht endlich in Ruhe lassen konnte?

»Excusez-moi, Madame, puis-je vous aider?«

Emmy erstarrte. Der Fremde stellte sich neben sie, die Hände in den Hosentaschen vergraben. Das Hemd hing ihm aus dem Hosenbund, die Hosenbeine waren aufgekrempelt. Er war barfuß. Wie Emmy schaute er hinaus aufs Meer.

»Parlez-vous français? Anglais? Ou bien vous êtes de passage?«

Der Geruch von Alkohol schlug ihr entgegen. Der Mann hatte Gustavs Größe, seine Statur, die gleiche behaarte Brust, die zwischen der geöffneten Knopfleiste des Hemdes hervorlugte. Was war in sie gefahren? Wieso zog sie diese absurden Vergleiche? Der Mann hatte glatte schwarze Haare, die ihm zu lang und zu strähnig in die Stirn fielen, einen kleinen Schnurrbart, zwei Striche auf der Oberlippe, die unter den restlichen Bartstoppeln fast verschwanden. Das Kinn schimmerte bereits silbergrau. Er war älter als Gustav. Gustav war blond. Emmy schüttelte den Kopf und lächelte, ohne zu wissen, woher dieses Lächeln kam.

»Ah, quel dommage. Vous êtes Allemande? Hellène?«

Emmy schüttelte den Kopf.

»Hollandaise?«

Dieses Mal nickte Emmy.

»Quel malheur. La seule femme ce mois-ci qui ne voyage pas en compagnie, et elle me plante là!«

Es war angenehm, dem Fremden zuzuhören. Seine Stimme hatte einen dunklen Klang, die Worte plätscherten ruhig dahin wie die Wellen, die zu ihren Füßen über das Ufer leckten. Es war, als ob seine Gegenwart das Alleinsein nicht aufhob, sondern ihm einen verschwörerischen Reiz verlieh. Der Mann hockte sich in den Sand. Emmy tat es ihm gleich und rieb mit den Fingerspitzen an dem Perlmutt im Inneren einer Muschel. Der ganze Strand war mit Muscheln übersät. Der Mann hatte wohl schon lange mit niemandem mehr gesprochen. Oder er erzählte jeder Frau, die ein Schiff allein an Land brachte, die gleiche Geschichte. Sein Französisch bereitete Emmy keinerlei Schwierigkeiten. Dass in dem Lyzeum in Lugano, in das sie mit elf geschickt worden war, französische Konversation ganz oben auf dem Stundenplan stand, war ihr damals lästig gewesen. Heute, mehr als doppelt so viele Jahre später, hätte sie das ältliche Fräulein Sutter am liebsten umarmt, das deklinierend und konjugierend durch die Bankreihen des Klassenzimmers patrouilliert war, während die Fliegenklatsche vor einem der Mädchen auf das Pult niedersauste, damit es mit dem Singsang fortfuhr.

Er sitze gerne hier am Ufer und schaue aufs Meer, in Richtung Europa. Aber zurückzukehren, das könne er sich nicht mehr vorstellen, das Leben in Port Said sei zu einfach für andere Pläne. Und er selbst wohl zu anspruchslos. Er habe nie viel erwartet. Sein Vater sei Ingenieur gewesen, beim Bau des Kanals. Allerdings ginge nur der Kleine Kanal, wie ihn alle nannten, auf die Kappe seines Vaters. Der Kanal zum Transport des Süßwassers, des Trinkwassers vom Nil für das Heer der Zwangsarbeiter. Eigentlich sei er anfangs nicht mehr als eine Rinne gewesen. Eine Lebensader, immerhin. Und die Erlösung für Tausende von Lastkamelen. Tag für Tag seien die Karawanen gezogen, vorher.

Beide Kanäle seien von Hand gegraben worden, damals, zu Beginn der Bauarbeiten. Die ersten Jahre eben. Schneisen in den Leib der Wüste. In die Verkrustungen der Salzsenken. In den haltlosen Grund der Sümpfe. In die Ungreifbarkeit der Marschseen. Und zu Beginn, in den größten von allen, den Mensalehsee, jenem salzigen Überbleibsel einer alten Bucht, die hinter einem schmalen Küstenstreifen versandet war.

Binsenkorb um Binsenkorb sei mit Sand gefüllt worden, von Hand zu Hand weitergereicht in der langen Kette der Fellachen. Zu Böschungen an beiden Seiten aufgeschüttet. Die Böschungen seien in die Höhe gewachsen, je tiefer die Rinne in der Mitte ausgehoben wurde. Dämme gegen Sand und Wasser. Künstliche Dünen ohne Anfang und Ende. Der Durchstich der Landenge. So habe es de Lesseps' Plan vorgesehen. Dort vorne auf der Mole, da stehe seine Bronzestatue. Die hätte sie bestimmt bei der Einfahrt gesehen. Und de Lesseps sei auch einer gewesen, der willens und fähig war, diesen Plan umzusetzen. Vielleicht, weil Said Pascha den gleichen Plan gehabt habe. Natürlich sei es nicht der erste Kanalbau an dieser Stelle gewesen. Nur der vorläufig letzte in einer langen Reihe mehr oder weniger erfolgreicher Unternehmungen. Das werde heute gerne vergessen, in der allgemeinen Begeisterung für die immer bahnbrechenderen Werke aus Menschenhand.

Bei einer der Cholerawellen sei sein, Cléments, Vater gestorben. Das habe der Ehrgeiz ihm also eingebracht, seinem

Vater, einen frühen Tod inmitten von Hitze, Sand und Brackwasser. Egal, wie viel er aß oder trank, sein lecklaufender Körper sei ausgetrocknet, rasch und unaufhaltsam. Wenigstens ein angemessener Tod in der Wüste. Und de Lesseps könne man die hygienischen Zustände nicht ankreiden. Der habe seine eigenen Erfahrungen mit den Epidemien gesammelt. Eines seiner fünf Kinder mitsamt seinem Weib sei an Scharlach gestorben. In Frankreich. Wer wolle sich da über die Cholera in Ägypten beschweren? Später habe de Lesseps noch mal geheiratet, nicht weit von hier, in Ismailia, ein Stückchen den Kanal hinauf. Die neue Frau soll ihm weitere zwölf Kinder geschenkt haben. Und die Jungfernfahrt auf seinem Kanal sei ihm auch vergönnt gewesen. Fast neunzig Jahre habe er zum Schluss auf dem Buckel gehabt. Alles in allem, ein gesegneter Mann. Im Gegensatz zu seinem, Cléments, Vater.

Den Sieg der Technik jedenfalls habe dieser nicht mehr miterlebt. All die Bagger, Kräne und Pumpen, die Förderbänder, die dampfbetriebenen Schiffe und Lokomotiven. Die glorreiche zweite Bauphase. Als die Fellachen den Arbeitern aus Europa weichen mussten. Kollegen seines Vaters tüftelten sogar an Schwimmbaggern, in Paris. Aber Paris, das sei hier schon immer weit weg gewesen. Sein Vater hätte sich gefreut, wenn er bei dem Einlass der Fluten aus dem Mittelmeer in die Bitterseen dabei gewesen wäre. Dann hätte sich sein Opfer wenigstens gelohnt, hätte ihn reingewaschen. Für einen Platz auf der Kaiseryacht *L'Aigle* hätte er einen Mord begangen.

Er, Clément Laval, sei hier aufgewachsen. An Paris besitze er keinerlei Erinnerung. Auch nicht an seine Mutter, die eines Tages mit einem Fremden gegangen war. Mit der Eisenbahn nach Kairo. Und wohin weiter, hatte ihm sein Vater nicht sagen wollen. Wahrscheinlich habe er es auch nicht gewusst.

Damals seien ja noch keine Schiffe gefahren. Trotzdem sei Port Said für seine Mutter eine Durchgangsstation gewesen, für seinen Vater hingegen die Endstation. So werde es ihm, Clément, wohl auch ergehen. Die einzige Photographie, die es von seinem Vater gab, habe seine Mutter mitgenommen. Eine Tat, deren Sinn er nie verstanden habe. So habe sie dem Sohn auch die Erinnerung genommen.

Am besten könne er sich an den Gesang der Fellachen erinnern. Wunderschöne Lieder, die die Schinderei leichter machten. Nicht wenige seien vor Erschöpfung tot hinter die Böschung gekippt. Einfach so, mitten beim Ausleeren der Binsenkörbe. Andere blieben am Morgen im Camp zurück, bis ihre Leichen am Abend von den zurückkehrenden Leidensgenossen aus den Zelten geschafft wurden. Tausende seien gestorben. Die Cholera hätte die reichste Ernte gehalten. Die meisten seien zum Bau des Kanals gepresst worden, für die weißen Herren.

Inzwischen seien auch seine Landsleute längst verschwunden. An deren Stelle wären die Briten getreten. Momentan sehe es so aus, als würden sie eine Weile bleiben. Aber wer könne das schon wissen? Irgendwer gehe und ein anderer komme. So sei das immer. Ihm gehöre eines der Hafencafés. Es verschaffe ihm ein einträgliches Auskommen. Die Leute mochten ihn. Sonst ginge es nicht für einen Fremden. Obwohl er hier so gut wie geboren sei. Wenn sie einen ablehnten, sei es nicht einfach hier in Port Said. So aber fehle es ihm an nichts. Manchmal vielleicht ein bisschen weniger Einsamkeit. Ob sie wisse, dass sie eine schöne Frau sei? Ja, wirklich wunderschön. Aber das spiele eigentlich keine Rolle. Er wolle es nur erwähnt haben. Wenn sie wolle, könne sie gerne bleiben. Für eine Weile oder so lange sie eben meine. Er verstehe schon, die Passage. Laval verstummte, schürzte die Lippen und nickte.

»Adieu, Monsieur.« Emmy räusperte sich und stand auf. Sie hielt inne, um sich den Sand vom Rock zu klopfen, und stakste ein paar Schritte, ohne im weichen Untergrund festen Tritt fassen zu können. Sie schämte sich ihrer plötzlichen Eile. Das Bedürfnis, sich sofort zurück auf das Schiff rudern zu lassen, blieb. Dass dort die Geborgenheit wartete, hätte sie noch vor einer Stunde nicht für möglich gehalten. Der Schatten des Franzosen war zu ihr herübergekrochen, obwohl die Sonne hoch am Himmel stand, zu hoch, um die Körper Schatten werfen zu lassen. Selbst in den Muscheln sah Emmy statt Schönheit nur noch Boten von Tod und Verwesung. Was sie auch waren, jede andere Interpretation entsprang ihrer Gefühlsduselei. Werden und Vergehen. Auf das Licht folgte die Dunkelheit. Eine Nacht, wie die, die vor ihr lag. Und das letzte der vier Tagebücher.

Ein Drang, sich nochmals umzudrehen. Der Mann hob bedauernd die Schultern und ließ sich auf den Rücken sinken, die Arme weit ausgebreitet, als wäre der Strand sein Kreuz, das er zu tragen hätte. Als Emmy den Blick immer noch nicht abwandte, drehte er den Kopf in ihre Richtung und lächelte. Dann schaute er wieder in das makellose Blau des Himmels. Sand klebte an seiner Wange. Er leckte sich über die Lippen und murmelte etwas von Durst.

»Connaissez-vous Paris?«, rief er laut und deutlich, ohne Emmy anzusehen, als fragte er den Himmel.

»Non, pas du tout. Je suis de Berlin. J'ai un fils là-bas qui m'attend.«

»Pourquoi les femmes prennent-elles toujours la mauvaise direction?«

# 10. Tschang tang

Lager 116, Tschi tschü,
22. März 1907

Mit dem Usus des Einkleidens der Mannschaft bis nach dem Verlassen der kultivierten Gegend gewartet. Die neuen Gewänder vor den Männern aufgestapelt, aber keiner durfte sich bedienen, bevor er sich nicht vollständig entkleidet hatte. Die Prozedur ging unter Gejohle vonstatten. Pro Kopf gab es einen Mantel aus Schafspelz, eine spitze Filzmütze mit breitem Fellbesatz, 2 Paar Stiefel aus Yakleder mit Filzschaft, deren Spitze nach oben gebogen war, so dass das linke nicht vom rechten Exemplar zu unterscheiden war, sowie 2 Filzdecken. Die Chinesen griffen nach den Filzstrümpfen, die Tibetaner hingegen schlüpften barfüßig in die Stiefel. Die Sachen gingen in das Eigentum der Männer über als Teil der Bezahlung. Die Männer freuten sich wie die Kinder, zu selten war es ihnen vergönnt, von Kopf bis Fuß neu eingekleidet zu werden. Unterm Strich war es wahrscheinlich ein schlechtes Geschäft. Nach einigen Reisemonaten würden die Kleider bereits wieder abgenützt sein, wenn nicht für den weiteren Dienst gänzlich untauglich.

Als die ausrangierten Lumpen zurückgelassen und angezündet werden sollten, erhob sich Gemurre. Die Leute mussten an das zusätzliche Messer mit Stahlklinge erinnert werden, das jeder von ihnen bereits in Ta tsien lu als Zugabe erhalten hatte. Unter normalen Umständen findet das Einkleiden bei Antritt der Reise statt, aber der Aufschub bis in unbewohntes Gebiet bot eine einmalige Gelegenheit. Mit der Vernichtung der alten Gewänder würde es vielleicht gelingen, die Heerscharen von Ungeziefer zu dezimieren, welche die Mannschaft gleichermaßen wie die Europäer stetig mit durchgefüttert hatte.

Diese Abwechslung im Einerlei des Karawanenalltags spielte sich am Zufluss des Tschi tschü in den Dre tschü ab. Auf den bisherigen Karten wird die Lage der Mündung wohl zu korrigieren sein. Da angenehme 9° Celsius herrschten, hatte sich die Gelegenheit zu einem reinigenden Wildbad geboten. Selbstredend vor dem Einkleiden.

Unsere beiden Tibetaner besahen sich das breite Loch, welches Beermann in das im Tauen begriffene Eis gehackt hatte, und zogen sich, Gebete murmelnd, zurück. Reines Wasser sollte ihres Dafürhaltens der Bekämpfung von Krankheiten vorbehalten bleiben. Die Chinesen wuschen sich immerhin den entblößten Oberkörper. Bis auf Zwei, der Abstand hielt. Und endlich Shung! Er hockte sich zu Cohn und Beermann mitten in die munter plätschernde Pracht des Tschi tschü. Die 3 sahen erwartungsvoll herüber. Habe abgewunken und die zerschundene Hand in die Höhe gehalten. Der Hundebiss hatte sich entzündet. Meinen Rückzug zu Lobsang und Tseren quittierten die Badenden mit Spott und Gelächter. Die Ärmsten. Ihnen war noch nie etwas vom Glückabwaschen zu Ohren gekommen.

Lager 118, Dre tschü,
24. März 1907

Dem Lauf des Dre tschü flussaufwärts zu folgen war ein leichtes Unterfangen. Kein ins Bergmassiv eingesägtes Tal stellte die Karawane vor alpine Aufgaben. Das bis auf 200 m

Breite angewachsene Bett schlängelte sich in weiten Kurven durch die hügelige Hochsteppe. Die östlichsten Ausläufer des Tschang tang sind erreicht.

Jeden Abend muss Tschin gim sich in meinem Zelt einstellen, um einen Teil der provisorischen Ausarbeitung der Tagesaufzeichnungen zu übernehmen. Die Umformung der verbesserten Reinzeichnung der Skizzen in einen größeren Maßstab geht dem Lernbegierigen bereits ganz ordentlich von der Hand. Es bleibt abzuwarten, ob ihm nach entsprechender Übung die Reinzeichnungen gänzlich anvertraut werden können.

Als die Karawane an die Einmündung des nächsten von Norden heraneilenden Zuflusses gelangte, wurde der Entschluss gefasst, dem Namenlosen in Richtung seines Ursprungs zu folgen.

Das Erkundigen nach den gebräuchlichen Namen wollte mir endgültig nicht mehr über die Lippen. Die lästige Pflicht der Namensgebung abzuschütteln erinnert an das kindische Vergnügen, die Schule zu schwänzen, allerdings durch die Tatsache getrübt, dass der obligatorische Rohrstock in der eigenen Hand wippt. Das Instrument zu zerbrechen wäre die schlichteste aller Lösungen.

In höchstens 2 bis 3 Tagesreisen muss das Bajen-kara-Gebirge erreicht sein, wo der Zufluss aller Voraussicht nach seinen Ursprung hat. Durch einen geringfügigen Abstecher ließe sich untermauern, dass das Bajen kara die Wasserscheide zwischen dem Einzugsgebiet des Jang tse kiang und des Hoang ho darstellt. Danach würde die Karawane unverzüglich zum Blauen Fluss zurückkehren, wie französische Missionare den Jang tse kiang getauft haben, aus keinem anderen Grund als dem der Analogie zum Gelben Fluss, des

Hoang ho. Dieser zeigt allerdings aufgrund des mitgeführten Lössschlamms tatsächlich eine gelbliche Farbe.

Auf der Suche nach einer Furt zog die Karawane etwa 1 Stunde flussaufwärts. Den Tieren bereitete es einige Mühe, am gegenüberliegenden Ufer mit einem mächtigen Satz die glatte Eisfläche zu erklimmen, auf welcher die Hufe ausglitten und nur schwer Halt finden konnten. Um der nassen Angelegenheit eine besondere Würze zu verleihen, blies der Wind heute mit geradezu abscheulicher Kraft. Cohn fluchte, weil erst 3 Schafe im Kochtopf gelandet waren. Denn eigentlich war für solche Fälle der große Auftritt der Schlachtopfer vorgesehen gewesen, denen die Haut stets in einem Stück abgezogen wird. Man hätte die Bälger nur an Beinen und Hals zusammenzubinden und mit Luft zu füllen brauchen, um ausgezeichnete Auftriebskörper für ein Floß zu erhalten. Mit dem Erreichen des baumlosen Geländes war die Aussicht auf derartigen Luxus eh geschwunden. So blieb auch uns Zweibeinern nichts übrig, als nach überstandener Querung das Wasser aus den Stiefeln tröpfeln zu lassen.

Lager 120, Bj tschü,
26. März 1907

Nachlässig gewesen, 3 treue Seelen unerwähnt gelassen. Seit dem Betreten des Tschang tang folgen der Karawane auf Schritt und Tritt der Wind, der Sturm und die Windstille. Alle 3 stellen sich nach einem festgefügten Muster und mit einer Beharrlichkeit ein, welche jeder lohnenderen Aufgabe zum unausweichlichen Erfolg verholfen hätte. Und alle 3 kommen stets von West, auch die Windstille.

Wenn es morgens zu dämmern beginnt, steht die Luft still, nicht der Hauch einer Wolke verdeckt das Firmament. Mit zunehmender Helligkeit regt sich das erste Lüftchen, rasch wächst es sich zu einem kontinuierlichen Wind aus. Und mit dem Wind kommen die Wolken, erst feine Cirruswolken, dann Cumuli, und zu guter Letzt ballt sich unter Sturmgepeitsche ein schwarzes Wolkenmeer zusammen. Schlag Mittag entlädt es sich unter mächtigem Donnergegrolle und schüttet seine Last an Schnee und Hagel über den bedauernswerten Wandersmann. Weh dem, dessen Weg geradewegs nach Westen führt! Stunde um Stunde peitschen ihm die Elemente ins Gesicht, dringen durch seine Kleider und lassen das Knochenmark gefrieren. Selbst der Schnee hat gegen den Sturm keine Chance und wird erbarmungslos vor sich hergetrieben. Die Sonne nimmt sich der wenigen Flocken an, die es doch schaffen, festen Boden zu erreichen und sich zu einer dünnen Schneedecke zusammenzudrängen. So kommt es, dass trotz der häufigen Schneefälle die Luft unter großer Trockenheit leidet. Organisches Material entgeht über die Dauer von Jahren der Fäulnis, Kadaver vertrocknen zu Mumien, falls die Geier und andere Aasfresser etwas übriggelassen haben. Gegen Abend lösen sich die Wolken auf, bis Sonnenuntergang ist der Wind eingeschlafen, als hätte er nie gewütet. Die Nacht vergeht meist in gänzlicher Windstille, unter einem Sternenzelt, nach welchem man verstohlen die Hand ausstreckt, in der festen Überzeugung, die Lichter eines Nachts berühren zu können.

Ob sich die wellenförmigen Ebenen voller ausgetrockneter, salzverkrusteter Tümpel und vereinzelter Harschschneereste an den Nordabhängen noch in Kham befinden oder bereits in der Provinz Kan su, kann kein Topograph beantworten. Zwischen diesen beiden Gebieten gibt es keine festen Grenzen. Wie gastlich mag das Gelände im Sommer sein, wenn Regenschauer und Schmelzwasser den tonhaltigen, an anderen Stellen sandhaltigen Boden zu Sümpfen und Hochmooren sättigen? Aber auch um diese Zeit, im beginnenden Frühjahr, haben die Tiere ihre liebe Not mit der Trittsicherheit, da der Boden von den Gängen und Bauen der Pfeifhasen zur Gänze unterhöhlt ist. Jedenfalls konnte nicht mit Sicherheit entschieden werden, in welchem Landesteil die Karawane auf die 8 Reiter stieß, die plötzlich auf einer Hügelkuppe erschienen und ihre Pferde zügelten. Schwerer als derartige Nebensächlichkeiten wog ohnehin die Tatsache, dass die Reiter Gabelflinten in Händen hielten. Zwar waren diese nicht direkt auf uns gerichtet, aber ein knappes Schwenken der Läufe hätte genügt.

Fragen wurden gestellt und offenbar nicht zur Zufriedenheit beantwortet. Da man weder einen Amban-Pass noch eine Eskorte vorzuweisen vermochte, konnten wir keine unbescholtenen Reisenden sein, obwohl wir gerade dies wiederholt beteuerten. Also mussten wir zu den Ngolok gehören oder zu einer anderen räuberischen Stammeshorde. Gegen derartige Vermutungen sprach allerdings unser fremdländisches Aussehen, was den Argwohn andererseits noch verschlimmerte. Damit war die pittoreske Situation gegeben, dass die beiden Gruppen sich gegenseitig die übelsten Absichten unterstellten, obwohl man sich offenbar der gleichen Harmlosigkeit rühmen konnte.

Die Unterredung war an einen toten Punkt gelangt, als der gute Zwei das Eis brach. Scheinbar unbeeindruckt von der angespannten Lage, fügte er die üblichen 3 Steine zu einer Feuerstelle, schichtete Argal in die Mitte, entzündete ein Feuer und setzte Wasser in dem Kochkessel auf, welcher ihm gestern im nachmittäglichen Sturm gedroht hatte abhandenzukommen. Scheppernd war er in die Weite der Steppe hinausgerollt, und Zwei im Schweinsgalopp hinterher. Zurück stemmte sich Zwei gegen den Wind, aber es war kein Vorankommen, egal, ob er sich den Kessel vor die Brust hielt oder sich auf alle viere niederließ und sich den Kessel zwischen Bauch und Boden schob. Der Verzweiflung nahe, versenkte er schließlich sein Hinterteil im Kessel und wartete auf unser Geleit. Wir anderen mussten uns ausschütten vor Lachen. Nun starrten 2 feindliche Linien auf Zweis Treiben, als hätte nicht jeder der Kontrahenten die Verrichtung dieser schlichten Handgriffe schon Hunderte Mal gesehen.

Cohn fasste sich als Erster und brachte neuen Schwung in die Unterredung. Endlich konnte er die fremden Reiter mit Shungs Hilfe durch das Argument überzeugen, dass wir aus Lhasa kommende Reisende auf dem Heimweg nach Nordosten, nach China, wären und genau deshalb unbescholten sein mussten, weil uns sonst die Offiziellen des Lamastaats nicht ungehindert unseres Wegs hätten ziehen lassen. Diese Logik schien die Tibetaner zu überzeugen, und alles saß ab. Man hockte sich um das Feuer, die Nomaden angelten ihre hölzernen Schalen aus dem Brustbausch der Mäntel. Zum Glück war heute der Argal ausnahmsweise nicht durchnässt, die Leute hatten ausreichend Fladen vor dem Einsetzen des Schneeschauers sammeln und in den Brustbausch stecken können. Im trockenen Zustand war der Dung hart wie Holz und ohne jeden Geruch. Sobald er allerdings durchnässt war, konnte das Teekochen 2 Stunden in Anspruch nehmen, von der lästigen Rauchentwicklung ganz zu schweigen. Zwei brach eine Ecke gepresster Teeblätter ab, zerkrümelte diese zwischen den Fingern und holte etwas Salz aus einem Sack hervor. Sobald das Wasser zu sieden begann, würde er die Zutaten hineinwerfen, um alles eine Weile kräftig durchkochen zu lassen.

Reverend Millar muss widersprochen werden, man gewöhnt sich selbst an den tibetanischen Tee gröbster Sorte. Man muss den Geschmack eben eigenhändig beeinflussen, je nachdem, wie viel Zucker oder Salz, wie viel Butter und Milch man hinzugibt. Kakao ist eine weitere Variante, die sich zunehmender Beliebtheit erfreut. Vor allem die Butter hat es in sich. Ihr Alter ist der Weg zum Glück. Cohn bevorzugt einen Stich ins Säuerliche. Dann allerdings verschmähen unsere beiden Tibetaner das Gebräu, beteuern, ranzige Butter sei ausschließlich den Butterlampen vorbehalten oder werde als Spende an ein Kloster gegeben. Jetzt war bald die gemütlichste Plauderei im Gange, befördert durch eine kleine Stärkung, in deren Verlauf die, wie wir erfuhren, Bj-tschü-Nomaden unsere Gerstevorräte gehörig plünderten.

Ohne die in Ta tsien lu entlassenen Kulis war ein zeitiger Aufbruch kein ständiger Kampf mehr. Lobsang blieb jeden Morgen sogar noch genügend Muße, die komplette Tagesration Gerste zu rösten. Die Tibetaner wollen diese Aufgabe keinem Chinesen überlassen. In einem flachen Topf wird erst Sand erhitzt, der den Topf am Zerspringen hindert, dann werden ein paar Handvoll Gerste hinzugefügt. In einer Worfel werden die aufgeplatzten Körner vom Sand getrennt und danach in einer Handmühle gemahlen. Die Kleie wird vom Mehl nicht getrennt, zusammen bilden sie sogenanntes Tsam ba, das Hauptnahrungsmittel in Tibet, ohne das keine Mahlzeit denkbar ist, das sogar nicht selten deren einziger Bestandteil ist. Der Geschmack von frisch gemahlenem Tsam ba ist am ehesten mit dem von Walnüssen zu vergleichen. Von dem Gemisch bekommt jeder in ein Säckchen seinen Anteil gefüllt, mit dem er den Tag über haushalten muss. Wie alles, was stets zur Hand sein muss, binden sich die Leute das Säckchen an den Gürtel. An diesem frühen Mittag ratterte Lobsangs Handmühle unaufhörlich.

Die Bj-tschü-Nomaden beklagten schmatzend, wie lange ihre Mägen schon kein Tsam ba mehr bekommen hätten. Da ihnen die Märkte der Chinesen verboten worden seien, hätten sie weder Getreide noch andere Vorräte eintauschen können. Seit Wochen ernährten sie sich von Fleisch, Butter, Sauermilch und getrocknetem Käsequark. Waren nur noch ein paar Schlucke Tee in der Schale übrig, bliesen die Nomaden das hinzugefügte Stückchen Butter an den hinteren Rand. Nach einer auffordernden Geste unsererseits schütteten sie Tsam ba in der Schale zu einem über den Rand ragenden Kegel auf, kneteten mit flinken Fingern den entstehenden Teig und formten wurstähnliche Gebilde. Davon bissen sie beherzt mundgerechte Stücke ab. Der Teig musste mit viel Tee hinuntergespült werden, bevor eine weitere Füllung Tsam ba dankend angenommen wurde. Anscheinend können mit diesem angenehmen Geschäft Stunden des Tages zugebracht werden.

Unsere Gäste konnten sich erst zum Aufbruch entscheiden, nachdem wir versprochen hatten, ihnen am folgenden Tag einen Gegenbesuch abzustatten. Ein paar Säcke Gerste und Ziegeltee sollten gegen Butter eingetauscht werden. Und gegen Milch, die die Nomaden in unserem Tee schmerzlich vermisst hatten.

Die schlechte Versorgungslage der Nomaden verwunderte. Tschin gims große Stunde war gekommen. Der Mangel sei eine Folge der Bestrafung. Die chinesische Regierung erkenne räuberischen Stämmen wegen der Überfälle auf Karawanen oder anderer Vergehen das Recht ab, etwas auf den Märkten im Grenzgebiet einzuhandeln. Da die Nomaden sonst keine Möglichkeit hätten, sich Gerste oder Mehl zu verschaffen, sei der Verzicht darauf eine gefürchtete und umso wirkungsvollere Strafe. Viele Stämme zögen daher den Gehorsam gegenüber der chinesischen Regierung vor, als den Ausschluss vom Markt zu riskieren. Einzelne mochten das Verbot zwar umgehen, weil nicht jede Last kontrolliert werden könne. Aber ganzen Karawanen drohe beim Betreten der Märkte die Beschlagnahmung oder Bestrafung für irgendein beliebiges Vergehen. Nach dem Ausschluss vom Markt hätten die Stämme gar keine andere Wahl als weitere Beutezüge. Die Nomaden kümmerten sich nur um die Herstellung und Verarbeitung von Wolle, Häuten und Fellen. Alles andere Handwerk verachteten sie und handelten ihren Bedarf an Sätteln, Töpfen oder Ähnlichem bei den Chinesen ein.

Mitleid brauche man mit den Nomaden nun allerdings nicht zu haben, denn gerade die jungen wehrhaften Männer ritten voll Begeisterung auf solche Beutezüge, ob die Mägen nun knurrten oder nicht. Mit stolzgeschwellter Brust brächten sie die Beute zu ihren Zelten zurück, um sich wieder um ihre Viehherden zu kümmern, als wären sie selbst die unschuldigsten Lämmer. Als Räuber hielten sie sich mit Vorliebe an das Eigentum fremder Stämme oder an diejenigen Karawanen, die nicht unter dem Schutz der Regierung stünden, von denen nicht die Gefahr drohe, beim Amban als Räuber angeschwärzt zu werden. Unsere Karawane müsse in den Augen jedes Räubers ein besonderer Fang sein. Auch einen fremden Stamm zu überfallen, gelte bei den Nomaden als ehrenhaft.

Cohn lobte das Machtkalkül der Chinesen. Es zeuge von einiger Schlauheit, die Herrschaft über die Nomaden ohne die Stationierung von Soldaten auszuüben. Bei der Größe und Unzugänglichkeit des Landes und der Wehrhaftigkeit seiner Bewohner hätte eine Besatzungsstrategie sowieso keine Aussicht auf Erfolg. Eine Herrschaft, die durch den Magen gehe, sei mit Sicherheit eine der beständigsten.

War das Erstaunlichste am Zusammentreffen mit den Bjtschü-Nomaden nicht vielmehr, dass der Zufluss des Dre tschü nun doch noch seinen Namen preisgegeben hat? Alle Pflichtvergessenheit war vergeblich geblieben. So leicht entkommt eben keiner seiner Bestimmung.

Lager 121, Bj tschü,
27. März 1907

Die Nomaden hatten versichert, dass sich ihre Zelte hinter der nächsten Hügelkette befänden, keine halbe Tagesreise gen Norden. Da die Route der Karawane geradewegs in diese Richtung wies, blieb gar keine andere Möglichkeit, als der Einladung Folge zu leisten.

Gegen Mittag zeigten sich einzelne Gruppen von zahmen, weidenden Yaks, die sich selbst überlassen waren. Ohne Anstoß an unserem Kommen zu nehmen, hüteten ein paar berittene Halbwüchsige riesige Schafherden, sehr zum Unwillen der Wölfe, die auch am helllichten Tag über die Steppe strichen. Cohn war es müde geworden, immer wieder die Rudel zu dezimieren, sobald die ungeladenen Gäste seiner Ansicht nach der Karawane zu nahe kamen. Vermutlich war auf Dauer die Unsportlichkeit nicht zu leugnen, da der Jäger im Sattel sich nur zur Seite zu drehen und abzudrücken brauchte, während das Pony nichts Aufregenderes als Schritt von sich gab. Mochte Cohn Zuflucht zu einer neuen Leidenschaft nehmen, an vermessenen und aus der Decke geschlagenen Wolfstrophäen herrschte unter der zusammengetragenen Ausbeute wahrlich kein Mangel.

Als die Karawane die wie stets in West-Ost-Richtung verlaufende Hügelkette erklommen hatte, zeigten sich die Zelte als schwarze Punkte in der weiten Senke. Mit Cohn und Beermann bereitgemacht. Ein Maultier wurde mit 2 Gerstesäcken und einer ausreichenden Menge Teeziegeln beladen. Wir hießen unsere Leute, Lager schlagen, und schärften ihnen ein, Vorbereitungen gegen einen etwaigen Überfall zu treffen. Auch Shung musste mit, da die chinesische Sprache wohl nicht das Mittel der Wahl sein würde, selbst wenn die Nomaden ihrer mächtig sein sollten. Die Hunde wurden angebunden, damit sie nicht hinterherliefen, sondern im Lager ihre Pflicht taten.

Zum Abschied sprach Tschin gim die Warnung aus, sich keinesfalls in die Zelte locken zu lassen, auch wenn die Wahrscheinlichkeit einer Einladung gering wäre, da bei den Nomaden jeder Fremde selbst abkochen müsse. Säße man wider Erwarten doch erst einmal im Zeltinneren, würden die Nomaden sich von außen anschleichen und die Stricke durchschneiden, die das Zelt spannten. Die hilflos gefangenen Opfer, also uns, würde die ruchlose Bande dann in aller Ruhe abstechen oder mit dem Kolben ihrer Flinten totschlagen, das wertvolle Pulver würde nicht unnötig vergeudet werden. Dass die Nomaden kein Gastrecht kannten, hatten wir nun von mehreren Seiten gehört und gelesen und sahen voll Spannung unseren eigenen Erfahrungen entgegen.

Als wir uns den Nomadenzelten näherten, stürzte sich ein Empfangskomitee von 3 mächtigen Tibetanerdoggen mit wütendem Gebell und geifernden Fängen auf die Ankömmlinge. Gezwungen gewesen, abzusteigen und die Ponys dicht hinter uns zu führen, so dass diese durch Ausschlagen ihren Herren den Rücken freihielten. Wir zückten die Messer, durchstachen die Luft in Scheinangriffen und arbeiteten uns so ein wenig Respekt verschaffend vorwärts, in der Hoffnung, man möge möglichst bald Notiz von dem Geschehen nehmen. Endlich trat ein Nomade aus einem der Zelte und piff die Hunde zurück. Nur mit Mühe ließen sie sich anleinen und heimsten gebührendes Lob für ihren Eifer ein. Missbilligende Blicke fielen auf Cohn, der seine Mauser in der Hand hielt. Nicht auszumalen, was passiert wäre, falls er aus Notwehr gezwungen gewesen wäre, einen der bissigen Wächter ernsthaft zu verwunden oder gar zu erschießen.

Unsere neuen Freunde oder baldigen Mörder geleiteten uns zu einem der 11 Zelte. Die Wände bildeten gewebte Bahnen aus Yakhaar, die von 2 Firststangen gehalten wurden. Vorder- und Rückseite waren dreieckig, die beiden Seitenteile trapezförmig. Die schmalen Bahnen waren horizontal aneinandergenäht und so weitmaschig, dass Regen und Wind leichtes Spiel haben mussten. Wir sahen uns an, holten noch einmal tief Luft und folgten unseren Gastgebern in das dämmrige Innere, wo Wärme, Rauch, Kochdünste und menschliche Ausdünstungen sich zu einem schweren Miasma mischten.

Gleich hinter dem Eingang hockten Männer dicht gedrängt auf dem Boden. Ihre Oberkörper waren entblößt, die Oberteile der Mäntel baumelten in ihrem Rücken. Zum Zeichen, dass wir uns zu ihnen auf die abgestochene Grasnarbe gesellen sollten, rutschten ein paar Männer zur Seite. Im hinteren Teil kauerte eine Schar Frauen, blinzelte neugierig zu den Gästen hinüber, während eine Frau den Stampfer im Teefass stieß. Noch bevor wir Zeit fanden, uns gebührend umzusehen, wurden wir selbst intensiv gemustert. Man wartete. Eine der Frauen schwang sich einen Ledersack von den Schultern, in dem ein greinender Säugling steckte. Sie hob ihn heraus, an seiner Haut klebten Bröckchen von trockenem Schafsdung. Eine gehörige Portion von diesem Material ersetzt dem Anschein nach die Windeln.

Als ich die mitgebrachte Blechtasse aus meiner Hosentasche zog, löste das bei den Nomaden erleichterte Lacher aus. Cohn und Beermann folgten meinem Beispiel. Sofort wurde von einer der Frauen dickflüssiger Milchtee hineingeschöpft. Die zugegebenen Butterstücke waren köstlich, aber voller Yakhaare. Beermann zupfte sich die unerwünschte Beilage von der Zunge, was für erneute Lacher sorgte. Der Nomade, der zur Linken saß, deutete auf den prall gefüllten Fellschlauch eines ausgewachsenen Yaks, der an einer der Zeltwände lehnte. Das Fell war nach innen gestülpt, die Öffnungen waren zugebunden. Offenbar wurde durch das Hin- und Herrollen im Inneren die Butter hergestellt. Und offenbar wurde die Yakhaut vor dem Buttern nicht gegerbt.

In der Zeltmitte befand sich der Herd, eine Feuerstelle aus den obligatorischen 3 Steinen, auf denen ein riesiger Kessel mit Fleisch brodelte. Entlang der Wände waren weitere Beutel aus Häuten aufgereiht, daneben Stapel von Fellen, Sättel, Kisten, Fässer, Kannen, Melkkübel, Schüsseln und andere Utensilien des täglichen Gebrauchs. An einer der beiden Firststützen hingen Lanzen, darunter waren Felle ausgebreitet, wohl das Schlafzimmer der Nomaden. An der anderen Stütze baumelten Schwänze, Mähnen und Büschel von Tierhaaren. Das Arrangement erinnerte an eine Art Hausaltar.

Wieder füllte jeder seinen inneren Mann. Das Getreide durften die Gäste beisteuern, aber das Fleisch, dicke Brocken von Yak, Schaf und Ziege, war vorzüglich, und die Portionen reichlich bemessen. Lobsang, der im Lager hatte zurückbleiben müssen, lief nach unserer Rückkehr das Wasser im Munde zusammen. Er erzählte, dass die Nomaden im Herbst ihren gesamten Fleischbedarf für den Winter schlachteten. Das Fleisch werde danach wieder in das jeweilige Fell eingenäht, zur Aufbewahrung und um es vor der Gier der Hunde zu schützen. Die Felle würden in den Zelten aufgestapelt, ihr wertvoller Inhalt verderbe nicht, da die Temperaturen im Zeltinneren während des Winters stets dem Gefrierpunkt nahe seien. Da ihnen das Töten von Lebewesen untersagt sei, bänden die Nomaden, um keine Schuld auf sich zu laden, den Yaks Stricke um den Hals und befestigten deren anderes Ende an einem Felsbrocken. Dann trieben sie die Tiere mit Geschrei und Lärm über eine Abbruchkante. So erdrosselten die Yaks sich selbst, und die Nomaden könnten sich ohne Bedenken an dem Fleisch gütlich tun. Schafe und Ziegen würden erstickt. Anders würden sie mit dem Fleisch verunglückter Tiere verfahren, das sie nicht anrührten, weil sie darin das Walten eines Gottes erkannten, dem sie die Beute nicht streitig machen wollten. Eine Bemerkung über die Scheinheiligkeit des Ganzen unterlassen. Die Leute mussten essen, sie waren bei den herrschenden klimatischen Bedingungen auf das Fleisch ihrer Herden angewiesen. Körperliche Bedürfnisse machen erfinderisch und lassen Abstriche bei religiösen Empfindlichkeiten tolerieren.

Und heute hatten die Nomaden ihre Fleischvorräte geplündert. Was spielte es für eine Rolle, dass es im Grund auch unser Tee war, der zu der zeitraubenden Essensprozedur die Kehlen hinabrann? Als endlich die Pfeife zu kreisen begann, hob das Handeln an. Weil es umgehend hitzig wurde, ging man dazu über, sich ein wenig Bewegung zu verschaffen.

Vor dem Zelt erstanden wir schließlich im Tausch gegen die Teeziegel einige mit Butter gefüllte Schafsmägen und weißen getrockneten Käse. Die brikettartigen Klötze, die das letztmögliche Reifestadium erreicht hatten, waren an einer Schnur aufgefädelt. Eher als zum Verzehr taugten diese Cohns Ansicht nach dazu, bei Ehestreitigkeiten der unliebsamen besseren Hälfte ein Loch in den Kopf zu schlagen. Mit einem Sack Gerste wollten sich die Nomaden allerdings nicht zufriedengeben, all unsere Beteuerungen, nicht mehr Getreide entbehren zu können, da noch ein weiter Weg vor uns läge, verhallten ungehört. In die Stimmen unserer Gastgeber schlich sich ein aggressiver Unterton. Gut, dass man sich nicht mehr im Zeltinneren befand. Mit einer um Geduld bittenden Geste zum Pony gegangen und die Berdan Nr. 2 aus dem Futteral gezogen. Nicht ohne Hintergedanken waren noch in Berlin ein halbes Dutzend der alten Büchsen als Tauschware oder Geschenke für besondere Fälle besorgt worden.

Vor gut einem Vierteljahrhundert hatte Prschewalski sein Loblied auf diese Waffe gesungen. In dieser Hinsicht konnte man dem Urteil des Russen ruhig Glauben schenken, hatte dieser auf seinen Expeditionen unter der Fauna Asiens doch kolossal erfolgreich den Zielstachel zu setzen gewusst. Die Entdeckung vieler bisher unbekannter Tierarten allein hatte Prschewalskis Ehrgeiz nicht zu befriedigen gewusst. Eine stattliche Zahl trug seitdem seinen Namen. Da sich unter den Abschüssen seiner Kosaken auch menschliche Opfer befunden hatten, eine Begegnung mit zum Teil tödlichem Ausgang, bei welcher Prschewalski ein moralisches Übergewicht gegenüber der rohen Gewalt auf seiner Seite wähnte, konnte selbst nach so vielen Jahren keinem Reisenden empfohlen werden, sich als ein Landsmann des Russen vorzustellen. Die Uruss pa waren bei allen Nomaden gleichermaßen verhasst. So war das Volk der Russen denn auch in den zweifelhaften Genuss einer Übersetzung seines Namens ins Tibetanische gekommen, während alle anderen Fremden schlichtweg als Piling pa bezeichnet wurden, ohne Ansehen des Landes, aus dem diese den eigenen Angaben nach stammten. Je weiter man von Lhasa und den Klöstern entfernt war, desto eher durfte man hoffen, dass in dem Ausruf Piling pa wenigstens ein neutraler Tenor mitschwang.

Beim Anblick der Büchse verstummte der aufgeregte Wortschwall unserer Gastgeber, und die Parteien wurden sich schnell handelseinig. Noch mehr Tee, der zweite Sack Gerste und die Berdan Nr. 2 sollten für einen Yak gegeben werden. Obwohl einem die Nomaden am liebsten die Waffe aus der Hand gerissen hätten vor Verzücken, wurde so getan, als ob selbstverständlich erst deren Funktionstüchtigkeit unter Beweis gestellt werden musste. Und was konnte zu diesem Zweck besser geeignet sein als ein Wettschießen? Cohn schichtete in etwa 100 Schritten Entfernung rasch ein paar Steine zu einem Haufen aufeinander und bekrönte diesen mit seinem Blechbecher. Der unter den Nomaden auserkorene Schütze wollte sich schon zu Boden werfen, um die Auflagegabel seiner Flinte in Position zu bringen, aber ihm wurde bedeutet, im Stehen seinen Schuss anzubringen, darauf spekulierend, dass der lange Lauf die freihändige Treffsicherheit erheblich schmälerte. Die Drehachsen der Gabeln sorgen mit ihren Gewinden wohl für die einzigen Schrauben in Tibet.

Der Schuss peitschte, aber der Blechbecher zeigte sich unbeeindruckt. Mein Blattschuss hingegen ließ den Becher klingelnd vom Obo tanzen. Die Nomaden jubelten und schlugen mir auf die Schulter. Sie erhielten eine Handvoll Patronen für den Einzellader, darauf vertrauend, dass die Dreingabe gar keine Gelegenheit erhielte, anderen Reisenden Schaden zuzufügen. Und richtig, die Hälfte der Munition hatten die Nomaden bereits durchs Rohr gejagt, während eine Yakkuh gebracht wurde. Den Rest würden sie dem nächstbesten Petz auf den Pelz brennen. Einer der Nomaden riss aus dem Schweif der Yakkuh einen Büschel Haare und verschwand damit in einem der Zelte. Wahrscheinlich war er der Besitzer des Tieres und schmückte eine Firststange mit dem Erinnerungsstück.

Lager 126, Bajen kara,
1. April 1907

Im Netz dünnster gefrorener Verzweigungen und ausgetrockneter Rinnsale lässt sich der Hauptstrang des Bj tschü nicht mehr ausmachen. Die Route durchs Bajen-kara-Gebirge ist durch die Russen und Rockhill bekannt. Unsere Vorgänger befanden sich damals auf dem Weg von oder nach Barun an den südöstlichsten Ausläufern des Tsaidam-Sumpfes. Ihr Bestreben war es in der Regel, das Tschang tang zu betreten oder zu verlassen. Die Absicht unserer Karawane ist eine andere.

Um nicht den Verdacht der Bj-tschü-Nomaden zu erregen,

die die eingeschlagene Route mit Sicherheit im Auge behielten, gab es zum Überschreiten des südlichsten Zuges der Bajen-kara-Kette keine Alternative. Aber damit nicht genug. Da es die Karawane nun eben so weit nach Norden verschlagen hatte, konnte man dem nahegelegenen Sternenmeer einen Besuch abstatten. Danach sollte die Rückkehr zum Dre tschü in einem Bogen erfolgen, mochte dieser Bogen auch weiter ausfallen als beabsichtigt.

Beermann hatte allem Anschein nach inzwischen vollends seinen Widerspruchsgeist entdeckt und befand, damit verzettele sich die Expedition endgültig. Aber da Cohn die Route einerlei war und er mit der Aussicht auf ein außergewöhnliches Naturschauspiel geködert werden konnte, fiel die Entscheidung mit der schlichten Mehrheit. Es erübrigte sich, auf die Position des Leiters zu pochen, was ohnehin lächerlich gewesen wäre. Wenig später sollte Beermann ein lohnenderes Studienobjekt finden als seinen Arbeitgeber im Spiel der Unzulänglichkeiten.

Mit der neuen Route hadernd, hatte Beermann sein Pony ein Stück abseits der Karawane gelenkt, bis er auf der Kuppe eines Hügels unversehens die Zügel zurückriss und aufgeregt Signale gab. Sein an die Lippen geführter Zeigefinger gebot Ruhe. Nachdem die Hügelkuppe erreicht war, präsentierte sich in etwa 200 Schritten Entfernung das dralle grünlichschwarze Hinterteil eines Bären. Der Rücken war ebenfalls dunkel und setzte sich deutlich vom stattlichen, rötlich weißen Band der Halskrause ab. Wiederholt rammte der Tibetanerbär die Schnauze in den Boden, während er behäbig mit den Pranken scharrte und die Erde auf der Suche nach seiner Leibspeise aufriss.

Cohn zog den Karabiner aus dem Futteral, aber Beermann

schüttelte den Kopf und machte den Gefährten auf einen weiteren Beobachter aufmerksam, welcher wegen seiner kleinen Statur Cohn bisher entgangen sein mochte. Aus sicherem Abstand verfolgte ein Steppenfuchs den Beutezug des Bären. Als plötzlich mehrere Pfeifhasen in aufgeregtem Zickzack aus dem zerstörten Bau spritzten und dem verdutzten Bären entkamen, welcher doch genau diese Gelegenheit hatte herbeiführen wollen, geriet einer der Flüchtlinge dem Steppenfuchs direkt vor die Schnauze. Dankend schnappte dieser zu. Der Bär bedachte den geschickteren Nutznießer mit einem drohenden Brummen, bevor sein hellroter Kopf, welcher über und über mit Erdbollen verschmiert war, wieder im Labyrinth der Baue verschwand.

Schließlich wurde dem Wühler für seine Mühe reichliche Belohnung zuteil, nicht ohne dass er zuvor dem Steppenfuchs noch den ein oder anderen Happen verschafft hatte. Als dieser mit dickem Bauch davontrottete, wurde deutlich, dass Cohn seine Entscheidung getroffen hatte. Die Vorstellung von blutigen Zentnern zähen, ranzigen Bärenfleisches verdarb mir die Szenerie. Wieder bei der Karawane, musste Tschin gim die Hunde weiterhin angeleint lassen, eine richtige Entscheidung, denn heute sollten noch 4 weitere Bären den Zug der Karawane kreuzen. Mehrere Schüsse hallten herüber. Cohn würde seinen Traum mit dessen Erfüllung bezahlen. Leichtfertig beraubt sich der Mensch um das Beste, was er hat. Geht es dieser Spezies nicht so mit allem, was sie begehrt? Sobald es in die Tat umgesetzt ist, zerrinnt die Befriedigung zwischen den Fingern, und das Verlangen sucht sich ein neues Objekt.

Aber vielleicht wurde mein Widerwillen gegen die Ballerei in diesem Moment auch nur durch den Überdruss am ewigen Kampf ums Dasein ausgelöst. War die Ernte unter den Pfeifhasen nicht grausam genug ausgefallen? Seit dem Betreten des Hochlands erfreuten die unberechenbaren kleinen Vertreter der Ordnung der Hasenartigen mit ihren quirligen Kapriolen den Zug der Karawane. Mal suchten sie ebenso scheu wie flüchtig das Heil in ihren Bauen, nachdem sie zuvor zu Hunderten, wenn nicht gar zu Tausenden in einem unbegreiflichen Exodus über die Steppe gewogt waren. Ein andermal gebärdeten sie sich so zutraulich, dass man die vor ihren Bauen hockenden, den Eindringling mit mümmelnden Nasen neugierig musternden Nager mit dem Gewehrkolben hätte erschlagen können. Generell scheinen sie die Hufe der Ponys mehr zu fürchten als einen unberittenen Menschen. Die mangelnde Scheu der Pfeifhasen vor den Zweibeinern leitet sich wohl aus dem Umstand ab, dass der Mensch ihnen so gut wie nicht nachstellt. Gilt das Töten von Lebewesen dem Buddhisten generell als verabscheuungswürdig, so steigt das Vergehen mit der Zahl der Opfer. Eine sättigende Mahlzeit aus Pfeifhasen ließe sich nur mit dem Tod einer Vielzahl von diesen Lebewesen erreichen, weshalb der Buddhist davon lieber Abstand nimmt.

Lager 127, Dschaghin gol,
2. April 1907

Den Tag denkbar unglücklich begonnen: Die Schafherde war verschwunden. Offenbar war der Leithammel mangelhaft angebunden gewesen und hatte die Gelegenheit genutzt, mit seinen Schutzbefohlenen in ein vermeintliches Eldorado zu pilgern. Im Höchstmaß ärgerlich war, dass die Hunde nicht angeschlagen hatten. Dem Anschein nach pflegen Mutter und

Sohn eine etwas eigenwillige Vorstellung vom Wächterdasein und fühlen sich nur verantwortlich, falls jemand ins Lager hinein-, und nicht, falls jemand hinauswill.

Sofort in alle Richtungen ausschwärmen lassen. Wenig später fanden sich die schlimmsten Vermutungen bestätigt. In einem Seitental stöberte Gretchen die Überreste des bis zu diesem Tag sorgsam gehüteten Notproviants auf: eine Halde zerborstener Schädel, abgenagter Knochen und Fellfetzen, verstreut auf einem rostrot gefärbten Teppich aus getrocknetem Blut. Die Wölfe hatten ganze Arbeit geleistet. Es gab nur einen Überlebenden.

Der Hammel stolzierte in der Nähe zwischen den Felsen, blökte und schien sich nach menschlicher Gesellschaft zurückzusehnen. Wieso er das Massaker überlebt hatte, wird ein Rätsel bleiben. Vielleicht erachteten die Wölfe es für überflüssig, es mit seinen Hörnern aufzunehmen, wo der Tisch auch ohne den Bock reichlich gedeckt war. Zumindest klebte an einem der Hörner etwas Blut. Möglich, dass der Bock sich mit dem sicheren Tod vor Augen auf den Wagemut und die Gewandtheit seiner wilden Vorfahren besonnen hatte, als die Domestizierung das Schaf noch nicht zum Sinnbild des feigen und stumpfsinnigen Geschöpfes degradiert hatte. Und mit vollgeschlagenen Wammen stand den Wölfen wohl erst recht nicht der Sinn nach körperlicher Ertüchtigung. Die Räuber hatten sich sattgefressen, und der Leithammel war für dieses Mal verschont geblieben. Auf diesen einzigen Überlebenden war die eiserne Notreserve also zusammengeschrumpft, ein schwacher Trost angesichts der Tatsache, dass die kleine Schafherde unversehrt durch mehrere hundert Kilometer tibetanischer Wildnis geradewegs in Wolfsschlünde geschleust worden war. Wie oft war nicht das

Leben der Schafe durch geschossene Enten oder anderes Wildbret gerettet worden?

Wortlos das Lager abgebrochen, wortlos den begonnenen Abstieg am Nachmittag beim Erreichen eines gefrorenen Flusses unterbrochen. Bis Beermann voller Süffisanz zu verstehen gab, es werde sicherlich nicht beabsichtigt, dem Flusslauf bis zu der anzunehmenden Mündung in den Hoang ho zu folgen. Für wen sei denn inzwischen noch die Frage nach dem Scheidegebirge von Interesse? Wenn die Expedition schon der neu entdeckten Richtungslosigkeit fröne, laute dann nicht die Devise, Abstand zur wissenschaftlichen Verwertbarkeit zu gewinnen? Welchen Wert besitze schon die Geradlinigkeit, die Beschränkung auf einzelne Parameter?

Obwohl Beermann eine zustimmende Antwort erhielt, musste er enttäuscht werden. Die Karawane brauche dem Dschaghin gol nicht zu folgen, weil das bereits Koslov erledigt habe, der bis zum Aufgehen des Flusses in den beiden Zwillingsseen Zaring nor und Oring nor vorgedrungen sei, womit der Zulauf in den Hoang ho indirekt erwiesen wäre.

Beermann sah grimmig drein, nickte und suchte sein Heil im altbewährten Schweigen. Er wollte nichts mehr hören von der Westspitze des Zaring nor, welche in voraussichtlich 3 Tagen zumindest aus der Ferne in Sicht kommen würde. Dort wartet die Odon tala, die Kinderstube des Ma tschü, wie der Oberlauf des Hoang ho von den Tibetanern genannt wird, des zweitlängsten Flusses Chinas.

Aber es ist nicht allein Beermanns Aufsässigkeit, die Anlass zur Beunruhigung gibt. Es war die mangelhafte Qualität des Grases. Wegen der großen Trockenheit sind die Kilometer um Kilometer spärlicher werdenden Grasbüschel über den Winter so verdorrt, dass man die Halme wie Pergament zwischen den Händen zersplittern kann. Trotzdem schlingen die Yaks ihre schwarzen rauen Zungen voll Begierde um das spröde Lebenselixier, selbst wenn ihnen das Blut vom Maul tropft. Das Gras ist doch die einzige Nahrung, welche der Yak annimmt, eine Genügsamkeit, welche vor noch gar nicht allzu langer Zeit dem kühlen Rechner als ungeheurer Vorteil erschienen war. Mit Plus und Minus ist in dieser Situation kein Weiterkommen. So beginnen die zahmen Yaks allmählich abzumagern, während ihre wilden Brüder den kargen Landstrich mit Abwesenheit straften.

Lager 129, Odon tala,
4. April 1907

Kurz vor dem mittäglichen Gewitter fiel der Blick vom Saum zahlreicher Hügel unvermittelt auf die sich öffnende Ebene der Odon tala. Weit breitete sich das Sing su hai, das Sternenmeer, wie die Chinesen sagen. Die vollkommene Flachheit dieses Tafellandes ließ die Ebene tatsächlich wie den Spiegel eines gewaltigen Sees wirken, in welchem sich die Ausblühungen des Salzes wie das Weiß der Wolken spiegelte. Nur am Horizont zeichneten sich schemenhaft die Konturen ferner Berge ab.

Kein Geräusch drang zu uns herauf, die Ebene lag wie tot, die Bären, Wildyaks, Wölfe, Füchse, Murmeltiere und Pfeifhasen des Hügellandes waren verschwunden. Kein Gesträuch lockerte die Monotonie auf, nur ab und zu streifte der Blick die Erhebungen winziger Sanddünen mit noch winzigeren Flecken vertrockneten Grases. Da grollte der Donner, und eine Wolke entledigte sich ihrer Fracht aus Hagelschnee, welcher nach wenigen Minuten in der zwischen den dahinrasenden Wolken hervorbrechenden Sonne zerfloss. In unzähligen, mit bloßem Auge zuvor nicht auszumachenden Vertiefungen und Löchern glitzerte Schmelzwasser im Sonnenschein. Fluchend hantierte Cohn mit den Platten, wohl ahnend, dass in wenigen Minuten der Zauber von Wind und Sonne wieder verwischt sein würde. Die Landschaft würde wieder ihr arides und unorganisches Kleid übergestülpt haben.

Während der Niederschläge der Sommermonate muss sich die Ebene in einen dauerhaften Sumpf verwandeln, dessen Tümpel je nach der Niederschlagsmenge schrumpfen oder sich ausdehnen, wie vom Pulsieren eines geheimen Herzens gespeist. Die reflektierten Sonnenstrahlen würden die von Wasserlachen zerrissene Oberfläche in ein Meer aus funkelnden, vom Himmelszelt herabgesunkenen Sternen verwandeln. Der Vorschlag, bis zum Sommer Lager zu schlagen, um gegenwärtig zu sein, wenn sich die Abdrücke der Hufe erweiterten und allmählich zu Tümpeln und Seen schlossen, die die Spur auslöschten, wäre wohl auf wenig Gegenliebe gestoßen. Voll Bedauern geschwiegen. Einzigen Trost bietet die Vorwegnahme der Beobachtung.

An diesem Tag voll Vorgeschmack auf wassergesättigte Böden und das in Folge hervorsprießende Gras verendete der zweite Yak. Das Sterben der Tiere ist also nicht die Folge einer zufälligen Schwäche, und als Zeichen des Verhungerns tritt es zu abrupt ein.

Lager 131, Odon tala,<br>6. April 1907

Da der Marsch nach Ost einen Umweg von etwa zweimal 12 km bedeutet hätte, um lediglich wieder denselben Punkt wie beim Aufbruch zu erreichen, nicht einmal den Versuch unternommen, den Abstecher zu den Zwillingsseen schmackhaft zu machen. Die eigene Rastlosigkeit taugt nicht als rechtes Argument für einen Umweg.

Von dümmlicher Schadenfreude erfüllt, als sich die Strecke entlang des Südrandes der Odon tala zu einer Prüfung auswuchs. Der Wind dachte gar nicht daran, sein Sturmgebrause aus einer anderen Richtung als West zu schicken. Seine die Karawane frontal treffende Wucht war schrecklich. Noch schlimmer als die grimmige Kälte waren die Unmengen kleinster Sandkörner, welche der Wind mit sich führte und welche die Haut vom Gesicht schmirgelten. Ein taumelnder Zug vermummter Gestalten, deren vorgebundene Tücher nur schmale Schlitze für die Augen freiließen. Trotzdem verwandeln sich die Lippen in Kraterlandschaften, welche bei den nichtigsten Anlässen aufplatzen. Selbst das abendliche Saugen an der Zigarettenspitze wird zur blutigen Qual. Die Hunde kauerten sich immer wieder so flach wie möglich auf den Boden, als wollten sie in der Erde versinken. Ihr Winseln sprach uns allen aus dem Herzen.

Als sich die eisige Gewalt der Stürme eher noch steigerte, drängten sich die Ponys und die Maultiere beim nachmittäglichen Halt augenblicklich zusammen, um einander wenigstens ein wenig Wärme zu spenden. Über ihrer Not vergaßen sie das Grasen. Alle Versuche, das Knäuel auseinanderzutreiben, waren vergebens. Die verzagten Tiere wurden abhängig von den täglich verabreichten Scheffeln Erbsen, zumal das Gras immer dürftiger und ungenießbarer wurde. Eine Rationierung wurde angesetzt, um die Menge der Erbsen zu strecken. Eines der beiden Maultiere wollte nicht fressen, legte sich nieder, um sich nie wieder zu erheben. Fast erleichtert musste man sich eingestehen, wenigstens der Sorge um die Schafe entledigt zu sein.

Selbst in der Nacht wütete der Sturm unaufhörlich. An ein Aufstellen der Zelte war nicht zu denken. Man konnte nur sein Tagwerk für beendet erklären, sich in einer Kuhle fest in die Felle wickeln und das bewegungslose Verharren auf der einmal angewärmten Stelle als das Beste betrachten, was sich der Nacht abringen ließ. Man verspürte keinen Ansporn zu einer wie auch immer gearteten Form von Arbeit, man bedauerte die Untätigkeit nicht, ja man verschwendete nicht einmal einen Gedanken an irgendeine Form der Bewegung. Alles Denken war in diesem Sarg aus Kälte eingeschlossen, der einmal ein lebendiger Körper gewesen war. Dann erstarrte auch der Geist.

Beim ersten Dämmern mit tauben Gliedern erheben wollen. Überrascht festgestellt, dass sich Gretchen an meiner Seite zusammengerollt hatte. Seitdem weicht der Hund nur noch schwer von meinen Beinen, keine Vorstellung, womit diese Wertschätzung verdient sein könnte.

Lager 132, Odon tala,<br>7. April 1907

Der Blick streift immer noch die sich nach Norden ausdehnende Ebene der Odon tala. Wer hätte es allerdings bei den herrschenden Windverhältnissen als Verlust verbucht, dass die Querung des Reichs des Hoang ho unterlassen wurde, zumal sich bei näherem Betrachten herausstellt, dass die Odon tala trotz ihrer ebenen Gestalt mit keinem Fleckchen Erde aufzuwarten weiß, wo die Oberfläche nicht wie die warzige Haut einer Kröte mit Unebenheiten übersät ist? Es hätten sich nicht die wenigen, aber notwendigen Quadratmeter gefunden, um das Zelt aufzustellen. Nicht einmal die Filzmatten hätte man ausrollen können, ohne dass Hubbel, Löcher oder kantiges Gestein dem Ruhesuchenden das Leben schwergemacht hätten. Bei genauerem Hinsehen verblasst der Zauber des Sternenmeeres. Erst bei Einbruch des Frühjahrs werden sich zaghafte Windungen des Gelben Flusses durch den grusigen Morast schlängeln. Der eigentliche Quellbach muss weiter im Westen liegen.

Im Süden türmt sich der Hauptzug der Bajen-kara-Kette, deren Fuß die Karawane in einigem Abstand folgt auf der Suche nach einem Durchlass zwischen Bajen kara und dem sich anschließenden östlichen Ausläufer des Koko-schili-Gebirges. Südlich davon will Beermann wieder auf den Lauf des Dre tschü stoßen, eine Einschätzung, die den Karten nach zu urteilen berechtigt ist. Um uns sanft gewelltes Hügelland voll kiesigem Geröll und erratischen Blöcken, gesprenkelt mit Grasbewuchs.

Allmählich wurden die Hügelkuppen kantiger, die Berge rückten näher. Das erste Rudel Kiang wurde gesichtet, eine Art pferdeähnlicher Wildesel. Ihr Kopf sei im Verhältnis zu ihrem Körper größer als bei Eseln, schwärmte Beermann, ihre Ohren seien dafür kleiner. Die Kiang blieben äußerst erstaunt ob der ungewohnten Gesellschaft stehen, waren aber zu scheu, als dass sie eine Annäherung zuließen. Im Verband ergriffen sie die Flucht, um nach wenigen Metern wieder stehenzubleiben, die Neugierde hatte die Oberhand gewonnen, zumindest begleiteten sie eine Weile die Karawane. Die etwa 200 Tiere wogten mit der Grazie von Gazellen wie eine einzige Welle über die Steppe, der Richtungswechsel eines einzelnen Tieres pflanzte sich in den Leibern aller anderen Tiere zu einer einzigen Bewegung fort. Schließlich hatten sie genug von den Eindringlingen und trabten davon.

Nach insgesamt 21 km fand die Odon tala im Westen ein Ende. Zur eigenen Verwunderung Tschin gim geheißen, im Notizbuch 33 km zu vermerken. Eine akzeptable Entschuldigung für diese absichtliche Fälschung vermag nicht angeführt zu werden. Der Versuchung nach einer Entwertung der Zahlen erlegen wie ein dem Kartenspiel Verfallener, der seine Verluste kleinredet in der irrigen Hoffnung auf den einen, den großen Gewinn.

Lager 135, Bajen kara,
10. April 1907

Die Stürme haben Dauer und Häufigkeit wieder auf tibetanisches Mindestmaß heruntergeschraubt. Damit war der Auftakt zu wiederholten Schlachtfesten besiegelt. Man ging heute auf den sechsten Bären. Gestern hatten 4 der Kolosse mit dem Leben bezahlt. Der Photograph, der Zoologe und der Geograph – plötzlich fanden sich die Herrn Forschungsreisenden wieder einträchtig vereint im Kitzel des Tötens. Natürlich wurde dieses äußerst prosaische Geschäft mit der abstrakten Idee der Wissenschaft verbrämt. Wer will zugeben, wie köstlich und tiefbeschämend zugleich einen das Jagen angreift? Mag sein, dass mit dem Beschaffen neuen Anschauungsmaterials der Wissensmehrung in der Tat ein Dienst erwiesen wurde. Aber eine Wahrheit erfreut sich immer nur solange der Gültigkeit, bis an deren Stelle die nächste tritt.

Bemerkenswert allerdings, dass hinter jedem weiteren

Hügel tatsächlich ein weiterer Bär wartete, als hofierte er sein nahendes Ende. Auch Pärchen bettelten um den Abschuss. Mal zerfurchten die Bären die Steppe in der Gesellschaft ihrer treuen Schatten, der Steppenfüchse, mal trotteten sie gemächlich ihres Wegs oder hielten hinter einem Granitblock ein Mittagsschläfchen. Wieder ein andermal mussten ihnen die Ponys in einer Verfolgungsjagd bis zur Erschöpfung hinterhergaloppieren, bevor die Dum-dum-Geschosse aus den Karabinern der Beute endgültig den Garaus machten.

Die Chinesen beherrschen das Abdecken inzwischen ganz manierlich, auch wenn sie es beim Abschaben des Fetts an der Innenseite der Haut gerne an der gebotenen Sorgfalt fehlen lassen. Das Versäumnis soll durch den großzügigen Gebrauch des abschließend übergestreuten Alauns wettgemacht werden. Ein ständiger Kampf um diesen Stoff ist entbrannt. Womit soll das Brackwasser geklärt werden, wenn das Alaun aufgebraucht ist? Bleibt die Mühe anzuerkennen, mit welcher jeder der Chinesen den anderen an Geschicklichkeit zu überflügeln trachtet, da ihnen zum Lohn die Gallenblasen überlassen werden. Im getrockneten Zustand soll das kostbare Gut nach der Rückkehr in der Heimat verkauft werden. Sowohl der Saft als auch die Blasen selbst seien ein begehrtes Mittel gegen Leberleiden und Krämpfe sowie zur Schärfung der Sehkraft. Inzwischen gibt es keine Yaks mehr, denen die Ausbeute an weiteren Fellen guten Gewissens aufgebürdet werden kann.

Auch die Hunde haben Blut geleckt, namentlich Gretchen. Khyi hingegen fehlt das Zeug zum großen Jäger, er schleicht sich erst näher an den Ort der Tat, nachdem der Tod bereits sein Recht gefordert hat. Gegen seinen Teil an der noch warmen Leber hat Khyi allerdings nichts einzuwenden. Gretchen entdeckt eine frische Fährte um die andere und schnürt so lange, bis sich die Beute verbellen lässt. Den Rest überlässt die Hündin klugerweise ihrem Herrn, welchen sie mit wütendem Gebell anspornt. Nur selten wird ein Bär mit dem ersten Schuss erlegt, meist bemerken diese die Einschläge der Kugeln gar nicht oder beißen sich höchstens an der getroffenen Stelle ins Fleisch, als wäre ein lästiges Insekt am Werk. So mancher Bär entkommt im angeschossenen Zustand, um am nächsten Tag verendet in einem ausgetrockneten Bachbett gefunden zu werden.

Das letzte Mal hing blutiger Lungenschweiß in dicken Fäden über der verfolgten Fährte. Nach Stunden legte der weidwunde Bär sich endlich hin. Das aufgeregt an dem vermeintlichen Kadaver schnüffelnde Gretchen musste jedoch feststellen, dass der Bär gar nicht tot war, sondern sich für einen Moment hatte ausruhen wollen oder auch vor Schwäche zusammengebrochen war, jedenfalls durch das Auftauchen seiner Verfolger wieder aufgescheucht wurde. Und wie der Bursche aufgescheucht wurde! Und wie dicht sich Gretchen entgegen ihrer sonstigen Vorsicht herangewagt hatte! Zu dicht, um dem blitzschnellen Prankenschlag auszuweichen, der der treuen Gefährtin die Seite aufriss, so dass die Därme herausquollen. Der Bär ließ die Vorderpranke sinken und stierte mit hängendem Kopf in die Richtung desjenigen Verfolgers, der noch aufrecht stand. Aber statt sich für ihn oder sein niedergestrecktes Opfer zu interessieren, schwenkte er ab und trottete erneut davon.

Gewiss, ein Tier mit einem Lungenschuss ist nicht seinem Schicksal zu überlassen. Gewiss, zumindest der Drang hätte sich einstellen sollen, um Gretchens willen das Angefangene zu Ende zu bringen, aber der Bär durfte oder musste ziehen. Die Hündin äugte leise wimmernd unter flackernden Lidern empor, die Pfoten zuckten immer noch, doch dieses Mal war es ein anderer Kampf als der gegen den Bären. Koseworte murmeln, über den Kopf streichen, die Wärme der Hündin suchen und hoffen, dass diese die Wärme der Hand erreicht. Das Nachladen und Abdrücken. Ein Grab aus Steinbrocken aufgeschichtet, Wölfe und Geier um den Lohn betrogen.

Von diesem Tag an keinen Bären mehr geschossen. Überhaupt keinen Säuger mehr freiwillig geschossen, auch keinen Vogel, weder zu Studienzwecken noch um der Trophäe willen, noch um den Kochtopf zu füllen. Und Khyi? Khyi sah verständig wie stets zu seinem Herrn empor und wedelte mit dem Schwanz. Nur der Herr war es, der Zuspruch gebraucht hätte oder zumindest seinerseits hätte Trost spenden wollen.

Auf der Suche nach einem Ersatz fürs Jagen von Beermann zeigen lassen, wie im Inhalt von Magen und Darm der erlegten Tiere nach Bandwürmern und anderen Parasiten gefahndet wird. Im Regelfall tummeln sich im Bärenfleisch die Plagegeister in rauen Mengen, und es gilt zu entscheiden, ob man sich des Leckerbissens besser entledigen soll oder nicht. Bei den niederen Temperaturen, bei denen das Wasser in der großen Höhe siedet, werden längst nicht alle Viren oder schädlichen Organismen abgetötet. Der Unterschied, ob das Fleisch abgekocht oder gleich roh verschlungen wird, gerät zu einer akademischen Angelegenheit.

Beermann, der sich nun der Jagd hätte widmen können, wollte seine Instrumente nicht aus der Hand geben. An das Cranium ließ er den Dilettanten schon gar nicht heran, obwohl das Skelettieren eine Fleißarbeit ist, um die sich selbst ein Beermann nicht reißt. An manchen Stellen wie an Stirn und in den Augenhöhlen ist das wenige Gewebe rasch abgekratzt, aber der Rachen strotzt vor Muskeln. Das Ausräumen der Ohrgegend erfordert den Könner. Beermanns Engelsgeduld beim Entfernen des Gehirns ist beachtlich. Mit einem Spezialbesteck muss die Masse in mikroskopischen Portionen aus dem Hinterhauptsloch herausgelöffelt werden. So doch zufrieden mit der Sturheit, mit der Beermann die eigenen Pfründe verteidigt.

Nicht einmal Khyi erreicht dieses Maß an meiner Überflüssigkeit, irgendwer muss ja nach den abfallenden Bissen schnappen. Schließlich von Beermann den sauber skelettierten Schädel in die Hand gedrückt bekommen, dazu den Pinsel und das Fläschchen Arsenik, um den Insekten den Appetit zu verderben. Die Ermahnung, das Ausfüllen des Anhängers nicht zu vergessen. Der Hinweis auf die Sorgfalt, die beim Verpacken in der Kiste mit den anderen Schädeln zu walten habe. Da war der Hänsel doch froh, dass er dem wenig verlockenden Käfig der Zoologie entkommen war.

Lager 137, 2. Tag, Bajen kara,
13. April 1907

Seit gestern eingeschneit im besudelten Bärenparadies. Hoffentlich geht der Kelch der Umkehr vorüber. Letzthin der Versuchung erneut nicht widerstanden, einen falschen Wert für die Kulminationshöhe einzutragen. Die Abweichung war nur gering, sie ließe sich bei gutem Willen gerade noch als Unachtsamkeit entschuldigen. Zum wiederholten Mal auch mit der Deklination geschlampt. Unverzeihliches Tun, verschafft aber ein kolossal famoses Gefühl. Die Reinzeichnungen des Geländes dürften einer Probe aufs Exempel nicht standhalten. Zum Glück kratzt eine Umkehr zu sehr an der Forscherehre, niemand will den Tabubruch, schon gar keiner von den Eifrigen, welche immer voraus wollen, nur ein Ziel kennen, eines, das vor ihnen liegt. Eigentlich schade. Wäre gerne dabei gewesen, wenn es galt, den eigenen Kopf aus der Schlinge zu ziehen.

Wie Gefangene hauste alles schon den zweiten Tag im letzten verbleibenden Zelt, die anderen beiden hatte der Wind längst zerrissen. Die Gewehre und Gerätschaften schienen mit jeder vergehenden Stunde mehr Platz zu beanspruchen, die Geldkisten und Aufzeichnungen waren schon lange ins Freie verbannt worden. Cohn traute dem Frieden nicht, wartete auf die Räuber und ließ jeden lautstark an seinen Befürchtungen teilhaben. Er malte so manche Schauergeschichte von Tanguten an das vor Feuchte tropfende Segeltuch der Zeltinnenwände. Wenigstens machte er sich nützlich, indem er regelmäßig mit der Faust gegen das Segeltuch drückte, um an der Außenseite den wassergesättigten Schnee zum Rutschen zu bringen.

Dass die Karawane so nah an den Beuterouten der Ngolok von diesem übel beleumundeten Nomadenstamm verschont bleiben sollte, überstieg Cohns Vorstellungskraft. Beermann lüftete die Mottensammlung aus den bewaldeten Berggebieten vom letzten Jahr und zog Bilanz. 154 taugliche Exemplare. Etwa 1 Fünftel der ursprünglichen Ausbeute schwitzte eine ölige Flüssigkeit aus und war nicht zu retten. Es folgte eine Vorlesung über Schädlingsbefall und die Vorteile von Kampfer, welcher wieder mal das Schlimmste verhindert habe.

Woher der Mitteilungsdrang der beiden? Steckte mein Gesicht in den aufgeschlagenen *Faust*. Woher das eigene Bedürfnis nach Ruhe? Die Gesellschaft der anderen verkommt zum störenden Beiwerk.

Irgendwann fand auch dieser Schneesturm ein Ende. Erleichtert aus dem Zelt in eine wadentiefe Winterwelt gekrabbelt, welche wie erwartet nicht lange Bestand hatte. Von Räubern keine Spur. Als die Erde bereits wieder abtrocknete und wir das in allen verfügbaren Behältern gesammelte Wasser in Schläuche umfüllten, während die Tiere gierig aus den aufgespannten Planen soffen, zog das erste Rudel leibhaftiger Orongo-Antilopen über eine nahe Hügelkuppe. Einer solchen Verlockung konnte einer wie Cohn nicht wiederstehen, er griff nach Horizontglas und Karabiner. Nicht einmal Beermann hielt es im Lager. Bisher nur auf Dutzende von verwürfelten Skeletten dieser scheuen Tiere gestoßen, darunter Schädel mit dem typischen langen Spitzgehörn, 2 Spieße, welche sich am Ende etwas nach vorn neigen. Bald werden frische Kadaver Einzug ins Lager halten. Davor muss die Entledigung zügig vonstattengehen, um unliebsamen Einspruch gar nicht aufkommen zu lassen.

Aus Platzmangel hatte man sich bei der Abreise schweren Herzens auf die Mitnahme von lediglich einem Buch pro Augenpaar geeinigt, zusätzlich der Bibel, welche nach Cohns Meinung für Christenmenschen unabdingbar war und deshalb auch nicht zählte. Es waren Werke ausgewählt worden, welche sich mit Gewinn wieder und wieder lesen lassen, ohne dass die Langeweile das Vergnügen zersetzt. Während der ersten Wochen hatten längst überholte Neuigkeiten in den mitgeführten Zeitungen eine willkommene Abwechslung geboten. Die Bögen waren um die Porzellannäpfe gewickelt gewesen, welche bereits in Jün nan eifrig an die Bergstämme verteilt worden waren. Selbst die Annoncen wurden nicht verschmäht. Hier, weit im Inneren Tibets, hatte die Karenina sich bereits das vierte Mal unter den Zug geworfen. Der Verfall der Liebe dünkte inzwischen nur noch als der Weg alles Irdischen. Auch Gretchen war schon zum zweiten Mal zur Kindsmörderin geworden, *Parerga und Paralipomena* waren sogar 3 Mal durch, die *Aphorismen* natürlich noch öfter, dafür nicht vollständig. Tolstoi möge es nachsehen, aber die ersten Worte seines Werks sollten lauten: *Alle guten Bücher sind einander ähnlich, jedes schlechte Buch aber ist auf seine Art schlecht*.

Sie einfach zurückzulassen ging nicht an. Noch heute ist es alter Brauch, dass Karawanen Lasten, welche aus irgendwelchen Gründen nicht mehr weitertransportiert werden können, einfach am Wegesrand liegenlassen, bis diese später mit frischen Lasttieren oder bei besserer Witterung abgeholt und an den eigentlichen Bestimmungsort verbracht werden können. Zwischen dem Deponieren und dem erneuten Aufgreifen kann ein Jahr oder ein noch größerer Zeitraum vergehen, kein Mitglied einer anderen zufällig des Wegs kommenden Karawane würde sich an den Gütern vergreifen. Es wird behauptet, dies täten nicht einmal die Räuber. Die 3 Bände würden somit bis in alle Ewigkeit mitten im Hügelland liegen, nutzlos und verwaist, weil jeder annähme, sie warteten auf ihre Besitzer.

Eine Unmenge Steine herangeschleppt. Um angemessenen Respekt zu zollen, eine Keksdose geleert und die Brösel sorgfältig herausgeschüttelt. Über dem Ganzen ein Obo als Zeichen errichtet. Die *Parerga und Paralipomena* erhielten ein neues Vorwort, wogegen deren Autor mit Sicherheit nichts einzuwenden gehabt hätte, sparte der Mann doch selbst ungern an guten Ratschlägen für seine Leser: *To the lucky fellow who can be delighted with bare words during his lonely hours, sincerely a luckier fellow.*

Lager 139, Bajen kara,
15. April 1907

Jenseits eines niederen Kammes gegen Mittag das mäßig abfallende Südufer eines weiteren Tso passiert. Die Eintrocknung schreitet voran. Die Bilderbuchmäßigkeit des Phänomens hat dem eingerosteten Forscherschädel einen kurzen Frühling beschert. Ist es das, was bleibt? Das gelegentliche Aufflackern des Verstandes? Eine Form von Eintagswissenschaft? Oder lediglich ein Reflex aus früheren Tagen? Die Ufermarken des Sees zeigen keine Spuren von Niveauänderungen in der Jahresperiode mehr. Erosion des ehemaligen Ausflusses und Entleerung des Sees sind zum Stillstand gekommen, die Austrittstelle liegt 2,4 m über dem gegenwärtigen Wasserspiegel. In Ufernähe ist das Eis zu schmalen Lachen getaut. Wie zu erwarten, ist das Wasser ungenießbar, der Salzgehalt zu hoch. Mal wieder bleibt nichts anderes übrig, als frühzeitig Lager zu beziehen, die Yaks sind keinen Meter mehr vorwärtszubewegen.

Mit dem Grasen wird es wieder nichts werden, da der ehemalige Seekessel übersät ist mit abgerundetem, dunklem Geröll. Nirgends auch nur ein vereinzeltes, keckes Grashälmchen. Wenn nicht bald der Frühling kommt und mit ihm das junge Gras zu sprießen beginnt, ist es um die Yaks geschehen. Und nirgends die Annehmlichkeit eines Schneerests für den Kochtopf. Den Gedanken verworfen, das halb eingetrocknete Gewässer *Tso der Ernüchterung* zu taufen. Welch fadenscheinige Disziplin, die Kargheit der Landschaft der Natur selbst anzulasten. Töricht, diese zu schelten, gar anzuklagen. Wozu ihrem Wirken mit dem menschlichen Gestammel von Recht und Unrecht grollen? Weil wir es nicht ertragen, unser bisschen Haut nicht retten zu können? Die Natur ist bloße Ursache und Wirkung, ein Immerweiter, Land hebt sich und zerquetscht, Wasser nährt und ertränkt, Luft sättigt das Blut, und Feuer verzehrt das Fleisch, die Natur reißt mit sich und speit wieder aus, Lebendiges und Totes, löscht aus zur falschen Stunde. Wer will ihn finden, den rechten Ort? Conditio animans, nichts anderes existiert.

Habe Shung trotzdem nach einer Übersetzung des Seenamens ins Tibetanische gefragt. Fürchte, der gute Mann konnte sich über die Umkehr des Procedere nicht genug wundern. Jedenfalls hat er das Anliegen nicht verstanden. Sei's drum. Wozu sollte ein Ort, welcher in ein paar Generationen verschwunden sein wird, einen Namen nötig haben? Seine Materie wird sich in Leere auflösen, aus welcher sie zuvor entstanden ist. Wozu den Vorgang selbst in Worte kleiden?

Wohl um einiges mehr wert ist die Erwähnung, dass das Elend der Yaks stetig zunimmt. Einer nach dem anderen legt sich hin und ist auch durch Schläge nicht mehr auf die Beine zu bringen. So geschehen heute mit Yak 3, 4 und 5. Selbst das Zusammendrehen des Schwanzes entlockte den Gepeinigten nur noch ein klägliches Grunzen. Lobsang legte Feuer an den Schwanz eines der Yaks, das dieser erstickte, indem er die Masse seines Leibes darüberwälzte. Cohn ist beizupflichten, dass jeder Schluck Branntwein, der in die aufgestemmten Mäuler geflößt wird, einer sinnvolleren Verwendung zugeführt werden sollte. Die Kombination aus Mangel und

Erschöpfung erreicht ein fatales Maß. Das Aufblähen der Bäuche muss allerdings einer Seuche geschuldet sein, vielleicht der Verderbtheit der Burtse. Aber das so sehnsüchtig begehrte Gänsefußgewächs glänzt die meiste Zeit durch Abwesenheit. Die Zweiglein verholzen nach der Blüte rasch zu knorrigen Ästen, welche zusammen mit den Wurzeln in dungarmen Gegenden das einzige Brennmaterial auf dem Tschang tang darstellen.

Selbst die Tiere, die ihr Tagespensum mit Müh und Not noch bewältigen können, bieten ein Bild des Jammers. Die letzte Büchse Vaseline ist verbraucht, nicht einmal Lederfett findet sich mehr. Die offenen Rücken gleichen Eiterlachen. Beim ersten Tageslicht bietet sich das stets gleiche Schauspiel: Die Raben, unsere treuen Begleiter, lassen sich auf die Rücken nieder und picken nach den Maden aus den Druckwunden.

Lager 141, Bajen kara,
17. April 1907

Vor dem Zusammenstoßen mehrerer Bergrücken im Westen die letztmögliche, dafür umso idealere Mulde erreicht, um einen Fluss entspringen zu lassen. Sie ist viele Kilometer breit, voller abflussloser Wassertümpel, die vertrocknet oder gefroren im Winterschlaf liegen, mit Matten aus niedrigen, harten Binsen bedeckt. Leider rührten die Yaks trotz ihres leeren Magens das Gewächs nicht an.

Schon seit Tagen will kein Schnee mehr fallen. Die einst geschmähte weiße Pracht wird inzwischen längst bitterlich herbeigesehnt. Ist dieses Innehalten der Vorbote für die in Bälde mit umso gewaltigerer Macht einsetzenden Frühlingsschneestürme? Dann werden der Schnee und das einsetzende Tauwetter in den umliegenden Gebirgen die Bäche, Flüsse und Seen mit reichlich Süßwasser speisen und dem Wassermangel ein Ende bereiten. Aber noch versiegelt der Winter die Oberfläche mit eisiger Hand, obwohl der Schoß der Hoang-ho-Quellen einen in trügerischen Hoffnungen wiegte. Mensch und Tier glaubten, zwischen den Binsenmatten eingestreute Schneeflecken zu erkennen, und beschleunigten ihre Schritte. Doch vergeblich, das vermeintliche Weiß zog sich beständig zurück.

Beermann begriff als Erster, dass die Mulde gar keine Schneereste bereithielt, sondern kriechende Dampfschwaden, welche vom salzigen Untergrund aufstiegen und die Sinne der darbenden Kreatur vernebelten.

Der etwa 1 m breite Eisstrang, der sich aus einem seeartigen Becken schlängelte, ließ sich mit einem einzigen Schritt meistern. Kein Zweifel, in diesem erstarrten Bach schlummert der Ursprung des Hoang ho. Seinen tibetanischen Kinderschuhen entwachsen, schwillt der Strom rasch zur Verheißung und Geißel der Provinzen Nordchinas. Bei Hochwasser ändert er beständig seinen Lauf und durchbricht die Dämme wie Zündhölzchen. Seine Lössfluten haben im Lauf der Jahrhunderte Korridore des fruchtbarsten Bodens und der beispiellosesten Verwüstungen hinterlassen. Millionen von Menschen mussten den Eigensinn des Stroms mit dem Leben bezahlen. Egal, wie unscheinbar und unspektakulär der Hoang-ho-Quellbach anmutet, er hat ein wenig Aufmerksamkeit verdient.

Da die Karawane noch nicht einmal 2 Stunden unterwegs war, drängte Beermann auf raschen Weitermarsch, um endlich bessere Weidegründe zu erreichen. Falls es diese überhaupt gibt. Er war alles andere als überzeugt von der Auffindung des Hoang-ho-Quellbachs, sonst hätte er nichts gegen das Abwarten des höchsten Sonnenstandes einzuwenden gehabt. Das Hantieren mit dem Sextanten an dieser Stelle war in Beermanns Augen nichts als Zeitverschwendung, Hokuspokus. Wissenschaftlich sei die Bestimmung des Breitengrads nicht zu rechtfertigen. Was hatte der Mann erwartet, eine Messingtafel, auf der *Hoang-ho-Quellbach* zu lesen stand? Zugegeben, seit der letzten astronomischen Ortsbestimmung waren noch nicht einmal 30 km zurückgelegt worden, die üblichen Intervalle betrugen 100 km, im Bedarfsfall die Hälfte. Konnte nicht ein einziges Mal eine Ausnahme gemacht werden? Warum sträubte Beermann sich dagegen, die Hand auf das Eis zu legen, um Bescheid zu wissen?

Um weiteren Ärger zu vermeiden, schritt ich knappe 100 m in die einzuschlagende Richtung, über die zumindest keine Unstimmigkeit herrschte, kehrte zur Karawane zurück und setzte mich auf einen Kiesel, fest entschlossen, reinen Gewissens auf den Anbruch der Mittagsstunde zu warten. Hatte Beermann nicht seinen Willen bekommen, war ich nicht entsprechend seinem Wunsch, der mehr einem Befehl geglichen hatte, unverzüglich aufgebrochen? Oder war Beermann erst mit einem Aufbruch bis zum Ende aller Tage zufrieden?

Lager 145, Mar tschü,
21. April 1907

Der westliche Abschluss des Bajen kara liegt der Karawane im Rücken. Der Mar tschü ist erreicht. Weiter im Norden thronen die vergletscherten Schneeberge des undurchdringbaren östlichen Ausläufers des Arka-tagh-Gebirges. In einer Furche zwischen dem Bajen kara und dem östlichen Koko-schili-Gebirge zieht der Fluss seinem großen Bruder entgegen, dem Dre tschü, diesem alten Bekannten, dem Oberlauf des Jang tse kiang. Die Mittagssonne schmolz entlang des Ufers bereits genügend Lachen aus der Eisdecke, an denen die Tiere den Durst stillen konnten.

Dem Lauf des Flusses folgend, arbeitete sich die Karawane tiefer in die Schlucht, darauf vertrauend, nicht gegen den unpassierbaren Bergriegel des östlichen Koko schili zu prallen. Laut Kartenmaterial muss dieser zu umgehen sein. Beermann ist mit sich und der Welt wieder im Lot, jetzt, wo die Karawane einer klar umrissenen Route folgt, beschränken sich seine Kommentare auf ein gelegentliches Murren. Ab und zu fanden sich sogar Flecken mit dürrem Gras, auf das sich die ausgehungerten Yaks stürzten. Die nächste Senke verschwand unter Tausenden von Yakfladen, ein untrügliches Zeichen, dass der Grasmangel ein Ende haben musste. Wo waren sie, die Herden der Wildyaks, welche über die Weiten und schneebedeckten Pässe zogen? In einer Region, wo die absolute Höhe ein ordentliches Stück über 4000 m geklettert war und wo keine Handelsrouten ihren Weg kreuzten? Wo Menschen höchstens irrtümlich vorübereilten, auf der Flucht vor den eigenen Dämonen?

Die Karawane verlassen und auf den Spuren der Yaks in mühevollem Anstieg die zugigen Höhen der flankierenden Berge erklommen. Er war nicht zu übersehen, der zerzauste Koloss, der auf dem Schneefeld lagerte, den gewaltigen Schädel erhoben. Sein Blick war auf den Reiter gerichtet. Oder doch eher auf ein fernes Land in dessen Rücken? War der

Bulle ein zurückgebliebener Wächter, oder war ihm im Alter Einzelgängertum beschieden? Sann er dem künftigen Schicksal seines Reichs hinterher, in welchem bisher noch kein Vertreter des Menschengeschlechts die majestätische Ruhe entweiht hatte? Vielleicht wartete der Yak auf die Wiederkehr des Zeitalters, in dem die Gewalt von Firn und Gletscher die Verbündeten seiner Artgenossen gewesen waren, in dem nur seinesgleichen überleben konnte. Es galt zu verhindern, dass er sich erhob, in seiner Ruhe gestört vom Näherrücken des zweibeinigen Eindringlings. Oder trieb der Yak sein Spiel mit dem Störenfried, um diesen im nächsten Moment mit erhobenem Schwanz anzugehen? Den Rückzug zu meinesgleichen angetreten und den Bullen in einem weiten Bogen umritten. Die Gegend würde mit einer Vielzahl ziehender Wildyaks aufwarten. Es musste nicht ausgerechnet die Herde des alten Bullen sein. Kann es gelingen, das Kainsmal des Eindringlings auszulöschen?

Lager 151, Mar tschü,
27. April 1907

Das Elend der Tiere raubt einem die Beherrschung. Den sechsten, siebten und achten Yak verloren. Wasser und Gras sind wieder in ausreichender Menge vorhanden. Trotzdem bleiben die Bäuche der Yaks aufgebläht wie Trommeln. Worin bloß mag die Ursache der Seuche liegen? Beermann hat einen der verendeten Yaks seziert, außer den allgegenwärtigen Würmern jedoch keinen Befall mit anderen Parasiten feststellen können.

Vermochte anfangs einer der Yaks nicht mehr zu folgen, wurde ein Treiber abgestellt, der ebenfalls zurückblieb, samt

Verpflegung und dem Nötigsten. Längst sind die wegen ihrer Langsamkeit gescholtenen Dickschädel zu treuen Gefährten geworden, man wollte sie nicht gleich aufgeben, selbst wenn man dadurch ihre Qual nur verlängerte. So schleppte die zerstückelte Karawane das nutzlos gewordene Tier ein oder mehrere Tage hinter sich her, ohne dass eine der beiden Parteien im Endeffekt einen Vorteil davon hatte, außer der unsinnigen Hoffnung, der Yak würde sich erholen und nachfolgen. Die herrenlos gewordenen Lasten wurden den verbleibenden Leidensgenossen aufgebürdet und vergrößerten stetig deren Elend. Das zumutbare Gewicht ist längst überschritten. Sollten noch weitere Yaks verenden, wird man neben Ausrüstung auch Proviant zurücklassen müssen. In der ersten Kiste, welche dieses Schicksal ereilte, befand sich der Primus Kocher und der Spiritus.

Als letzthin der Treiber wieder zur Karawane stieß mit dem Bericht, den Yak vor dem letzten Liegen so dirigiert zu haben, dass der peitschende Wind sich an der Hinterhand schadlos hielt, zusammen mit Khyi umgekehrt. Wieso sollten die Wölfe mehr Gnade kennen als der Verursacher der ganzen Misere? Den Todgeweihten in unveränderter Haltung vorgefunden und erschossen. Zuvor hatte der Yak für einen Moment die Augen geöffnet. Ein Stoß mit den Hörnern wäre willkommener gewesen als die Ergebenheit der Kreatur.

Von diesem Tag an wurde gleich an Ort und Stelle gestorben. Cohn biss sich an Tseren die Zähne aus. Nicht einmal durch Aussicht auf Belohnung ließ sich dieser zu der erlösenden Tat bewegen. Sein Glaube lehrt ihn die Gleichgültigkeit gegen das Leid als die beste aller denkbaren Handlungen. So bleiben die verendenden Yaks Europäerangelegenheit. Die

Wochentage wurden aufgeteilt. Seitdem ist klar, wer wann abzudrücken hat.

Ist das Unternehmen ein derartiges Gemetzel wert? In Wahrheit fehlt die Erinnerung, wie es war, als dieser Glaube existierte. Aber es muss ihn gegeben haben, Cohn, Beermann, beiden schneidet er noch so klar in den Stimmen, mit denen sie die Kommandos erteilen. Einzig der einst geschmähte Hammel hat sich in eine Augenweide verwandelt. Keine Spur von Schwäche oder gar Krankheit. Um seine Fütterung kümmert sich niemand, trotzdem gedeiht er prächtig und führt ein ungebundenes Vagabundendasein. Frei und ganz nach Belieben bahnt er sich im Schatten der Karawane seinen Weg. Pünktlich mit dem Dunkelwerden findet er sich im Lager ein. Kein Wolf scheint ihm mehr ans Fell zu wollen, und solange Cohn Jagdbeute findet, ist der Hammel vor den Messern der Chinesen sicher. Und falls für Khyi nicht genügend abfällt, wird kurzerhand ein Rabe geschossen. Unzufrieden läuft der Hund mit dem Happen im Maul von einem zum anderen, in der Hoffnung, einer werde sich seiner erbarmen und das Federvieh rupfen. Bald jedoch siegt der Hunger, und die dünnen Knöchlein knacken zwischen den Federn. Von dieser Seite droht dem Hammel also auch keine Gefahr. Kaum vorzustellen, dass je zuvor eine eiserne Ration so selbstbewusst durch die Reihen ihrer künftigen Henker stolziert ist. Wenn es gelänge, dieses eine Tier unversehrt zurückzubringen, wäre wenigstens ein Zeichen gesetzt, selbst wenn das Elend der restlichen Tiere mitnichten abgegolten werden kann. Bloß, wohin zurück?

Lager 152, 10. Tag, Koko schili,
7. Mai 1907

Vor reichlich einer Woche Zeuge einer erstaunlichen Verkettung von Ereignissen geworden, welche der Karawane einen unbestimmten Aufenthalt bescheren sollten. Seither ist fürs Erste Schluss mit dem Herumziehen über die Weiten des Tschang tang.

Der Ausgangspunkt des Ganzen war meine nach Gretchens Tod getroffene Weigerung, fürderhin den Karabiner abzudrücken, außer zum Gnadenschuss. Seitdem in die Rolle des Jagdgehilfen gepresst, eine Degradierung, gegen die kein Einwand verfängt. Schließlich wird auch mein Magen aus dem Kochtopf gefüllt. Wegen der beschränkten Nahrungsgrundlagen in diesem Land gleicht die Weigerung zu töten der Heuchelei, also ist ihr Preis entsprechend hoch.

Schon während der Morgenstunden jenes Apriltages waren immer wieder Trupps fettester Enten an den Ufern des Mar tschü entlanggewatschelt. Da das Frischfleisch ausgegangen war, sollte Cohn unmittelbar nach dem Lagerschlagen zur Jagd auf das Federvieh aufbrechen, was auch den Einsatz des Jagdgehilfen bedeutete. Die Enten machten einen prachtvollen Eindruck. Das Dumme war nur, dass sie sich aus einem uneinsichtigen Grund auf der gegenüberliegenden Flussseite tummelten. Wegen des Eises hätte dieser Umstand eigentlich kein Problem bereiten dürfen, aber an einigen Stellen linsten schwarze Streifen von offenem Wasser aus der Eisdecke.

Nachdem man einer Schleife flussabwärts gefolgt war und die Enten sich partout nicht zu einem Wechsel auf die wünschenswertere Uferseite entschließen wollten, setzte Cohn einen Schuss ins Leere. Das war eine riskante Angelegenheit, da der Schwarm auch in die falsche Richtung hätte davonfliegen können. Aber das Glück war den Jägern hold. Oder besser gesagt, es ereilte sie mehrfaches Pech, wie sich im weiteren Verlauf des Nachmittags herausstellen sollte. Jedenfalls stoben die Enten geradewegs über den Fluss, ihrem absehbaren Ende entgegen. Cohn ließ sich Zeit mit dem Anschlag, nahm mehrere im letzten Drittel des Schwarms ziehende Enten ins Visier. Unterm Strich hatte er allerdings nicht lange genug gewartet. Zwar fielen die Enten wie Steine zu Boden, nur leider nicht der Jagdgesellschaft vor die Füße, sondern mitten auf die Eisdecke des Flusses. Khyi schied als Kandidat aus, da er erlegte Vögel inzwischen ohne Getue auffraß, anstatt diese zu apportieren. Die Schule der Raben hatte ihre Spuren hinterlassen. Cohn deutete also auf seinen Gehilfen, welcher gehorsam von seinem Pony stieg.

An manchen Stellen befleißigte sich das Eis unter dem Druck der Schritte einer zwar minimalen, aber trotzdem sogleich unguten Elastizität. Hatte der Gehilfe eine Wahl? Er passierte den ersten Kadaver, und wenige Meter später, als er sich nach dem zweiten bückte, zerriss ein helles Knacken die Luft. Wie ein lebendiges Wesen lief es über den Fluss. Unmittelbar danach zerbarst die Eisdecke mit einem Knall.

Der Schock des unfreiwilligen Bads war formidabel. Als ob einem die Luft aus dem Körper gequetscht würde, in einem einzigen Moment, unter dem entschlossenen Griff einer Golempranke. Der Schafspelz bauschte sich wie ein Luftsack. Sobald er sich vollgesogen hätte, würde er sich in einen Klumpen Blei verwandeln, samt dem darin gefangenen Körper. In aufsteigender Panik warf ich die Arme über den gezackten Eisrand, krallte die Finger ins Eis und versuchte, mich aus dem Wasser zu ziehen. Doch meine Fingerspitzen fanden auf der glatten Oberfläche keinen Halt, gleich, wie sehr ich mich mühte, den Körper, wenn schon nicht aufs Eis zu schieben, so doch zumindest die Arme von dessen Gewicht zu entlasten, indem die Beine Schwimmbewegungen vollführten. Das planvolle Handeln verlor sich rasch in einem hilflosen Schlagen mit Händen und Füßen. Die Folge war ein gänzliches Zurücksinken in die Haltlosigkeit des Wassers. Cohn brüllte irgendetwas. Hoffentlich war er klug genug, vom Eis zu bleiben. Weil das Gefühl in meinen Fingerspitzen bereits vollkommen erloschen war, hämmerte ich mit zunehmender Verzweiflung auf die Eisfläche.

Diese Unbeherrschtheit war meine Rettung, denn einer der Faustschläge traf eine geringfügig aufgetaute Stelle und dellte eine Vertiefung in das Eis. Mit frischem Mut und neuer Kraft schlug ich mir einen zweiten Halt. Das Eis färbte sich rot vom Blut der aufgesprungenen Knöchel, während es mir gelang, mich aufs Eis zu ziehen. Nur kein Ausruhen. Bäuchlings schob ich mich vorwärts. Da meldete sich der Jagdgehilfe zu Wort und wollte sich zu der Einbruchsstelle umdrehen, ob dort nicht noch die Ente trieb. Ich versetzte dem Gehilfen eine Ohrfeige und robbte weiter.

Cohns Brüllen setzte erneut ein, dieses Mal mit verstärkter Lautstärke. Ich wünschte, er würde aufhören, bis ich begriff, dass ich die falsche Richtung eingeschlagen hatte. Also robbte ich in einem respektvollen Bogen um das Loch zurück, ängstlich auf ein verdächtiges Geräusch unter mir lauschend, das etwas anderes verriet als meinen keuchenden Atem und das Schleifen der Kleider. Die Robberei ging noch weiter, nachdem das Ufer längst erreicht war. Cohn war mir entgegengeeilt und hatte mich seit geraumer Zeit auf die

Füße zu stellen versucht, aber ich wehrte mich, denn ich wäre mit einem Dasein auf dem Bauch bis ans Ende meiner Tage zufrieden gewesen. Warum ich auf dem Rückweg nicht wenigstens die zweite Ente mitgebracht hätte, ich hätte den toten Vogel ja beinahe aus dem Weg räumen müssen? Dieser Satz, begleitet von einem schiefen Grinsen, brachte mich auf die Beine. Der Kampf mit der bereits steifgefrorenen Kleidung begann.

Um die Flussschleife nicht in umgekehrter Richtung noch einmal abreiten zu müssen, schlug Cohn den direkten Weg ins Lager vor. Da es mich auf das Jämmerlichste fror, folgte ich zu Fuß, um durch die Bewegung den Blutkreislauf wenigstens etwas in Gang zu bringen. Doch die Steifheit ließ sich aus den Gliedern nicht verscheuchen, so dass der Abstand zu Cohns Pony allmählich größer wurde. Sogar mein Pony hatte mich bereits überholt, da meine halberfrorenen Finger, denen die Eispartie die Haut der Kuppen und gut die Hälfte der Nägel gekostet hatte, nicht in der Lage waren, die Zügel mit festem Griff zu fassen. Während ich einen mit Felsblöcken übersäten Anstieg erklomm, hielt sich nur Khyi an meiner Seite und wedelte mit dem Schwanz, sobald ich zu ihm hinabblickte. Plötzlich schnaubte mein Pony, ich hob den Kopf und sah gerade noch, wie Cohn mitsamt seinem Pony in gut 100 m Entfernung im Nichts verschwand.

Als die Stelle erreicht war, fand ich mich an der steilen Abbruchkante zu einer mehrere Meter tiefen Geländestufe. Inmitten dieser Abbruchkante klaffte ein halbrundes Loch, dessen Grund ein loses Gemisch aus Geröll und Sand bildete. Zuerst entdeckte ich das Pony, zumindest das, was von ihm übrig war: 4 Fesseln und Hufe, die wie die Beine eines umgekehrten Tisches in die Luft staken. Sonst nichts als

Steine und Sand. Das Schlimmste ahnend, kroch mein Blick weiter, aber von Cohn fehlte jede Spur. Keine Hand, kein Kopf, kein Bein. Buchstäblich vom Erdboden verschluckt. Endlich drang schwaches Rufen hinter einem größeren Felsbrocken hervor, welcher den Blick versperrte. Khyi sprang mit einem Satz hinunter. Ich tastete mich hinterher, kroch auf allen vieren über kullerndes Geröll, darauf vertrauend, dass die Überreste des abgerutschten Geländes eine Lage gefunden hatten, die stabil genug war, um nicht noch tiefer abzusacken.

Khyi erreichte lange vor mir den Felsbrocken und verschwand dahinter, um im nächsten Moment in aufgeregtes Bellen auszubrechen. Ich fand den kauernden Cohn, sein rechtes Bein stak bis zum Oberschenkel in einem Hohlraum zwischen 3 Steinen. Sonst schien der Verunglückte wie durch ein Wunder unversehrt, auch wenn er totenbleich war. Mit schmerzverzerrtem Gesicht drückte er gegen die Leiste über dem eingeklemmten Bein. Als ich ihn ebenfalls dort berührte, um zu sehen, ob ein Herausziehen möglich war, schnappte er unter Schreien nach Luft.

Bereits als ich das Steingewirr abzuräumen begann, wusste ich, dass die Aufgabe allein nicht zu schaffen sein würde. Die geschundenen Hände brannten wie Feuer. Aber selbst ohne das unglückliche Vorspiel auf dem Eis wären die größeren Steine über die Kräfte eines einzelnen Mannes gegangen. Khyi saß leise winselnd neben mir und verfolgte jede meiner Bewegungen. Zuvor hatte ich ihm geheißen, mit dem Scharren aufzuhören, gegen das Geröll war für seine Pfoten kein Ankommen, und er riß mir im wilden Bestreben zu helfen lediglich die Handrücken auf. Ich schob ihm meine verkrampften Finger unter das Kinn und befahl, ins Lager zu laufen und Hilfe zu holen. Khyi legte den Kopf schief, rührte sich ansonsten aber nicht von der Stelle, bis ich mich erhob, meinen Arm in Richtung Lager ausstreckte und ihn mit lautem Kommando wegschickte. Khyi schoss los, kletterte behende den Bergrutsch hinauf und verschwand wie der Wind in der ihm gewiesenen Richtung.

Cohn drohte das Bewusstsein zu verlieren. Ich versuchte ihn mit Geschwätz über das Geschehene wachzuhalten. Dass er von Glück sagen könne, dass es ihm nicht wie seinem Pony ergangen sei. Dass er sogar den 3 Steinbrocken dankbar sein müsse, die sein Bein eingeklemmt hätten und es dadurch vor dem enormen äußeren Druck schützten. Hätten die tonnenschweren Geröllmassen das Bein ohne Gegendruck eingeschlossen, wäre sein restlicher Körper durch den plötzlichen Blutandrang aus dem zerquetschten Bein geplatzt wie eine reife Frucht.

Cohn nickte und meinte, all das sei ein arg übertriebenes Entgelt für ein paar verschusselte Enten.

Das erste Mal, seitdem er und seine Mutter sich der Karawane gezwungenermaßen hatten anschließen müssen, nutzte Khyi die Gelegenheit zur Bewährung. Er brachte tatsächlich Hilfe. Irgendwann gelang Cohns Befreiung, den zu unserer aller Erleichterung eine Ohnmacht erlöst hatte, nachdem er zuvor in ein stetiges Wimmern verfallen war. Das Bein sah gar nicht so schlimm aus. Alles war noch dran, der Bruch des Oberschenkels war nach Beermanns Urteil zwar doppelt, die Quetschung beträchtlich, aber immerhin stak der Knochen nicht durch das Fleisch. Ob Knie oder Knöchel Schaden genommen hatten, war nicht zu entscheiden. Tschin gim hatte inzwischen eine Bahre aus zusammengebundenen Karabinern und einer Filzdecke angefertigt.

Erst in der Dunkelheit erreichte der traurige Zug das Lager. Man würde sich wohl für eine Weile einrichten müssen. Nach meinem Bericht deutete Beermann auf die toten Leiber zweier Orongo-Antilopen, welche sich verirrt hatten und auf der Suche nach ihrem Rudel geradewegs ins Lager spaziert waren. Soviel zu den Freuden der Entenjagd. Für den Unglücksschützen gab es statt einer kräftigenden Mahlzeit eine reichlich bemessene Portion Morphium, für den ungeschickten Gehilfen nach Beermanns flinken Nähkünsten an den ärgsten Rissen bandagierte Hände. Beermanns Einschätzung über das fast schon unverschämte Maß an Glück, welches 2 Menschen am selben Tag innerhalb weniger Stunden verbraucht hätten, fasste den Tag alles in allem trefflich zusammen.

Lager 152, 11. Tag, Koko schili,
8. Mai 1907

Cohn wird noch eine Weile nicht transportfähig sein, erholt sich aber zusehends. Auch ich verbringe die Zeit mit Vorliebe in der Horizontalen, obwohl die Schmerzen in den Händen auf ein erträgliches Maß zurückgegangen sind. 2 oder 3 Knöchel der Rechten sind wohl gebrochen, die Sehne des kleinen Fingers gerissen. Wenigstens hat sich keine der Wunden entzündet, und Beermanns grobe Stiche halten vorzüglich. Die rohe, nässende Haut an den Fingerkuppen verwandelt jedes Greifen immer noch in eine Qual. Die ersten Tage wie ein Hund aus dem Napf gegessen, den Löffel zu halten erwies sich als ein Ding der Unmöglichkeit. Gestern der erste Schreibversuch, mit der Linken. Eine mühselige, den Tag füllende Fleißarbeit abgeliefert, deren Resultat einige Entzifferungskunst voraussetzt.

Müßiggang ist ein herrlich Ding, so lautet die überraschende Quintessenz dieser Tage. Wohl auch die einzig erwähnenswerte. Liege während der meisten Stunden rücklings in der Steppe, die Arme eng am Körper und angewinkelt, die Hände gerade nach oben gerichtet, leicht aneinander gelehnt, weil die Schwellungen in jeder anderen Haltung ob des Blutandrangs beständig zu pulsieren beginnen. Wie ein Käfer auf dem Rücken mit gen Himmel gereckten Gliedmaßen oder wie ein Gläubiger, der das rechte Beten verlernt hat. Bloß die Augen wandern.

Wenn der stets geschäftige Beermann an meiner Lagerstatt vorbeieilt, die er weit lieber hinter den verbergenden Zeltwänden bei Cohn gesehen hätte, wirft er mir von der Seite einen scheelen Blick zu, welcher eine gehörige Portion Zweifel an der Funktionstüchtigkeit meines Verstandes gar nicht zu verbergen trachtet. Seine noch schmeichelhafteste Diagnose dürfte Spuren einer geistigen Beschädigung durch das lange Leben in der Wildnis lauten. Aber der Arme kann nichts dafür, seine Unzulänglichkeit reicht nur bis zur Kakaosucht. Und er ist derjenige, der sich um jede Kleinigkeit kümmern muss. Beermann obliegt das Verteilen der Aufgaben im Lager, das Neuordnen des Proviants, das Überholen der Ausrüstung, das Fortführen der wissenschaftlichen Beobachtungen und derlei Verlustierungen.

Bei der Jagd, welche ebenfalls in sein Ressort fällt, beweist er ein glückliches Händchen. Die Tiere scheinen Schlange zu stehen, um vor die Flinte des Zoologen zu gelangen. Kein Tag vergeht, ohne dass sich in der Nähe des Lagers versprengte Orongo-Antilopen oder ein unbelehrbarer Bär zeigen. Selbst ein junger Kiang hat seine Neugier mit dem Leben bezahlt. Das Fleisch schmeckte etwas streng, aber immer noch besser als die zähen Bärenklumpen. Der Zoologe mausert sich zum Rattenfänger vom Hochland. Nur die Enten lässt er ungeschoren.

Und was treibt der eigentliche Leiter der Expedition, dessen ursprüngliche Aufgaben sich wie künstliche Berge vor ihm türmen? Zu deren Bewältigung ihn keine Hingabe mehr erfüllt? Er genießt die Schonfrist. Zum Beweis, dass der gute Wille sich gegen die körperliche Malaise auflehnt, letzte Nacht den Versuch astronomischer Ortsbestimmungen unternommen. Die Wahl des Zeitpunkts war eine denkbar schlechte. Mit einsetzender Dunkelheit begannen die Wolken so dicht und unermüdlich über den Himmel zu ziehen wie Wildyaks über die Steppen. Nicht ein einziges Mal gaben sie genügend lange den Polarstern preis, die Winkel der Gestirne ließen sich nicht bestimmen. Von Sirius, Venus oder dem Großen Bären keine Spur. Bei minus 20 Grad nach ein paar Stunden das Universal verstaut, nachdem der auffrischende Westwind am Stativ zu rütteln begann und jedes weitere Bemühen zur Unmöglichkeit verdammte. Unverrichteter Dinge unter die wärmende Decke gekrochen. Vergeblich auf den so vertrauten, leisen Stachel des Schuldgefühls gewartet, weil ich die Annehmlichkeit des Liegens genoss, anstatt mich über das misslungene Nachtwerk zu grämen.

Was hat ihn gesprengt, den Würgegriff der Zeit? Wo ist er hin, der Überdruss an erzwungenen Wartezeiten? Wohin die Philistersorge, wertvolle Zeit durch Nichtstun zu vertrödeln? Was heute liegenbleibt, was gestern versäumt wurde, was auf morgen verschoben werden muss – was ist die Bilanz anderes als die schiere Abfolge der Tage? Der Lohn der Mühen ist stets nur von kurzer Dauer, ein paar Brocken vom

Teller der Erkenntnis, ein wenig oberflächlicher Glanz, rasch verklungener Ruhm. Die Vollendung eines wie auch immer gearteten Wollens kann es nicht geben, jeder Schlussstrich wird willkürlich gezogen, von einem selbst, von anderen, von den Umständen. Wohin jeder noch so vielversprechende Neubeginn führt, ist bekannt. Am Ende reibt sich der Tod die Hände. Diese Gewissheit sollte das Dasein durchdringen, alles andere ist Wunsch und Wahn, ein Traum, aus dem es zu erwachen gilt. Einmal zu dieser Einsicht gelangt, ist es nur noch ein Schritt zur Selbstvergessenheit. Der Punkt ohne Wiederkehr.

Der Schmutz kriecht meinem Körper in alle Poren, die triumphale Lebenskraft der Läuse erfüllt meinen Sinn mit Gleichgültigkeit, das Drillichhemd hängt mir in schmierigen Fetzen vom Leib. Die Lumpen durch ein frisches Hemd zu ersetzen, derer sich noch 2 in meinem Gepäck befinden müssten, dünkt mir überflüssig. Wozu überhaupt ein Hemd? Aus alter Gewohnheit? Der Schafspelz wärmt auch ohne Futter trefflich. Ich nähere mich dem Zustand, elementaren Schmutz für zu niedrig zu erachten, um den Flug der Gedanken mit dessen Beseitigung zu beschweren. Kleidung findet ihren Sinn nur noch im Schutz vor Kälte, nicht mehr in der Erfüllung einer Konvention. Man könnte es Verwahrlosung nennen, ich erkenne darin den kleinen Bruder des höchsten Guts, der Freiheit. Schluss mit dem Sklavendasein unter der Knute der äußeren Welt, ihren Geboten und Gesetzen. Mag der Mensch ohne den Firnis der zivilisierten Welt nur ein stinkendes, stammelndes und dumpfes Geschöpf sein, bar jeder Kultur, aber in seiner Seele ist es licht und aufgeräumt, die Eitelkeit und Stickluft des allzu Menschlichen sind durchs geöffnete Fenster hinaus.

Lager 152, 13. Tag, Koko schili,
10. Mai 1907

Heute endlich eine seit Tagen quälende Vorstellung abgeschüttelt. Wieder und wieder erlitt ich das gleiche Schicksal wie Hucs Yaks vor mehr als einem halben Jahrhundert. Der französische Lazaristenpater war Zeuge einer Szene geworden, welche sich mir nach meiner unfreiwilligen Bekanntschaft mit den Eisfluten des Mar tschü unbezwingbar ins Gedächtnis gedrängt hat. Die Durchquerung eines Flusses durch eine Herde Yaks ist eine alltägliche Begebenheit in Tibets Hochland. Aber der Fluss muss ausgerechnet während dieser Augenblicke im Prozess des Zufrierens begriffen gewesen sein. Das Eis drängte gegen die Tierkörper, umschloss diese. Vom Ufer aus erkannte Régis Évariste Huc die Köpfe und die Rückenpartien, welche aus der Eisdecke ragten. Die emporgereckten Hörner. Als würden die Tiere immer noch schwimmen, darauf bedacht, die prustenden Nüstern über Wasser zu halten.

Die Yaks waren schon vor langer Zeit zu Trabanten des Eises geworden. Huc muss sich geirrt haben. Wenn er aufs Eis gegangen wäre, hätte er erkannt, dass die Wölfe das Rückenfleisch herausgerissen hatten, bis auf die Wirbelsäule und Rippen herabgenagt. Hungrige Wolfsmägen wussten aus einer derartigen Laune der Natur ihren Vorteil zu ziehen. Andererseits, warum waren die Wölfe nicht an die Köpfe gegangen? Lag es dann nicht nahe, dass auch die Yakkörper verschont geblieben waren? Vermutlich war das Fell mit einer derart dicken Eisschicht überzogen gewesen, dass nicht einmal die Kiefer der Wölfe eine Chance hatten. Jeder, der von diesem Schauspiel erfuhr, hatte sie insgeheim sehen wollen,

Hucs Yaks. Was macht den Reiz der Szene aus? Sie zeigt nichts anderes als einen beliebigen Moment im Leben und Sterben auf Tibets Hochland. Das Besondere, das liegt im Kopf des Betrachters. Das eine hat mit dem anderen nichts zu tun.

Lager 152, 20. Tag, Koko schili,<br>17. Mai 1907

Cohn unternimmt schon den dritten Tag Gehversuche und vertreibt mit seinem Eifer endgültig die Pfeifhasen, welche mitten im Lager vor den Löchern ihrer Baue Männchen machten und der Schar Störenfriede aus großen dunklen Nageraugen interessierte Blicke zuwarfen. Wenn man stillhält, lässt sich der ein oder andere neugierige Geselle anlocken. Ein paar Streichhölzer in der hohlen Hand haben es ihnen besonders angetan.

Tseren kauerte bewegungslos in unmittelbarer Nähe und beobachtete mein Treiben. Er fragte, ob ich mich auch von giftigen Eidechsen in den Finger beißen lassen würde. Auf die Frage, wie er zu dieser Idee komme, da er ja wohl keine entsprechenden Erfahrungen mit den possierlichen Tierchen gemacht haben konnte, zuckte er mit den Schultern. Diese eigentümliche Ansicht über eine vermeintliche Gefährlichkeit der kleinen Reptilien ist bei vielen Völkern verbreitet. Meine Bemühungen, Tseren zu überreden, es auch mit den Streichhölzern zu versuchen, wies er als Kinderkram entschieden von sich. Stattdessen spuckte er sich in die Mitte des Handtellers und richtete so eine Tränke für Fliegen ein, die sofort reichlich Zuspruch fand. Tseren forderte mich auf, die Fliegen zu verscheuchen, und war ganz selig, als die Plagegeister umgehend zurückkehrten. Die Trockenheit auf dem Tschang tang ist in der Tat ganz außerordentlich.

Leider ließen sich die mit den Pfeifhasen geschlossenen Freundschaften nicht mit einem einzigen, von den Yaks übriggelassenen Grashalm besiegeln. Sosehr ich suchte, es wollte sich keiner finden lassen. Überall im Sand stattdessen ringförmige Abdrücke. Sich auf den Kolben meines verwaisten Karabiners stützend, welchen Cohn kurzerhand beschlagnahmt hat, schleppt sich der Genesende stolz wie ein Gockel durchs Lager und beteuert Satteltauglichkeit. Beermann legt die Stirn in Sorgenfalten, aber im Grunde will auch er weiter. Die Tiere müssen jeden Tag weiter weg vom Lager getrieben werden, um einen Weideplatz zu finden. Also morgen Aufbruch. Bleiben oder Weiterziehen, es ist mir einerlei.

Eine eigenartige Erschöpfung ist während der erzwungenen Ruhetage bis in die letzte Faser meines Körpers gekrochen. Es kostet gewaltige Anstrengung, sich gegen diese Kraftlosigkeit der Glieder zu behaupten. Der Wunsch nach Schlaf lässt mich nicht mal die Hand heben, aber nicht nach dem Schlaf einer Nacht, sondern nach dem Schlaf, aus dem es kein Erwachen mehr gibt. Den Verletzungen kann dieses Bedürfnis nicht geschuldet sein, da die Wunden fast verheilt sind. Es werden hässliche Narben und Knubbel wilden Fleisches bleiben, auch mit der Beweglichkeit hapert es, und der kleine Finger der rechten Hand wird die Krümmung einer Kralle wohl nicht mehr verlieren. Eine Besserung dürfte mit Sicherheit eintreten, sobald die Nägel endlich nachgewachsen sind. Zum Halten von etwas Zerbrechlichem oder zum Liebkosen werden diese Pranken jedenfalls nicht mehr taugen.

Wahrscheinlich ist die Erschöpfung der großen Höhe geschuldet. Lungen und Herz pumpen auf Hochtouren, es gilt, mehr als das zweifache Volumen an Luft zu bewältigen. Die seltenen Tage einer eigenartigen Beschwingtheit sind längst vorbei, die wohl dem vermindert wahrgenommenen Körpergewicht zuzuschreiben war. Kurzatmigkeit und Herzrasen haben sich wie die bucklige Verwandtschaft eingenistet. Sobald das Räderwerk erst einmal stillsteht, scheint es sich nur schwer wieder in Gang setzen zu lassen. Eine vollständige Wiederherstellung der Kräfte ist wohl nur durch eine längere Ruhephase nahe der Meereshöhe zu erlangen. Oder durch eine Metamorphose zum Hochländer. Bis dahin bleibt nur die Hoffnung auf die Brosamen von Cohns Ehrgeiz, einen Rekord im Reiten mit nicht ausgeheiltem doppeltem Oberschenkelbruch aufstellen zu wollen. Das erzwungene Schneckentempo wird meine eigene Schwäche überdecken.

Zuflucht bei leichten Tätigkeiten gesucht. Wollte Zwei beim Abgießen des Reises zur Hand gehen, habe mich aber selbst bei diesen einfachen Handgriffen so ungeschickt angestellt, dass der Deckel heruntersprang und sich der Inhalt des Topfes über die Hände des Kochs ergoss. Wegen des zum Glück niedrigen Siedepunkts zog sich der Ärmste keinerlei Verbrennungen zu. Um den Reis war es nicht schade. Und Khyi besorgte den Rest. Während des Standlagers sollte der letzte noch vorrätige Sack Reis verbraucht werden, weil die lange Garzeit einen nach den Mühen des Marsches zur Verzweiflung bringen kann. Nicht einmal eine Entschädigung für das Ausharren folgt, weil das Endprodukt eine schleimige Masse ohne Geschmack ist. Heute hätte es die seltenere Variante mit im Inneren hart belassenem Kern geben sollen, eine Zubereitungsart, bei welcher vor allem Cohns Kauwerkzeug revoltiert. Für 2 seiner Zähne wäre wohl eine baldige Extraktion die beste aller Lösungen. Im Lager will allerdings keiner das Reißen übernehmen, solange einem das Opfer nicht die Pistole auf die Brust setzt. Die schleimige Masse hingegen lassen sich unsere Leuten nur noch dann ohne Gemecker schmecken, wenn Zwei auf Beermanns Geheiß einen Maggiwürfel dazugibt.

Vor Wochen war es eine Geduldsprobe, die Leute von der Harmlosigkeit des Bouillonkonzentrats zu überzeugen. Die Tibetaner verschmähten die gepressten Würfel wegen der geheimnisvollen Zutaten. Lobsang gestand, er vermute eine Beimischung menschlicher Exkremente, so wie die Lamas den Kot des Dalai Lama den Pillen beimengen und diese dadurch zu einer kostbaren und begehrten Arznei machen. Aber das ist heiliger Kot. Welche Schrecken der Kot der Piling pa beherbergt, will wohl keiner in Erfahrung bringen.

Zuerst musste also in getrennten Kochtöpfen gekocht werden. Nachdem Zwei im Beisein der gesamten Mannschaft den ersten Würfel in den Reis gemischt hatte, wurden die Probanden in den folgenden Stunden argwöhnisch beobachtet. Erst als sich am darauffolgenden Tag Shung zu einer Kostprobe aus dem Europäertopf hatte durchringen können und umgehend ein Loblied auf den Wohlgeschmack angestimmt hatte, wollte keiner der Leute mehr hintanstehen. Inzwischen geht der Vorrat an gepressten Würfeln aus gehärteten Fetten, Salz und Geschmacksverstärkern zur Neige. Wenn die Leute von den paar Tüten Trockensuppe wüssten, für deren Verbrauch Beermann immer noch auf die rechte Gelegenheit wartet, hätte der Küchenchef keine ruhige Minute mehr. Sie würden sich sogar auf Leguminosenmehl stürzen, bloß wegen dessen Exotik.

Die einzig brauchbare warme Speise in dieser Höhe gemessen an Zubereitungszeit und Nährgehalt ist und bleibt

Tsam ba. Ohne viel Aufhebens macht Tsam ba satt und ist an Wohlgeschmack nicht zu überbieten. Die Gerste kann mehrmals im Jahr angebaut und geerntet werden. Was denn auch ohne Unterlass geschieht und die dünne Humusdecke entsprechend auslaugt. Das bisschen Aschedüngung aus spärlich verkohltem Wurzelwerk schafft keine Abhilfe. Und den Viehdung braucht man zum Heizen. Alternativen sind keine vorhanden. Denn kein anderes Getreide gedeiht bei annähernd 4000 m Höhe.

Lager 161, Dumbure,
26. Mai 1907

Das Tauwetter hat eingesetzt. Die vegetationslosen, wassergesättigten Ebenen verwandeln sich unter den Hufen der Tiere in einen trügerischen Grus aus zermalmtem Schutt und Sand. Immer wieder bleibt die Karawane stecken. Sind die Tragetiere erst bis zum Bauch in dem wabernden Morast versunken, hilft nur noch das Abladen der Lasten, das Auspacken der Schaufeln. Man schiebt an der Hinterhand und zieht an den Schwänzen. Wenn die Tiere befreit sind, werden sie erneut beladen. Nach ein paar gewonnenen Metern beginnt die gleiche Prozedur von neuem. Längst braucht man kein besonderes Gespür mehr für die Ursachen der körperlichen Erschöpfung. Sobald Cohn absteigen muss, ist er allen im Weg, stakst wie Kapitän Ahab umher, stößt Verwünschungen aus und bleibt mit dem geschundenen Bein alle paar Schritte stecken. Ohne fremde Hilfe will ihm eine Befreiung selten gelingen, eine Demütigung, die ihn fast zur Raserei treibt. Cohns vergnügte Aufbruchslaune ist längst umgeschlagen, umso offensichtlicher macht ihm der im Bein tobende Schmerz zu schaffen.

Dort, wo Gras und andere spärliche Polsterflora die Hänge überziehen, gerät oft das gesamte verfilzte Wurzelgeflecht ins Rutschen. Horizontal bilden sich riesige Wülste und schieben sich übereinander. Die Oberflächen der Hänge ähneln in solchen Gebieten einem faltenwerfenden Teppich. Der Untergrund ist in ewigem Frost erstarrt. Junges Grün tupft die Matten, welche nirgends eine geschlossene Pflanzendecke bilden. Auch der Burtse sprießen frische Zweiglein und verwöhnen die Gaumen der Yaks.

Unter solch einladenden Bedingungen erweist sich selbst das Lagerschlagen als Glückssache. Stellen, welche am Nachmittag noch mit einem einigermaßen trocknen Untergrund aufwarten, verwandeln sich des Nachts allein durch unser Gewicht in kleine Tümpel. Ein Schneeschauer ist nicht einmal vonnöten. Mit dem verlockenden Gedanken gespielt, sämtliche Kleider vom Leib zu streifen, wenn man schon dazu verdammt ist, wie ein Lurch zu hausen. Ein nudistisches Lichtgebet in der wärmenden Mittagssonne hätte das bereits arg strapazierte Freundschaftsband zu Beermann allerdings endgültig gekappt. Also mich mit dem Verzicht auf die durchweichten Socken begnügt und über den unerschöpflichen Vorrat an schlammigem Wasser gestaunt, welches aus Löchern, Rissen und aufgeplatzten Nähten des Bergschuhs sickert, sobald man den Fuß aus dem Morast zieht.

Meine guten Halbschuhe waren längst zu Lobsang weitergewandert, denn Schusters Rappen waren das mindeste, womit man einen Menschen zu versorgen hatte, den man den ganzen Tag über Geröll scheuchte. Die Ledersohlen der Stiefel, welche ihm am Tschi tschü überreicht worden waren, hatten nicht lange ihre Pflicht getan, nachdem er Cohn das Pony hatte abtreten müssen. Und Tseren strahlte vor Stolz über Cohns Lackstiefeletten, welche dieser zum allgemeinen Erstaunen aus seinem persönlichen Gepäck zog.

Cohn hatte Vorsorge für offizielle Anlässe bei chinesischen Beamten getroffen. Wahrscheinlich schleppte er auch einen Frack mit allem Zubehör mit, für den Abschied von der Wildnis, welchen er wohl stilvoll zu begehen gedachte. Sobald die erste Eisenbahnstation in Reichweite käme, würde er sich die schmutzigen Fetzen vom Leib reißen, in Frack und Lackstiefeletten schlüpfen und sich eine eigens für diesen Moment mitgeführte Zigarre anstecken. Vielleicht würde er mit dem letzten Rest Cognac einen Toast ausbringen auf das Ungebundensein des Reisens, auf das bukolische Zigeunerleben, das doch, ach wie schade, eines Tages zu Ende gehen musste. Bis dahin stakste erst einmal Tseren in Cohns gutem Schuhwerk den Yaks hinterher. Seinem Reitpony waren die gleitenden Hänge zum Verhängnis geworden.

Lager 163, Dumbure,
28. Mai 1907

Als ob der Himmel zersprungen und eine Scherbe in das Bergmassiv hinabgestoßen war. Ein Keil im Horizont, kobaltblaues Licht, das sich selbst verzehrte. Beim Näherkommen weitete sich der Keil zu der Fläche eines riesigen Sees, der beständig in die Talgründe hinauswuchs. Er pulsierte im Zentrum eines Prismas aus Vielecken voller Farben, welche die den See umstehenden Berge warfen. Vergoldetes Schöngelb neben gebranntem Umbra, dort Caput mortuum und immer wieder Marsrot. Die exponierten Grate entsandten einen satten Glanz, Zacken aus Stein, die zu dunklem Glas zerschmolzen. Der Blick sank in das Rauchgrau der verschatteten Schründe. Es war die Mittagsstunde. Betrachtete man das Schauspiel erneut, doppelte der Spiegel des Sees die Felskämme mit erschreckender Klarheit.

Die Intensität der Farben und Schärfe der Konturen rühren von der Kälte der Luft, welche selbst während der Mittagsstunden andauert. Die Strahlung der Sonne dringt mit der Leuchtkraft von Feuer in alle Materie ein. Würde dieses Phänomen durch die Wärme des Sommers zerstört werden? Ich träumte mich von den nasskalten Schneestürmen des Frühlings zu dem lieblichen Duft der nicht einmal 100 Tage währenden Vegetationszeit mit ihrer vollkommenen Trockenheit. Die Hufe meines Ponys versanken in einem Blütenmeer. Ich würde erst wieder absitzen, wenn sich der kurze Sommer ohne Übergang in der Kälte des Winters auflöste.

Aber dieses Blütenmeer auf dem Tschang tang würde niemals existieren. Nur an den geschützten Stellen entlang der Berghänge, wo sich eine dünne Verwitterungsdecke hatte ablagern können, würde sich ein wenig alpine, zwergwüchsige Wiesenflora an den Boden klammern. Diverse Gräser, schüchterne Kandidaten wie Astern, Nesseln, Beifuß, das Perlpfötchen. Und die Lauchartigen. Den spärlichen Platz würden sich diese Gewächse mit ihren Buhlen teilen müssen, den Sträuchern und Krautigen, dem Sanddorn, Fingerkraut und den Tamarisken. Die Ebenen gehören dem Geröll und dem Morast. Mit Leben durchzieht diese nur der enorme Tierreichtum, welcher in eigentümlichem Kontrast zur Pflanzenarmut steht. Es muss sie irgendwo geben, die fetten Weidegründe inmitten der Steinwüste, in welche sich die Burtse am weitesten von allen Gewächsen hinauswagt.

Als die Karawane das Ufer beinahe erreicht haben musste, konnten die vorderen Tiere gerade noch den Schritt bremsen, um nicht in den See hineinzutreten. Das seichte Wasser ruhte starr wie eine Glasplatte über dem Grund. Wo endete die Uferlinie, wo begann das Wasser? Wohin war das Himmelsblau? Für die vollkommene Transparenz des Wassers muss ein hoher alkalischer Gehalt verantwortlich sein, der es von allem organischen Leben bereinigt und ungenießbar macht. Selbst eine Trübung durch kleinste pflanzliche Organismen fehlte.

Die weißen Formationen, welche die Uferbuchten säumten, entpuppten sich als ein Gewirr aus zusammengespülten Yakknochen. Der Zauber brach. Auf dem Spiegel des Sees dümpelten aufgedunsene Kadaver wie Treibgut. Woran auch immer diese Unmenge Yaks verendet sein mochte, der Salzgehalt des Sees allein bot keine befriedigende Erklärung. Eilig wurden die durstigen Tiere zurückgetrieben, was sie mit dem schrillen Brüllen der Empörung quittierten. Trotzdem gelang es ein paar von ihnen, mit den Zungen die herumliegenden Schädel zu belecken. Lobsang wies voller Graus auf einen Trupp kindsgroßer Geier, die auf den angrenzenden Felsen hockten. Mit ihren vollgefressenen Bäuchen schafften sie es kaum, sich ein paar Handbreit über den Boden zu erheben, als Steinwürfe sie zu vertreiben suchten. Die Pfiffe der Treiber wurden schriller, die Gangart der Yaks umso langsamer, weil sie nicht einmal Grasbüschel rupfen durften. Willkommen im Reich der toten Seen.

Wieder zum mühseligen Graben nach Brackwasser Zuflucht genommen. In einer ansonsten ausgetrockneten Senke eine feuchte Stelle erspäht. Mit den Messern den Boden aufgestochen, mit den Schaufeln zu einer Mulde vertieft. Die

Tiere mussten festgebunden werden, damit sie sich nicht auf das kostbare Nass stürzten und dem Tümpelchen den Garaus machten. Das Sammeln des schmutzigen Wassers in einer Plane. Die Tiere nacheinander zur Tränke geführt. Das Wiederholen der Prozedur. Wieder und wieder. Auch die eigenen Trinkwasservorräte aufgefüllt. Wären nur die Alaunvorräte nicht fast aufgebraucht.

Lager 164, 1. Tag, Dumbure,
29. Mai 1907

Cohn hatte einen Ruhetag dringend nötig. Dass die unmittelbare Nähe des Totenangers der Yaks nicht besonders anheimelnd wirkte, darauf konnte keine Rücksicht genommen werden. Durch das gerade aufgeschlagene Lager taumelte ein Trupp von 5 Wildyaks, der aus dem Nichts aufgetaucht war. Mit vor Speichel triefenden Mäulern wankten sie in Richtung See und stürzten sich in das Nass. Ohne zu saufen, stolperten sie immer weiter, bis sie schließlich untergingen.

Lobsang reagierte als Erster, sprang auf die Beine und schleuderte Steine in Richtung der Stelle, wo die Tiere untergegangen waren, bis Tseren ihm in den Arm fiel. Zwischen den beiden entbrannte ein heftiger Streit. Beermann ließ ihn toben und befahl Shung zu übersetzen. Dass die Yaks ihrem Leben ein Ende hatten setzen wollen, darüber herrschte noch Einigkeit. Die Tiere hätten einen großen Fehler begangen und dadurch Schande über ihre Umgebung gebracht, entrüstete sich Lobsang. Tseren hingegen behauptete, sie hätten sich von der Herde abgesondert, um diese vor Ansteckung zu bewahren, und somit gutes Karma auf sich geladen. Die leidende Kreatur als Zankapfel. Am liebsten wäre ich mit den beiden Streithähnen zu den verendeten Leibern hinausgeschwommen, um ihnen zu verdeutlichen, die Yaks hatten nichts weiter tun wollen, als im Todeskampf ihre Fieberglut zu kühlen.

Unsere Yaks sollten noch an diesem Nachmittag ein Stück weit vom See weggebracht werden. Beermann traute den Treibern nicht zu, dass sie sich richtig um die Tiere sorgten. Es mochte sein, dass Lobsang und Tseren ihre Schützlinge an geeigneter Stelle hobbelten, um sie am Grasen zu hindern. Aber wahrscheinlich ließen sie die Tiere aus dem nächsten See saufen, anstatt nach Brackwasser zu graben. Dass die beiden Treiber zweifelsohne wussten, wie sehr auch ihr eigenes Leben von dem der Yaks abhing, ließ Beermann als Einwand nicht gelten. Sein Entschluss, den Trupp zu begleiten, stand fest. Der Rest der Karawane würde übermorgen folgen.

Niemand konnte also behaupten, eben jener Rest wäre nicht vor der Dramatik dieses Orts gewarnt gewesen. Kurz nach dem Einschlafen von einem donnernden Rauschen geweckt worden. Beim Blick aus dem Zelt ungläubiges Staunen über Wassermassen, welche in dicken Kaskaden links und rechts am Zelt vorbeischossen. Den protestierenden Cohn gepackt und hinaus ins Freie geschleift. Eine unmittelbare Gefahr schien allerdings nicht zu bestehen. Das Zelt war auf einer Erhebung aufgeschlagen worden, welche sich jetzt in eine lächerlich kleine Insel verwandelt hatte, eingeschlossen zwischen 2 reißenden Sturzbächen. Aber das Tosen kam auch aus weiterer Entfernung, weshalb diese beiden nicht die einzigen Sturzbäche sein konnten. An Schlaf war nicht mehr zu denken, vorsichtshalber wurde zusammengepackt. Einzige bisher zu beklagende Opfer der Fluten waren die beiden Maultiere, die seit jener Nacht verschwunden blieben.

Während des vergangenen Tages musste der Schnee auf den umliegenden Bergen geschmolzen sein, und das Schmelzwasser hatte bis in die Nacht gebraucht, um seinen Weg von den Bergen herabzufinden. Aller Voraussicht nach würde der Schnee während der Nacht wieder gefrieren. So kam es auch. Die Fluten versiegten mit dem ersten Tageslicht, und gegen Mittag war nur noch ein Kranz von Rinnsalen zu erkennen, bereits im Vertrocknen begriffen. Wenig später erweckte das Gelände den Eindruck, als wären die nächtlichen Wassermassen nur ein Spuk gewesen. Dagegen sprachen allerdings unsere aufgefüllten Trinkwasservorräte.

Gezeiten auf dem Tschang tang! Die Landschaft ein aufgeschlagenes Buch, das Lesen ein alter Reflex. Das Wasser sammelt sich in Seen. Durch das Fehlen eines Abflusses bei gleichzeitiger Verdunstung wird die ursprünglich geringe Lösung an Kochsalzen immer konzentrierter. Nur ein Abfluss kann eine gleichbleibende Zusammensetzung des Wassers gewährleisten. Süßwasser speist den See, Süßwasser fließt aus dem See, und zurück bleibt ein Salzsee. Das Gefälle der Bäche ist zu gering, um das Gelände von den Schuttmassen zu räumen. Eine von der Erosion beinahe gänzlich unberührte Landschaft, eine eingefrorene Momentaufnahme der Erdgeschichte nach Rückzug der Vergletscherung. Ein angehaltener Chronometer. Das Buch kann zugeschlagen werden.

Wie verlockend erschien mir das Verlangen, auf dem höchsten und ausgedehntesten Plateau der Erde wie auf Relikten des Meeresgrundes zu stehen, bei der Auffaltung von Himalaya und Kwen lun vor Millionen vor Jahren aus der Tiefe zum Dach der Welt erkoren. Zu gerne hätte ich die Versteinerung eines Seesterns oder einer Meeresmuschel in Händen gehalten. Der Wunsch allein ist schon vermessen, die Existenz von Meereswasser wegen der Moränenlandschaft auf dem Tschang tang ein lächerlicher Gedanke, aber einer, der nicht der Poesie entbehrt. Das Ersetzen eines alten Reflexes durch einen neuen. Ist dieser Zwang des Menschen Schicksal?

Als das Lager nach Verebben der Bedrohung am frühen Morgen in einen leichten Schlummer verfiel, erwachte der See zu neuem Farbenspiel. Anstelle von Kobaltblau und Transparenz überraschte er den sich die Müdigkeit aus den Augen reibenden Betrachter mit einem satten Olivgrün, das sich in der Seemitte zu einem Klumpen zusammenzog. Im Lauf des Vormittags zerfloss der See wieder zu seiner kobaltblauen Weite, die wuchs und wuchs. Die ruhige Fläche doppelte erneut die umstehenden Berge und Felskämme, als wäre das die Bestimmung des Sees. Als wäre er die Quelle des Lichts. Das Hochland strahlte ins Firmament hinaus. Ein Planet, der Stern sein wollte.

Lager 169, Dumbure,
4. Juni 1907

Der morastige Grund ist Passagen großer Trockenheit gewichen. Tagsüber brennt die Sonne so heftig, dass Beermann und Cohn die Marschzeit auf den frühen Morgen vorverlegten. Aufbruch in vollkommener Dunkelheit mit klappernden Zähnen. Nachts noch immer über 10 Grad Frost. Die Zeiten, als die Tinte abends über die Stearinkerze gehalten werden musste, bevor Eintragungen ins Tagebuch gemacht werden konnten, sind gerade erst vergangen. Schließe mich dem Murren der Leute an, weil Beermann und Cohn nicht einmal Zeit zum Teekochen bewilligen.

Der Wahn, mit dem Zerhacken der Zeit ein Mehr des kostbaren Gutes gewinnen zu können. Obwohl gerade Cohn sich sonst bei jeder sich bietenden Gelegenheit mit der Überzeugung schmückt, die Summe der Teile könne nie mehr ergeben als das Ganze. Verstümmelung als Universalstrategie, das Dasein ein Torso. In der Mittagszeit fast 30 Grad. Wieso sehen Beermann und Cohn nicht, dass sich jedes Lebewesen den Bedingungen der Höhe unterwerfen muss? Ohne Feilschen um ein bisschen Wenn und Aber? Auch der schlaueste Plan ändert nichts an dem Umstand, dass nur ein ruhiges Dreinschicken Abhilfe schaffen kann. Ach was, Abhilfe! Das zarte Pflänzchen Sorgedichnicht beginnt zu keimen.

Lager 174, Dumbure,
9. Juni 1907

Bevor sich Cohn heute morgen aufs Pony wuchtete, hat er eine muntere Rede gehalten, den linken Fuß bereits im Steigbügel, möglichst viel Gewicht vom rechten Bein nehmend. Die Stellung muss äußerst unbequem gewesen sein.

Der lange Marsch führe die Expedition ohne Zweifel durch eine atemberaubende Landschaft, die weite verlassene Hochebene, die Erde unter den Füßen zerbrochen vom Frost, gesäumt von schneebedeckten Berggipfeln in der Ferne, der sanfte Schwung der Hügel, ein Fest der weiblichen Formen. Aber so großartig diese Landschaft auch sei, an Eintönigkeit sei sie durch nichts zu übertreffen. Jeden Tag warte sie mit dem prächtigsten Panorama auf, welches dem des vorherigen ähnle wie ein Stück Himmel dem anderen. Satt sei man an Landschaft, satt bis zum Erbrechen. Wann habe jemand den letzten Vogel zwitschern hören? Wohin seien sie verschwunden, die unzähligen Wildyaks? Wo probten sie ihre Choreographie, die Rudel der Kiang und Orongo? Was sei mit den Pfeifhasen geschehen? Was mit den Schmetterlingen, die sich anderenorts im Sonnenschein zwischen Dunghaufen und Blüte nicht zu entscheiden wüssten? Deren Schwärme wie Kiesel zu Boden fielen, sobald sich eine Wolke vor die Sonne schiebe? Wo die Unterseiten ihrer gefalteten Flügel durch nichts von dem Untergrund zu unterscheiden seien, so, als habe es nie auch nur einen Schmetterling gegeben? Bis der nächste Sonnenstrahl die Erstarrten wie ein Zauberstab berührte und als flimmerndes Gespinst erneut in die Lüfte steigen ließe? Nur der Wind streiche als einzig noch vermerkbare Lebensform über die Ebene, so denn bewegte Luftmassen als Lebensform durchgehen könnten.

Seit zweieinhalb Monaten habe die Menschheit durch nichts anderes geglänzt als durch vollkommene Abwesenheit. Man wäre gefangen im leeren Raum mit der Geduld als Schlüssel, den man ständig zu verlieren drohe. Die Tage ließen sich nur noch an ihrem Datum unterscheiden, das man über die Einträge setze. In naturwissenschaftlicher Hinsicht sei alles von Interesse längst vermerkt, katalogisiert, die Seiten randvoll. Einzig die Missgeschicke wie der Sturz ins Bodenlose oder das Sterben der Tiere böten überraschende Parameter. Plagen und Leiden, die die Reise im Überfluss brächte, gäben sich zumindest noch die Mühe, mit ein wenig Abwechslung aufzuwarten. In Ermangelung anderer Kategorien müssten sie eben zur Unterscheidung der Tage herhalten, damit einem das Hirn nicht als träger Brei in der Schädelschale wabere.

Endlich stemmte sich Cohn hoch und zog das rechte Bein über den Ponyrücken, nicht ohne mit der Schuhspitze hängenzubleiben. Er quittierte das Ungeschick mit unterdrücktem Stöhnen.

Aber die lamentierende Pose stünde einem Forschungsreisenden schlecht zu Gesicht, fuhr er fort. Immerhin habe man sich freiwillig und wohlinstruiert in diese lebensfeindliche Ödnis begeben, in der Hoffnung auf Entdeckungen und Spannungsmomente. Mit Gelegenheiten, Körperkraft und Geistesgegenwärtigkeit zu beweisen, habe das Schicksal nicht geknausert. Wäre es nicht ein willkommener Nebeneffekt, Zufriedenheit und Schalheit des Lebens in der Zivilisation abzustreifen? Die geregelte Abfolge der Tage, die einen Mann vor der Zeit ermüden lasse? Aber wäre man dieser Eintönigkeit entflohen, nur um in eine noch elendigere Tretmühle zu geraten? Cohn fuhr sich über die Schläfe, fixierte erst Beermann, dann mich. Unterm Strich seien die durch die Expedition erzielten Fortschritte immens. Punctum. Mit Freude und Stolz werde man davon der Heimat Kunde bringen.

Bravo! Der alte Bronnen hätte der Absolution des einstigen Gefährten wohl nichts hinzuzufügen gehabt.

Lager 179, Dumbure,
14. Juni 1907

Es zog der Tag herauf, an dem Beermann und Cohn wegen der großen Hitze das Marschpensum in 2 Abschnitte teilten. Ein paar Stunden am Morgen, ein paar Stunden am Nachmittag. Rast in der Mittagshitze. So der Plan.

Da am Nachmittag kein günstiger Weideplatz kommen wollte, schloss sich die Nacht über der ziehenden Karawane.

Diese verdoppelte Qual bezahlten 2 weitere Yaks mit dem Leben. Damit waren 2 Drittel der Tiere verloren.

Falls Beermann und Cohn an ihrem Plan festzuhalten gedenken, täten sie besser daran, die restlichen Yaks an Ort und Stelle zu erschießen. Und sich selbst dazu.

Lager 186, Dumbure,
21. Juni 1907

Heute ist der elfte Yak verendet. Dazu eines der Reitponys. Das mörderische Marschtempo soll beibehalten werden. Welcher Wahnsinn.

Cohn hat das Todesurteil am Hammel vollstreckt. Welche Schande. Das Fleisch nicht angerührt, den von Zwei beladenen Teller zurück in den Kessel gekippt. Die Chinesen haben sich mit Begeisterung auf den unverhofften Nachschlag gestürzt.

Cohn und Beermann reden wieder von Umkehr. Dieses Mal stecken sie nicht die Köpfe zusammen wie 2 Verschwörer, beim Satteln des verbliebenen Ponys. Man sitzt im Kreis, am Feuer, in aller Offenheit. Man erachtet es nicht mehr der Mühe wert, den Entschluss zu verbergen. Solange die Karawane dem Wind entgegenzieht, können die beiden aushandeln, was sie wollen.

Lager 198, Dumbure,
3. Juli 1907

Seit den Bj-tschü-Nomaden hat der Erdboden die Menschheit verschluckt. Welche Wohltat. Diese Gattung hat dauernd Anliegen, erwartet ständig Aufmerksamkeit. Nie sind die

Lasten richtig festgezurrt. Ihr Gemecker bedeutet eine Stockung im ruhigen Gleichmaß der Zeit. Eine Störung in der Entfaltung des Geistes, ein Hindernis im Strom der Seele.

Halte mich vom Gerede fern, meide die Karawane. Lausche dem Klang der Elemente. Dem Heulen und Rütteln des Westwindes, dem Kollern der Steine, dem Knirschen von Sand und Schotter, dem Schmatzen des Morasts, dem Klirren der zerspringenden Eispfützen. Dem Geflüstere des unfruchtbaren Bodens, dem Urgrund des Lebens. Während der Nacht vom Zittern der Glieder in den Schlaf gewiegt, am Tag bei Sinnen gehalten vom Zerplatzen der Schweißtropfen auf dem Handrücken, der die Zügel hält.

Das Reich der Extreme zeigt sich spröde, es gewährt dem Menschen keinen dauerhaften Platz. Im weglosen Herzen des Tschang tang sind nur umherschweifende Gäste geduldet, im Bemühen, ihrem Dasein Erleichterung zu verschaffen. Jedes Lebewesen ist auf sich selbst und die Regeln seiner Art zurückgeworfen. Und die Regeln meiner Art passen nicht hierher, dorthin, wo diese Regeln passen, will ich nicht mehr passen.

Ich sehne mich nach einer Zeit, welche nicht bemessen oder gefüllt wird. Nach einem Raum, der nicht überwunden oder von Grenzen zerschnitten wird. Nach dem Recht, die Richtung zu wechseln oder auch im Kreis zu gehen. Oder einfach zu verweilen. Ich will die Unbeweglichkeit der Steine teilen, in die Stille der Salzseen tauchen. Ich will einen Hügel erklimmen, nur um auf der anderen Seite wieder hinabzusteigen. Die Freiheit, einen Bogen um den Hügel zu machen. Ich will nichts und niemanden mehr vermessen, keinen Berg oder Fluss mit Namen strafen, keine weißen Flecken auf der Landkarte mit Blindenschrift für die füllen, deren Fuß diese Landschaft nie berühren wird.

Die Ankunft ist fortdauernd. Ich hinterlasse keine Spuren mehr. Der unberührte Ort hat mich aufgenommen. Und unberührt wird er nach meinem Abschied fortdauern. Das Geflüster der Natur erfüllt mich mit Beglückung, ich halte Zwiesprache mit dem Oben und Unten, dem Himmel über meinem Kopf und dem Boden unter meinen Füßen, mit der Richtung, aus der der Wind mich umspielt, mit der Richtung, in die er mich verlässt. Was am nächsten Morgen auf mich wartet, will ich nicht mehr wissen. Es wird kommen. Solange mein Leben dauert. Die Erinnerung wird verlöschen. Nichts lässt sich aneignen. Was geschieht, werde ich annehmen, nichts werde ich erwarten. Das Gute wie das Schlechte. Bis auch diese Wertung verwischt. So wie das Gestern und das Morgen. Die Zusammenhänge sind nicht entschlüsselbar. Ihre Fülle ist ein Geschenk. Alles ist einerlei und mein bisschen Seele mitten darin.

# 11. Ankünfte

Der *Prinz Eitel Friedrich* glitt durch die Wasserstraße von Suez. Von Emmys Standpunkt aus wurde der Blick weit in die Ferne getragen, da das Promenadendeck die beiden Dämme des Kanals überragte. Das herandrängende Wasser stieß an die pfeilgerade Linie des westlichen Damms. Östlich des zweiten, parallelen Damms war das Gelände beim Kanalbau trockengelegt worden. Hinter dem Damm in Richtung Nil erstreckten sich bis zum Horizont die Überreste jenes Sees, der eigentlich ein Stück vom Meer war, von dem der Franzose gesprochen hatte.

Emmy wusste, dass ihr Mann ihr entglitt, ihr bereits vor Jahren entglitten war. Er hatte sich die Expedition entgleiten lassen. Und irgendwann war er sich selbst entglitten. Er hatte so gut wie alles hinter sich gelassen, was vertraut an ihm gewesen war, seine Überzeugungen, sein Wesen, sein Begehren. Den Bronnen eben. Die Haut abgestreift. Aber wer war unter dem, der all die Jahre den Bronnen ausmachte, zum Vorschein gekommen? Aus dem Wissenssammler wurde ein Tagwanderer. Zwischen Himmel und Erde, ohne Absichten, ohne Ziel. Mal mit, mal gegen den Wind. Die Gegenwart durchstreifend. Es galt nicht mehr, irgendwo anzukommen. Wandeln im Erdenrund. Der Wandel, die Verwandlung. Er gewährte der Stille Einlass. In der Einsamkeit weitete und füllte sich seine Seele mit dem, was er zu sehen, zu hören und zu spüren bekam. Das Äußere trat ins Innere. Er trug die Welt in sich, ihre Erscheinungen, ihre Verhältnisse. Er tat nur noch Schritte abseits vom Wege. Ab einem gewissen Punkt musste ihn jeder Schritt ein Stück weiter von einer Umkehr entfernt haben. Jede Wegspanne genügte sich selbst. Was vermochte dagegen die Erinnerung an längst gekreuzte Bahnen?

Die von Inseln zerrissene Oberfläche des Wassers war mit einem lichtrosa Gespinst überzogen. Aus der Entfernung dachte Emmy zuerst an eine Algenblüte, nach einer Weile erkannte sie die Kolonien der Flammings. Die Vögel standen auf ihren stelzenartigen Beinen beisammen wie Schilfhalme mit übergroßen Kolben. Wie auf Kommando öffneten Hunderte von Vögeln je einen Flügel und spreizten die äußeren Schwingen herab, die sich wie schwarze Finger von der rosa Färbung des restlichen Gefieders abhoben. Gleichzeitig bogen sie den Kopf auf dem langen, dünnen Hals nach hinten und präsentierten die ebenfalls schwarze Spitze des Seihschnabels. Die Choreographie war von bestechendem Gleichklang.

In unmittelbarer Dammnähe tat ein Schwarm Vögel eine rasche Folge von Stelzschritten. Das klatschende Geräusch schreckte Emmy aus ihrer Versunkenheit. Sie war müde, sie war die ganze Nacht hinter Gustav über das Tschang tang gezogen. Mehr und mehr war sie zurückgefallen. Der Schwarm erhob sich in die Lüfte und bildete eine V-Formation, einen Keil am Himmel, der unter ruhigen Flügelschlägen auf- und abwogte. Die Hälse ragten wie Lanzen aus den Leibern, als sie über den Postdienstdampfer glitten. Irgendwo in den Weiten des Hochlandes hatte Emmy Gustav aus den Augen verloren. Der Abstand war zu groß geworden. Ob Gustav sich davongestohlen hatte, war schwer zu entscheiden. Jedenfalls war die Spur nicht mehr zu finden gewesen.

»Wollen mal sehen, wie der See heißt«, meinte Leibrecht und hantierte mit der Landkarte.

»Mensalehsee.«

»Sie haben sich heimlich präpariert. Das ist nicht nett. Ein hübsches Schauspiel, dieser Kanal. Eine Schneise aus Wasser mitten durch die Wüste.«

Emmy rang sich ein Lächeln ab. Solange Leibrecht seine Staffelei nicht aufstellte, war er keine allzu unangenehme Gesellschaft. Und er hielt die anderen Passagiere ab, die das Promenadendeck trotz der Hitze anlockte. Den Primus Kocher hatte ihm nach einem kurzen Wortgefecht jener Offizier abgenommen, der Emmy von den Rippenquallen erzählt hatte. Erst wenn Leibrecht das Schiff verließ, würde er seinen Kocher zurückerhalten.

»Gleich kommt El Kantara, eine Erhebung, etwa vier Kilometer lang.« Immer wieder stellte er die Karte auf den Kopf und verglich die Abbildung mit dem, was die Wirklichkeit bot. Seine Augen eilten zwischen beidem hin und her. Emmy sah schräg nach vorn. Der Sand stieg etwas weiter gegen den Himmel, mehr war nicht zu erkennen.

»In Port Said ist mir gar nicht aufgefallen, wie schmal der Küstenstreifen ist, auf dem die Stadt erbaut wurde. Hier, überzeugen Sie sich.« Leibrecht streckte ihr die Karte entgegen. Emmy beugte sich gehorsam zur Seite, nickte und sah nichts.

Es würde sich nicht umgehen lassen, Helleben die Tagebücher zukommen zu lassen. Er hatte ein Recht darauf. Inzwischen gab es keine Zweifel mehr, warum die Umsetzung der Routenaufnahmen so zögerlich vonstatten ging. Gar nicht anders vonstatten gehen konnte. Man musste Helleben wissen lassen, dass mit den Aufzeichnungen etwas nicht stimmte, absichtlich nicht stimmte. Dass es sich nicht um Messungenauigkeiten handelte, dürfte Helleben schon lange geahnt haben. Die Tibetkarte der Bronnen-Expedition würde nie in Druck gehen. Sie konnte nicht einmal gezeichnet werden. Wie sollte der Grund in Fachkreisen verschwiegen werden? Sollte ihr das zweifelhafte Vergnügen zufallen, sich um Gustavs Ansehen unter den Kollegen kümmern zu müssen? Sie, die von allen am meisten Grund zum Klagen hatte? Die mehr verloren hatte als ein nicht editierbares Kartenblatt?

»Die Ballahseen. Was soviel wie Dattelseen heißt.«

»El Ferdane. El Gisr, die höchste Stelle, der Damm wächst um sechzehn stattliche Meter gen Himmel. Abertausende Tonnen von Sand und Gestein mussten abgetragen werden.«

Wie viele Minuten zwischen diesen beiden Bemerkungen Leibrechts lagen, vermochte Emmy nicht zu sagen. Oder waren schon Stunden vergangen? Wie viele der insgesamt gut 160 Kilometer des Kanals waren bereits zurückgelegt? Es konnten nicht wenige sein, die Sonne war ein gehöriges Stück weitergewandert. Emmys Beine schmerzten vom langen Stehen. Es war, als hätte eine Lähmung von ihrem Körper Besitz ergriffen. Es gelang ihr nicht, sich wenigstens die Füße zu vertreten. Als ob die Griffleiste der Reling mit ihren Handflächen verwachsen wäre. Sie davor bewahrte, in den Kleidern zu einem hilflosen Bündel zusammenzusacken.

Nichts lag ihr ferner, als etwas auszuprobieren, das sie auch nur entfernt an Bronnens Innehalten erinnern würde. Sie wollte nicht die äußere Welt in sich aufsaugen, wollte nicht ergriffen werden von einer seltsamen Teilnahmslosigkeit. Keine der Überlegungen ließ sich vernünftig zu Ende bringen. Vielleicht entdeckte Emmy auch nur einen der Vorteile der Reglosigkeit, nichts geschah, nichts wurde entschieden. Die Zeit hielt den Atem an. Auch dieser Gedanke zerfloss zu einer Illusion. Aber die Vorstellung eines Bruchs in der Zeit hatte etwas Tröstliches.

Der *Prinz Eitel Friedrich* schob den Bug in einen unglaublich blauen See, den Timsahsee, an dessen Ufern sich die Stadt Ismailia erstreckte. Emmy hätte See und Stadt nicht zu benennen gewusst. Leibrecht hatte sich längst einen Deckstuhl erkämpft, die Karte lag auf den Planken neben ihm. Der Vorbesitzer des Stuhls, ein Passagier, der ein Taschentuch gegen die Lippen presste, als er dem Steward ein Trinkgeld für die Reservierung des Stuhls zusteckte, hatte wegen eines Hustenanfalls seinen Platz an der Sonne räumen müssen. Da Leibrecht inzwischen eingeschlafen war, hatte Emmy auch nicht erfahren, dass der Timsahsee nach seinen ehemaligen Bewohnern, den Krokodilen, benannt war. Sie wurden dort nicht mehr gesehen, seit die ehemals sumpfige Lagune zu einem klaren, mit Meerwasser durchspülten See geöffnet worden war.

»Frau Bronnen-Radke? Meine Ehrerbietung. Hoffe, das werte Befinden gibt keinen Anlass zur Klage. Gestatten?«

Emmy staunte den Funkstellenleiter Naumann an, der neben ihr Aufstellung bezogen hatte und ihr ein Telegramm präsentierte, als wäre es ein Geschenk.

»Wir haben Sie in unserem Reich schon lange nicht mehr begrüßen dürfen. Erlaube mir deshalb, die Depesche persönlich auszuhändigen. Ab und zu muss der Mensch ja ein paar Maulvoll Frischluft schnappen.«

Da Emmy nicht reagierte, blieb Naumann keine andere Wahl, als ebenfalls zu verharren. Er blinzelte ins Sonnenlicht, das ihn blendete, und wagte nicht, sich einen Schweißtropfen abzuwischen, der ihm die Schläfe hinunterrann. Wie hätte Emmy ihm erklären sollen, dass es ihr unmöglich war, die Griffleiste loszulassen?

»Gnädigste? Bitte sehr. Ein Telegramm. Meine Dienste werden in der Funkstation zurückerwartet.«

»Geben Sie her, ich nehme es für die Dame entgegen.« Leibrecht gähnte, kämpfte sich im Liegestuhl nach vorn und streckte die Hand aus.

»Tut mir leid, mein Herr, aber dazu bin ich leider nicht befugt. Ich darf es dem Empfänger nur persönlich aushändigen.«

»Was für ein Unfug! Sehen Sie nicht, die Dame ist gerade etwas indisponiert.«

»Bedauere, mein Herr, die Vorschriften.«

»Na, wenn so die Vorschriften lauten, dann halten Sie mal ruhig noch ein Weilchen die Stellung. Und wenn die Sonne untergeht, dann bringen Sie mir bitte einen Dry Martini.« Leibrecht ließ sich zurück in seinen Liegestuhl sinken und schloss die Augen.

»Der Mann ist Funker, Leibrecht, kein Steward«, brachte Emmy mit tonloser Stimme hervor. »Geben Sie das Telegramm dem Herrn, bitte. Das hat schon seine Richtigkeit.«

Naumann katapultierte sich an Leibrechts Liegestuhl, verbeugte sich wie ein Klappmesser und präsentierte ein zweites Mal das Telegramm. Leibrechts Hand schnappte danach, bevor sie schlaff zurück in den Schoß sank. Naumann zog sich zurück, nicht ohne sich nochmals umzudrehen. Emmy jedoch hatte sich bereits wieder dem Kanal zugewandt.

»Können Sie das Telegramm für mich bitte aufbewahren?«, fragte Emmy, als Naumanns Schritte verklungen waren. »Bis Suez? Ich muss jetzt packen.«

»Pardon? Wie, packen? Was für eine Idee.«

»Ich werde in Suez von Bord gehen.«

»Sie wollen uns verlassen? Ihr Ziel ist doch Schanghai!«

»Es ist etwas dazwischengekommen.«

»Aber das ist doch ganz unmöglich! Sie können mich unter keinen Umständen alleinlassen, hier an Bord. Das reinste Spießrutenlaufen. Unter all der braven Tüchtigkeit.«

»Versprechen Sie es mir, ja? Bitte.«

»Was um alles in der Welt meinen Sie?«

»Dass Sie mir das Telegramm nicht früher geben, als bis ich das Schiff verlasse. Auch wenn ich Sie beknien sollte.«

»Vielleicht würde der Inhalt Ihre Entscheidung ändern. Werfen Sie doch zumindest einen Blick darauf, bitte sehr.« Er streckte ihr das Telegramm entgegen. Emmy schüttelte den Kopf.

»Wollen Sie nicht wenigstens wissen, von wem es ist? Warten Sie, Moment, es ist von …«

»Unterstehen Sie sich!«, unterbrach ihn Emmy mit einer Heftigkeit, die nicht nur Leibrecht erstaunte. Mit einem Ruck löste sie die Hände von der Griffleiste und ließ sie sinken. Wie leicht es gegangen war. Loslassen war nicht mehr als ein Befehl des Gehirns an die Muskeln. Man entspannte sich, das war's.

»Wovor fürchten Sie sich? Vor einem wutentbrannten Gatten?«

»Ich will bloß meine Ruhe. Hier oben auf dem Deck schaut man in die Ferne, und es ist gut. Mein Bedarf an Neuigkeiten ist gedeckt.«

»Ah, ich verstehe. Ein leichtes Unwohlsein, die neuen Eindrücke, die Sonnenglut, die fremde Umgebung.« Leibrechts Stimme war leise geworden, die letzten Worte hatte er mehr zu sich selbst gesprochen, da Emmy sich umgedreht hatte und die Treppe ansteuerte.

»Reiseneurasthenie!«, rief er ihr hinterher und stemmte seine dürren Ellbogen in die Bespannung des Liegestuhls, dass sie sich an der Unterseite des Stoffs als zwei spitze Hubbel abzeichneten. »Niemand kann ankommen, ohne die Unbill der Reise tapfer zu ertragen!«

In der Kabine begann Emmy, ihre Sachen wahllos in den Koffer zu stopfen. Als sie sich mit dem Schließen des Deckels abmühte, hielt sie inne und lauschte. Abgesehen vom Vibrieren der Schiffsmotoren war die Stille in der Kabine vollkommen. War dieser Moment nicht genau das, wonach sie sich die ganze Zeit gesehnt hatte? Nur sie und das Unbekannte, dem sie entgegenfuhr? Und gerade, als ihr der Wunsch erfüllt wurde, machte sie sich daran, das Schiff zu verlassen.

Mit der Ruhe würde es sowieso bald vorbei sein. Die Damen Walther waren nur kurzfristig verräumt, Kairo war nicht mehr als ein Intermezzo. Mit den beiden an Bord wäre um diese Zeit bestimmt jeder Zentimeter der Kabine mit Beschlag belegt gewesen. Hätte es doch gegolten, sich für das Anlegen des Schiffes zu präparieren. Emmys Entschluss hätte wie eine Bombe eingeschlagen. Selbst Fritzi hätte kein Wort herausgebracht. Und Frau Walther hätte zwar um einen Ausdruck des Bedauerns gerungen, aber die Erleichterung, dass endlich mehr Platz in der Kabine sein würde, hätte sich in einem zufriedenen Zug um den Mund verraten. Vielleicht hätte sie ihr mit einem letzten »Nun ja« alles Gute gewünscht. Oder die Verabschiedung wäre reserviert ausgefallen. Weil das Gefüge ins Wanken geriet. Als ob Emmy leichtfertig eine verschworene Gemeinschaft im Stich ließ. Vielleicht wäre sie sogar als Verräterin am deutschen Durchhaltevermögen gebrandmarkt worden. Oder das Mitleid hätte die Oberhand gewonnen. Weil sie sich die Würze der Fremde entgehen ließ. Sie hockte sich auf den Kofferdeckel, der unter ihrem Gewicht endlich mit einem Knarzer die nötigen Millimeter nachgab, und brachte den Klappverschluss zum Zuschnappen. Mit ein bisschen Glück würde sie die Damen Walther im Hafen von Suez verpassen.

Plötzlich hatte Emmy es eilig, die Tür der Kabine für immer von außen zu schließen. Obwohl bis zur Ankunft in Suez noch reichlich Zeit blieb. Der Wunsch nach Umkehr wurde übermächtig. Bis hierher und nicht weiter. Trotzdem, wollte sie wirklich zurück nach Berlin? Gab es das noch, ihr altes Leben? Es gab Anton. Alles andere würde sich finden. Und was würde aus Tibet werden? Auf einen ungebetenen Gast mehr oder weniger würde es nicht ankommen. Tibet hatte den Naturwissenschaftler Gustav Bronnen in den Laienstand zurückversetzt. Teilte er das gleiche Schicksal wie die zahmen Affen, denen die Tibeterkinder die Schwänze abhackten, um in den Spielkameraden die Klugheit zu wecken? Welche Prüfung konnte dieses Land einem Menschen auferlegen, damit er sich freiwillig verstümmeln ließ? Oder hatte es ihm den Ballast von der Seele genommen und mit nichts als der Erkenntnis seines wahren Selbst zurückgelassen?

Und die Expedition in Han kau? Vielleicht würde Tremel endlich doch seinen Frieden mit der Technik schließen und einen Photoapparat ordern. Und sein etwaiges Vorurteil über den Wankelmut der Weiber bestätigt finden. Zugegeben, ihr Verhalten legte diesen Schluss nahe. Wieder eine, die nur zum Vergnügen malte. Der die Ernsthaftigkeit zum Alltag fehlte. Sollten sie reden, die Männer in Han kau, sie kannte keinen von ihnen, würde keinem von ihnen je begegnen. Der

Einzige, an dessen Meinung ihr etwas lag, war Helleben. Er würde sie zumindest anhören, und sie würde nach den richtigen Worten suchen. Sollte er ihren Entschluss zur Umkehr nicht verstehen, würde er zumindest schweigen. Emmy rannte treppauf und treppab, auf der Suche nach dem Zahlmeister. Das Billett musste in eine Rückfahrkarte umgetauscht werden. Geld, sich eine zu kaufen, hatte sie jedenfalls keines mehr.

»Bedauere, meine Dame, aber dazu bin ich leider nicht befugt. Ihr Anliegen ist äußerst ungewöhnlich. Vielleicht kann man Ihnen am Schalter in Suez weiterhelfen oder in der Niederlassung. Bestimmt wird man eine Lösung finden. Haben Sie bitte gnädigst Verständnis für die Ihnen daraus entstehenden Unannehmlichkeiten, aber in all den Jahren ist uns kein ähnlicher Fall untergekommen.«

Als Emmy wieder das Promenadendeck erklimmen wollte, stieß sie auf der Treppe beinahe mit Posselt zusammen. Als er mit übertriebenem Schreck eine Stufe zurückstieg, nahm Emmy an, er wüsste bereits Bescheid. Ein Riecher für Neuigkeiten war das mindeste, was man von einem Berichterstatter erwarten konnte. Wahrscheinlich tat sie ihm zu viel der Ehre an, und Leibrecht hatte bloß den Mund nicht halten können. Obwohl Posselt den Maler stets hatte abblitzen lassen. Zumindest in ihrem Beisein.

»Haben Sie auch Ihren Hut geholt? Aber nein, solche Nebensächlichkeiten sind Ihnen bestimmt nur noch lästig. Sie wollen uns ja verlassen.«

»Aber nur schweren Herzens.«

»Das will ich hoffen. Mussten Sie umdisponieren? Kann ich verstehen. Das Kartenstudium im Sessel verfügt doch über bequemere Argumente als das in der rauen Natur.«

»Mir ist unser erstes Gespräch nicht mehr aus dem Kopf gegangen. Über die beiden Automobile.«

»Ja, ein angenehmes Gespräch, so inspirierend. Und so kenntnisreich.«

»Leider haben Sie sich in der Folge rar gemacht. Wie auch immer, ich möchte es probieren.«

»Bitte?«

»Nun, mit einem Automobil nach Tibet zu gelangen.«

Posselt lachte schallend.

»Nein, im Ernst. Ich finde, Tibet verlangt nach einem dritten Automobil.«

»Verehrte gnädige Frau, selbst falls es Ihnen gelingen sollte, in Suez einen fahrtüchtigen Untersatz aufzutreiben, was ich bei allem Respekt stark zu bezweifeln wage, werden Sie wohl kaum einen Chauffeur hinter das Steuer bringen.«

»Der wird auch nicht vonnöten sein.«

»Ohne Ihnen zu nahe treten zu wollen, ich müsste mich schon arg täuschen, falls Sie ein Automobil steuern könnten.«

»Das dürfte ja wohl keine Geheimwissenschaft sein.«

»Darüber ließe sich trefflich streiten. Unabhängig davon zaubert die Erlangung von Fahrkenntnissen noch kein verfügbares Automobil herbei. Dann die Organisation des Unternehmens. Ein Hirngespinst. Die Kosten. Auf dem Landweg liegen zwischen Ihnen und Tibet nicht nur Ägypten und Persien, sondern ganz Vorderasien. Und als Krönung der Himalaya. Schlagen Sie sich diese Narretei am besten gleich aus dem hübschen Köpfchen. Leisten Sie uns lieber weiter an Bord Gesellschaft.«

»Seit wann so pessimistisch? Haben Sie in Port Said nicht selbst behauptet, Handel und Verkehr seien in Ägypten auf dem Vormarsch? Der Rest wird sich wohl mit Geld erledigen lassen. Machen Sie es gut, Posselt. Und Weidmannsheil!

Ich schicke Ihrem Blättchen aus Gjang tse ein Telegramm, sobald ich ankomme. Es kann natürlich eine Weile dauern. Und ein Lichtbild. Die Ebene vor der Bergfeste wartet. Reservieren Sie mir ein paar Zeilen. Immerhin schütteln Sie gerade der ersten motorisierten Frau Tibets die Hand. Ach was, Tibet. Von da aus ist es ja nur noch ein Sprung nach Peking.«

In Posselts Gesicht arbeitete es. Immerhin wünschte er ihr alles Gute und einen doppelten Achsenbruch, als sie das letzte Stück der Treppe hinaufstieg.

Leibrecht hatte den Liegestuhl aufgegeben und stützte die Ellbogen auf die Reling. Der Schmollmund, mit dem er sie empfing, stünde eigentlich ihr zu, fand Emmy. Die Bordkapelle begann, *Muss i' denn, muss i' denn* … zu schmettern.

»Herrje!« Leibrecht schlug auf die Griffleiste der Reling.

»Und das mitten am helllichten Tag«, seufzte Emmy.

»Ausnahmsweise ganz Ihrer Meinung. Ein höchst überflüssiges Brimborium, diese Kakophonie. Wir müssen warten. Mehr Zeit, um die wunderschönen Bitterseen zu genießen, kann nicht schaden, meint wohl der Herr Kapitän. Die Seebecken waren früher nur mit dem Roten Meer verbunden. Erst darf der Pulk Schiffe vis-à-vis passieren. Der Kanal ist als Einbahnstraße konzipiert. Wer von Süden kommt, hat Vorfahrt. Schleusen gibt es nicht. Aber das Procedere interessiert Sie natürlich nicht mehr. Nur Geduld, das Ende des Kanals ist nicht mehr fern. Das Südende. Spüren Sie ihn, den Hub der Gezeiten?«

»Wie ausgelassen man sich drüben auf dem Steamer gebärdet. Woher die Leute alle kommen? Was mag ihnen widerfahren sein? Und was wird auf sie warten, nach der Heimkehr? Die erste Enttäuschung? Neue Rastlosigkeit? Wollen wir zurückwinken? Nehmen Sie sich ein Beispiel an der Fröhlichkeit Ihrer Mitreisenden. Schauen Sie nur, was Posselt dort vorne veranstaltet.«

»Der Leithammel blökt, die Herde gehorcht. Man wirft seinen Hut ins Wasser. Vor der Einfahrt ins Rote Meer gehen alle Winterhüte über Bord. Nördliche Halbkugel ade. In umgekehrter Richtung müssen die Sommerhüte dran glauben, die Tropenhelme, die Strohhüte. Der Leuchtturmwärter wird schon ein hübsches Arsenal europäischer Hutmoden sein Eigen nennen können.«

»Sie meinen, man fischt die Hüte aus dem Wasser?«

»Warum nicht? Die Leute hier haben für alles eine Verwendung.«

»Also gut, geben Sie schon her.«

»Meine Mütze? Nur über meine Leiche! Ich besitze nur die eine. Wollen Sie, dass die Sonne mir das Hirn versengt?«

»Leibrecht, bitte! Doch nicht Ihre Mütze. Vielleicht hatten Sie ja recht.«

»Oh, nein!«

»Kommen Sie schon, Sie haben es nicht einmal versprochen.«

»Glauben Sie, einer wie ich, der hat keine Ehre im Leib?«

»Machen Sie doch keine Affäre daraus.«

»Bald sind wir in Suez. Dann bekommen Sie Ihr Telegramm.«

»Wenn Sie es mir jetzt nicht geben, werde ich es erst lesen, wenn ich an Land bin. Dann ist es zu spät.«

»*Des Menschen Wille ist sein Himmelreich, die Unentschlossenheit die Hölle.*«

»Behalten Sie doch das verdammte Telegramm.«

»*Der Mensch ist immer traurig, seine Freuden sind Blitze in der Nacht.*«

»Ein vertrockneter Studienrat könnte Ihnen kaum das Wasser reichen.«

»Ich verehre Johann Jakob Wilhelm Heinse nun mal. Der Mann hat den ersten Künstlerroman geschrieben, der diesen Namen verdient. Es geht um …«

»Leibrecht, bitte, genug. Nur noch ein wenig die Wärme der Sonne genießen, ja? In aller Stille. Das wäre herrlich.«

»Man zerfließt in der Bruthitze! Aber bitte sehr, ein kleines Freiluftgebet gefällig? Hätten Sie Ihre Absichten früher geäußert, hätte ich ihn besetzt gehalten, den Liegestuhl. Warten Sie.«

Bevor Emmy etwas entgegnen konnte, trat Leibrecht zu einem wohlgenährten Mann, dessen Bauch wie eine Boje aus dem Liegestuhl ragte, in dem Leibrecht es sich zuvor bequem gemacht hatte. Was er zu dem Mann sagte, konnte Emmy nicht verstehen. Jedenfalls schüttelte dieser den Kopf. Leibrecht beugte sich weiter hinunter und sprach ihm nun ein paar Worte ins Ohr. Wie auf Kommando drehten beide den Kopf in Emmys Richtung und schwiegen. Für seine Leibesfülle erstaunlich behende, sprang der Mann aus dem Liegestuhl, lüpfte den Hut und trollte sich.

»Was haben Sie dem Mops zugeflüstert?«

»Spielt das eine Rolle? Nehmen Sie Platz, bitte, machen Sie es sich bequem. Genießen Sie die Gnadenfrist, die Ihnen bleibt. Suez wartet. Das Ende Ihrer Reise ist nah.«

Nur für einen Moment hatte Emmy die Augen schließen wollen. Nur einen Augenblick lang die Ruhe genießen. Trotzdem schlief sie fast umgehend ein.

Noch lange sollte sie es bedauern, die letzte Stunde der Fahrt verpasst zu haben. Sie war aufgebrochen, um Gustav zu folgen. Um die Luft zu atmen, die er geatmet hatte. Um die Füße in den Staub zu drücken, in dem seine Abdrücke längst verwischt waren. Um das Gefühl der Nähe wiederzufinden, das ihr der Tod entrissen hatte. Um den Schmerz zu teilen, der ihr beschert worden war. Um ihr Leben hinter sich zu bringen, an dem ihr nichts mehr lag.

Nicht einmal dieser bescheidene Plan war aufgegangen. Durchkreuzt von jemandem, von dem sie am allerwenigsten Verrat erwartet hätte. Normalerweise stellten die Toten einem kein Bein. Wenigstens diese Sicherheit gab es. Normalerweise. Die Toten ließen die Lebenden gewähren. Diesen einen Toten hingegen, ihren Toten, hatte es nie gegeben. Der Mensch hatte sich einfach davongemacht. Vielleicht war er es inzwischen sogar, tot. Doch welche Bedeutung hatten noch Leben oder Tod des Gustav Bronnen für ihr eigenes Leben? Ihre Sehnsucht war in sich zusammengefallen, die Spur war kalt.

Den Rest der Passage durch den Kanal hätte sie gern im Vollbesitz ihres Bewusstseins an sich vorbeigleiten lassen. Um sich später erinnern zu können. An das Ende der Reise. Das ein Anfang war, der nur ihr gehörte. Stattdessen hatte Leibrecht sie sogar wachrütteln müssen, als Suez in Sicht kam.

Die letzten Minuten hatte die Hektik zerrissen. Das Abtauchen in die dicke Luft der Gänge. Das Gerenne nach dem Koffer, den Taschen. Der Andrang vor der Schiffsbrücke. Die Lieblichkeit der bergumschlossenen Bucht, für die Emmy keinen Blick hatte. Das Gekräusel des kristallklaren Wassers. Das Blau des gewölbten Himmels. Die satten Gelb- und Rottöne der gegenüberliegenden Sinaihalbinsel. Leibrecht, der einem der Bootsleute das Gepäck hinuntergereicht hatte, der mit der endlich freien Hand das Telegramm aus der Innentasche des inzwischen völlig ruinierten Anzugs gezogen hatte. Die paar nichtssagenden Abschiedsworte inmitten des Geschreis der Einheimischen. Die Versicherung, einander im Atelier zu besuchen, irgendwann, um sich ein Bild vom gegenseitigen Fortgang der Arbeit zu verschaffen. Der weite Schritt vom *Prinz Eitel Friedrich* auf die schaukelnden Barkenbretter. Die Damen Walther, die ihr in einer anderen Barke entgegenkamen und die sie bei den hastig hinübergerufenen Abschiedsworten sprachlos anstarrten wie eine Erscheinung. Das Anlanden. Leibrecht, der ihr von Bord des *Prinz Eitel Friedrich* noch einmal zuwinkte.

Sie wollte den Arm heben, schaffte es aber nicht. Sie musste an die Situation vor noch nicht einmal einer Woche denken, als das Schiff von Genua ablegte. Damals hatte der falsche Heimkehrer vom Kai herübergewunken. Sie hingegen hatte an der Reling des Schiffes gestanden, gefangen in Zorn, unfähig, sich eine versöhnliche Geste des Abschieds abzuringen.

»Gute Reise!«, entfuhr es ihr, und sie winkte doch noch. Sie erhob sich sogar auf die Zehenspitzen und glaubte, ein Lächeln in Leibrechts Gesicht erkennen zu können. Aber sicher war sie sich nicht. Die Entfernung war viel zu groß. Und natürlich hatte er deshalb auch ihre Worte gar nicht verstehen können. Eher wahrscheinlich, dass sie sich sein Lächeln nur eingebildet hatte.

»Donkey, madam? Very good donkey!«

Ein Greis strahlte sie aus einem zahnlosen Mund an. Die Signalpfeife des Postschiffdampfers erklang. Emmy zuckte zusammen und nickte. Sofort stürzte sich der Mann auf den Koffer und die anderen Gepäckstücke und band sie seinem Esel auf den Rücken. Ein weiterer Mann trat auf Emmy zu und klopfte auf den Rücken eines weiteren Esels, eine unmissverständliche Aufforderung, es sich dort bequem zu machen. *Very strong animal!* Warum nicht? Je schneller sie über den Damm der Hafeninsel nach Suez kam, desto besser. Der Menge der Esel nach zu urteilen, die sich auf dem Damm drängten, schienen die Tiere das gängige Verkehrsmittel in Suez zu sein. Ihre beiden Führer schnalzten mit der Zunge und tätschelten die Hinterseiten der langen Eselsohren mit Stöcken.

In Emmys Rücken schwoll das Gedröhne der Schiffsmotoren. Der *Prinz Eitel Friedrich* arbeitete sich rückwärts aus dem Hafen. Er hätte sie nach Asien bringen sollen, jetzt würde er sich ohne sie dem ursprünglichen Ziel entgegenschieben. Ihr war unterwegs ein Toter abhandengekommen. Eigentlich ein Grund zur Freude. Die Hufe der Esel klapperten über das Steinpflaster des Damms. Emmy klammerte sich in die Mähne und versuchte, sich aufrecht zu halten. So lächerlich es für einen Betrachter aussehen mochte, wie die Füße einer unbeholfenen Reiterin fast über den Boden schleiften, aber dieser Ritt erschien Emmy als das Beste, was ihr seit langem passiert war. Wenn nur das lästige Gebrumme der Fliegen nicht gewesen wäre.

KONNTE BOTANIKER NIE LEIDEN. EMPFEHLE UEBER FOLGENDES STILLSCHWEIGEN: AM MORGEN DES 4. JULI HAT DEIN MANN DIE ZELTPLANE ZURUECKGESCHLAGEN UND IST LOSMARSCHIERT. WORTLOS, MIT NICHTS ALS DER SATTELTASCHE. DACHTEN, ER KAEME ZURUECK, SPAETER. DER BASTARDHUND IST IHM HINTERHER. VON BEIDEN KEIN ZEICHEN MEHR. SUCHE NACH 3 TAGEN ERGEBNISLOS ABGEBROCHEN. SPUR HAT SICH IN NAMENLOSEN BACH VERLOREN. CURT

Emmy hockte in einer Gasse vor der Niederlassung des *Norddeutschen Lloyds* auf ihrem Koffer und zerriss das Telegramm. Sie öffnete die Hand und sah zu, wie die Schnitze in den Staub sanken. Nette Geste von Cohn, endlich sein Schweigen zu brechen. Und er hatte sich die Erklärungen einiges kosten lassen. Hätte er sich früher dazu durchgerungen, wäre ihr vielleicht manches erspart geblieben. Vielleicht aber wäre die Ungewissheit über das weitere Schicksal ihres Mannes noch schwerer zu ertragen gewesen. Zumindest ihr Sohn hätte andere Bücher vorgelesen bekommen. Zum Glück war Anton zu klein, um deren Sinn zu erfassen. Keine Spur war gelegt worden zum Dasein eines Forschungsreisenden. Vielleicht gab sie ihm später die Tagebücher seines Vaters, die auf dem Grund ihres Koffers ruhten. Wenn Anton erwachsen war. Cohns Mitteilsamkeit jedenfalls kam zu spät. Aber konnte man etwas anderes von dem falschen Heimkehrer erwarten, als dass er den falschen Zeitpunkt wählte? Mochte er ausnahmsweise auch einmal Zutreffendes zu berichten haben. Ob sie den Sinn der Mitteilung ganz fassen konnte, war eine andere Frage. Das Erfahrene musste sich erst setzen wie Sinkstoff auf dem Grund ihrer Seele. Wie der Schlamm im Nil. Sobald ihn keine Schiffsschraube mehr aufwühlte, bestand berechtigte Hoffnung.

Eines Tages würde sie aufwachen, und sie wäre nur noch eine Erinnerung, die Liebe, die sie mit Bronnen verband. Der inzwischen ein anderer war. Der sein Glück gefunden hatte. Das keinen Platz bot für einen anderen Menschen an seiner Seite. Ein Glück, das sie nicht kannte, eines, das eifersüchtig auf Ausschließlichkeit bedacht war. Aber jedenfalls ein verlässlicheres Glück als das ihre. Das sie von einem anderen Menschen abhängig gemacht hatte. Von jetzt an hatte es

Bronnen selbst in der Hand. Es kam einzig auf ihn an. Bronnen und das Glück. Barg diese Verbindung nicht auch etwas Versöhnliches, trotz allem? Ihn von jetzt an in Gedanken nicht mehr Gustav zu nennen, war ein guter Anfang.

Vielleicht würde es auch mitten am Tag geschehen. Sie würde die Farben mischen, während Anton zu ihren Füßen herumtollte. Ein Lichtblau würde mit Sicherheit nicht darunter sein. Wie sehr sie sich darauf freute, auf den Geruch von frisch angerührten Farben! Es würde einfach so geschehen. Ohne Ankündigung. Ohne ihr Zutun. Ohne Gegenwehr. Aber noch hatte sie sich ihrer nicht entledigt, der Krone der Narren. Hoffentlich trug sie die Last wenigstens mit mehr Gleichmut, als sie gleich den Koffer und den Rest ihres Gepäcks ins Innere der Niederlassung des *Norddeutschen Lloyds* schleppen würde.

# Zu diesem Roman

Die Schreibweise der tibetischen bzw. chinesischen Orts-, Gebirgs-, Fluss- sowie Provinznamen ist nach damaligen Karten sowie dem Ermessen der Autorin eingedeutscht; einheitliche oder verbindliche Bezeichnungen existierten zu Beginn des 20. Jahrhunderts nicht, die Schreibweise orientierte sich an den orthographischen Gepflogenheiten der Nationalität der Forschungsreisenden.

Institutionen, Tageszeitungen, Ämter sowie Unternehmen, die 1910 tatsächlich existierten und zum Teil heute noch existieren, sind im Text *kursiv* hervorgehoben

Der Postdienstdampfer *Prinz Eitel Friedrich* legte tatsächlich am 25. August 1910 von Genua ab: Er bediente die Route Hamburg – Antwerpen – Southampton – Gibraltar – Algier – Genua – Neapel – Port Said – Suez – Aden – Kolombo – Singapur – Hongkong – Schanghai (so ist es zumindest im Jahrbuch des *Norddeutschen Lloyd* von 1909/1910 vermerkt); die Belegung der Fahrgastklassen allerdings ist nicht überliefert.

Die Bronnen-Route wäre ohne die historischen Routen dreier Tibet-Reisender nicht denkbar gewesen: Der deutsche Journalistikdozent Robert Brunhuber vermaß 1909 fünf Wochen lang bis zu seiner Ermordung den Salween, der Brite Francis Kingdon Ward sammelte von 1909 bis 1950 Pflanzen in den Scheidegebirgen zwischen Salween, Mekong und

Jang tse kiang, und der deutsche Arzt Albert Tafel durchzog zwischen 1905 und 1908 mehrmals Kham. Ihre Karten und Aufzeichnungen lassen auch heute noch diese Gegenden des damaligen Tibets lebendig werden.

Michaela Kube danke ich für ihre kompetente Unterstützung bei der französischen Textpassage.

# Die im Text erwähnten historischen Personen

*Candler, Edmund* – 1874–1926, Journalist und Schriftsteller; begleitete im Auftrag der *Daily Mail* neben Perceval Landon von der *Times* die Younghusband-Militärexpedition 1903–1904; im Gemetzel im Guru-Tal wurde ihm von Tibetern die Hand abgehackt, als er Notizen machte; 1905 erschien *The unveiling of Lhasa*.

*Dalai Lama* – Seit 1642 mongol. Titel des geistl., zeitweise auch weltl. Oberhaupts der Tibeter, höchste Reinkarnationsreihe der Gelugpa. – *13. Dalai Lama:* seit 1910 *Trülku* (d.i. Wiedergeburt) *Thubten Gyatsho (*1876–1933), floh heimlich beim Anrücken der Younghusband-Militärexpedition 1904 aus Lhasa in die Mongolei, kehrte erst 1909 zurück, nachdem er sich 1908 vor dem chin. Kaiser in Peking verbeugt hatte; 1910 befanden sich Teile Osttibets und Lhasa in chin. Hand, der Dalai Lama floh erneut, diesmal unter brit. Schutz nach Darjeeling in Indien; 1911 wurde die Mandschu-Dynastie gestürzt, Tibet erklärte 1913 seine Unabhängigkeit, die China bis heute nicht anerkannt hat.

*Drygalski, Erich Dagobert von* – 1865–1949, Geograph, Geophysiker, Polarforscher und außerordentlicher Professor; leitete von 1891 bis 1893 zwei von der *Gesellschaft für Erdkunde zu Berlin* ausgerüstete Expeditionen nach Westgrönland; auf der

Vorexpedition 1891 wurde u.a. der Jacobshavner Eisstrom neu vermessen und die meteorologische Station am Karajak-Fjord eingerichtet, in der erstmals in der Polarforschung von 1892 bis 1893 kontinuierliche ganzjährige Aufzeichnungen gemacht wurden.

*Genschow, A.* – Offizier und Dolmetscher im internat. *Ostasiatischen Expeditionskorps*; querte 1903–1904 von Tien tsin aus ganz China, das chin.-tibet. Grenzgebiet sowie Burma.

*Gladstone, William Ewart* – 1809–1898, Politiker, seit 1867 Vorsitzender der *Liberal Party*; 1868–1874, 1880–1885, 1886 sowie 1892–1894 brit. Premierminister.

*Grenard, Fernand* – 1866–?, Orientalist, gilt als Wegbereiter der Archäologie in Chin.-Turkestan; begleitete D. de Rhins 1891–1894, schlug sich nach dessen Tod allein durch Nordosttibet nach Hsi ning fu in die chin. Provinz Kan su durch.

*Hedin, Sven* – 1865–1952, Naturwissenschaftler, Forschungsreisender und Reiseschriftsteller; bereiste 1893–1897 Zentralasien (Takla makan) und Nordtibet, 1899–1902 Zentralasien (Tarim-Becken) und Nordosttibet, scheiterte 1901 beim Versuch, nach Lhasa zu gelangen, querte 1905 bis 1908 mehrmals den von ihm so benannten »Transhimalaya« und Südwesttibet; leitete 1926–1935 mehrere chin.-schwed. Expeditionen durch die Innere Mongolei, China und Nordtibet, die »wandernde Universität« mit über 20 Wissenschaftlern aus vier Nationen; begründete in dem Bericht *Im Herzen von Asien* in Europa den Mythos von den weinenden Kamelen.

*Heinse, Johann Jakob Wilhelm* – 1746–1803, Schriftsteller und Bibliothekar; *Ardinghello und die glückseligen Inseln* (1787) gilt als einer der ersten deutschsprachigen Künstlerromane.

*Henri von Orléans, Prinz* – 1867–1901, Forschungsreisender und Großwildjäger; reiste 1895–1896 von Franz. Tongking (Nordvietnam) durchs chin.-tibet. Grenzgebiet nach Assam; starb in Franz. Tongking am Fieber.

*Huc, Régis Évariste* – 1813–1860, Lazaristenpater, Reisender und Schriftsteller; brach 1844 mit Pater Joseph Gabet durch die Innere Mongolei nach Tibet auf, gelangte 1846 nach Lhasa (von 1816 bis 1904 waren sie die einzigen Europäer, denen das gelang); der 1850 in Paris veröffentlichte Bericht *Souvenirs d'un voyage dans la Tartarie, le Thibet et la Chine pendant les années 1844, 1845 et 1846, par M. Huc, prêtre-missionaire de la congrégation de St. Lazare* (2 Bde.) wurde zum Klassiker der Reiseliteratur, obwohl er keinerlei wissenschaftliche Daten enthielt und lediglich aus der Erinnerung geschrieben war.

*Humboldt, Alexander von* – 1769–1859, Naturforscher, Forschungsreisender und Weltwissenschaftler, Mitbegründer der Geographie; reiste von 1799 bis 1804 nach Süd- und Nordamerika, 1829 nach Zentralasien; Hauptwerk: *Kosmos. Entwurf einer physischen Weltbeschreibung* (1845–1862).

*Koslov, Pjotr Kusmitsch* – 1863–1935, Forschungsreisender; begleitete N. M. Prschewalski 1883–1885 nach Nord- bzw. Nordosttibet; nach 1899 mehrere eigene Expeditionen in die Mongolei und nach Nordost- sowie Osttibet.

*Krause, Gottlob Adolf* – 1850–1938, Naturwissenschaftler, Afrika- und Sprachforscher; veröffentlichte seit 1885 in der *Neuen Preußischen Kreuz-Zeitung*, seit 1898 im *Berliner*

*Tageblatt* Artikel gegen die dt., brit. und ital. Kolonialpolitik und den Sklavenhandel; lebte insgesamt über 25 Jahre in Afrika.

*Kreitner, Gustav Ritter von* – 1847–1893, k.k. Offizier, Geograph und Diplomat (späterer Generalkonsul in Yokohama); bereiste mit Graf Béla Széchenyí 1878–1880 von Schang hai aus das chin.-tibet. Grenzgebiet und Burma.

*Leopold II.* – 1835–1909, belg. König seit 1865; verantwortlich für die Gräuel im Kongo-Freistaat, der 1885 auf der Kongokonferenz in Berlin als sein Privateigentum anerkannt wurde, bis er 1908 auf internationalen Druck und den des belg. Parlaments in die Kolonie Belgisch-Kongo überging; die rücksichtslose Ausbeutung durch Sklaverei und Zwangsanbau von Kautschuk im Kongo-Freistaat führten zu weltweiten Protesten.

*Lesseps, Ferdinand de* – 1805–1894, Diplomat und Geschäftsmann; erhielt 1854 von Said Pascha die Konzession für Bau und Betrieb des Suezkanals; gründete dazu 1856 die *Compagnie universelle du canal maritime de Suez*; Kanalbau von 1859 bis 1869, als erstes Schiff durchfuhr die franz. Kaiseryacht *L'Aigle* mit der Gemahlin Napoleons III., der Kaiserin Eugénie, und dem Bauherrn an Bord den Kanal, gefolgt von einem Schiffskonvoi.

*Morel, Edmund Dene* – 1873–1924, brit. Journalist und Mitarbeiter der Reederei *Elder Dempster*; deckte maßgeblich die Kongo-Gräuel auf, gründete 1904 mit Roger Casement (ir. Politiker, 1916 von Briten in London wegen Hochverrats hingerichtet) und Dr. Henry Grattan Guinness (ir. Missionar und Arzt) die *Congo Reform Association*.

*Oberthür, Charles* – 1845–1924, Entomologe; bekam u. a. von dem kath. Priester in Ta tsien lu und späteren Bischof Félix Biet Schmetterlinge aus dem chin.-tibet. Grenzgebiet zur Bestimmung zugeschickt; Sammelwerk *Études de Lepidopterologie comparée* (22 Bde., 1904 ff.).

*O'Connor, William Frederick T.* – 1870–1943, Offizier, Sekretär der Younghusband-Militärexpedition 1903–1904, bis 1907 brit. Handelsagent auf dem Posten im tibet. Gjang tse; fast 30 Jahre lang Aufenthalte in und an der Grenze zu Tibet; sprach, las und schrieb Tibetisch; besaß 1907 eines der beiden ersten Automobile in Tibet, einen Peugeot.

*Pantschen Lama* – seit 17. Jh. mongol. Titel des Oberhaupts des tibet. Klosters Taschilhunpo, zweithöchste Reinkarnationsreihe nach dem Dalai Lama. – *9. Pantschen Lama* seit 1910 *Trülku* (d. i. Wiedergeburt) *Thubten Chökyi Nyima* (1883–1937), bekam 1907 von den Briten einen Clément-Bayard geschenkt, war damit neben W. F. T. O'Connor einer der beiden ersten Automobilisten Tibets.

*Prschewalski, Nikolai Michailowitsch* – 1839–1888, Offizier, Jäger und Forschungsreisender; leitete vier Expeditionen: 1870–1873 in die Mongolei und nach Nordtibet, 1876 bis 1877, 1879–1880 sowie 1883–1885 nach Nord- bzw. Nordosttibet. Sein Hauptinteresse galt der Fauna und Flora (er beschrieb als Erster das mongol. Wildpferd Equus przewalskii); die Völker schilderte er oft in rassistischer Manier und ließ 1879 im Dangla-Gebirge bei einem Überfall ohne Not vier Nomaden erschießen; im gleichen Jahr scheiterte er mit dem Vorstoß nach Lhasa; er starb in Kirgisistan an Typhus.

*Rhins, Jules-Léon Dutreuil de* – 1846–1894, Marineoffizier, Geograph und Forschungsreisender; brach 1893 mit F. Grenard von Chin.-Turkestan nach Lhasa auf, wenige Tagesreisen davor nach Nordosten abgedrängt; in Tibet in Tombu mda am Jang tse kiang von Dorfbewohnern erschossen.

*Richthofen, Ferdinand Freiherr von* – 1833–1905, Geograph, Geologe und Forschungsreisender, gilt als Begründer der modernen Geomorphologie; bereiste 1860–1872 Ostasien, China und Nordamerika; war von 1873 bis 1876, 1878, 1888 bis 1890, 1892 bis 1894, 1898 bis 1900, 1904 bis 1905 Präsident der *Gesellschaft für Erdkunde zu Berlin*, seit 1875 Professor für Geographie; der *Führer für Forschungsreisende* (1886) galt lange als Standardwerk und wurde bis 1983 unverändert nachgedruckt.

*Rijnhart, Petrus* – ?–1898, dän. Missionar; hielt sich 1892 in der Nähe des tibet. Klosters Kum bum auf, brach 1898 mit Ehefrau Susie Carson Rijnhart, dem gemeinsamen Sohn und 500 Bibeln nach Lhasa auf, das keiner von ihnen erreichte; in der Nähe des Klosters Taschi Gomba von Nomaden ermordet.

*Rijnhart-Moyes, Susie Carson* – 1868–1908, Ärztin und Missionarin; begrub 1898 auf Weg nach Lhasa mit erstem Ehemann P. Rijnhart ihren 13 Monate alten Sohn Charlie in der Kiste der Reiseapotheke (vgl. ihre Schilderung in *With the Tibetans in tent and temple*); kehrte 1902 nach Tibet zurück, heiratete den kanad. Missionar James Moyes und starb kurz nach Geburt ihres zweiten Sohnes in Kanada.

*Rockhill, William Woodville* – 1854–1914, Diplomat, Forschungsreisender und Amateurethnologe; 1884–1895 Mitglied der US-Gesandtschaft in Peking; sprach, las und schrieb wohl als erster Amerikaner fließend Tibetisch, gilt als Begründer der Tibetologie in den USA; bereiste 1888 bis 1889 und 1891 bis 1892 die Mongolei und Nordtibet, scheiterte beim Versuch, nach Lhasa vorzudringen; traf 1908 den 13. Dalai Lama in dessen Exil und machte die erste Photographie von einem Dalai Lama überhaupt.

*Said Pascha, Muhammad* – 1822–1863, Vizekönig von Ägypten; erteilte F. de Lesseps 1854 die Konzession zum Bau und Betrieb des Suezkanals.

*Wellby, Montagu Sinclair* – 1866–1900, Offizier und Forschungsreisender; ließ sich 1896 beurlauben und querte zusammen mit einem weiteren Offizier und dem Terrier Ruby von Ladakh aus das Hochland Nordtibets von West nach Ost, bis Tibeter eine Änderung der Route erzwangen, das Ziel Peking blieb unerreicht; wurde in Somaliland tödlich verwundet.

*White, John Claude* – 1853–1918, Ingenieur, Kolonialbeamter, Amateurphotograph und Schriftsteller; seit 1889 über 20 Jahre brit. Regierungsbeauftragter in Sikkim; Mitkommandeur und offizieller Photograph der Younghusband-Militärexpedition 1903–1904, auf der er das erste Photo vom Mount Everest machte; seine Photographien von Tibet und Lhasa erschienen 1906.

*Younghusband, Francis Edward* – 1863–1942, Offizier, Forschungsreisender, Kolonialbeamter und Schriftsteller; leitete 1903–1904 mit J. C. White die Younghusband-Militärexpedition, in deren Folge u. a. Tibet für alle Ausländer gesperrt wurde; 1906 wurde in einem bilateralen

Abkommen zwischen Briten und China die nominelle Souveränität Chinas über Tibet festgelegt; Younghusband wurde 1906 brit. Repräsentant in Kaschmir, wo er spirituelle und philosophische Erfahrungen niederschrieb; 1919 Präsident der *Royal Geographical Society*; 1921 Vorsitzender des *Mount Everest Committee*; hielt einige Zeit den Weltrekord im Laufen über 300 Yard.

# Quellenauswahl

Folgenden Büchern über Tibet, Zentralasien und Forschungsreisende sowie Künstlerbiographien und -selbstzeugnissen um 1900 verdanke ich – neben etlichen anderen – viele Anregungen:

Baker, Ian, The Heart of the World, New York 2004 (dt. Das Herz der Welt. Eine Reise zum letzten verborgenen Ort, München 2006).

Baur, Georg, China um 1900. Aufzeichnungen eines Krupp-Direktors. Hrsg. von Elisabeth Kaske, Köln 2005.

Bosshard, Walter, Durch Tibet und Turkistan. Reisen im unberührten Asien, Stuttgart 1930.

Brunhuber, Robert, An Hinterindiens Riesenströmen. Hrsg. von Franz Ledermann, Berlin 1912.

Candler, Edmund, The unveiling of Lhasa, London 1905.

Deasy, Henry Hugh Peter, In Tibet and Chinese Turkestan. Being the Record of Three Years' Exploration, London 1901.

Filchner, Wilhelm, Das Rätsel des Matschu. Meine Tibet-Expedition, Berlin 1970.

Ders., Quer durch Ost-Tibet, Berlin 1925.
Futterer, Karl, Geographische Skizze von Nordost-Tibet, Petermanns Mittheilungen, Ergänzungsheft 143, 1903.

Genschow, A., Unter Chinesen und Tibetanern, Rostock 1905.
Govinda, Anagarika Lama, The Way of the White Clouds, London 1966 (dt. Der Weg der weißen Wolken, Zürich und Stuttgart 1969).
Grenard, Fernand, Tibet. The Country and its Inhabitants, o. O. 1903.
Guenther, Konrad, Ceylonfahrt. Genua, Port Said, Colombo, Hendschels Luginsland 31, Frankfurt/M. 1913.

Hanbury-Tracy, John, Black River of Tibet, London 1938.
Hermanns, Matthias, Die Nomaden von Tibet. Die sozialwirtschaftlichen Grundlagen der Hirtenkulturen in Amdo und von Innerasien. Ursprung und Entwicklung der Viehzucht, Wien 1949.
Holdich, Thomas Hungerford, Tibet the mysterious, London 1904.
Huc, Régis Évariste, Souvenirs d'un voyage dans la Tartarie, le Thibet et la Chine pendant les années 1844, 1845 et 1846. 2 Bde., Paris 1850 (dt. Wanderungen durch die Mongolei nach Thibet zur Hauptstadt des Tale Lama. Hrsg. von Karl Andree, Leipzig 1855).

Imhof, Eduard, Die großen kalten Berge von Szetschuan, Zürich 1974.

Kingdon Ward, Francis, The Land of the Blue Poppy, London 1913.
Ders., The Mystery Rivers of Tibet, London 1923.

Modersohn-Becker, Paula, In Briefen und Tagebüchern. Hrsg. von Günter Busch, Frankfurt/M. 2007 (rev. Ausgabe von 1979).

Narciß, Georg Adolf (Hg.), Im fernen Osten. Forscher und Entdecker in Tibet, China, Japan und Korea, Tübingen 1978.

Peissel, Michel, Land ohne Horizont. Reisen in das unentdeckte Tibet, München 2004.
Prschewalski, Nicolai, Reisen in Tibet und am oberen Lauf des Gelben Flusses in den Jahren 1879 bis 1880, Jena 1884.

Richthofen, Ferdinand von, Führer für Forschungsreisende, Darmstadt 1975 (unv. Nachdruck der Ausgabe Berlin 1886).
Rijnhart, Susie Carson, With the Tibetans in Tent and Temple, London 1901.
Rockhill, William Woodville, The Land of the Lamas. Notes of a Journey through China, Mongolia and Tibet, London 1891.

Schäfer, Ernst, Unter Räubern in Tibet, Braunschweig 1952.
Schlagintweit-Sakünlünski, Hermann von, Reisen in Indien und Hochasien. 3. Bd.: Hochasien, Tibet, Jena 1872.
Sebald, Peter, Malam Musa. Gottlob Adolf Krause 1850 bis 1938. Forscher, Wissenschaftler, Humanist, Berlin/DDR 1972 (Diss. 1966).

Stötzner, Walther, Ins unerforschte Tibet. Tagebuch der deutschen Expedition Stötzner 1914, Leipzig 1924.

Tafel, Albert, Meine Tibetreise. Eine Studienfahrt durch das nord-westliche China und durch die innere Mongolei in das östliche Tibet. 2 Bde., Stuttgart, Berlin und Leipzig 1914.

Trinkler, Emil, Im Land der Stürme. Mit Yak- und Kamelkarawanen durch Innerasien, Leipzig 1929.

Wellby, Montagu Sinclair, Through Unknown Tibet, London 1898.

Wendt, Gunna, Clara und Paula. Das Leben von Clara Rilke-Westhoff und Paula Modersohn-Becker, Hamburg 2002.

Zimmer, Dieter E., Nabokov reist im Traum in das Innere Asiens, Reinbek 2006.

Zugmayer, Erich, Eine Reise durch Zentralasien im Jahre 1906, Berlin 1908.

**KATHRIN GERLOF**
**Alle Zeit**
Roman
229 Seiten
ISBN 978-3-7466-2679-6

## *»Mit wahrhaft magischer Lakonie erzählt«* BERLINER ZEITUNG

Als Juli und Klara einander im winterlichen Park begegnen, ahnen sie nicht, wie ihrer beider Leben miteinander verwoben sind. Die eine ist blutjung, hochschwanger und mutterseelenallein. Die andere, alt und gebrechlich, verliert mehr und mehr den Bezug zur Welt und weiß: Fürs Erinnern bleibt nicht mehr viel Zeit. Warum nur fühlt Juli sich der alten Frau so nah? Spürt sie, was Klara und das Kind in ihrem Leib verbindet? Eine zu Herzen gehende Geschichte über das Altwerden, das Neugeborensein und eine Liebe am Ende des Lebens.

*»Gerlof erspart uns jeden Kitsch und lässt uns einen letzten Trost: Für die Liebe ist es nie zu spät.«* BRIGITTE

**Mehr Informationen erhalten Sie unter www.aufbau-verlag.de oder in Ihrer Buchhandlung**

atb aufbau taschenbuch

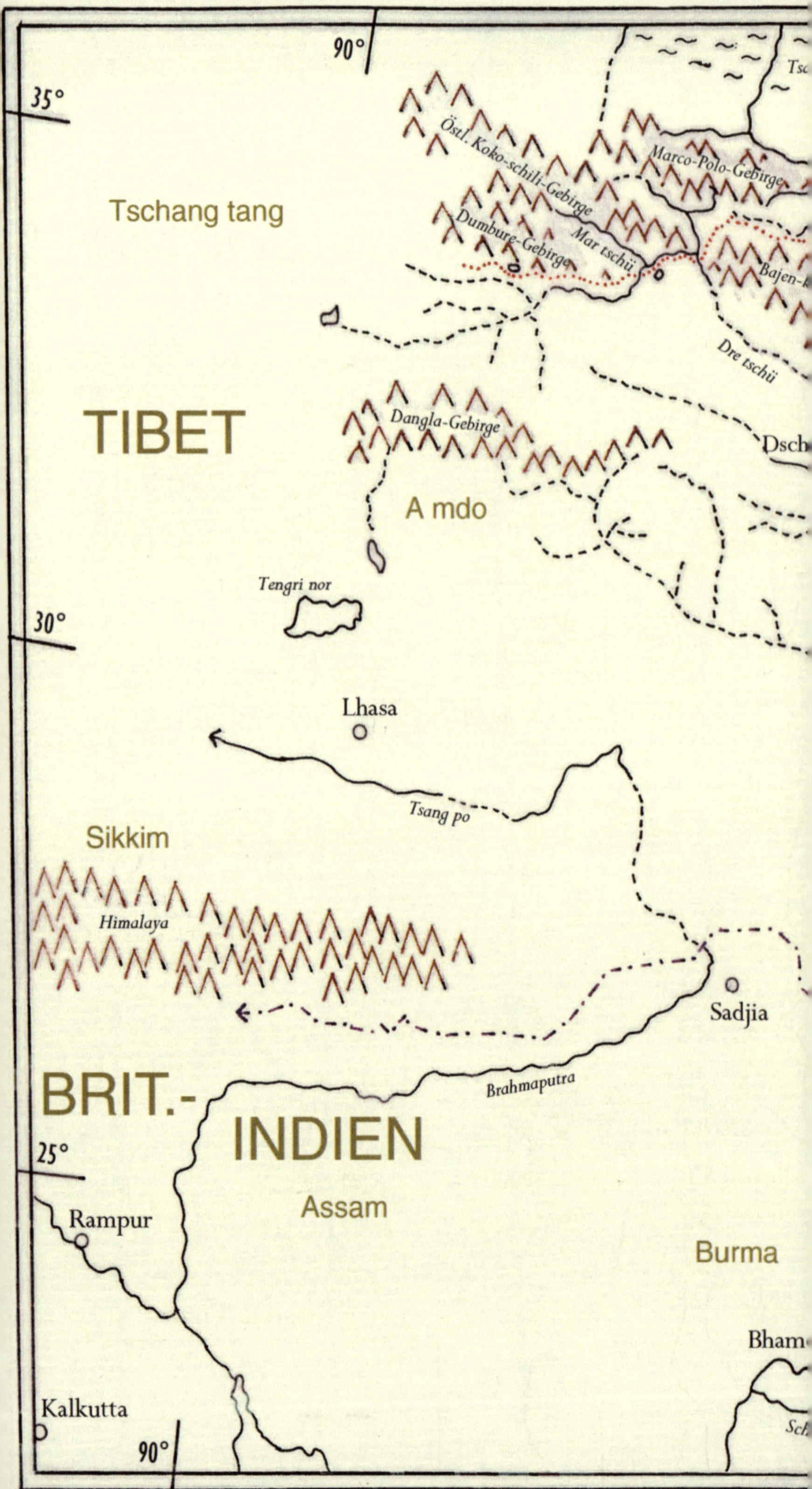
90°
35°
Tschang tang
Östl. Koko-schili-Gebirge
Marco-Polo-Gebirge
Dumburg-Gebirge
Mar tschü
Bajen-
Dre tschü
TIBET
Dangla-Gebirge
Dsch
A mdo
Tengri nor
30°
Lhasa
Tsang po
Sikkim
Himalaya
Sadjia
Brahmaputra
BRIT.-
INDIEN
25°
Assam
Rampur
Burma
Bham
Kalkutta
90°